大唐遊俠兒

卷四

封狼居胥

Jiou Tu
酒徒
著

目次

第一百一十八章　歸來

「檢查馬具、鎧甲和兵器。」一片稀疏的樹林內，姜簡扭過頭，低聲向身後的弟兄們吩咐。夜風很大，吹得樹枝嘩嘩作響。金黃色的樹葉如同花瓣般飄飄而落，宛若蝴蝶起舞。戰馬緊張地打起了響鼻，卻被風聲盡數掩蓋。同時被風聲掩蓋的，還有鎧甲的輕輕碰撞聲，橫刀和刀鞘的摩擦聲，以及勇士們粗重的呼吸聲。所有人都趕在戰鬥爆發之前，進行最後的檢查，以免在關鍵時刻出錯，平白葬送了各自的性命。

「副都護，斥候那邊，沒傳來任何消息。」瓦斯特勤牽著馬走到姜簡身邊，壓低了聲音彙報，「茨畢老賊似乎沒有上當，留在原地按兵不動。」

「不急，再等等！」姜簡他了一眼，低聲回應，握在刀柄上的手指，不安地開開合合。瓦斯特勤所彙報的，絕對不是一個好消息，那意味著今夜的伏擊極有可能是白忙活一場。而大夥的伏擊目標，突厥伯克茨畢，卻是出了奇的難纏。如果今夜不能將此人擊斃，接下來，大隊人馬休想及時趕回瀚海都護府。自打三天前從自家斥候口中得知，羯曼陀帶領狼騎主力撲向了瀚海都護府，姜簡就立刻率領麾下弟兄快馬加鞭往回趕。然而，第二天一大早，他卻就遇到了茨畢伯克及此人所統領的突厥狼騎右營。雙方兵馬數量差不多，姜簡這邊還乘著大勝之威，原本應該輕而易舉將對方拿下。卻不料，伯克茨畢跟他以前遇到的任何突厥將領都不一樣。此人身上，沒有絲毫其他突厥將領身上展現出來的那種傲慢，並且膽子還小得出奇。跟姜簡所部瀚海勇士剛一接觸，根本沒分出勝負，此人就果斷帶著主力快速遠遁，只留下少許老弱斷後。待姜簡將斷後的百餘名老弱幹掉，此人及其身邊的主力已經逃出了五里之外。

草原空闊，被拉開了五里的距離之後，姜簡再想要追上此人，難度非常高，並且他也沒太多的時間耽擱。所以只能草草收兵，繼續策馬向瀚海都護府狂奔。卻不料，才奔出不到十里，茨畢伯克又帶著其麾下的突厥狼騎咬了上來。全賴分散在隊伍周圍的斥候們及時示警，姜簡才沒被殺個措手不及。但是，斥候們卻被茨畢麾下的爪牙，給殺死了二十幾個，超過了以往戰鬥中所損失斥候的總和。

姜簡心疼得滴血，親自帶領百餘名精銳策馬殺向茨畢伯克的將旗。後者卻不管什麼丟人不丟人，帶著身邊親信拔馬就逃。其麾下的狼騎們見主將逃走，也全都撒腿就跑，堅決不給回紇勇士正面殺死自己的機會。

結果這一逃，一追，就是大半個時辰功夫。待姜簡因為胯下菊花青過於勞累，而停止了追殺，弟兄們已經跟著他一道，向西跑出了五十多里路，距離瀚海都護府越來越遠。

姜簡發覺自己上當，強行壓下將茨畢伯克碎屍萬段的衝動，帶領弟兄們繼續向東。還沒走出三十里，伯克茨畢又帶著其麾下的殘兵敗將們，如同跗骨之蛆般纏了上來。

有一支敵軍在身後陰魂不散，姜簡當然要想辦法解決。然而，伯克茨畢卻屢屢故技重施。只要姜簡帶著瀚海勇士們停下來反擊，他就立刻帶領麾下狼騎們策馬逃之夭夭。而只要姜簡繼續趕路，他就又叫囂著從背後跟了上來。

如此循環往復，始終陰魂不散。害得姜簡接連兩天，都無法正常趕路。每天連向東行軍五十里都做不到，照這種速度，等他趕回瀚海都護府，恐怕婆閏和自家姐姐姜蓉等人，早就成了羯曼陀的俘虜。存放在都護府營地內所有糧草輜重，都得變成羯曼陀的戰利品。

無奈之下，姜簡只好兵行險招。指派杜七藝假冒自己，帶著大部分瀚海勇士繼續向東趕路。而他本人，則打扮成斥候頭目，帶著一百名精挑細選出來的弟兄，在半路上脫離了隊伍，埋伏在一片不算寬闊的樹林之內。

這一招，脫胎於博陵大總管李旭的那本兵書。姜簡根本沒參透，也沒帶領麾下弟兄們，進行過演練。

然而，情況緊急，有一個能解決問題的招數可用，總比沒有強。況且在姜簡看來，茨畢也不是什麼智將、宿將，應該沒那麼容易將此招識穿，並迅速想出破解之道。

「要不要我帶幾個弟兄，去前面引他過來。如果我只帶十幾個弟兄去撩撥他，他未必忍得住。」見姜簡遲遲沒有做出任何補救措施，瓦斯特勤忍不住低聲提議。

「再等一個時辰，儘量不要畫蛇添足。按道理，茨畢那廝應該比咱們還要著急。」姜簡的手指忽然停止開開合合，將刀柄再度穩穩握緊。長長吐了口氣，他鎮定地補充：「茨畢的任務應該是纏住咱們的大隊人馬，讓咱們無法及時回援瀚海都護府。所以，只要大隊人馬一刻不停地往回趕，他就必須追上去。先前之所以按兵不動，是懷疑咱們安排下了圈套等著他。而隨著大隊人馬跟他之間的距離拉得越來越遠，他哪怕懷疑是一個圈套，也只能硬著頭皮緊追不捨。」

「這……」瓦斯特勤眨巴著眼睛琢磨，聽不太明白，卻覺得姜簡的話肯定有道理。

「這是陽謀。」姜簡忽然又笑了笑，看起來非常自信。「由不得他。」

「嗯！」瓦斯特勤還是沒聽明白，卻鄭重點頭。

夜色很暗，他只能看見姜簡的側臉，卻感覺這一刻，姜簡無比英俊。而姜簡嘴裡所發出的聲音，也忽然有了一種讓人安心的魔力。

等待的時間，無聊且漫長。

學著姜簡的模樣，輕輕吐氣，瓦斯特勤努力壓下心中的焦躁。然後坐在馬背上左顧右盼。他看到樹枝在風中搖曳，就像落馬之人張開的手臂。他看見流星從夜空中劃過，拖著一道長長的橘黃色軌跡。他看到遠處的草叢中，有幾隻跳兔縱身而起，竄出半丈多遠，然後又迅速於草叢中消失不見。他看到貓頭鷹拍打著翅膀從半空中撲下，從草叢裡抓住一隻跳兔，又扶搖而上。

「哈哈，啊啊，嘎嘎嘎——」遠處傳來貓頭鷹的尖叫，高亢且尖銳。緊跟著，第二隻，第三隻，由遠及近。

茨畢伯克果然追上來了，正如姜簡先前所料。瓦斯特勤又深吸了一口氣，學著姜簡的模樣握緊刀柄，端坐在馬背上安如磐石。

時間流逝的速度彷彿突然加快，幾乎是一眨眼功夫，樹林外就響起了激烈的馬蹄聲。二十幾名突厥斥候分成前後四組，沿著樹林的邊緣急衝而過，手裡的橫刀和鎧甲上的飾物，都被瓦斯特勤看得一清二楚。

瓦斯特勤果斷伏低身體，同時騰出一隻手來輕輕撫摸自家戰馬的脖頸。讓自己和戰馬都保持安靜，以免吸引突厥斥候的注意力。在他身邊和身後所有來自大唐瀚海都護府的勇士們，也幾乎都採取了同樣的動作。

他們是精銳中的精銳，每個人都參加過五場以上的戰鬥。他們像天山的雪豹一樣有耐心且經驗豐富，靜靜地等待真正的獵物送貨上門。

大夥兒今夜的伏擊目標，突厥伯克茨畢，還遠在三里之外。此刻正沿著樹林邊緣衝過的二十幾名突厥斥候，不過是其派出來的探路兵。如果大夥兒被突厥斥候發現，或者主動衝出去與突厥斥候展開廝殺，狡猾的茨畢就會立刻撥轉戰馬，再次逃之夭夭。

所以，大夥兒必須耐心地等待，並且盡可能地保持人和馬的安靜。不能發出任何聲音，也不能做出任何多餘的動作。樹影搖曳，擋住大夥的身體。夜風呼嘯，給大夥兒又增添了一層屏障。

連續三天的反覆纏鬥，茨畢麾下的突厥狼騎們，也被拖得筋疲力竭。從樹林外衝過來的斥候們速度雖然很快，人看起來卻不是很有精神。一個個佝僂著脊背，儘量將身體貼近戰馬的脖頸以節省體力。

「十七、十八、十九……」瓦斯特勤感覺有些喘不過氣來，默默地在心中數數，以緩解心情的緊張。

這是胡教頭傳授給他的絕招，已經在實戰中證明過了，非常有效。當他把心思放在數數上的時候，呼吸會慢慢變得平穩，全身上下的肌肉，也不會繼續緊繃。

然而，今天這招卻有些失靈。還沒等他數到四十，五名突厥斥候忽然在他眼前不到二十步遠位置，放慢了坐騎。

剎那間，瓦斯特勤脊背處的寒毛就根根豎起，右手迅速握緊了橫刀的刀柄，心臟也直接跳到了嗓子眼兒。

夜色雖然很濃，但是頭頂上的星光卻很亮。能充當斥候的人，都是精挑細選出來的，眼神好，夜間也能看清楚東西，是第一要求。只要那五名斥候稍加留意，不難發現樹下有馬蹄踩過的痕跡，甚至能直接發現伏兵的身影。

「如果他們發現了我，我就立刻衝出去，砍倒其中兩個，然後裝作斥候逃之夭夭。」身體緊張得顫抖，瓦斯特勤的大腦卻高速運轉。想要不讓伏兵暴露，這幾乎是唯一的選擇。只是接下來，他就要獨自面對二十名突厥斥候的追殺，活下來的機會微乎其微。

就在他的雙腳，已經準備夾緊戰馬小腹的剎那，姜簡的手，忽然按住了他的肩膀。沒有很用力，卻讓他無法再做出任何動作。

「再等等，不要動，放鬆。」姜簡的聲音，也緊跟著傳入了他的耳朵。很低，可以被風聲和樹枝搖動聲輕易地掩蓋。瓦斯特勤努力放鬆身體，調整呼吸，兩隻眼睛卻死死盯著樹林外那五名突厥斥候。

對方的戰馬速度越來越慢，越來越慢，人在馬背上伸長了脖子，左顧右盼。然而，短短兩三個彈指之後，那五名斥候卻又再度佝僂起腰，策動戰馬去追趕自家同伴，只留下了幾聲低低的抱怨。眼看著茨畢伯克派出來探路的斥候終於遠去，既沒有進入樹林搜索，也沒有傳出任何警訊。瓦斯特勤長出了一口氣，心臟跳得宛若擂鼓。前後不過是短短二十幾個彈指功夫，他的後背，已經完全被汗水濕透。握在手心處的刀柄，也變得又濕又滑。鬆開刀柄，他將自己的手掌在裙甲上緩緩擦拭，同時將頭扭向西方，用目光尋找今夜的獵殺目標，卻發現除了一排排起伏的亮點兒之外，什麼都看不見。

那是頭盔所反射的星光，伯克茨畢謹慎，從來都不肯像姜簡這樣身先士卒。哪怕是行軍，也將其自身隱藏於大隊人馬的之間，不給任何人放冷箭偷襲他的機會。一排起伏的亮點，是六名騎兵，二十排，就是一個大箭。突厥別部原本採用唐軍的「營團旅隊夥」編制，車鼻可汗造反之後，為了展示與大唐的不同，將其大肆竄改，並且針對性地做出了加強。

一個大箭，總轄一百二十名騎兵，對上唐軍的一個旅，就整整多出了二十個人。瓦斯特勤不能確定伯克茨畢的具體位置，卻能推測出，那廝至少會隱藏在五個大箭之後。

這意味著姜簡接下來帶領他和九十九名瀚海精銳，至少要殺穿六百名突厥狼騎的攔截，才能抵達伯克茨畢面前。並且後者在此時，肯定還會組織更多的兵馬進行反擊，或者見勢不妙撒腿就跑。

「天鵝神保佑。」一邊拚命調整呼吸，瓦斯特勤一邊在心裡頭默默禱告。他發現，自己這輩子，從沒有像今晚這般，對天鵝神如此恭敬。他從未懷疑過姜簡的本事，他心中無比期盼姜簡今晚能夠帶領大夥，成功將茨畢的頭顱砍下。然而，此時此刻，他卻惶恐得幾乎要窒息。

遠處的光點兒越來越近，越來越近，光點兒之下，慢慢顯露出突厥狼騎的身體輪廓。一排接著一排，全副武裝，無窮無盡。整個隊伍就像一條巨大的蟒蛇，貼著樹林的邊緣迤邐前行。馬蹄踩得地面微微戰慄，鎧甲相互撞擊摩擦，鏗鏘聲宛若湧潮。

一面羊毛大纛，忽然出現在突厥人的隊伍深處。大纛下，隱約有個矮小粗壯的身影，端坐在一匹高頭大馬之上。是茨畢伯克！瓦斯特勤與此人從沒近距離見過面，卻堅信自己的判斷沒錯。

「跟我來！」姜簡的聲音忽然響起，隱約也帶上了幾分戰慄。瓦斯特勤迅速收回目光，不做任何思索，習慣性地選擇了策馬緊隨。他和姜簡的身影，只錯開半個馬頭距離，先後衝出了樹林。緊跟著，就是九十九名大唐瀚海都護府精銳。整個隊伍在前衝過程中，形成了一個長矛形狀。與樹林外巨蟒般的突厥狼騎隊伍相比，單薄得就像一根針。

一根刺向巨蟒的銀針。

短小、纖細，卻百折不回。

正在急行軍的突厥狼騎，立刻受到了刺激。巨蟒般的隊伍，從中央處向北彎曲。緊跟著，數以百計的狼騎從「巨蟒」身上脫離，咆哮著擋在了「銀針」的必經之路上。敵我雙方之間的距離，迅速縮短到不足兩丈。夜幕無法再擋住彼此的視線，從頭頂傾瀉而下的星光，將雙方的身體輪廓和鎧甲上的每一個部件，都照得清清楚楚。

「啊啊啊啊——」兩名突厥狼騎大叫著撲向姜簡，試圖纏住他，進而遏制整根「銀針」的速度。他們手裡的橫刀揮舞得呼呼生風。姜簡毫不猶豫地挺槊直刺，將其中一名狼騎挑離馬鞍。緊跟著揮槊橫掃，砸向第二名對手。後者慌忙橫刀招架，身上空門大露。瓦斯特勤策馬加速衝上，一刀砍在了此人腋下四寸。來不及看中刀者死活，瓦斯特勤緊跟著姜簡繼續前衝。

瞬間，第三、第四名狼騎已經殺到了二人的戰馬之前。姜簡再度挺槊而刺，四尺長的槊鋒倒映起數點寒星。對手側身揮刀斜磕，「噹啷」一聲，槊鋒被磕歪，無法再刺中目標。敵我雙方騎在馬背上繼續高速靠近，彼此之間的距離不足五尺。與姜簡交手狼騎迅速撤回橫刀，緊跟著就來了一記斜劈。卻看到姜簡的左手，不知道什麼時候已經離開了長槊，向著自己用力揮舞。下一個瞬間，有把三尺長的鐵叉，呼嘯而至，正中他的眼睛。

「啊——」狼騎慘叫著跌下馬背，砍向姜簡的刀隨著他的身體墜落，摔得不知去向。姜簡策馬從他身邊衝過，猛然轉身，雙手握住長槊由前方向側後橫掃，將與瓦斯特勤交戰的另一名突厥狼騎直接掃下了馬背。

「不用幫我，小心前面，狼騎又來了！」瓦斯特勤紅著臉提醒，努力跟上姜簡的腳步。陳元敬策馬默默地衝上來，護住姜簡的另外一側。三人組成品字形，繼續前衝，向沿途遇到的敵軍發起猛烈攻擊。短短四五個彈指功夫，就又將四名狼騎送回了老家。

咆哮著撲過來攔路的狼騎隊伍，從正中央處被撕開了一道大口子。姜簡、瓦斯和陳元敬三人揮舞著各自的兵器，奮勇開路。九十餘名瀚海精銳，緊隨其後。沿途不停地有狼騎結伴斜插過來，試圖將隊伍切斷，卻被瀚海精銳們接二連三地砍下了馬背。不停地有瀚海精銳受傷落馬，整個隊伍卻毫不停頓，繼續高速前衝，將自己與羊毛大纛之間的距離，越縮越短。

「叮！」一支冷箭不知道從何處飛至，在姜簡的胸甲上濺起幾顆火星。姜簡微微皺眉，卻沒時間去找放冷箭者身在何處。手中長槊借著菊花青的速度奮力斜挑，他將一名剛剛殺到自己面前的對手挑下馬背。緊跟著，他左手鬆開槊杆，從馬鞍後抽出一根鐵叉，猛然甩向側前方。一匹高速衝過來的鐵驊騮被鐵叉射中脖頸，瞬間深入半尺。

「轟！」鐵驊騮栽倒於地，將其背上的突厥大箭砸了個筋斷骨折。菊花青邁開四蹄，從鐵驊騮的屍體上一躍而過。帶著姜簡，繼續高速向前。與羊毛大纛之間的距離，轉眼已經縮短到不足二十步。衝過來攔路的突厥狼騎數量增加了不止一倍，前仆後繼。

又一名突厥大箭揮舞著鐵鐗向他衝來，被姜簡挺槊刺中小腹。長槊在巨大的反衝力作用下彎成了一張弓，又瞬間彈直。突厥大箭的屍體被彈得騰空而起，直接砸向一名跟過來的自家同夥。後者慌忙閃避，姜簡策馬從此人身邊急馳而過，對此人不聞不問。

瓦斯特勤策馬跟上，將從左側衝向姜簡的一名狼騎死死攔住。陳元敬揮刀跟在姜簡的右側，半步不落。追過來的瀚海精銳們掄刀縱馬，阻止其他狼騎從後方干擾姜簡，得到了大夥的支援，姜簡衝得更快，兩個彈指之後，已經能夠看見羊毛大纛下茨畢伯克那張青黑色的面孔。

「攔住他，跟我一起攔住他，他堅持不了多久！」茨畢伯克的聲音已經變了調，揮舞著橫刀，就準備帶領親兵迎戰。然而，沒等他的坐騎開始加速，一股鑽心的刺痛，就從屁股處直衝腦門。令他的身體晃了晃，差點兒直接從馬背上栽下。

那是上次他見情勢不妙，果斷帶領麾下弟兄向自家主力靠攏之後，被羯曼陀處罰所造成的棍瘡，還沒來得及徹底痊癒，就又因為長時間在馬鞍上顛簸，被磨得鮮血淋漓。

「保護伯克！」「伯克先走！」「伯克避一避，敵將已經沒力氣了！」「波茨，你保護伯克先躲一躲！」茨畢身邊的親兵們立刻意識到問題出在何處。大叫著拉起茨畢的戰馬韁繩，轉身就走。

突厥狼騎在兵力上佔據絕對優勢，只是驟然遇襲，暫時過不來幫忙。只要他們幾個親兵能夠保護著自家伯克，避開唐將的這次衝鋒，接下來，就能慢慢穩住局勢，甚至反敗為勝。

只可惜，他們的反應速度慢了半拍。

還沒等茨畢伯克的坐騎轉過身體，半空中，已經傳來了兵器的呼嘯聲。兩支短柄鐵叉，閃著寒光，直奔他胯下坐騎的脖頸和胸口。正在拉扯坐騎韁繩的親兵，不得不停止動作，與同伴們一道揮刀格擋，鐵叉被他們成功擊落，然而，一杆長槊卻已經近在咫尺。

一名親兵捨身撲上，被長槊刺穿了小腹。另一名親兵毫不猶豫地丟下兵器，縱身從馬背上撲落，雙手緊緊抓住了槊杆。姜簡果斷鬆手，隨即從身後抽出了一支黑色的闊背長刀。

刀身漆黑如墨，刀刃冰冷如霜。借著菊花青的前衝之勢，快速掃出一道弧線，三名突厥親兵相繼從馬背上跌落，失去主人的戰馬悲鳴落荒而逃。

「啊——」伯克茨畢大叫著舉起橫刀格擋，屁股處卻疼得鑽心。這輩子不知道使了多少次的招數，忽然變得生疏，他的身體在馬背上搖搖晃晃。

手中的橫刀與黑刀相撞，「噹啷！」一聲斷成了兩截。嘴裡的尖叫聲，瞬間變成了悲鳴。茨畢伯克知道自己在劫難逃，眼淚不受控制地從眼眶中滾滾而出。

姜簡手中的黑刀忽然改變了方向，貼著他的左肩膀砍落，將護肩的鐵板削去一小截兒。茨畢伯克的左肩膀處，立刻有鮮血湧出，疼得他眼前金星亂冒。下一個瞬間，他忽然感覺腰間束帶一緊，整個人脫離了馬鞍。緊跟著，他的小腹和胸口就貼在了菊花青的後背上，胸骨被壓得幾乎斷裂，鮮血和肚子裡的晚餐同時從嘴裡狂噴而出。

「讓路，否則他死！」姜簡用黑刀壓住茨畢的脖頸，左手按住茨畢的後背，策動菊花青繼續向前狂奔。剛剛衝過來和擋在他面前的突厥狼騎們，紛紛策馬閃避，誰也不敢再靠近他半步。

「不用救我，殺了他，殺了他！」茨畢伯克又羞又氣，一邊掙扎，一邊扯開嗓子大喊。後頸處忽然傳來一陣劇痛，茨畢兩眼一翻，立刻暈了過去。卻是姜簡嫌他噪聒，翻過黑刀，用刀背狠狠朝著他的脖子狠狠來了一記。

「茨畢伯克有令，讓爾等讓開道路！」陳元敬反應快，緊跟著扯開嗓子用半生不熟的突厥語招呼。

「來，跟我一起喊，讓路，茨畢伯克要他們讓路！」瓦斯特勤愣了愣，隨即高聲向跟上來的瀚海精銳們吩咐。

「茨畢伯克有令，讓爾等讓開道路！」眾瀚海精銳們心領神會，齊聲高呼。同時揮動兵器，將幾個剛剛從側面衝過來的狼騎砍下馬背。

戰場上聲音嘈雜，大多數突厥狼騎根本聽不清楚茨畢剛才喊的內容是什麼，也沒看清楚姜簡給此人後脖頸上來的那一下重擊。而回紇語跟突厥語又極為接近，彼此之間根本不需要翻譯。聽到瀚海勇士們所喊的話，又看到茨畢伯克耷拉著腦袋，趴在唐軍主將的馬背上一動不動，哪怕是再兇悍頑固的狼騎，也不知該如何是好了，紛紛垂下刀，拉緊坐騎的韁繩，眼睜睜地看著姜簡等人從自家隊伍中央橫穿而過。

「命令斥候接力傳訊，通知杜長史率兵回來接應。」發現突厥狼騎全都六神無主，姜簡心中暗暗鬆了一口氣，扭過頭向瓦斯特勤吩咐。剛才他之所以臨時改變主意，沒有將茨畢擊殺，就是為了以這廝充當人質，帶領弟兄們平安脫身。眼下眾狼騎只是暫時被打懵了，卻未必澈底心服。萬一臨時推舉一個首領再追上來，他即便斬殺了茨畢，身後邊的弟兄們，也沒有幾個能夠活著脫離險境。

「是！」瓦斯特勤對姜簡的佩服已經刻進了骨頭裡，毫不猶豫地答應了一聲，隨即，將手攏在嘴巴旁，發出一連串貓頭鷹鳴叫：「哈哈，啊啊，嘎嘎嘎——」

「哈哈，啊啊，嘎嘎嘎——」「哈哈，啊啊……」幾名傳令兵策馬衝向曠野，將貓頭鷹的叫聲一遍遍重複。

「哈哈，啊啊，嘎嘎嘎嘎——」遠處的丘陵後，更遠處的戈壁灘，也有同樣刺耳的貓頭鷹叫聲響了起來。彼此連成串兒，將消息向東南方接力傳遞。

茫然不知所措的突厥狼騎們，立刻騷動了起來。轉瞬，騷動又自行平息，眾人的臉上，震驚與慚愧的表情交織。他們沒想到，竟然有這麼多瀚海都護府斥候埋伏在夜幕之下。更沒想到，自己的一舉一動，都沒跳過對手的眼睛。如此看來，即便剛才沒遭到突然襲擊，他們被瀚海唐軍擊敗，也是必然的事情，差別只在早晚。

「勸告狼騎各回各家，他們的軍糧已經被咱們一把火燒光了。羯曼陀必敗無疑。他們留下來，只能為羯曼陀殉葬。」姜簡擔心出現意外，一邊加速拉開與突厥狼騎們的距離，一邊向瓦斯特勤吩咐。

「你們還愣著做什麼？軍糧已經被我們燒光了，羯曼陀餓著肚子，怎麼可能打得贏？他們現在往回趕，大雪封路之前，還來得及與妻兒團聚。」瓦斯特勤立刻扯開嗓子，將姜簡的話稍加潤色，向眾狼騎高聲重複。

「你們還愣著做什麼……」眾瀚海精銳齊齊轉身，扯開嗓子，用同樣的話勸說敵軍，唯恐狼騎們聽不清楚。原本茫然不知所措的一千三百多突厥狼騎，再次發生了騷動，緊跟著，像炸了窩的螞蟻般，四散而去。轉眼間，就走得只剩下了兩百出頭。

令姜簡和瓦斯特勤兩個都沒想到是，這兩百出頭狼騎，竟然策動戰馬，遙遙跟在了自家隊伍身後。自己這邊加速，這夥狼騎也跟著加速，自己這邊放慢腳步，這夥狼騎也放慢腳步。既沒表現出多少敵意，也堅決不肯被落得太遠。「嗯——」馬背顛簸，茨畢伯克很快就從昏迷中被顛醒。張口吐掉嘴裡的污穢之物，艱難地轉頭看了看自己所處的環境，隨即，他再度扯開嗓子高喊：「殺了我，趕緊殺了我。你是個英雄，死在你手裡我心甘情願。侮辱我，你得不到任何好處！」這幾句，用的竟然是唐言，隨便不標準，也讓姜簡聽明白他的意思。後者佩服他硬氣，扭頭喊人拉過一匹備用坐騎，單手將他放了上去，「老實點兒，我可以不殺你。過些日子就放你回家！」

「我不降，寧死不降！給多少好處也不會投降。你們大唐有句話，士可殺不可辱！」茨畢伯克身體剛剛坐穩，就立刻高聲重申，「趕緊殺了我，嗯——」叫嚷聲忽然變成了呻吟，他眉頭緊皺，面孔抽搐成了一團。卻是屁股上的棍瘡受到馬鞍的擠壓，剎那間痛得鑽心。這下，可是澈底毀了他的形象。包括姜簡在內，四周圍所有人都扭過頭看向他，先是滿臉好奇，隨即忍俊不禁。

「我不是因為傷口疼。」茨畢伯克又羞又氣，紅著臉，梗起脖子叫嚷，「我屁股上有傷。如果不是屁股上有傷……」叫嚷到一半兒，他忽然又喪了氣，低下頭，將後半句話全都憋回了自己肚子裡。

的確，他是因為屁股上受了傷，才在姜簡面前連一個回合都沒走完，就被生擒活捉。然而，他屁股上的傷，卻不是戰場上所受，而是被羯曼陀下令責打。至於羯曼陀責打他的原因，更沒臉跟外人說。明明他當初做出了最正確的選擇，保住了整個右營。卻被羯曼陀揪出來，為此人指揮無方背了黑鍋！「我聽人說過，你前幾天挨了軍棍。」姜簡實在覺得此人可憐，收起笑容，低聲安慰，「老實說，挺冤枉的。」

「哼！」茨畢伯克冷哼著扭頭，堅決不跟他目光相接。然而，卻沒有繼續催促他動手殺掉自己。想死，自己有的是機會，也有的是辦法。屁股被自家上司打爛，又被對手生擒的人，實在沒臉充什麼視死如歸的英雄。

「你是陟苾的人，還是沙缽羅的人？」姜簡也不生氣，看了他兩眼，饒有興趣地詢問。「否則，羯曼陀為何非要除掉你而後快？」

「你休要挑撥離間，我不會上你的當！」茨畢伯克如同被踩了尾巴的貓一般再度梗起脖子，大聲怒吼。剎那間又有一股刺痛從屁股處傳來，令他的身體一僵，隨即像被針戳了的豬尿泡般蔫了下去。

有些話，也就能騙騙自己。

剛剛背完了黑鍋，羯曼陀立刻讓他帶領右營來纏住姜簡。美其名曰看中他的謹慎老練，實際上，誰都知道，這是一個必死任務。即便他成功將姜簡絆在外邊，無法順利回援瀚海都護府，最後他本人也擋不住姜簡的含恨一擊。

「你這個人看起來很能服眾，哪怕吃了敗仗，仍舊有一批弟兄對你不離不棄。」將此人的反應與前幾天從史金嘴裡獲得的供詞相互對照，姜簡愈發覺得此人可憐，嘆了口氣，主動換了個話題，「我不想殺他們，也不想讓他們傷害到我麾下的弟兄，你能不能幫我喊幾句話，讓他們別繼續跟著了？」

最後幾句話，完全發自內心，因此，他理所當然地採取了商量的口吻。因為在他看來，自己生擒了茨畢之後，就已經完成了擺脫對方糾纏的戰鬥目標，沒必要為了追求殺敵數量，讓麾下弟兄再承受更多的損失。

而茨畢伯克聞聽，卻如遭雷擊。迅速踩著馬鐙站直身體，扭頭向背後觀望，果然，發現在四百多步之外，仍舊有一小群狼騎默默地跟著瀚海唐軍的隊伍，沒有展示出任何攻擊意圖，隊形也很散亂，卻不離不棄。

心口處瞬間湧起一股熱浪，茨畢伯克眼睛發紅，鼻子迅速發痠，說出來的話語不成句，「他們，他們，他們跟我，跟我來自同一個，同一個部落。我，我是他們的吐屯。他們，他們不會離開，除非帶走我，或者帶走我的屍體。」

眼下正處於兩軍即將分出勝負的關鍵時刻，他又是茨畢麾下的大將之一。既然被姜簡擒獲，肯定不用奢求能活著離開。所以，跟過來的親信們再多，也不過是送他最後一程而已。

「我肯定不能放你離開，但是，也不會殺你。」正難過之際，姜簡的聲音卻又傳入了他的耳朵，帶著年輕人特有的真誠，「你儘管告訴他們，自己要去長安城住一段時間，讓他們放心回家。」

「你不殺我？」儘管到現在為止，仍舊好好活著，茨畢卻無法相信自己的耳朵，質問的話脫口而出。

如果換了他與姜簡易位而處，他之所以不馬上把姜簡砍死，原因只有一個，那就是，需要將此人押到瀚海都護府大門口去殺，借此打擊對手的士氣。絕對不會，留著此人白吃飯。

「我們大唐沒有誅殺俘虜的習慣，除非萬不得已，或者他罪大惡極。」姜簡笑著看了茨畢一眼，滿臉驕傲地宣佈。「我不能放你走，是因為俘虜了你之後，就必須將你送往長安。否則我自己會面臨很多麻煩。至於朝廷怎麼處置你，可以參看頡利可汗和阿史那蘇尼失等人的先例。」

「嗯！」茨畢伯克的身體又晃了晃，這次卻沒有梗著脖子逞強，而是嘴裡發出了一聲低沉的悶哼。

頡利可汗被大唐擒獲後，其本人和全家的性命都高枕無憂。阿史那蘇尼失作為頡利可汗的死黨，在頡利可汗投降之後才迫於形勢投降，大唐仍舊沒有碰他一根寒毛，還封他為懷德郡王，准許他帶領舊部為大唐鎮守邊境。

這些，都是在突厥人盡皆知的事實，任由車鼻可汗怎麼煽動對大唐的仇恨，都無法掩蓋。茨畢伯克的地位自然不能與頡利可汗相比，卻與阿史那蘇尼失差的不是太多。兩相對照，他被送到長安後是否能保住性命，答案其實早已一清二楚。

「但是他們……」看茨畢伯克好像被自己說動，姜簡向遙遙綴在隊伍之後的那些突厥狼騎指了指，低聲補充：「如果不趕緊回家，恐怕在大雪封路之前，就來不及了。而如果他們跟到了瀚海都護府大門口，即便我不下令追殺他們，也保不準羯曼陀會做出什麼蠢事來！」

答案同樣是一清二楚，屁股上陣陣傳來的刺痛，已經告訴了茨畢，如果自己那些親信被羯曼陀看到，會是什麼下場。

羯曼陀不會管他們對突厥是否忠心，也不會欣賞他們對自己的不離不棄。為了避免影響士氣，羯曼陀即便不將他們立刻滅口，也會單獨立一座營地將他們軟禁起來，然後驅趕著他們去拿性命添壕溝。

想到這兒，茨畢眼睛又是一紅，抬手朝自己臉上胡亂抹了兩把，咬著牙回應：「即便我向他們喊話，他們也不會走，除非帶回我的屍體。你既然要送我去長安，交給天可汗處置，我可以喊他們放下兵器，跟我一起去。只要你給我一個承諾，別傷害他們，也別將他們送回突厥別部。」

「這……」變化太突然，姜簡一時有點兒反應不過來。但是，他卻很快就向茨畢伸出了右手，「好，我跟你擊掌為誓。不傷害他們，也不送他們回突厥別部。」

「多謝！」茨畢伯克掙扎著坐直了身體，手撫胸口，向著姜簡鄭重行禮，一次，兩次，三次。然後抬起右手，與姜簡的右手在半空中相擊，「啪」。

當清脆的擊掌聲消失之後，他忽然如釋重負，嘆了口氣，苦笑著補充：「我也姓阿史那，懷德郡王是我的親叔叔。論阿史那家族的血脈，我比車鼻可汗還純正一些。去長安也好，至少，從今往後，不用天天擔心自己忽然會死得不明不白。」這就是大唐的魅力所在了，雖然他也有很多令人不滿意之處，卻已經是全天底下最能夠講道理的地方。即便帝國的將領，走投無路之時，也知道去大唐是一個安全的選擇。

在長安那會兒，姜簡感覺不到。如今，距離長安數千里之遙，他卻感覺得清清楚楚。並且再一次，為自己是一個唐人而自豪。

第一百一十九章 劫

秋日的殘陽將最後一抹光照在瀚海都護府營地，照亮破破爛爛的鹿砦和曲曲折折的壕溝。營地西側，鹿砦已經被破開了不止一處豁口。正對著豁口壕溝，也有一大段兒被屍體和泥土填平，然而，一面猩紅色的戰旗卻依舊高高地挑在營地正中央，旗面上，斗大的「唐」字，針一樣刺痛眾突厥狼騎的眼睛。已經整個進攻了兩天一夜，連續幾個月來從沒遇到敵手的突厥叛軍，竟然仍舊沒能成功突入瀚海都護府營地深處，拔掉那面讓他們憤怒的大唐戰旗。

如果營地內的守軍，是真正的大唐精銳也罷，突厥狼騎拿不下眼前這座簡陋的營地，也說得過去。偏偏守軍是一群烏合之眾，並且不久之前剛剛經歷過一場內亂。狼騎們卻至今奈何不了對方，此時傳揚開去，豈不是讓草原上各路英雄笑掉大牙？

「格爾蓋，帶你麾下弟兄們上去，接替哥舒比哈。車輪戰，我就不信婆閏手裡頭，還有許多可戰之兵！」羯曼陀氣得嘴角抽搐，卻強壓怒火，沉聲吩咐。守軍已經快支持不住了，這點稍微具備一點兒領兵常識的人，都能看出來。所以，哪怕犧牲掉更多弟兄的性命，羯曼陀也必須繼續保持攻勢。否則，再讓守軍休息一整夜，誰知道婆閏身邊的那些中原人，還會玩出什麼花樣？不是自己指揮能力不行，也不是麾下的狼騎們本事不濟，而是婆閏身邊那些中原人太狡猾。羯曼陀曾經親眼看到，營地內有兩個身穿山紋鎧的傢伙，總是在關鍵時刻帶領少量兵馬出現，每一次，都能夠力挽狂瀾。

而從第一天抵達瀚海都護府，到現在，接連兩個晚上，他都沒睡成囫圇覺。那些該死的敵軍，憑藉在自家門口作戰，熟悉地形的優勢，變著法子襲擊他的軍營。大部分襲擊，都沒給他麾下的狼騎們造成什麼損失，卻沒完沒了，有時候，甚至純粹就為了作弄。

羯曼陀相信，那兩個身穿山紋鎧的傢伙，不是婆閏麾下的將領。造價高昂的山紋鎧，草原上很少有部落會配備。而作戰本領那麼出色，眼光又那麼毒辣的回紇將領，他事先不可能連名字都沒有聽說過。羯曼陀也確定回紇人以前並不像現在這般難對付。以前他父親曾經率領狼騎與吐迷度可汗交過手，後者從來不屑於在夜間發動偷襲。更不屑專門作弄人的事情。而現在，回紇人的首領換成了婆閏，就全都學「精明」了，很顯然，有人在背後給婆閏出謀劃策。

兩相綜合之下，答案呼之欲出，那兩個身穿山紋鎧的傢伙，是姜簡特地留給婆閏的幫手。除了那兩個傢伙之外，婆閏身邊，至少還有一支規模不大，但作戰經驗極為豐富的謀士隊伍。

正因為有了可靠的幫手和出色的謀士，婆閏和他麾下的那些烏合之眾，才發揮出了遠遠超過其自身的戰鬥力。才能一次又一次，憑藉奇蹟般的表現，將殺入營地內的狼騎又硬生生給頂了出來。

然而，打鐵終究需要自身硬。姜簡給婆閏留下的幫手和謀士們，能短暫提高回紇人的戰鬥力，卻不可能讓後者澈底脫胎換骨。只要狼騎一直保持攻勢，不給那些中原來的幫手和謀士們喘息和調整戰術的機會，早晚能夠將婆閏和這廝麾下的回紇人全都打回原形。

「泥步設，弟兄們，弟兄們今天已經殺上去過兩輪了，並且午食只吃了幾塊馬肉。」與羯曼陀信心十足不同，伯克格爾蓋的意志明顯有些消沉，竟然冒著軍中大忌，沒有立刻奉命出擊。而是先站在羯曼陀面前猶豫了十幾個彈指功夫，然後低聲提醒。

「再殺上去一次，然後每人分半斤牛肉乾，補充體力！」羯曼陀皺著眉頭看了格爾蓋一眼，沉聲補充。「我心裡頭有數，最多兩刻鐘，就會派乞必帶人去接替你。」

「是，末將遵命！」伯克格爾蓋從羯曼陀的眼神中，感覺到了殺意，沒膽子再堅持自己的意見，躬下身體回應。

「伊力何，你帶領麾下弟兄，繞到敵軍營地北面去放火。」羯曼陀又皺了皺眉，繼續調兵遣將，「不求你能將鹿砦點燃，至少要吸引住一部分敵軍，讓婆閏不敢把兵力全都集中到西邊來！」

「遵命！」大箭伊力何早也就累得兩腿發軟，卻咬著牙高聲答應。

快速向瀚海都護府營地那邊掃了幾眼，羯曼陀又抓起第三支令箭，「呼倫，你帶領五百騎兵……」

「嗚嗚嗚——」沒等被他點到名字的將領上前接令，不遠處，卻傳來一聲警訊。緊跟著，短促的警訊一聲接著一聲，轉眼間就連成了串兒。幾名斥候伴著警訊聲，旋風一般策馬直奔他的羊毛大纛。

「大膽——」羯曼陀心裡打了個哆嗦，眉頭迅速皺成了一個疙瘩，「來人，去幫他們拉住戰馬，應該是我父汗那邊有新的指示。」仗打到現在，他已經不可能再收兵。所以，無論斥候帶著什麼樣的緊急軍情而來，都必須是他父親車鼻可汗的最新指示。

「是！」親兵們心領神會，答應著徒步迎向斥候，攤手攔住狂奔的戰馬。斥候們訓練有素，雖然已經累得口吐白沫，卻一個接一個滾下馬背。俯身在前來幫忙拉住坐騎的親兵們耳畔，以極低的聲音吩咐：「快，快扶著我們去泥步設身邊，緊急軍情，聽見的人越少越好。茨畢，茨畢伯克前天傍晚被姜簡生擒，後營，後營潰散！」

「什麼？」攙扶著斥候的幾名士兵大吃一驚，追問的話脫口而出。「你們從哪裡得來的消息？你們巡視的範圍分明是……」

「有二十幾名後營的兄弟，捨命趕過來向泥步設示警！」斥候頭目一邊繼續跌跌撞撞地向羯曼陀靠近，一邊斷斷續續地補充，「他們都累癱了，我給他們喝了馬奶酒，等他們的體力恢復一些，立刻就會親口向泥步設彙報。」為了避免影響軍心，他一直努力在壓低自己的聲音，然而，周圍仍舊有很多人，將他的話聽了個一清二楚。

沮喪和恐慌，沿著他所經過的道路，迅速向四周蔓延。很多突厥將領、謀士，都皺著眉頭左顧右盼。甚至包括剛接到羯曼陀將令的伊力何、格爾蓋、呼倫等人，也陸續停住了腳步，扭頭向羯曼陀處張望。

對於將領們來說，金雞嶺糧倉遭到唐軍偷襲，早已不是秘密。茨畢帶領右營區攔截誰，他們也心知肚明。茨畢被姜簡生擒，右營全軍覆沒，意味著姜簡帶領他手下的瀚海精銳，隨時都可能出現在大夥身後。而如果大夥還把體力和兵力，消耗在攻打回紇汗庭上，最可能出現的情況就是，汗庭沒打下來，大夥兒反而遭到了姜簡和婆閏的前後夾擊。然而，羯曼陀的決斷，卻跟將領和謀士們所期盼的，恰恰相反。

在數百人的注視下，他非常鎮定地聽完了斥候的回報，隨即，果斷舉起橫刀奮力下揮，「來人，吹角，催戰！今日不拿下回紇汗庭，誓不甘休！」

「泥步設，三思，三思啊！」葉護謝曼陀冒著被責罰的風險，快步衝到羯曼陀面前，躬身勸阻。

「泥步設，憤怒只會蒙蔽您的眼睛，不會幫您變得更睿智。」

「泥步設，最近一個鐵勒人的部落，距離這裡只有七百里。咱們可以先去那邊借一些糧草，然後再回來跟婆閏小賊算總帳！」

「對，鐵勒人既然向可汗稱臣，理當有所表示！」其他幾個伯克、梅祿們，也趕緊出言附和謝曼陀的觀點。

天頂多再有一個時辰就黑下來了，哪怕羯曼陀把所有兵馬全押上去，也未必能成功拿下回紇汗庭。而姜簡帶著瀚海精銳趕回來之後，糧草輜重盡數丟失的噩耗，將無法繼續向下面的士卒們隱瞞。沒有了糧食，軍心大亂的情況下，還要面對婆閏和姜簡的內外夾擊，大夥兒甭說打贏，能平安脫身恐怕都是白日做夢！

「右營的勇士可以豁出去性命星夜兼程跑來給我示警，姜簡和他麾下的那些回紇人，卻不可能馬不停蹄地趕路。」羯曼陀根本不為所動，撇了撇嘴，高聲回應，「如果他敢一晝夜奔行三百里，我只要派出五百名狼騎，就能砍下他的腦袋！」

固執歸固執，他的話，卻有一定道理。趕過來示警的右營殘兵，可以不在乎體力的消耗，因為他們最後只要還剩下最後一口氣兒，就能完成使命。而帶領瀚海都護府精銳的姜簡，卻不能豁出去性命地趕路。他必須給他自己和他麾下的弟兄們，留下一半兒體力隨時投入戰鬥。如此，他就不能選擇晝夜兼程，也不能整個白天都保持高強度行軍。那樣的話，他一晝夜的行軍速度，就不可能超過一百五十里。從出發到正式抵達回紇汗庭，至少需要兩個晝夜。

如果他膽敢違背這個規律，今晚就出現在回紇汗庭附近，就必然像拚命趕過來示警的右營狼騎一樣，累得連走路的力氣都剩不下。那樣的話，羯曼陀隨便派出幾百弟兄，就可以將他打得全軍覆沒。

當即，一眾勸阻羯曼陀的突厥將領和謀士們，就全都沒了詞。心裡頭一百二十個不願意繼續在回紇汗庭這裡耗下去，嘴上卻說不出必須馬上退兵的理由。

「泥步設果然深得用兵之妙，在下佩服！」就在眾突厥將領和謀士們乾著急卻沒辦法的時候，大食講經人阿不德的聲音，忽然響了起來，「回紇汗庭已經搖搖欲墜，我軍只要保持住目前的攻勢不變，最遲明天中午，就能將其踏平！」

「嗯？」眾突厥將領和謀士們，齊齊扭頭，看向阿不德的目光中，充滿了敵視。

車鼻可汗之所以這麼快就下定決心造反，就是受了幾個大食講經人的蠱惑。而羯曼陀和大夥落到如此窘迫境地，也有講經人一半兒「功勞」。

如果是在平時，眾將領和謀士們，看在大食國送給突厥別部的那些金銀、鎧甲和武器面子上，還不會對阿不德表示出太明顯的敵意。而現在，明明已經到了生死關頭，此人居然鼓動羯曼陀不計後果地保持對回紇汗庭的攻勢，大夥就實在忍無可忍了！

「智者過獎了！」羯曼陀心裡，對講經人阿不德也很厭煩。然而，看在此人表態支持自己的份上，搶在將領們發難之前，迅速向此人輕輕點頭，「我只是不甘心在最後關頭放棄而已。只要拿下回紇汗庭，咱們就有了足夠的軍糧。弟兄們士氣也會高漲，而姓姜的那邊，情況卻恰恰跟咱們相反。」

後面幾句，他主要是說給自己麾下的將領和謀士們聽的。當即，就將眾人的怒火，全都給憋回了肚子裡。

而講經人阿不德，則手扶胸口，用突厥禮向羯曼陀致敬。「泥步設高明！不過在下這裡，還有一個稍差一些的選擇，不知道泥步設有沒有興趣聽上一聽？」

「嗯？」羯曼陀的眉頭迅速上挑，低聲沉吟，看向阿不德的目光當中，立刻湧起了幾分警惕。什麼稍差一些的選擇，這廝分明是見勢不妙，也打起了開溜的主意。反正這兩天，戰死的將士裡頭，只有零星幾個是這廝從大食那邊帶過來的嘍囉。所以，即便狼狽地退兵，這廝也沒有任何損失。

「泥步設，可聽說過圍城打援？」講經人阿不德絲毫不以羯曼陀的目光為意，笑了笑，堅持補充，「婆閏日夜苦盼的，就是那支外出作戰的精銳。而那支隊伍匆匆忙忙趕回來，非但體力匱乏，連續作戰所造成的傷號，恐怕也來不及醫治。正如泥步設推測，他們要明天才能到達。而今夜如果您留下少量疑兵守營，帶領大軍後退到十里之外養精蓄銳，同時派出大量斥候切斷婆閏與那支隊伍之間的聯絡。明天，將士們就可以等著那支隊伍自投羅網。而只要那支隊伍被消滅，回紇汗庭，必將不戰而克！」

「圍城打援？我當然聽說過，智者莫非不知道這個詞來自大唐？而我自幼就熟讀他們的兵書！」羯曼陀的眉頭皺得更緊，宛若有人在他額頭上用刀子割出了一道道深溝，嘴裡說出來的話，也充滿了不屑的味道。

講經人阿不德太自以為是了，簡直是把他當成了沒讀過書的粗坯。而事實上，作為車鼻可汗之子，他從三歲起，就開始讀書識字。並且接觸到不止是突厥文的書籍，大唐、波斯、大食人先賢留下來的經典，他也多有涉獵。

而圍城打援，不過是《孫子兵法》當中虛實篇的一個變形，最為基礎不過，他怎麼可能聽都沒有聽說？

「泥步設誤會了，在下從來沒小看過你的智慧。真神的經文也時刻教誨在下，不要小瞧任何人，哪怕他茹毛飲血。」講經人阿不德非常有耐心，輕輕躬了下身子，笑著解釋，「在下剛才只是擔心，泥步設因為過於繁忙，一時沒能想起來這一招。而在下，既然追隨泥步設左右，理當替泥步設查缺補漏。」

「嗯——」羯曼陀勉強接受了他的解釋，沉吟著將目光轉向身邊的將領和謀士們。幾乎在所有人的臉上，他都看到了濃濃的倦意和殷切的期盼。很顯然，在斥候說出茨畢被姜簡生擒那一瞬間，各位將領和謀士們，就對攻克回紇汗庭澈底失去了信心。而講經人阿不德出來的，正是時候。

「也罷，那就放婆閏多活幾天。」心中偷偷嘆了一口氣，羯曼陀果斷順坡下驢，「收兵，先回軍營！」

「泥步設英明！」眾將領和謀士們頓時全都鬆了一口氣，齊齊啞著嗓子讚頌。雖說姜簡麾下，所帶領的弟兄，乃是回紇最精銳的一部分。大夥前去堵截此人，必然會面臨一場惡戰。但是，終究可以面對面在曠野裡打個痛快，並且有機會發揮狼騎所長。遠好於繼續強攻回紇汗庭，面對沒完沒了的各種機關和花招。連續兩天的強攻下來，眾人感覺就像老虎掉進了沼澤。鋒利的牙齒和強壯的四肢，全都發揮不了作用。而敵軍就像沼澤地裡的水蛇和螞蟥，總是咬在老虎防備不到的地方，不停地給老虎下毒或者放血。

「我如了你們的意，當然英明。否則，哪怕我的決策再正確，也得有人認真執行才能有個好結果。」將眾人的表現全都看在了眼裡，羯曼陀在心中嘆息嘀咕著。

「傳令三軍，撤回軍營之後，抓緊時間休整。」嘀咕過後，他又強裝出一副舉重若輕模樣，笑著揮手，「待天黑之後，我帶領主力後撤二十里，另尋避風處休整，謝曼陀葉護帶一千人留在軍營充當疑兵，順便監視婆閏的一舉一動！」

「是！」眾將和謀士們，同時，一個個如釋重負。羯曼陀見了，心中愈發不痛快。然而，卻不能將剛剛發出的命令強行收回。強打精神笑了笑，跳上坐騎，在親兵們的簇擁下，緩緩退後。

「嗚嗚嗚，嗚嗚嗚，嗚嗚嗚……」號角聲變得暗啞且低沉，將羯曼陀的最新命令，迅速傳到所有突厥狼騎的耳朵。正在瀚海都護府營地內部，與回紇將士反覆爭奪幾段壕溝的狼騎們，先是愣了愣，隨即，放棄進攻，像潮水般快速後退。

突如其來的變化，讓與他們交戰的瀚海健兒們，也猝不及防。一個個本能地瞪圓了眼睛，滿臉警惕，以防中了突厥狼騎的詭計。直到發現所有狼騎都退出了營地周圍鹿砦的殘骸之外，才終於相信大夥將這一天又成功熬了過去，一個個用兵器支撐住疲憊不堪的身體，放聲歡呼：「狼騎退了，狼騎退了，咱們守住了！」

「突厥狗退了，咱們又守住了！」

「突厥狗，天黑還早著呢，有種別走啊！」

「突厥狗，爺爺明天一大早等著你！」更多的歡呼聲，在營地內各處響起。壕溝旁、矮牆後、箭樓內，帳篷側，數以百計的回紇健兒們，拖著疲憊的身軀，揮舞起兵器，又笑又跳。

「奶奶的，又抽哪門子瘋？怕是在憋什麼大招！」曲彬腿一軟，差點栽倒在地上。扔掉手中已經砍成了鋸齒狀的横刀，手扶自己的膝蓋，破口大罵。經驗豐富的他，不像身邊瀚海健兒們那麼興奮。相反的，心裡頭卻湧起了一團迷霧。不對勁兒，非常不對勁兒。仗不是這麼打的，羯曼陀哪怕再外行，再心虛，至少也應該打到天黑之後，才能下令收兵。如此，夜幕就能完美掩蓋住他的真正動機。接下來，無論他是養精蓄銳準備明日再戰也好，還是帶著麾下狼騎悄悄撤離也罷，都不會遭到瀚海都護府這邊任何干擾和牽制。而不等天黑就收兵，明顯暴露出狼騎上下已經澈底喪失了拿下瀚海都護府的信心。接下來，再想要像今天這般無限接近於勝利，已經沒有任何可能！

「會不會，會不會是姜簡設趕回來了！」特勤阿紮圖和別將薩斯比兩人互相攙扶著，走到曲彬身側，喘著粗氣推斷。二人身上都多處受傷，全靠鎧甲防禦才能堅持到現在。當從成功守住了營地的興奮中冷靜下來之後，也立即發現突厥狼騎退得實在太蹊蹺。不像曲彬，總是將敵人的本事往高處想。特勤阿紮圖和別將薩斯比二人發現了問題之後，立刻就想出了一個最符合己方利益的答案。那就是，姜簡帶領瀚海精銳趕回來了。羯曼陀擔心在戰鬥最激烈的時候，姜簡在他背後發起突襲，所以放棄了進攻，主動將其麾下兵馬退回營地休整。「不可能，他一來一回，路程細算下來有六七百里。除非他在金雞嶺那邊沒遇到任何抵抗，趕回來的路上，羯曼陀也沒派任何兵馬阻攔他。」王達的身影，也緊跟著出現，對阿紮圖和薩斯比兩人的判斷深表懷疑。

「那您老說，還能是什麼原因？」阿紮圖和薩斯比兩人不服氣，喘息著反問。「總不能說羯曼陀心軟了，放了咱們一馬！」

「狼騎，狼騎損失太重，體力也支撐不住。並且，並且……」王達搖搖頭，煞有介事地分析。然而，話說了一半兒，卻發現自己的推斷在邏輯上大有問題。又偷偷將後半句吞回了肚子裡。「並且狼騎現在退了，不意味著今天戰鬥結束。說不定，他們還會養足了精神，在夜間發起偷襲。」

話音剛落，曲彬卻又立刻出言反駁，「不可能，我在夜裡跟狼騎交過手。他們非常不習慣夜戰，白天拿不下瀚海都護府，夜裡更沒可能！」

「我也沒說一定如此。總之，多提防一些，沒有壞處！」王達有些下不來台，皺著眉頭補充。

「他們兩個的推測，也未必沒道理。」曲彬沒有力氣跟他爭論，想了想，迅速做出了結論，「走，咱們去見胡老大和姜大小姐，聽他倆怎麼說。如果需要提防突厥人夜襲，咱們就趕緊指派人手。如果姜簡可能已經趕了回來，就需要派人跟他聯絡，以防……」話說到一半兒，他忽然身體一僵。隨即，不顧身上的傷口還在滲血，撒腿就往營地中央處狂奔，「得趕緊派人提醒姜簡，小心羯曼陀。他急著回來救他姐姐和婆閏，我要是羯曼陀，就在半路上提前佈置下伏兵，殺他個措手不及！」

第一百二十章　夾生飯

「不必擔心，姜簡對周圍的地形遠比羯曼陀熟悉，手上還有一隻蒼鷹。羯曼陀想要半路上埋伏，根本沒有成功的可能！」一刻鐘之後，聽了曲彬和阿紮圖等人的彙報，胡子曰坐直了身體，笑著搖頭。

他上次的傷勢還沒恢復，最近兩天又沒日沒夜地操勞，看上去瘦得形銷骨立。然而，他的兩隻眼睛，卻精光閃爍，彷彿瞳孔背後隱藏著兩團熊熊燃燒的火焰。

那是以燃燒生命為代價才有的光亮，曲彬等人看得心疼。趕緊七嘴八舌地勸他躺下說話。胡子曰卻再度笑著搖頭，「躺什麼啊，再躺，我身上就長蘑菇了。姜簡那邊應該沒事，如果不放心，曲二你等會兒可以派斥候去接應他一下。不過，讓斥候們一定要小心，遇到突厥人的攔截，立刻返回營地。寧可聯絡不上姜簡，也不要硬闖。」

「知道了，胡老大，這個我來安排，你放心休養就是！」曲彬好生後悔剛才自己帶頭來找胡子曰，答應著用力點頭。

「都護，趁著天還沒黑，安排些人手去修補鹿砦吧。突厥人今天不會再打了，明天我估計也夠嗆。」胡子曰仍舊沒有躺倒的念頭，想了想，笑著向婆閏提議：「如果不出什麼意外，接下來羯曼陀可能就要退兵，轉頭去禍害別人了。」

「真的？」婆閏喜出望外，瞪圓了眼睛尋求確認。

今天下午形勢最危急的時候，他已經做好了戰死的準備。沒想到羯曼陀打著打著，就突然命人吹響了收兵回營的號角。更沒想到，羯曼陀很可能會就此放棄對瀚海都護府的進攻，帶著突厥狼騎開溜。

「這有什麼真的假的，只是我自己的判斷而已。具體作得作不得準，肯定需要你自己想辦法去驗證。」胡子曰看了他一眼，非常耐心地解釋，「打仗這種事情，最講究一鼓作氣。做主將的突然下令收兵，表面看上去損失不大，實際上，卻把弟兄們肚子裡那股氣兒給洩了。接下來，除非他得到強援，或者許下潑天的賞格，否則很難讓他麾下的狼騎再像昨天和今天這般全力以赴。」

「那我今晚派人出去試探一下！」婆閏一點就透，立刻低聲回應。

胡子曰想都不想，便笑著搖頭，「應該試探不出什麼結果來。羯曼陀打仗的本事不算太差，越是即將撤走，他越會小心提防你派兵偷襲，並且越會表現得氣焰囂張。」

「不過……」頓了頓，他繼續提議：「你可以派人繞到狼騎的營地背後，找機會抓幾個活口回來。還是那句話，別硬碰硬，一旦發現點子硬，立刻撤回來。」

「我帶人去！讓曲二今夜歇一歇。」王達眼神一亮，在旁邊主動請纓，「我這兩天不算很累，也僥倖沒受傷。」

「你一直運氣好。」曲彬也不跟他爭，笑著回應，「除了官運、財運和女人運之外，其他運氣都不差！」

「你這是誇我呢，還是貶我呢？」王達扭過頭，朝著他大翻白眼，「除了這三樣，其他方面的運氣再好有啥用？」

「那可不一定，至少你在戰場上會活得比任何人都長。」曲彬笑著接過話頭，高聲反駁，「要不然咱倆換換，我要你這不受傷的好運氣，我這邊，你看上哪方面的運氣，隨便挑。」

「還是算了吧，我好歹只缺三樣運氣，你那邊純是大坑，除了傷疤之外，什麼都缺。」王達果斷笑著擺手。周圍的人聽了，也都笑著撫掌。突厥狼騎今天雖然退得非常突兀，卻讓大夥終於有時間喘上一口氣，至於官運、財運和女人運，總得先有命活下來再說。

「把壕溝連接到一起，然後繼續灌上水。這樣，哪怕羯曼陀不甘心，忽然又改了主意，派狼騎半夜來偷襲，也能阻擋他們一陣子。」胡子曰也跟著大夥笑了片刻，忽然又低聲補充，「並且，即便這次用不上，將來也能當護城河使。就是中原的護城河通常都挖在城牆之外，咱們這邊挖在鹿砦裡頭。」

婆閏再次毫不猶豫地接受了他的提議，笑著點頭，「嗯，您老放心，我這就安排青壯去做。還有兩千多名青壯，沒怎麼受過訓練。我不放心他們的本事，才一直把他們當做後備隊。接下來讓他們幫忙挖溝灌水，他們肯定能夠勝任。」

「嗯，那就省力氣多了。」胡子曰終於支撐不住，緩緩地躺了下去，兩隻眼睛裡頭，卻仍舊有火焰跳動，「可惜你麾下的能用的兵馬太少，要不然，可以找機會尾隨追殺，狠狠教訓突厥狼騎一次。羯曼陀把仗打成了夾生飯，麾下的狼騎士氣會非常低迷。這會兒與他野戰，比平時更容易取勝。另外，光憑藉計謀，耗走了羯曼陀，很難贏得草原上其他各部的歸心。如果能在野戰中跟狼騎戰上一回，哪怕是慘勝，接下來也會有很多部落，暗中派人跟你聯繫。特別是像葛邏祿、室韋這種小部落，跟著車鼻可汗走實屬無奈。而車鼻可汗又素來不把他們當人看。你野戰中打贏狼騎一次，他們心裡就倒向你一分。有這樣兩三次勝利，車鼻可汗背後就會亂起來，你也就有了更多時間去整軍備戰，甚至向突厥人發起反攻。」

這個謀劃著實有些長遠，婆閏雖然聽得很明白，臉上的笑容卻有些發苦。大夥能夠守住瀚海都護府，拖到姜簡趕回來支援，在他看來，已經是創造了奇蹟。至於尾隨追殺和反攻，就憑他麾下這些沒怎麼接受過訓練的回紇青壯，恐怕非但打不出什麼好結果，反而會被敵軍反咬一口，將先前的收穫，翻倍給敵軍吐出去。

「我只是隨口一說，你不必為難，更不必趕鴨子上架。」胡子曰立刻明白了婆閏的想法，搖搖頭，笑著閉上了眼睛。身體明明疲乏得幾乎要散架，然而，他卻無法讓自己儘快睡著。眼前總是閃過姜簡和杜七藝兩人的影子。如果剛才換了姜簡和杜七藝兩個與婆閏易位而處的話，恐怕寧可冒著被突厥狼騎反咬一口的風險，也會全力一試。婆閏終究年紀太小了一些，又被他父親吐迷度保護得太好。性子偏於綿軟，不像姜簡那樣豁得出去，也不像杜七藝那樣能夠迅速在心中計算出冒險能夠得到和可能失去的，哪一邊更多。他忽然很期待，姜簡和杜七藝兩個，能夠明天一大早就出現在都護府營地內。

第一百二十一章　破

經驗這東西，有時候的確非常重要。胡子曰沒讀過什麼兵書，也沒當過一天將軍，然而，他對突厥狼騎下一步動作的預判，準頭卻高達七成以上。

當天夜裡，婆閏派遣阿紮圖帶領四百瀚海健兒去偷襲突厥狼騎的軍營，果然遭到了非常劇烈的反擊。若不是阿紮圖心中牢牢記得胡子曰的叮囑，發現情況不妙果斷下令撤退，這批弟兄恐怕全都得一去不回。

而另外一支由王達帶領繞到突厥狼騎軍營背後的瀚海健兒，卻收穫頗豐。非但成功伏擊了一小隊狼騎，這支狼騎所保護的小梅祿頡士其還給抓了回來。後者作為一名掌管軍需的帳房，遠不像其他武將那麼有骨氣。被王達用江湖手段稍稍整治了幾下，就將他自己所知道的情報，竹筒倒豆子般交代了個底朝天。

得知羯曼陀已經偷偷帶領狼騎主力退到二十里外，瀚海都護府上下愈發士氣高漲。不分男女老幼，士兵百姓，一起動手，連夜就將被突厥人填平的壕溝重新挖通並且灌滿了水。順帶還在壕溝之後，用草袋子裝著泥土壘了數十條一丈寬六尺高的短牆。哪怕天亮之後羯曼陀去而復返，想拿下瀚海都護府，也是白日做夢。

而羯曼陀那邊，發現自家小梅祿頡士其被對手活捉，立刻明白自己這邊的虛實已經盡數暴露。也沒了繼續跟婆閏死耗的底氣，乾脆順水推舟，給留守營地的葉護謝曼陀下了一道軍令，讓此人帶領其麾下那一千狼騎拆了帳篷，將能帶走的物資全都放在馬背上帶著跟自己會合，實在帶不走的，則放火付之一炬。看到突厥狼騎的營地突然冒起了濃煙，婆閏和胡子曰等人立刻判斷出，對手即將正式撤兵，趕緊組織人馬尾隨追殺。但是速度終究慢了半拍，只咬住並全殲了葉護謝曼陀特意留下來斷後的幾百葛邏祿僕從和二十幾名負責監督葛邏祿僕從的突厥死士，剩下的大隊狼騎，一個也沒追上。

憑藉一萬餘沒經過嚴格訓練的烏合之眾，將數量跟己方差不多的突厥狼騎硬生生耗走，對剛剛經歷過一場內亂的瀚海都護府來說，已經是出乎預料的大勝。因此，無論婆閏還是胡子曰、姜蓉，都不為沒能夠留下更多的狼騎而感覺遺憾。很快就將追殺對手的兵馬全部撤回營地，一邊清理戰場，掩埋屍體，避免瘟疫的發生。一邊派斥候去與姜簡聯絡，提醒他小心路上遭到埋伏，並且確定他如今所在的位置。

然而，胡子曰終究不是諸葛亮，做不到料事如神。時間一轉眼就又過去了三天，瀚海都護府這邊接連派出去的幾組斥候，非但都沒送回來姜簡的消息，甚至自己也消失得無影無蹤。

這下，非但婆閏和姜蓉兩個心中開始發毛，就連對姜簡最放心的胡子曰，也悄悄開始跟王達、曲彬等人嘀咕：「姜簡這小子到底去哪了？會不會一時失察，真的著了羯曼陀的道兒吧？」

「再等一宿，如果明天早晨他還不回來，我就親自帶人去追蹤突厥狼騎的去向！」曲彬心思靈活，立刻低聲宣佈，「找姜簡難，找羯曼陀卻容易。那麼多狼騎，總不至於也全像水也一樣滲到地底下去。」

「對，明天你帶人去追蹤羯曼陀。他如果試圖伏擊姜簡，肯定會迎著姜簡走。他如果澈底放棄了，姜簡他們也就安全了。」胡子曰聽得眼神一亮，握緊拳頭砸自己的手掌心。

夜幕很快降臨，秋風帶著料峭的寒意，籠罩了整個曠野。曠野中，草尖上迅速凝結出了一層白霜，在星光的照耀下，閃閃發亮。借著夜空中的星光，羯曼陀帶領麾下的突厥狼騎，迅速撲向了烏都德健山（杭愛山脈）。山腳邊有一個室韋人的部落，人口規模在三萬上下。羯曼陀在前去攻打瀚海都護府的路上，曾經路過這個部落，所以清楚地知道這個部落的具體情況。

部落裡，四十歲以上的「老年人」不多，只有一成出頭。女人和孩子，則佔據了總人口五成半上下。其餘一萬出頭，按照室韋人自己的說法，都是一等一的勇士。然而，按照羯曼陀的標準，這一萬出頭室韋勇士，絕對是烏合之眾。鎧甲只是簡單的一層生牛皮，兵器多為木棍和鐵鐧與柘木弓。

對戰爭的理解，仍舊停留在群毆的水準，具體戰鬥力，恐怕連葛邏祿僕從都不如。

這樣的一個部落，對於急需補給的突厥狼騎來說，就是狼神賜給自己的活動倉庫。突然撲過去，將敢於抵抗的成年室韋男丁擊潰，接下來乳酪、肉乾、糧食、馬料，女人，就可以隨便拿。

雖然這個部落，早就向車鼻可汗表示了臣服，並且還曾經主動送了大筆物資勞軍，羯曼陀帶兵偷襲它，有點兒不講道義。然而，與麾下狼騎全都餓死在歸途中相比，道義連屁都算不上。

而滅掉這個室韋部落，大肆洗劫財物，將女人掠入軍中，將孩子們盡數變成奴隸，也能令剛剛吃過一頓「夾生飯」的狼騎，迅速恢復士氣。以便面對沿途中的各種突發情況。

至於當初那個「圍城打援」作戰計畫，羯曼陀從兩天前開始，就不再提。為他獻策的講經人阿不德，也非常識趣的沒有做出任何表示。

如果當初他不獻計圍城兒打援，羯曼陀肯定還會咬著牙繼續命令全體狼騎向回紇汗庭發動進攻。不會下令退到二十里外養精蓄銳，也不會面臨麾下的眾狼騎精神頭沒養起來，士氣卻一蹶不振的窘迫狀況。更不會出現掌管軍需的小梅祿被敵軍掠走，虛實盡數被對手得知的尷尬。

所以，當羯曼陀不得不將截殺姜簡的計畫放棄，轉而準備去洗劫室韋部落補充大軍所需之後，很快，突厥軍中就有傳言，泥步設使誤信了講經人的諫言，才導致拿下回紇汗庭的戰鬥功虧一簣。

全軍上下，很多人都認為，如果當初不退兵，而是繼續向回紇汗庭內發起衝鋒，也許當天晚上，就能砍下婆閏的腦袋。那樣的話，回紇汗庭內所有財物、女人和糧草輜重，就全歸了狼騎所有。眾人根本不用頂著越來越冷的北風，奔行數百里，去洗劫室韋部落。

在這種情況下，如果講經人阿不德，還繼續在羯曼陀面前指手畫腳。恐怕不用任何人提醒，羯曼陀也會借他的腦袋，來平息麾下將士的怨氣了。作為一個萬裡挑一的智者，阿不德毫不猶豫地選擇了遺忘，並且在行軍途中，儘量不出現在羯曼陀面前。

他的命，是為了傳播真神的榮光所生的，不能葬送在一群野蠻的突厥人手裡。突厥別部，不過是他和他的老師奧馬爾，利用來為真神開路的野獸。為了利用這些野獸，他可以與對方為伍，可以表現得謙卑有禮，卻永遠不會將自己與對方等同，也不會讓自己變成對方的血食。

「等洗劫完了室韋人的部落，拿到足夠的補給，就跟羯曼陀辭行。去一趟北面的都播人那裡，傳播真神的智慧。」抬頭看了看前面的山口，講經人阿不德在心中悄悄做出決定。

這種情況下，暫時跟羯曼陀分開是最佳選擇。後者能力有限且野心勃勃。待斷糧的危機過去之後，為了推卸鎩羽而歸的責任，肯定得找一個人出來頂罪。而自己，恐怕是最好的目標。

山口處，隱約有星光閃耀，宛若一頭猛獸，在輕輕地眨動眼睛。剎那間，講經人阿不德全身上下的寒毛根根豎起，示警的尖叫脫口而出：「有埋伏，前面有埋伏，小心——」

「嗚嗚——嗚嗚——」短促乾脆的號角聲，緊跟著響起，比夜風還要冷上十倍。不是突厥狼騎吹響的示警號角，而是來自前方的山口。夜幕下，更多的寒光開始閃爍，一整隊騎兵沿著山坡呼嘯而下，前鋒所指，正是羯曼陀和他身邊疲憊不堪的狼騎大軍！

這隊騎兵人數不算多，只有一千三百出頭。配合也不夠默契，前鋒、中央與隊尾，都因為速度過快，出現了好幾處脫節。然而，他們所造成的聲勢，卻如山崩海嘯。

走在突厥人隊伍最前方負責探路的二十餘名斥候，連逃命都沒來得及，就被騎兵砍成了肉泥。刀光閃爍，馬蹄擊打在岩石上，濺起一串串火星。那支騎兵速度沒有絲毫停滯，繼續踩向突厥人的頭頂，身上的鎧甲彼此碰撞，鏗鏘聲宛若銅鼓鐵瑟！

「格爾蓋，帶你麾下的弟兄頂上去，纏住他們。伊力何、禿庫你們兩個各帶一箭弟兄，從側面斜插，切斷敵軍。普魯，你……」羯曼陀被馬蹄聲和鎧甲碰撞聲，敲得頭皮一陣陣發麻，卻強作鎮定調兵遣將。

「遵命！」「得令！」「明白！」被點到名字的將領紛紛回應，動作卻明顯慢了半拍。人不是鐵打的，再勇猛的將士，長途跋涉之後也會感覺腰痠背疼，四肢疲軟。而連番的損兵折將，也令羯曼陀的威望大不如前。

說句公道話，攻打瀚海都護府卻鎩羽而歸的責任，不應該由羯曼陀一個人來背。是眾將領得知姜簡回歸在即，擔心腹背受敵，先失去了鬥志，羯曼陀才被迫接受了講經人阿不德的提議，帶領狼騎們撤下去伏擊姜簡。

同樣道理，伏擊戰半途而廢，也不能全怪羯曼陀。被伏擊的目標不知去向，而軍糧和馬料都即將用盡。他只能先想辦法解決狼騎們的挨餓問題，再考慮其他。但是，突厥人是狼神的後裔，講究的向來就不是什麼公道，而是實力。

狼群裡的公狼，不會因為狼王曾經帶領他們打敗過老虎，就永遠對牠俯首貼耳。當牠有某一天老去，受傷，或者身體不夠強健，牠的權威便會迅速衰退，甚至立刻被族群內最為強健的那頭公狼挑戰，勝者為王，敗者被驅逐出族群，餓死於曠野。是以，哪怕羯曼陀有一萬個理由，仗打成這個樣子，也證明了他實力不夠強大。

實力不夠強大，就無法保持以往的威信。哪怕眾將士畏懼他的父親車鼻可汗，心中不敢立刻生出取而代之的念頭，至少在接受他的命令之時，會猶豫命令是否該立刻執行。

片刻的猶豫，足以影響戰局的走向。

短短幾個彈指功夫，山口處衝下來的那支騎兵，就將自身與突厥狼騎本隊之間的距離，拉近到了五十步之內。弓弦聲夾在狂暴的馬蹄聲中間，弱如細雨潤物。數以百計的羽箭，借著戰馬前衝之勢，迎面射向突厥狼騎的胸口。

緊跟著，箭鏃與鎧甲碰撞聲、慘叫聲、戰馬的悲鳴聲，交替而起。突厥狼騎的本隊，從正前方向後崩碎一大截。近百人落馬，倒在血泊中翻滾掙扎。還有上百匹戰馬中箭，悲鳴著前竄後跳，將混亂向後迅速傳播，將其背上的主人接二連三摔下馬鞍，摔成滾地葫蘆。

來不及放第二箭，姜簡鬆開手，任由拴著皮繩的騎弓，向馬鞍左側墜落。同時抽槊、平端、挺腰、前刺、雙腿夾緊馬腹，一連串動作如同行雲流水，雪亮的槊鋒直奔擋在自己面前的一名狼騎。那名狼騎慌忙舉起橫刀撥擋，刀身與雪亮的槊鋒相撞，濺起一連串火星。然而卻沒法令馬槊的方向改變分毫。

「啊——」他尖叫著側身躲避，卻已經來不及。槊鋒貼著刀身高速向前，捅穿他的皮甲，血肉和內臟。隨即，他的屍體飛上了天空，雙眼圓睜，死不瞑目。

「啊——」「啊——」尖叫聲此起彼伏。姜簡身側，更多的狼騎先後被瀚海勇士用長槊挑飛，血落如瀑。戰馬和鎧甲，轉眼被血染紅。菊花青的速度，卻變得更快。馱著姜簡，繼續向前狂奔。所過之處，突厥狼騎要麼被挑飛，要麼倉皇閃避，誰也無法擋住他的去路。這片連綿的山脈，被當地人稱作烏都德健。史書上，此山還有一個更為響亮的漢家名字，狼居胥。

第一百二十二章　狼居胥下

昔日大漢驃騎將軍霍去病為了澈底解決匈奴威脅，領兵越過大漠，直搗匈奴人老巢，一戰斬殺、俘虜敵人七萬，生擒匈奴王爺、相國、將領無數。隨即，在狼居胥山的主峰築壇祭奠陣亡將士，史家稱之「封狼居胥」。從那時起，封狼居胥就成了所有中原武將的最高夢想。

今夜，姜簡背靠狼居胥，帶領瀚海唐軍伏擊突厥狼騎。遙想霍去病當年的英姿，怎麼可能不熱血澎湃。不能放羯曼陀就這麼輕鬆離開。昔日霍去病狼居胥一戰，為大漢邊境贏得了近二十年安寧。他姜簡不敢與霍驃騎比肩，至少要把羯曼陀和此人麾下的狼騎打疼，讓這群強盜今後望瀚海都護府的旌旗而色變。狼騎們不會記得這場戰爭的起因，也不會在乎誰是誰非。他們只會記得自己在瀚海都護府遭到了頑強抵抗，只會記得一場勢在必得的戰鬥，稀裡糊塗就做成了夾生飯。

如果輕鬆讓他們離去，只要稍微恢復了一些實力，他們就又會氣勢洶洶地殺回來。殺死所有的成年男子，掠走所有值錢的東西和牲畜，將女人和小孩變成他們的奴隸。所以，只有讓狼騎們明白，所有惡行都必須付出代價，甚至十倍百倍。他們才會記得今夜的痛，才會在下一次跟隨某個「狼王」殺來之時，有所顧忌。而那些主動向突厥狼騎獻上財物、糧食和女子的草原部落，看到突厥狼騎在野戰中被打得哭爹喊娘，才會明白，原來狼騎並不像他們想像的那麼強大。原來他們只要拿起兵器反抗，就有可能與瀚海都護府一樣，將狼騎趕回老家。所以，三天前通過獵鷹的眼睛，發現了羯曼陀及此人所部狼騎，姜簡就密切地注視著這支敵軍的一舉一動。

瀚海都護府營地周圍三百里，都是回紇人的傳統牧場。瓦斯、禿釐等人，對周圍的地形瞭若指掌。憑藉對地形的熟悉，姜簡帶領大夥，成功避開了敵軍的所有斥候，並且將婆閏派來尋找自己的斥候，全部留在隊伍之中，讓羯曼陀始終找不到自己的行蹤。

當羯曼陀再度半途而廢，帶領麾下狼騎撲向狼居胥北側的室韋部落。姜簡知道機會來了，帶領著身邊所有還能行動的弟兄，抄近路埋伏在了谷口。

此戰，不僅僅涉及到瀚海都護府，在即將到來的冬季，能否得到五個月安寧。還涉及到這片草原上的所有人，今後要遵從怎樣的規則？是漢家的規矩和法度，還是突厥人的弱肉強食。無暇向身邊的將士們仔細講述自己為什麼要帶領大夥冒險伏擊五倍於己的狼騎，講了，估計能聽懂的人也不會超過二十個。所以，姜簡抄起長槊，衝在了整個隊伍的最前頭。武將不是文官，不需要用大道理說服弟兄們按照自己的號令行事。他卻可以選擇身先士卒。

當你策馬直撲敵軍帥旗之時，至少五成以上弟兄，會不顧一切追隨。當你親手斬殺第一名敵將，至少七成以上弟兄，會為之熱血沸騰。當你徑直殺過去，親手從敵軍中撕開一條缺口，至少九成以上弟兄，會吶喊著跟上你的腳步，忘記心中所有恐懼。這是姜簡從博陵大總管留下的兵書中，領悟出來另一個心得。是否完全準確，還有待驗證。但是，至少為他指出了前進的方向。

他身邊的瀚海勇士，只有一千四百出頭，而眼前的突厥狼騎，數量超過七千。山口之後不遠處，還有一個已經投靠了突厥人的室韋部落，隨時可能派兵趕過來加入戰團。只有像李旭當年那樣策馬持槊衝在整個隊伍的正前方，他才可能速戰速決，搶在室韋人正式參戰之前，就鎖定勝局。只有在極短的時間之內鎖定勝局，室韋人才會放棄為虎作倀的念頭，原地觀望。而接下來，他才可能帶領麾下將士飄然離去，留下滿地的狼騎屍骸。讓室韋部落的吐屯和長老們認真考慮，他們先前背叛大唐，投靠車鼻可汗的選擇，是否正確？

「唏吁吁——」彷彿與自家主人心有靈犀，菊花青嘴裡發出一聲長嘯，越過兩名突厥狼騎的屍體，再度加速。

一支冷箭呼嘯而至，射在明光鎧的護胸處，濺起數點火星。姜簡抬眼望去，只見一名臉上帶著刀疤的突厥伯克，正在三十幾步之外，將第二支羽箭搭上弓臂。雙方距離太遠，姜簡不可能搶在羽箭脫離弓弦之前，衝到此人近前將其挑飛，只能果斷將身體貼向菊花青的脖頸。

「嗖——」第二支羽箭，在他頭盔上方半尺高處飛過，風聲刺激得他的頭皮陣陣發麻。沒等他將身體重新坐直，一名突厥大箭已經揮刀撲至，雪亮的刀刃直奔他的脖頸。姜簡果斷豎起長槊，擋住了對方的致命一擊。緊跟著左臂斜推，右臂回拉，手中長槊宛若蟒蛇翻滾，將橫刀攪飛到了半空之中。只一招就空了雙手，突厥大箭滿臉錯愕，尖叫著撥歪馬頭，試圖與姜簡拉開距離。兩名慌不擇路的狼騎，策馬從他身邊跑過，剛好擋住了他的去路。不給他更多反應時間，姜簡揮槊橫掃，「砰」地一聲，正中此人的後腦勺。

包裹著鐵皮的頭盔在強大的衝擊力下，迅速變形。突厥大箭的身體不受控制地前撲，鮮血從眼睛、鼻孔、嘴巴，耳朵等處汩汩而出。他胯下的戰馬知道不妙，悲鳴著加速，試圖帶著主人脫離戰場，迎面衝上來的瓦斯特勤毫不猶豫地揮刀，將失去抵抗力的突厥大箭斬作兩段。

「嗖——」第三支冷箭飛來，貼著姜簡的耳畔掠過，不知去向。「保護姜簡設！」瓦斯大叫，捨命加速撲上，護在了姜簡的身側。「保護姜簡設！」「幹掉那個放冷箭的傢伙！」禿蠻、巴勒等人，也加速前衝，從側面為姜簡撐起一堵無形的護罩。「嗖，嗖，嗖——」趙雄人狠話不多，接連開弓，將刀疤臉突厥伯克逼得手忙腳亂。

面前的壓力迅速減輕，姜簡毫不猶豫策馬舞槊，衝向那名刀疤臉突厥伯克。後者被趙雄逼得自顧不暇，無法繼續放冷箭阻擋他靠近。只能丟下騎弓，抓起皮盾先護住自己的要害，同時扯開嗓子高聲向四周圍求援。

幾名與他平時走得近的大箭、小箭們，帶領各自的下屬硬著頭皮擋在了他的戰馬前方。四周圍，其他三十幾名終於緩過神來的突厥將士，也叫囂著高舉兵器向他身前匯攏。然而，此時此刻，已經失去先機的狼騎們，無論在速度、組織能力方面，還是在勇氣上，都跟瀚海唐軍差了一大截。轉眼間，就被姜簡和他身邊的弟兄們，衝了個七零八落。

「啊啊啊啊啊——」眼看著姜簡距離自己已經不足十步，刀疤臉突厥伯克大聲尖叫了起來。除了左手中的皮盾之外，他右手裡還拎著一根五尺長的鋼鞭，揮舞在胸前虎虎生風。

姜簡故意將槊鋒抬高，一槊刺向刀疤臉的脖頸。後者兵器不如馬槊長，只能先行格擋。鋼鞭過處，卻掃了一個空。刺向他脖頸的槊鋒竟然在半空中畫了一道弧，繞開了鋼鞭，再度奔向他的肋骨之下。已經來不及將鋼鞭收回，刀疤臉伯克大叫著擰身，讓開槊鋒。姜簡的手中的馬槊卻又一次變招，由刺改拔，如同鐮刀般，橫著撥向他的肚皮。

「噹啷！」塞在鎧甲夾層處的護心鐵板，與槊鋒相撞，發出清脆的聲響。槊鋒割穿了一層牛皮之後，被鐵板阻擋，難以為繼。然而，巨大的推力，卻將刀疤臉伯克直接推下了馬背。

姜簡策馬持槊，從此人身邊直衝而過，根本沒功夫再補上致命一擊。跟上來的瓦斯、杜爾和其他瀚海勇士，也相繼從此人身邊衝過，同時每人手中的橫刀都如鞭子般向下斜掃，一刀，兩刀，三刀……，掙扎著重新站起身的刀疤臉伯克，肩膀、胸口、後背等處連續中刀，像陀螺般在原地轉了一個圈子，又踉蹌著栽倒。

刀疤臉身邊的親信們，被嚇得魂飛魄散，紛紛撥轉坐騎，向兩側與斜後方退避。姜簡持槊而刺，將擋在自己面前的敵軍，挨個送回老家。眼前的人影忽然變得稀疏，卻是這一段路上的突厥狼騎，澈底崩潰。帶著幾分驚喜抬頭眺望，他看到，在一百五六十步之外，羯曼陀的帥旗異常醒目。

「擒賊擒王！」用長槊遙遙指向羯曼陀的帥旗，姜簡扯開嗓子大叫。四周圍人喊馬嘶聲響成一片，兵器撞擊聲宛若狂風暴雨，他的聲音，只傳入了距離他最近的那十幾個人的耳朵。然而，他的動作，卻被敵我雙方很多將士都看得一清二楚。

「殺羯曼陀，為族人報仇！」瓦斯特勤大叫，鋼刀斜劈，將一名躲閃不及的突厥狼騎砍落坐騎。緊跟著，他策馬前衝，將另一名狼騎緊握兵器的手臂齊著胳膊肘斬斷。受了傷的狼騎慘叫著逃命，讓出前進的通道。瓦斯特勤繼續咆哮著前衝，用滿是豁口的橫刀，將一名試圖阻擋他去路的突厥小箭硬生生拍下了馬背。

兩名突厥狼騎聯手上前跟他拚命，擋住他的去路。姜簡側身斜向刺出一槊，將其中一名狼騎的小腹刺了個對穿。相信只剩下一名狼騎不是瓦斯的對手，姜簡繼續策馬向羯曼陀的帥旗靠近。斜刺裡，一名突厥大箭帶著二十幾名爪牙硬著頭皮頂上，卻被禿蠻、巴勒等人策馬擋住，無法靠近姜簡身邊五步之內。「嗷嗷嗷——」一名身高不足七尺，肩寬卻接近四尺，生著滿臉絡腮鬍子的突厥將領，咆哮著從正面迎向了姜簡。手中的長柄大刀，在半空中捲起一股寒風。

姜簡知道此人力氣大，果斷舉槊斜磕。槊鋒後部的精鋼護套與刀身在半空中相撞，金鐵交鳴聲不絕於耳。長柄大刀被磕得向外歪了半尺，注定無法實現絡腮鬍子的目標。而長槊且卻借撞擊的反作用力，快速蕩回，銳利的槊鋒借助馬速，直奔絡腮鬍子的左胸。

「啊——」咆哮聲變成了尖叫，絡腮鬍子慌忙側身閃避，讓開了要害，肩窩卻被槊鋒刺了個正著。姜簡雙手發力，用長槊將此人帶離馬鞍。緊跟著奮力橫甩，借著槊杆彈直的勢頭，將絡腮鬍子橫著甩出了一丈多遠。

絡腮鬍子被摔了個頭破血流，卻沒有立刻死去。在地上打了個滾兒，掙扎起身。一匹戰馬躲避不及，與他撞了個正著，將他撞得倒在地上大口吐血。另外二十幾匹戰馬從他身上相繼踩過。轉眼間，絡腮鬍子就被踩成了一團肉泥。「跟上我，擒賊擒王！」姜簡又高喊了一句，策馬舞槊繼續前衝，不管身邊是否有人聽得見。

「跟上姜簡設，殺羯曼陀！」瓦斯特勤解決掉對手，快速追到姜簡身側，高舉著已經變成鋸子的橫刀吶喊不休。

「殺羯曼陀，殺羯曼陀！」禿蠻、杜爾等人高聲重複，揮刀砍向各自的對手，將後者一個接一個斬於馬下。

「殺羯曼陀，殺羯曼陀！」更多的瀚海勇士，結伴追隨姜簡設，呼喝酣戰，如癡如醉。

這是他們的復仇之戰。

半年前，車鼻可汗為了逼迫回紇一起進攻大唐，忽然派遣狼騎大舉來襲，他們可汗吐迷度，為了整個部族的生存，卻只能死守汗庭不出。任由突厥狼騎接連洗劫了四個別部，殺死上千族人，然後帶著搶到的牛羊輜重從容離去。

數月前，他們的可汗吐迷度被突厥人的女婿烏紇毒死，他們的特勤婆閏被驅逐，他們的長老迫於形勢，公推烏紇為可汗，帶領白天鵝的子孫向野狼崽子們下跪磕頭，他們眼睜睜地看著這一切，倍感屈辱，卻無能為力。

而今夜，他們卻在野外，殺向了五倍於己的突厥狼騎，將對方殺得丟盔卸甲，狼奔豕突！

他們不會給狼騎半點憐憫，因為對方罪有應得。他們讓整個草原知道，白天鵝的子孫，可以與善待自己的中原人結為兄弟，卻永遠不會再向強盜屈膝，無論對方打的是什麼的旗號，信奉什麼真神偽神。

居胥為證！

第一百二十三章 沸湯潑雪

「頂上去，跟我一起頂上去，此戰若敗，大夥誰也別想活著返回金微山下！」聽到百步之外那山崩海嘯般的吶喊聲，羯曼陀橫刀前指，親自帶領侍衛上前阻擋瀚海唐軍。

狼群不會接納受傷流浪的孤狼，甚至會一擁而上將其撕碎作為血食。突厥人自詡為狼神的後裔，素來看不起失敗者。草原上，受突厥影響越重的部族，也越不會對失敗者給與任何憐憫。如果今天他所部的狼騎被總兵力還不到自身兩成的回紇勇士擊敗，哪怕其中一部分將士能夠成功逃離戰場，也很難活著返回金微山下。而他本人的下場恐怕還不如陟苾。

陟苾當初帶領飛鷹騎，雖然被姜簡打了個落花流水，但是在那時突厥最強大的狼騎沒有遭受過任何失敗，草原上各部族畏懼狼騎打上門來報復，不敢對陟苾落井下石。而這次如果狼騎落到和飛鷹騎同樣的下場。卻沒有另一支隊伍，可以再為他震懾那些首鼠兩端的部族。

從金微山到回紇汗庭，數十個部族，立刻會懷疑突厥是否真的有實力，與大唐爭鋒。為了避免大唐將來攻打突厥之時，將自己一起收拾，他們會想盡各種辦法，證明自己投靠突厥，乃是權宜之計。

而其中最有效的辦法，就是殺掉吃了敗仗的突厥殘兵。然後，將殘兵的首級，悄悄送往大唐。級別越高的突厥將領，越是能力強的證明。而他的腦袋，是最好的明證。

「頂上去，一起頂上去。敵軍沒幾個人！如果泥步設戰死，咱們如何回去面見可汗！」葉護謝曼陀見勢不妙，也大叫著帶領自己的親信，衝在了羯曼陀的身側。

「敵軍……」伯克格爾蓋仍舊懷疑羯曼陀的選擇是否正確，然而，看到羯曼陀和謝曼陀兩人，已經逆著潰退下來的弟兄們衝向了瀚海唐軍，也只能咬著牙策馬追隨。為了保證狼騎的戰鬥力，車鼻可汗全盤採納了前代突厥汗國的軍規。如果主將戰死沙場，副將不搶回他的屍體，活著逃回了汗庭。非但要對副將處以極刑，還會將其家人盡數貶為奴隸。如果主將、副將同時戰死，其他將領不能奪回二人的屍體，則其他將領盡數處死，妻子兒女全部發給傷殘老卒為奴。以此逐級下推，直到尋常士卒。眼下主將羯曼陀和葉護謝曼陀雙雙上前跟瀚海唐軍拚命，伯克格爾蓋除了追上去之外，根本沒有第二個選擇。

「頂住，頂住他們！」

「保護泥步設，保護泥步設！」

「一起上，咱們人多！」

看到自家主帥和葉護、伯克同時上前與唐軍拚命，其他狼騎將士也被激發出了野性，暫且忘記對羯曼陀的不滿和質疑，咆哮著湧向瀚海勇士。已經潰退下來的突厥狼騎，看到羯曼陀逆流而上，也心生愧意。紛紛改變方向，退向兩側，給自家主帥讓開道路。

姜簡所面臨的阻力驟然增加了數倍，卻將馬槊舞得更急。銳利的槊鋒左挑右刺，將衝上來堵路的狼騎，一個接一個送回了老家。

跟在他身後十步遠處的趙雄再度彎弓搭箭，視線卻總是被自家兄弟阻擋，無法瞄準姜簡正前方的敵軍。經驗豐富的他當機立斷，丟下騎弓，從背後抽出一支投矛，奮力前擲。「呼——」投矛騰空而起，掠過姜簡的頭頂，又急轉直下，將一名剛剛衝上來的突厥小箭射了個透心涼。

「啊——」那小箭連投矛從哪裡飛來的都沒看清楚，慘叫一聲，墜於馬下。趙雄在十步外看得真切，右手快速扯出第二支投矛，再度奮力前擲，從半空中繞過自家兄弟，正中另一名突厥狼騎的戰馬脖頸。戰馬受傷，悲鳴著倒地，將自己背上的狼騎摔成了滾地葫蘆。數匹駿馬來不及減速，直接從「葫蘆」上踩過去，彈指功夫，就將後者踩得血肉模糊。

「嗖嗖嗖……」三十多支的投矛、短斧、鐵叉騰空而起，砸向上前拚命的突厥狼騎們。卻是受過趙雄和朱韻等人訓練的瀚海勇士們，受到自家教頭的提醒，將藏在身後的利器一股腦地拋向了敵軍。這些利器的攻擊距離有限，威力也算不得有多強，卻將擋在姜簡戰馬前的一眾突厥狼騎，像遭到冰雹的莊稼一樣，砸得東倒西歪。就在他們陷入混亂狀態的剎那，姜簡已經策馬從他們中間直衝而過。手中長槊如同一條怒蟒，直奔羯曼陀的前胸。

「呀——」羯曼陀嘴裡發出一聲大叫，揮刀砍向馬槊的前半部。鋒利的刀刃與槊杆相撞，發出清脆的金鐵交鳴。馬槊被撞歪，槊杆上，只落下了一道白色的刀痕，深度還不到半分。

羯曼陀暗暗吃了一驚，連忙撤刀變招。還沒等他將新招數發出，姜簡手中的長槊已經由縱轉斜，帶著風聲掃向了他的腦袋。

「噹啷！」羯曼陀果斷放棄進攻，舉刀招架。槊杆與刀身再度相撞，金鐵交鳴聲刺激得他頭皮發緊。借著戰馬對衝的速度，他咬著牙揮臂橫抽。手中橫刀化作一支死亡之鞭，抽向姜簡的脖頸。然而，卻抽了個空。

姜簡在馬背上快速側身，躲開了羯曼陀的致命一擊。趁著雙方的坐騎還沒拉開距離，猛地扭腰旋刺，三尺槊鋒閃著寒光，扎向羯曼陀的後心。

「呀——」羯曼陀嘴裡又發出一聲尖叫，快速扭動身體，同時揮刀橫推。馬槊與橫刀第三次相撞，濺起火星數串。兩匹戰馬之間的距離彈指間拉開，姜簡頭也不回，挺槊挑向自己前方的一名剛好衝過來的狼騎，將對方直接挑到了半空之中。

「呀呀呀——」羯曼陀嘴裡怪叫連連，揮舞著橫刀衝向瓦斯。二人身手不相上下，彼此交換了兩招，卻都沒傷到對方一根寒毛。轉眼間，二人被各自的戰馬馱著又拉開了距離，瓦斯頂著一頭冷汗，繼續緊隨姜簡的腳步。羯曼陀帶著滿臉的不甘，衝向下一個目標。

第三名與羯曼陀交手的，是一名瀚海校尉。看到羯曼陀向自己衝來，果斷用兵器去砍此人的馬頭。羯曼陀瞅準機會，用橫刀將兵器推開，緊跟著一刀砍在了瀚海校尉的胸口。胸口處的皮甲被直接砍斷，刀刃砍入身體半寸。瀚海校尉嘴裡發出一聲悶哼，帶著滿臉的難以置信掉落塵埃。沒等羯曼陀找好下一個目標，趙雄已經主動策馬迎上。接連三刀，將羯曼陀逼了個手忙腳亂。跟在羯曼陀身後衝上來的葉護謝曼陀大急，將手中鐵鐧丟出，狠狠砸向了趙雄的腦袋。聽到風聲，趙雄連忙側身閃避，原本砍向羯曼陀的一刀，立刻失去了準頭，擦著對方的後背掠過，將此人的披風撕開了一個巨大的窟窿。

「別管我，去堵住敵將！」羯曼陀比他的二弟陟苾，無疑要有種許多。一邊繼續與過來的瀚海勇士們交戰，一邊向葉護謝曼陀命令。謝曼陀哪裡敢聽，帶領跟上來的其他數十名突厥將士，死死護住羯曼陀前後左右。陸續衝過來的瀚海勇士們，要麼因為距離稍遠，與他們擦肩而過。要麼無法衝破突厥將士的阻攔，反被對方擊落於馬下。

戰場上的形勢一下子變得十分混亂，姜簡帶領一部分瀚海勇士，繼續高速前突，將突厥狼騎的隊伍，如同劈竹子般，縱向劈出了一道巨大的裂口。裂口兩側，屍骸枕藉。

而因為戰馬衝得太快，原本被姜簡列為第一斬殺目標的羯曼陀，卻在葉護謝曼陀、伯克格爾蓋和數十名突厥將士的保護下，衝到了瀚海勇士隊伍的中央偏後處，將勇士們的隊伍，從左側硬生生「削」薄了一層。

嚴重缺乏訓練，位於自家隊伍中後段的瀚海唐軍將士，不知道該繼續緊跟姜簡的腳步，還是先轉過身將羯曼陀團團圍住，亂刀剁碎。隊伍前段的瀚海唐軍將士們，也來不及回頭為自家袍澤提供支援。

「別衝了，別衝了，跟我回去，回去殺羯曼陀！」校尉禿蠻幾次試圖撥轉馬頭，去追殺羯曼陀，都被後面衝過來的其他弟兄阻擋，急得兩眼冒火。

「切斷，跟著我，把回紇人的隊伍切斷，讓其前後不能相顧！」羯曼陀卻憑藉豐富的作戰經驗，看到了翻盤的良機，猛地撥偏馬頭，斜著插向瀚海勇士隊伍的末尾。

這一次，他的判斷非常準確。跟在他身邊的謝曼陀和格爾蓋等人，也沒有做絲毫猶豫。然而，就在他看到翻盤希望的瞬間，身背後卻傳來了一串尖叫，「羯曼陀死了，羯曼陀死了，快逃，快逃啊！」卻是如假包換的金微腔，要多道地有多道地。

「胡說，我沒死！」羯曼陀大怒，迅速扭過頭，向尖叫來源處反駁。夜間終究比不得白日，他的目光分辨能力受限。看不到是誰在妖言惑眾，卻看到原本扛在自家親兵大箭肩膀上的帥旗，此刻正被先前跟自己交過手的姜簡拎在手裡，左右揮舞。而稍遠處，不明真相的狼騎們，看到帥旗被奪，紛紛放棄了抵抗，做鳥獸散。剎那間，羯曼陀感覺如墜冰窟。

姜簡從最開始，所選擇的目標，就不是他本人，而是代表著他的那面羊毛大纛。他跟姜簡兩人的身手，短時間內，應該很難分出上下。而如果姜簡剛才以斬殺他為目標，在兩人被坐騎帶著拉來距離之後，就應該以最快速度撥轉馬頭，向他發起第二次衝鋒。如果這樣做，瀚海唐軍的攻勢，就會被打斷。最多三次對衝之後，被打了個措手不及的狼騎將士，就有可能緩過一口氣。緩過氣來的突厥狼騎，即便士氣再低迷，身體再疲憊，憑藉數量和戰鬥經驗方面的雙重絕對優勢，也能將兵力還不及自己兩成的瀚海唐軍生生耗死。

而姜簡選擇了羊毛大纛為目標，結果就完全不一樣。扛著羊毛大纛的親兵，力氣的確遠超常人，身手卻未必有多出色。親兵們保護羊毛大纛，也肯定不會像保護他羯曼陀本人那麼盡心。姜簡與他重新拉開距離之後，立刻馬不停蹄衝向了羊毛大纛。而他，剛才卻疲於應付跟在姜簡身後的那些回紇將士，根本無暇去看對方衝向了何處。當他在謝曼陀、格爾蓋等人的捨命保護下，脫離了險境，開始考慮如何對瀚海唐軍進行反制。姜簡已經成功斬殺了替他扛旗的親信，親手奪取了羊毛大纛！

再明亮的夜晚，大多數人的視線範圍也達不到白天的三成。羊毛大纛代表著突厥狼騎主帥的身份。羊毛大纛被人扯下來，抓在手裡當作抹布亂揮，意味著突厥狼騎主帥羯曼陀十有七八已經死無全屍。距離羊毛大纛五六十步之外的突厥狼騎，率先崩潰。因為他們當中的絕大多數，剛好能夠看到羊毛大纛變成了抹布，卻未曾看到羯曼陀先前策馬與敵將展開對衝的「英姿」，更看不到羯曼陀眼下身在何處。當聽見變成抹布的羊毛大纛附近，有人用標準的突厥語，高呼「羯曼陀已死」。部分狼騎立刻信以為真。主帥戰死，意味著敗局已定，他們繼續戰鬥下去，除了搭上各自的性命之外，不具備任何意義。

不具備任何意義的犧牲，沒人願意做。故而，轉身逃命，就成為這部分狼騎的第一選擇。恐懼和絕望，以這部分狼騎為媒介，迅速向更遠處傳播。更遠處，原本就士氣低落到了極點的其他狼騎們，很快也「得知」了羯曼陀的「死訊」，果斷加入了逃命隊伍。為了其餘同夥不阻擋自己的去路，所有選擇逃命的狼騎們，都一邊努力提高馬速，一邊向其餘同伴解釋逃走的原因。將有關自家主帥羯曼陀已經被敵將陣斬的謠言，越傳越快，越傳越能夠以假亂真。

崩潰從某狼騎中的一段隊伍，轉眼擴散到整支人馬的後半段。如同被開水澆了的殘雪一般，位於自家隊伍後半的突厥狼騎，在沒有受到瀚海唐軍的攻擊之前，就紛紛撥轉坐騎逃命，如同受到老虎追趕的黃羊一般，各不相顧。而原本已經前後斷開了好幾截，攻勢越來越疲軟的瀚海唐軍，卻瞬間士氣暴漲。不需要任何命令，他們就朝著原本位於羊毛大纛附近知道事實真相的狼騎們，發起了新一輪強攻。

缺乏後續接應，原本位於羊毛大纛附近的狼騎們，很快就抵擋不住。丟下數十具屍體，也轉身倉皇逃命。已經殺出性子來的瀚海唐軍，哪裡肯見好就收？分出四五百名勇士，在陳元敬的帶領下，咬住狼騎的背影緊追不捨。只要有哪個狼騎逃得稍慢，就從身後將其刃分屍。

「向我靠攏，向我靠攏，吹角，通知所有人，我沒死，我還活著！」羯曼陀看得眼眶欲裂，顧不上再帶領親信去攻擊瀚海唐軍隊伍的尾巴，一邊撥轉坐騎，重新拉開與瀚海唐軍隊伍尾部的距離，一邊扯開嗓子高聲命令。

「吹角，向泥步設靠攏。不要管逃走的膽小鬼，也不要再管敵軍，通知所有人，立刻向泥步設靠攏！」葉護謝曼陀的反應，比羯曼陀慢了半拍兒，卻果斷扯開嗓子將後者的最新命令高聲重複。

「所有人，向泥步設靠攏。跟我一起喊，泥步設沒死，敵軍在撒謊。」危急關頭，格爾蓋再也顧不上懷疑羯曼陀的能力，也扯開嗓子，全心全意為對方幫忙。

「嗚嗚嗚，嗚嗚嗚，嗚嗚……」一直緊跟在羯曼陀身後的親兵小箭遏倫泰，從自己懷裡掏出一支牛角號，奮力吹響。

「泥步設沒死，敵軍在撒謊！」

「敵軍在胡說，大夥別上當！」

「泥步設在此，大夥向泥步設靠攏——」附近的其他狼騎將士，無論先前是否對羯曼陀心服，也都扯開嗓子，拚命將羯曼陀沒有戰死的消息，喊給戰場上的所有同夥聽。這個應對不夠及時，卻遠好過沒有。雖然大部分潰逃的突厥狼騎，都已經顧不上聽周圍的任何聲音。但是，位置距離羯曼陀比較近的一部分狼騎，卻循著聲音看了過來，隨即，開始響應號召，向聲音起源靠攏。

「扶住我！」羯曼陀也足夠膽大，咬著牙向身邊的親兵吩咐了一句。隨即，爬上馬鞍，在奔馳的馬背上，將身體站了個筆直，舉起橫刀左右揮舞，「我沒死，我在這兒。金狼神的子孫，別上敵人的當。漢人最是狡猾——」才喊了兩三句，他的聲音就戛然而止。卻是幾名親兵聯手，扯束甲皮帶的扯皮帶，攙扶後背的攙扶後背，硬生生將他又拉成了坐姿。

「是我下的令，敵將，敵將殺回來了！」不待羯曼陀發怒，葉護謝曼陀的聲音，已經傳入了他的耳朵，帶著如假包換的緊張。

「在哪？」羯曼陀心裡一哆嗦，迅速扭頭觀望。

恰看到，姜簡帶著兩三百名瀚海勇士，策馬殺回。自己的羊毛大纛已經不知道被此人丟在了何處。而此人這次的目標，毫無疑問就是自己。

「吹角，迎戰！」張嘴吐出一口血，羯曼陀高聲怒吼，每一個字，都充滿了悲憤。「莫讓中原人看扁了突厥！」

「泥步設——」葉護謝曼陀大急，本能地就出言阻止。

敗局已定，如果自己負責斷後，羯曼陀現在逃走，也許還來得及。主動迎戰，結局必然是死無葬身之地。然而，沒等他將勸阻的話說出，羯曼陀的戰馬，已經衝破了親兵們的阻攔。悲鳴著加速，繼續衝向呼嘯而來的瀚海唐軍，如同飛蛾撲火。

「吹角，迎戰！」一股火焰，從葉護謝曼陀心中湧起，剎那間，燒得他全身顫抖，後半句勸阻的話，自動變成了大吼。「迎戰，莫讓中原人看扁了突厥！」同時，他策馬加速，緊緊跟在了羯曼陀身後。

第一百二十四章　廝殺

「迎戰，迎戰，不能讓中原人看扁了咱們！」伯克格爾蓋在一旁看得熱血沸騰，扯開嗓子大吼了一聲，隨即，也策馬加速，緊追羯曼陀的腳步。無論他先前心中對羯曼陀有多少不滿，至少這一刻，他不得不承認，羯曼陀很有種。而「有種」這種素質，在阿史那家族的成員當中，已經越來越稀薄。他認識的很多人，甚至車鼻可汗本人，都做不到。再往上算，如果當初頡利與突利兩大可汗，其中一個能像羯曼陀今夜表現得這麼有種，突厥也不至於被大唐打得一敗再敗，從草原霸主淪落到躲在金微山北，靠向大唐稱臣苟延殘喘。所以，格爾蓋做不到眼睜睜地看著羯曼陀去送死。此戰敗局已定，他沒有辦法力挽狂瀾，至少，他可以陪著羯曼陀一道，用自己的鮮血和姓名告訴對面的那名年輕的唐將，突厥男兒和他一樣勇敢，一樣視榮譽高於生命！

「迎戰，迎戰，不能讓中原人看扁了咱們！」

「迎戰，迎戰，金狼神的子孫，可以死，不能做逃命的兔子！」

四周圍沒有逃走的其他突厥將士，也被羯曼陀的舉動，激發出了骨子裡的最後血性，紛紛舉起刀，撥轉坐騎，發誓要與羯曼陀一道，用鮮血洗刷恥辱。他們聚集起來的人不算多，也就三百出頭，卻爆發出了前所未有的戰鬥力。兩股不小心與大隊人馬走散的瀚海唐軍，與他們發出了接觸，轉眼間，就被他們殺了個四分五裂。

「嗚嗚嗚，嗚嗚嗚，嗚嗚嗚——」羯曼陀的親兵小箭遏倫泰將牛角號舉在嘴巴上，拚命吹響。

「迎戰，迎戰……」數名原本已經選擇逃命的突厥狼騎，在號角聲的召喚下，也忽然紅著臉撥轉了坐騎，重新投入了戰鬥。

「走，這邊，不要做聲。真神的信徒，不能隨便犧牲。」已經撤到了三百步之外的講經人阿不德，卻帶領麾下的神僕們，加速遠去。對號角聲和喊殺聲，充耳不聞。

他輔佐車鼻可汗父子，乃是為了驅趕後者去擾亂大唐，為大食向東擴張蹚路，並且爭取足夠的準備時間。既然此戰羯曼陀敗局已定，羯曼陀表現得再勇敢，都不可能反敗為勝。講經人和神僕們怎麼可能再把寶貴的生命和時間，浪費在此人身上？不趁機落井下石，已經是講經人阿不德所能拿出來的極限。想讓他留下來與羯曼陀一道面對死亡，門兒都沒有？

「迎戰——」此時此刻的羯曼陀，根本沒功夫管講經人去了何處。接連衝垮了兩小股瀚海唐軍的他，信心暴增。一邊高聲招呼狼騎們跟上，一邊策馬掄刀撲向姜簡。

他承認，自己先前小瞧了姜簡。所以才會輸得如此狼狽。他今夜要親手彌補自己的錯誤，拚著自家性命不要，也必須殺死姜簡，為突厥別部，為自己的、父親的、弟弟們，解決掉這個成長迅速的威脅！

相對加速的戰馬，很快就將羯曼陀與姜簡之間的距離，拉近到了二十步之內。這次，羯曼陀不肯再吃兵器短的虧，搶先出手，將一把飛刀射向了對方胯下的菊花青。

射人先射馬，不但中原將士能夠總結出如此簡單精闢的戰術，突厥那邊也是一樣。飛刀只有三寸長，在黑夜中極為隱蔽。轉眼間，就飛完了所有距離。就在它即將射入菊花青身體的瞬間，一把黑色的闊身長刀，忽然從姜簡的右手中劈下，「噹啷」一聲，將其劈得不知去向。

「唏——」菊花青受到驚嚇，嘴裡發出一聲咆哮，本能地偏離了原來的方向，與迎面衝過來的羯曼陀，剛好錯開了半個馬位。要的就是這種機會，羯曼陀大吼著揮刀，直奔姜簡的脖頸。

一寸短，一寸險。馬槊固然威力巨大，但是，卻遠不如橫刀靈活。一旦被持刀者近身，就很難跟上對手的變化。

「噹啷！」又是一聲清脆的金鐵交鳴。姜簡的長槊，完全交由左手掌控，右手中的橫刀快速豎起，恰恰擋住了羯曼陀的必殺一擊。

刀身上傳來的巨大衝擊力，令敵我雙方的手腕都隱隱作痛。姜簡卻牙關緊咬，趁著兩匹戰馬錯身而過的機會，反手一刀，狠狠撩向了羯曼陀的後脖頸。羯曼陀的反應，一點兒都不比他慢。迅速豎起橫刀招架。二人的兵器再度於半空之中相碰，火星四濺。二人兩匹戰馬，馱著二人迅速將距離拉到。羯曼陀手中橫刀太短，即便轉過身來，也無法對姜簡造成威脅。而姜簡手中的馬槊，卻再次有了用武之地。於半空中化作一條巨蟒，捲著風聲，砸向了羯曼陀的後腦勺。

「噹啷！」兵器撞擊聲震耳欲聾，羯曼陀搶在馬槊砸中自己之前，側轉過身體，用橫刀擋住了槊鋒後部的鐵套。槊鋒從橫刀上拖過，濺起更多的火星，璀璨奪目。二人之間的距離拉大，很快彼此的兵器都無法再傷害到對方。羯曼陀氣得兩眼發紅，揮刀砍向跟在姜簡身後的瓦斯特勤。而姜簡則單手掄起長槊，將緊跟在羯曼陀身後，手持號角的突厥小箭遏倫泰砸了個筋斷骨折。

瓦斯特勤的身手，在瀚海都護府內，絕對能排進前十。然而，他卻跟羯曼陀殺了個勢均力敵，遲遲無法將對方砍落馬下。前後不過是七八個彈指功夫，二人也被戰馬馱著將彼此之間的距離拉開，瓦斯揮刀砍向突厥葉護謝曼陀，羯曼陀則撲向了禿鑾，堅決不繼續在對方身上浪費力氣。

禿鑾的力氣不如羯曼陀，身手也不夠靈活。兩招之後，就再無還手之力。羯曼陀正欲取他的性命，身背後卻傳來了一聲悲鳴，「啊——」，卻是姜簡手中馬槊，刺入了大箭呼倫的胸口，將此人挑離馬鞍，甩向了其餘跟過來的狼騎頭頂上。狼騎們不甘心受辱，紅著眼睛撲向姜簡。羯曼陀錯過了擊殺禿鑾的最佳時機，任由坐騎帶著他本人奔向了其餘瀚海將士。而死裡逃生的禿鑾，卻捨命追上了姜簡，與他並肩而戰。

瓦斯與謝曼陀兩個分不出勝負，被各自的坐騎帶著，各奔一方。發現姜簡遭到突厥狼騎的圍攻，瓦斯大吼一聲，也以最快速度衝到了姜簡身體另外一側。他與禿鑾兩個，保護著姜簡繼續前衝。身背後，越來越多的弟兄咆哮著跟上，很快，就將狼騎殘兵的囂張氣焰壓了下去，留下了滿地的屍體。

視野忽然變得空空蕩蕩，卻是姜簡帶著瓦斯等人，再一次殺穿了敵軍。他撥轉坐騎，掉頭回撲，恰恰看到羯曼陀也舉著血淋淋的橫刀殺了回來，與他又展開了迎面對攻。

雙方再次接觸，迅速分開，半空中，血珠飛濺。羯曼陀這次吃了虧，被姜簡用黑色長刀砍破了上身的鎖子甲，皮肉像嬰兒的嘴唇般，沿著鎖子甲上的破洞外翻。而姜簡則被羯曼陀用飛刀射中的肩膀，雖然因為受到鎧甲保護，傷勢不重，卻也疼得接連倒吸冷氣。

一邊吸著冷氣，姜簡一邊持槊殺向突厥葉護謝曼陀。後者年過五旬，體力和反應速度，都有些跟不上。在二馬錯蹬的瞬間，被姜簡用長刀拍下了馬背。

「保護葉護——」

「保護謝曼陀——」

「救人，救人——」

臨近的突厥狼騎將士大叫著捨命撲上，試圖將葉護謝曼陀從鬼門關前搶回。菊花青衝得太快，姜簡沒時間對謝曼陀補刀。單手持槊掃向距離自己最近的一名狼騎大箭。後者來不及招架，果斷將身體後仰，兩腿前蹬，後腦勺直接貼向了自家戰馬的屁股。

馬槊貼著此人的鼻子掃過，徒勞無功。身體半躺在馬背上的突厥大箭嘴裡發出一聲斷喝，手中橫刀迅速掄起，沿著同一個方向追上了槊杆。

「哢——」用多根柘木篾條膠合而成，表面堅逾生鐵的槊杆，竟然被橫刀砍進去半寸深。刀刃卡在槊杆上，令其瞬間變成沉重無比。姜簡毫不猶豫地鬆開左手，任由馬槊被對方用橫刀奪走。緊跟著右手揮動黑色寬背長刀，奮力斜劈。

雙方戰馬快速靠近，半躺在馬背上的突厥大箭慌忙舉刀招架。然而，倉促之間，卡在槊杆上的橫刀，卻無法將馬槊甩脫，速度比平時慢了不止一拍。突厥大箭追悔莫及，放棄招架，努力將身體滾向馬鞍的左側。姜簡手中的黑色長刀卻如影隨形，帶著呼嘯的風聲正中他的右臂。

手臂與鮮血同時飛出，突厥大箭慘叫著跌下馬背。仍舊沒時間去給此人補上致命一擊，姜簡策馬掄刀，直奔下一名對手。

那是一名突厥老兵，年紀與吳黑闥彷彿，眉毛和鬍子都白了大半兒。看到姜簡揮舞著滴血的黑色長刀向自己撲來，此人腦海中忽然閃過一副記憶深刻的畫面，竟然失去了迎戰的勇氣，尖叫著撥歪了胯下坐騎。

「附離——」姜簡聽到了突厥老兵的尖叫，也看到了對方撥歪馬頭避戰的動作，然而，卻根本來不及變招。黑色長刀宛若閃電，狠狠砍在突厥老兵的鎖骨處。半邊身體飛出，血落如瀑。

一把橫刀迎面劈來，姜簡舉刀招架，緊跟著一刀掃過去，將對手斬於馬下。又一把橫刀從斜刺裡看向菊花青的脖頸，姜簡揮刀格擋，隨即順勢反手回抽。

「噹啷！」火星飛濺，橫刀竟然被他直接劈斷。偷襲失敗的突厥狼騎手裡握著半截兵器，滿臉難以置信。戰場上，稍微走神，就足以致命。姜簡又一刀掃過去，將手持半截橫刀發愣的狼騎，掃下了馬鞍。

「附離，附離——」臨近處，十幾名突厥狼騎也發出了恐慌的驚呼，撥轉坐騎，逃之夭夭。

眼前再次變空，找不到一個敢於迎戰的狼騎。胯下菊花青濕得宛若剛剛從水裡撈出來一般，分不清身上淌的到底是汗水還是人血。姜簡弄不清對手為何會逃走，也沒時間去弄清楚。強忍疲憊，咬緊牙關，將菊花青的方向拔回，同時用目光尋找下一輪進攻目標。八十步外，曷曼陀也又一次將戰馬拔回，半邊身體都被鮮血染紅，卻將手中橫刀指向姜簡，催促坐騎重新加速。

「弟兄們，跟我來！」雙腿輕輕夾緊菊花青，姜簡高聲招呼。彷彿在長安城中時，招呼朋友去赴一場盛宴。

「跟上姜簡設」「跟上！」「殺突厥狗！」瓦斯特勤、禿爨、陳元敬、趙雄，還有其他大唐瀚海將士，怒吼著跟在了姜簡身側和身後，每個人的鎧甲表面，都像姜簡一樣，被鮮血染紅，每個人都豪氣干雲。

「迎戰——」一邊用靴子磕打戰馬小腹，羯曼陀一邊高聲大叫，「別讓人看扁了咱們突厥！」

「迎戰——」「迎戰——」伯克格爾蓋帶著六十餘名狼騎，再度於羯曼陀身側和身後聚攏，與他生死與共。葉護謝曼陀在上一輪對衝之中落馬，最終也沒能重新爬起來。大箭呼倫、小箭遏倫泰則戰死於上上輪對衝。還有更多格爾蓋熟悉的身影，也在連續兩輪戰鬥中，血灑沙場。

對手強大到超乎他的想像，回紇勇士比起幾個月之前，也彷彿脫胎換骨。繼續對衝下去，格爾蓋知道自己肯定很快就要去跟謝曼陀、呼倫等人做伴兒，然而，這一刻，他心裡卻湧起了一股難得的輕鬆。終於不用再去想，萬一大唐發動傾國之力前來平叛該怎麼辦？終於不用再去想，自家可汗是不是做了大食講經人的手中刀？也不用再想，羯曼陀、陟苾和沙缽羅三人當中哪個，更適合做下一任大汗？更不用去想，該如何站隊，才能保證自己不死得稀裡糊塗？接下來，他只需要為榮譽而戰，讓自己死得像一個真正的勇士。

八十步的距離，雙方的戰馬對衝，只需要四個彈指。轉眼間，兩支隊伍就又毫無花巧地撞了一處，雙雙四分五裂。近二十名突厥狼騎落馬，瀚海唐軍這邊的墜下馬背的勇士數量，也與對手彷彿。剎那間，兵器撞擊聲，戰馬悲鳴聲，瀕死者的慘叫聲，受傷者的呻吟聲，此起彼伏。血光飛濺、月冷如霜。

羯曼陀在對衝時，又挨了姜簡一刀。虧得身上的鎧甲足夠結實，才不致命。劇烈的疼痛，令他將身體佝僂成了一隻蝦米，握刀的手也垂在了身側，再沒有任何力氣反擊。兩匹戰馬錯身而過，姜簡搶在與羯曼陀之間的距離被重新拉開之前，揮刀砍向此人後脖頸。眼看著黑色長刀就要砍中目標，半空中，卻忽然飛過來一道黑影。卻是羯曼陀的親兵，從臨近的馬背上躍了過來，用身體為他擋住了致命一擊。

沒等姜簡砍出第三刀，伯克格爾蓋已經從斜刺裡捨命撲上，手中橫刀直奔他的左腿。姜簡不得不先側過身體，揮刀格擋。兩名突厥狼騎，趁機衝過來，夾住羯曼陀和此人的坐騎就走。禿蠻怒吼著去追，卻被另外兩名突厥狼騎死死纏住，寧願性命不要，也不讓他繼續向羯曼陀靠近。

雙方的距離轉眼拉開，姜簡放棄立刻斬殺羯曼陀的打算，專心對付格爾蓋。後者存心跟他拚命，放棄防守，一心搶攻。第二招，第三招接連發出，把姜簡逼了個手忙腳亂。沒等他出第四招，趙勇從側面一記飛斧砸了過去，將他的護心鐵板砸得凹進去了一大塊。

「哇！」伯克格爾蓋口吐鮮血，身體在馬背上搖搖晃晃。一名瀚海勇士趁機一刀砍下，將此人砍得身首異處。沒等他來得及歡呼，兩把橫刀先後砍中了他的身體，帶起兩道血霧。

「希爾——」幾名瀚海勇士大叫著衝過去，將殺死自家袍澤的突厥狼騎亂刀砍成了肉泥。其他瀚海勇士則努力保持隊形，繼續緊隨姜簡的腳步。

騎兵對衝，陣型非常重要。轉眼間，就又有十餘名突厥狼騎，被大夥送回了老家。瓦斯咆哮著揮舞兵器，與姜簡並肩開路。沿途遇到的狼騎，要麼被他和姜簡劈落坐騎，要麼被跟在二人身後的瀚海勇士們斬於馬下。七八個彈指過後，眾人眼前又一次變得空空蕩蕩，姜簡與瓦斯交換了一下眼神，默契地撥轉了坐騎。眾瀚海勇士們，也紛紛撥轉坐騎，在姜簡身後重新列陣。

「殺突厥狗！」眾人齊聲高呼，策馬加速。然而，這一次，對面卻沒有傳來迎戰的吶喊聲。

羯曼陀身上的傷口出血過多，已經沒有力氣在馬背上將身體坐直。雙手抱著戰馬的脖頸，搖搖晃晃。僅剩下的幾名親兵，用坐騎夾住他的戰馬，與他一道拚命加速遠離戰場。

「追，不能放他離開！」姜簡大吼一聲，策馬緊追不捨。分散在周圍的瀚海勇士們，也全都放棄了對突厥潰兵的追殺，撥轉坐騎，以最快速度朝姜簡身邊靠攏。擒賊擒王，這道理，打過仗的人都懂。若是生擒了羯曼陀，以此人的性命要脅車鼻可汗，至少能給瀚海都護府換回七八個月的平安。

而七八月之後，大唐朝廷肯定該有所動作了。即便大唐朝廷仍舊沒有任何動作，隨著內部逐漸安定和一批批瀚海男兒訓練完畢，瀚海都護府也有了自保之力。

眼看著，眾人就要咬住羯曼陀的馬尾。趙雄收起兵器，從馬鞍後取下備用弓箭。還沒等他將羽箭扣到弓上，前方不遠處，忽然傳來了一陣低沉的號角，「嗚——嗚——嗚——」，緊跟著，一支規模足有五六千人的隊伍，黑壓壓地出現在大夥的視野之內。

「室韋，室韋人出動了！」幾個被姜簡提前安排在戰場周邊警戒的斥候，冒著被摔得粉身碎骨的風險，策馬從山脊上衝了過來，一邊衝，一邊高聲示警，「他們打著突厥人的旗號。他們鐵了心要跟突厥人狼狽為奸！」

第一百二十五章　陰魂不散

「別管室韋人，先殺了他！」姜簡大急，刀指羯曼陀，高聲斷喝。

「嗖———」幾支羽箭脫弦而出，直奔羯曼陀的後背。緊跟著，是兩柄短斧、一根投矛和數塊石頭。跟在姜簡身側和身後的大唐瀚海將士，都使出所有能想得到的遠距離攻擊手段，試圖趕在室韋人殺到之前，將羯曼陀幹掉。然而，羯曼陀身邊的親兵們，卻用身體組成屏障，將此人擋了個密不透風。

「啊———」一名突厥親兵身中數箭，慘叫著墜馬而死。另一名親兵毫不猶豫補上他的位置，繼續用自己的身體為盾，擋下針對羯曼陀的所有攻擊。很快，他的身體，就被投矛射穿。脊背處，也被凌空飛來的短斧砍得鮮血淋漓，然而，卻一邊厲聲慘叫，一邊拉偏坐騎，橫在羯曼陀身後，死死擋住追兵的去路。

姜簡策馬揮刀，將擋路的突厥親兵砍下坐騎。瓦斯等人一邊繼續拿各種兵器砸向羯曼陀，一邊破口大罵。罵羯曼陀膽小如鼠，只知道夾著尾巴逃命；罵是室韋人不知道好歹，為虎作倀；罵羯曼陀身邊的親兵們愚蠢，捨命保護一個廢物；罵羯曼陀不是車鼻可汗的親生兒子，實際上是個雜種……。羯曼陀不做回應，也沒有力氣做回應。只管在親兵們的保護下，繼續倉皇逃命。死亡距離他，從沒有像此刻這麼近。他只要放慢速度，舉起刀，就能捍衛族群的榮譽。那是剛才他親口喊出來的口號，讓許多將士熱血沸騰，並且先後付出了生命。然而，輪到他自己付出生命之時，他才發現，原來死亡是如此的艱難。

「弓箭給我！」遲遲無法將自己與羯曼陀之間的距離拉得更近，姜簡果斷收起刀，將手伸向側後。趙雄毫不猶豫地將自己的騎弓和最後三支箭矢遞上，手指著側面上的山脊，滿臉焦急。

室韋人來得非常快，這麼一小會兒功夫，其少量的先鋒部隊，已經佔領了大夥身側的高處。一旦其大隊人馬也策馬趕到，然後順著山勢直衝而下，大夥很難保證能夠全身而退。

姜簡輕輕點頭，以示自己看到了山脊上出現的最新情況。隨即，張弓搭箭，瞄準羯曼陀的後心窩就射。馬背顛簸，羯曼陀身邊最後三名親兵中的一個，剛好捨命撲到。羽箭正中此人的脖頸，對穿而過。

「呃呃呃呃——」可憐的親兵喉嚨被血堵住，欲叫不能。在馬背上艱難地舉起手，去拉箭桿，接連扯了兩下，卻沒有拉動。身體晃了晃，無力地落下了馬背。

「嗖——」姜簡射出的第二支羽箭又到，受夜風和馬背顛簸影響，稍稍偏離了目標，狠狠地插入了羯曼陀的大腿。鎧甲被輕易穿透，羯曼陀嘴裡發出一聲悶哼，雙手卻將戰馬脖頸抱得更緊。

姜簡第三次拉開騎弓，搭箭於弓臂，還沒等來得及調整箭矢高度，數點紅色的流星，忽然從山脊上飛了過來。

「小心——」趙雄大急，策馬加速，用身體從側面擋住姜簡。

「小心火箭！」「小心火箭！」「該死，這裡到處都是乾草！」驚呼聲此起彼伏，其餘大唐瀚海將士們顧不上再朝羯曼陀投擲各種暗器，紛紛舉起兵刃自保。

火箭數量不多，並且其中六成以上沒等飛到大夥近前，就墜落於地。勉強飛到大夥近前的，也因為飛的距離太遠失去了殺傷力。然而，大夥的身邊和腳下，卻被點起了數十個火頭，濃煙夾著火苗四下飛竄。

深秋時節，雜草已經乾到了極致。飛竄的火苗在轉眼之間，就引燃了更多乾草，將敵我雙方的身影，都照得一清二楚。緊跟著，更多的火箭呼嘯而至，將羯曼陀和姜簡等人同時籠罩。

羯曼陀身邊的最後兩名親兵，都中了不止一箭，傷勢卻不足以致命。二人慘叫著繼續策馬加速，夾起羯曼陀和此人的坐騎，衝出火箭的覆蓋範圍之外。姜簡和瓦斯和眾大唐瀚海將士們，揮動武器格擋從天而降的箭雨，不斷有人受傷，傷勢也都非常輕微。然而，烈火卻在眾人身前和腳下迅速蔓延，轉眼成了一條條火河。

戰馬受到驚嚇，悲鳴著改變方向，任由其主人如何安撫，激勵，都堅決不肯冒著被燒死的風險，踏過火河繼續去追殺敵軍。

「轟隆隆——」一只笆斗大小的火球，忽然貼著山坡快速滾落，撞在半山坡的一棵野樹上，四分五裂。分裂出去的火球殘骸，在山坡上點起了更多火頭，將四周圍照得亮如白晝。

「轟隆隆——」又一根水桶大小的火柱，貼著山坡滾下。很快，就與前面那只火球一樣，撞在野樹上分崩離析。

很顯然，火球和火柱，都是倉促間用雜草裹著石頭做成，品質差強人意。然而，姜簡的臉色，卻變得又黑又冷。沒等他來得及有所動作，更多的火球，從山脊上被推下。大小不一，速度有快有慢，砕裂的地點，卻距離大唐瀚海將士們越來越近。姜簡知道是誰說服了室韋人參戰，並且提前趕到了，搶佔了戰場上的高點了。迅速轉身，他將最後一支羽箭，射向山脊上正在忙碌的敵軍，不管能否命中目標。隨即，單手拉住菊花青的韁繩，果斷下令：「所有人，停止追殺，立刻後撤。」

從山上往下推火球，是他的好朋友駱履元，用來對付史笸籮的招數。數日之前，憑藉此招，他成功焚毀了突厥狼騎的糧倉，並且將駐守糧倉的一千多名突厥狼騎近乎全殲。

當火球忽然從山頂成串墜落，史笸籮所佈置下的多重防線，瞬間都失去了作用。史笸籮本人當日也是藏在驚馬的肚子底下，才溜出了生天。姜簡一直佩服史笸籮天資聰穎，無論學什麼，都一點就透。卻沒想到，此人能聰明到如此地步。此人算準了羯曼陀一定拿不下瀚海都護府營地，糧食耗盡，便會將主意打到距離瀚海都護府最近的室韋人頭上。所以，搶先一步來到了室韋人聚居的部落。此人也算準了自己一定不會讓羯曼陀輕易撤軍。所以，說服了室韋人參戰。此人將自己當日對付他的招數，原樣奉還。而自己，同樣對從高處滾滾而來的火球，束手無策。

姜簡忽然很後悔，數月之前，自己沒有把握住機會，殺掉史笸籮。但是，他相信自己早晚會與史笸籮重逢於沙場之上。屆時，新賬舊賬，必須一筆筆算個清楚！拔出黑色長刀，他向山脊上用力揮了一下，隨即，與身邊的瀚海將士們一道，迅速遠離火場。

第一百二十六章 春風得意

拔出橫刀，對空而揮，阿史那沙缽羅目送姜簡的背影遠去，笑容中隱約帶上了幾分得意。這一場，終於讓他贏了，幾乎兵不血刃，就逼得姜簡倉皇後退。失去了偷襲的突然性，光憑著手頭那一千五六百名回紇兵馬，姜簡根本不可能有勇氣挑戰整個室韋部落。接下來，除了灰溜溜地撤回瀚海都護府之外，老朋友已經別無選擇。

「沙缽羅特勤，還繼續往下滾草捆子嗎？」一名身穿光板羊皮襖，頭上戴著圓頂鐵盔的室韋將領，快步上前，帶著滿臉欽佩詢問。

「讓弟兄們繼續紮，不用個頭太大，裡邊裹的石頭多一些，可以省乾草。做好之後，就立刻點燃繼推下去，不要耽擱。」阿史那沙缽羅點點頭，笑著吩咐，聲音裡帶著一股令人安靜的味道。頭戴圓形鐵盔的室韋將領毫不猶豫地躬身領命，絲毫不介意阿史那沙缽羅的年齡比自己兒子還小。

「坨坨，帶上你的人，繞到前面去接應泥步設。如果他受的傷很重，就立刻將他送到大薩滿那邊救治。」目送圓鐵盔將領離去，阿史那沙缽羅從備用坐騎身上的皮桶裡抽出令箭，從容調兵遣將。

「吉吉，你帶著兩百名騎兵，打著火把，沿著山梁向南走。注意，聲勢要大，但是不要靠近敵軍太近，免得被敵將看出破綻。」

「寶利格，你帶兩百騎兵，負責沿著山坡向下射火箭。防止敵軍去而復回。」

「達賀台，你帶本部弟兄……」

「帖木兒，你……」

被他點到名字的室韋將領依次上前，躬身接過令箭，然後快速去執行任務，每一個人，看向他的目光裡頭都充滿了敬意。

阿史那沙缽羅的本領，已經接受並通過了實戰檢驗。跟不同的敵人廝殺了半輩子，眾室韋將領不是沒打過勝仗，但是，卻從沒有任何一次，勝得如此輕鬆。

沒有面對面的刀來箭往、沒有血肉橫飛、沒有絕望的慘叫和痛苦的哀嚎。策馬急行軍了半個時辰，然後射了幾支火箭，向山下推了幾捆點燃的乾草，就鎖定了勝局。先前還不可一世的敵軍，倉皇後撤，毫無鬥志。所有戰利品，都留給了自家這邊，唾手可得。這樣的勝利，實在過於輕鬆，過於酣暢，大夥兒沒法不對指揮者心服口服。

「沙缽羅特勤，在下知道一條小路，可以繞到山外，迎面堵截敵軍。」一個沒被點到命令的將領實在心癢難搔，快步走上前，主動向阿史那沙缽羅提議。

阿史那沙缽羅想都不想，就果斷擺手，「沒必要。白音兄弟，咱們此戰的目的，第一是防止敵軍趁勢洗劫室韋，第二是為了救下我兄長。眼下兩個目的基本都已經達到，就沒必要為了多殺幾名敵軍，犧牲自家弟兄的性命。」說罷，又笑著將手握成了拳頭。「不過，你的建議，也給我提了一個醒。這樣，你帶五十名弟兄，抄小路繞到敵軍身後去，再點幾個火頭。點完了就撤，嚇死他們！」

「得令！」將領白音心悅誠服，上前接過令箭，興匆匆地跳上坐騎遠去。朝著此人的背影點點頭，阿史那沙缽羅在馬背上坐直了身體，用目光緩緩掃視整個戰場。火光將戰場照得比白晝還明亮，居高臨下，他可以輕鬆地將敵我雙方的最新動向一覽無餘。

回紇人已經退到了兩里之外，姜簡的身影隱藏在隊伍中，已經無法分辨得出，但是，阿史那沙缽羅卻可以清楚地推測到，姜簡此刻心中的憤懣和不甘。室韋將士們騎著馬，貼著山脊虛張聲勢，追著回紇人的腳步。對任務執行得不太到位，有將領明顯追過了頭，和其麾下牧人們一起，遭到了姜簡安排的斷後人馬的頑強阻擊。有的將領則過於遠離了敵軍，射出去的火箭也有一搭沒一搭。不過，這樣一來，反而陰差陽錯，讓敵軍以為室韋人真的要憑藉優勢兵力，將其包圍消滅。退得越發乾脆，根本無暇考慮調頭反撲。而事實上，今天與阿史那沙缽羅一起趕到戰場的室韋兵馬，只有三千出頭。如果被姜簡看出虛實，拚死一戰，最後鹿死誰手，未必可知。

又朝正在撤退的回紇將士背影揮了一下刀，阿史那沙缽羅帶著幾分驕傲，將目光轉向戰場另一側。他的兄長羯曼陀好像已經被他派去的室韋將領坨坨成功救下，傷勢到底怎樣不能確定，但是卻沒有趕過來跟他會合，被坨坨麾下的弟兄們簇擁著，急匆匆退向了北方。那是室韋部落的營地方向，吐屯蘇力特和大薩滿頓珠得知突厥泥步設到自家部落養傷，一定會提供最好的草藥，最乾淨的帳篷，甚至還會派出部落裡數一數二的美女，替羯曼陀清理傷口，餵藥餵水。但是，羯曼陀提出任何與養傷無關的要求，室韋吐屯蘇力特和大薩滿頓珠，都肯定不會答應。道理很簡單，室韋與突厥一樣，自認為狼神的後裔。而狼群，不會尊敬弱者。收留並且極力治療戰敗後的羯曼陀，是因為此人是車鼻可汗的長子，是他阿史那沙缽羅的大哥，而不是羯曼陀自身有什麼值得他們看重之處。如果羯曼陀想要的更多，他們首先就會考慮，自己這邊會持什麼想法。同樣，阿史那沙缽羅也可以預見，接下來如果自己的父親車鼻可汗還想派兵討伐回紇，自己將是唯一的主帥。而在今後很長一段時間裡，自己都會取代羯曼陀，成為阿史那家族的下一代繼承人。

只要自己不像羯曼陀這樣，重重地跌一個大跟頭，就無人能夠讓自己將位置交出去。這是突厥人的傳統，也是突厥人能夠屢屢遭受滅頂之災，又屢屢恢復強大的原因。哪怕父親再不喜歡自己，也無法逆天而行。

「如此算下來，倒是又欠了姜簡一個人情。」又迅速將頭轉往瀚海都護府兵馬撤離的方向，阿史那沙鉢羅在心中偷偷地想。這已經不知道是自己欠姜簡的第幾個人情了，阿史那家族有恩必報。將來如果自己俘虜了姜簡，一定會想盡各種手段收服此人，讓他成為自己的左膀右臂。就像當初大秦注一皇帝符堅，得王猛相助，滅燕國破涼，只用了十年時間，就拿下了大半個中原。君臣之間，也留下了千古佳話。

如果姜簡不肯投降，自己也不會殺死他。而是將他送到北海邊，美食美女，讓他好好享受一輩子。笑了笑，阿史那史笸籮將橫刀插回刀鞘，雙腿輕輕磕打戰馬小腹。

「唏吁吁……」胯下烏騅馬嘴裡發出一聲咆哮，張開四蹄，沿著山脊風馳電掣。火光照亮阿史那沙鉢羅起伏的身影，盔甲倒映出耀眼的紅色，這一刻，他英姿勃發，然若乳虎初獵。

這一帶的山坡不算陡峭，可萬一戰馬失蹄，其背上的主人也肯定會沿著山坡滾下去，摔個粉身碎骨。然而，阿史那沙鉢羅卻對自己的騎術和胯下的烏騅馬，都信心十足。不斷用雙腳輕點馬鐙，轉眼間，就將烏騅馬的速度加到了極限。這下，可是讓他身邊那些來自室韋部落的親兵為了難。

不追上去，萬一沙鉢羅特勤遭遇不測，他們沒法向吐屯蘇力特和大薩滿頓珠交代。追上去，只要戰馬在狂奔之時前蹄稍稍打滑，就會連人帶馬落入萬劫不復。正猶豫間，身邊卻有一道紅色的影

注一、大秦：指的是南北朝時的前秦。

子急衝而過，緊緊咬在了阿史那沙缽羅的身後。

「公主小心——」「塔娜公主，小心山上的石塊不穩。」「塔娜……」眾親兵大急，再也顧不上考慮什麼危險不危險。一邊大聲勸阻，一邊策動坐騎緊追不捨。唯恐追得慢了，來不及對紅色的身影出手相救。

如果阿史那沙缽羅出了事，吐屯蘇力特為了給車鼻可汗一個交代，肯定會把他們打得皮開肉綻。可萬一塔娜有個三長兩短，他們就連被打個皮開肉綻的機會都沒有了。盛怒之下，蘇力特會直接命人將他們綁在馬鞍後，在草原上活活拖成碎片。

室韋吐屯蘇力特有七個兒子，卻只有塔娜一個女兒。偏偏這個女兒的母親，又是大薩滿頓珠的親妹妹。所以，從生下來的那天起，這個名叫塔娜的女兒，就被蘇力特和頓珠兩個人，視作了心頭肉。凡是這個孩子的願望，除了摘取天上的星星之外，二人都盡全力去滿足。

換個俗氣一點的說法，塔娜公主從出生的那天起，就代替他母親斯琴，成為聯繫蘇力特家族和頓珠家族的紐帶。像室韋這種實力單薄的部落，想要內部不出亂子，必須滿足兩個重要條件。第一，吐屯具有極高的個人威望，第二，薩滿可以及時「溝通」天上的蒼狼和白鹿[注二]，對吐屯權力進行確認。所以，塔娜公主從出生那天起，就注定要集世俗和神明的寵愛於一身。在父親和舅舅的雙重寵愛與保護之下，她一直活得無憂無慮，從早到晚，臉上都寫滿了幸福的笑容。然而，自從前年，也就是她過完十二歲生日那天起，她的笑容裡，漸漸就多出了幾絲憂愁。

原因很簡單，按照草原上的規矩，女子十三歲（週歲十二）就算成年，父母必須為她張羅親事。而她，找遍整個部落，卻找不到能跟自己父親或者舅舅比肩的英雄。非但室韋部落，最近一年來，她父親蘇力特和舅舅頓珠甚至把目光放到了臨近的部落。尋找適齡的部落特勤，與塔娜聯姻。但是，求婚的少年特勤們來了一個又一個，卻沒有任何人，打動塔娜的芳心。

直到前幾天，一個渾身煙薰火燎，頭髮被燒得捲曲的少年，帶著七名跟他同樣狼狽的隨從和一大群飢腸轆轆的戰馬，出現在室韋部落營地的大門口。塔娜可以對天發誓，自己從沒見過如此陽光的少年。哪怕頭髮被燒捲了一大半兒，哪怕耳朵上佈滿了水泡，笑容依舊溫暖得如同四月裡的春風。塔娜也可以對天發誓，自己也從沒見過這麼獨特的男子。與那些前來求婚少年特勤們，身上沒有半點兒相似之處。

謙和、禮貌，卻絕不會對任何人卑躬屈膝。哪怕有求於自己的父親和舅舅，也始終挺直脊梁，與部落中所有人，保持平視。不像那些少年特勤們，滿嘴恭維之詞，沒等進入帳篷，人就先矮了半頭。

塔娜還可以對天發誓，自己也從沒見過如此有本事的少年英傑。從進入部落營地那天算起，只

注二、蒼狼與白鹿：室韋人的圖騰。對應契丹人是白馬與青牛。

用了短短兩天，此人就說服了自己和父親與舅舅，將部落裡最精銳的三千騎兵交給他來指揮。而此人接下來只做了一件事，就讓帶隊的幾個將領，不敢再對他的命令陽奉陰違。

那就是，與將領們賭射技。

規則很簡單，雙方各自在頭盔上插一根蘿蔔，然後策馬引弓互相射對方頭上的蘿蔔，先射中者為贏。贏了他的人，可以從他手中挑五匹駿馬。輸給他的人，就將自己日常用的兵器，交給他做彩頭。

只一個上午時間，阿史那沙鉢羅就贏了三張弓，兩把橫刀和四根鐵鐗，卻沒有輸掉一匹戰馬。有將領情急之下失手，用羽箭射中了他的胸口。多虧他提前在大食式鎧甲的口袋中塞了鋼板，才沒有受傷。那將領本以為他即便不展開報復，也會勃然大怒。誰料，他竟然一笑了之。

此舉，做得絕對漂亮至極。到了下午，三千室韋將士，竟無一人再出馬回應他的賭局。而阿史那沙鉢羅也見好就收，非但將辛苦贏來的兵器，又還給了其主人，還當眾宣佈，將自己帶到室韋部落裡頭來的一百二十多匹駿馬，全部充公。在場將士，無論身份高低，凡是覺得胯下坐騎不堪驅策，都可以牽著過來交換。

「特勤威武！」「特勤豪氣！」「願為特勤效力！」當即，四下裡歡呼聲響徹雲霄。三千將士當中，哪怕平時再眼高於頂的人，都為他感到心折。當日對阿史那沙鉢羅心折的，豈止是三千室韋將士？在旁邊目睹了整個過程的塔娜，看向他的目光，也熾烈如火。

英俊、瀟灑、豪邁、慷慨、文武雙全且謙卑有禮……，塔娜發現，凡是自己能夠想得到的誇讚之詞，套在阿史那沙缽羅特勤身上，竟無一不妥。比試結束之後，她就澈底成了阿史那沙缽羅的影子，除了吃飯、睡覺和方便之外，無論對方去了何處，她都會很快就在那裡出現。

而室韋吐屯蘇力特和薩滿頓珠，對少女的舉動，也沒表示任何反對，甚至有些樂見其成。

「史笸籮（沙缽羅）哥哥，史笸籮（沙缽羅）哥哥，等等我，等等我。」室韋少女敢愛敢恨，遲遲追阿史那沙缽羅不上，毫不猶豫地就扯開嗓子喊了起來。她突厥語說得不太好，沙缽羅三個字，發出來聲音完全走了樣，成了史笸籮。然而，阿史那沙缽羅聽了，心中卻是一軟，輕輕拉緊了韁繩，放緩了馬速。自打回到突厥之後，已經很久沒有人叫他「史笸籮」了。

這個曾經讓他惱怒無比，還不惜力氣一遍遍去糾正的綽號，如今，卻讓他感覺到一種別樣的滋味。就像在寒冷的冬夜裡，忽然喝了碗剛煮滾的黃酒。被人喚做史笸籮的那段日子，他過得非常辛苦，並且多次一隻腳踏入了鬼門關。然而，他卻可以放心大膽地，將後背交給同伴們，並且，不需要在同伴身上耗費任何心機。那段日子，算算已經過去很久了，回憶起來，卻彷彿就在昨天。「史笸籮（沙缽羅）哥哥，史笸籮哥哥！你，仗打完了，人也救下了，接下來你要去哪？」室韋公主塔娜身穿一襲紅衣，坐騎也是一匹紅馬，像一團火焰般追到他身側，看向他的目光裡頭，也包含著一團火。

「我……」扭頭看到少女那茸毛未褪的面孔，阿史那沙缽羅忽然決定盡可能地實話實說，「我收攏好了族人之後，就帶著我大哥，返回突厥。」

「那，那你……」少女塔娜又向他靠近了半尺，伸手拉住了他的手臂，「那你，什麼時候回來？」

「這……」阿史那沙缽羅沉吟著帶住坐騎，不知道該如何回應。

雖然算準了回到金微山下之後，他將會取代羯曼陀，成為自家父親車鼻可汗的左膀右臂。然而，他卻算不出，達成這一目標，還需要多長時間。雖然算準了，如果自家父親還想征服回紇，自己就會成為下一任領兵東進的主帥。然而，他卻無法算出，下一次東征，到底會是今年第一場暴風雪之前，還是在明年春暖花開之後。

此外，如果他取代了自家兄長羯曼陀，成為汗位的第一繼承人。他的妻子，就必須來自一個能夠給突厥帶來強大助力的部族。如鐵勒、突騎施、吐谷渾。塔娜所在的室韋部落，實力根本排不上號。

「那你，那你還會回來嗎？」遲遲沒聽見沙缽羅的下文，少女塔娜的眼睛裡，迅速湧起了一團薄霧，追問的聲音裡頭，也隱約帶著顫抖。

「回來，一定！」沙缽羅心臟猛地一疼，所有雜七雜八的想法，瞬間從腦海裡被清空，「最遲明年開春之後，早的話，今年過年之前。」

「那你是一個人回來，還是帶著一支大軍？」塔娜眼睛裡的霧氣迅速消散，笑容如鮮花般綻放，

「我阿爺說了，你會帶兵打垮回紇人，將他們驅逐得遠遠的。讓他們再也沒有力氣，跟我們爭奪越冬的草場。」

「我先試試一個人，帶著禮物回來。然後再試試，帶著一支大軍。」阿史那沙鉢羅感覺自己的心臟正在熔化，笑容也迅速湧了滿臉。

「禮物？」少女歪著頭，故意裝作不理解他的話中之意。

「我說錯了，應該是聘禮！」阿史那沙鉢羅無師自通，抽出胳膊，笑著與對方雙手相挽。

塔娜象徵性地將手向外抽了抽，隨即，就大大方方地與他十指相扣，「人家才不稀罕你的聘禮。我阿爺說了，無論我將來嫁給誰，都可以將他的一半兒家產當做嫁妝帶走。」

「你阿爺，是天底下最好的父親！」史笸籮將手指緊了緊，扭過頭，認認真真地對塔娜說道：「記住，咱們這次嚇走了回紇人，一是為了救我大哥和我的族人，二是為了展示你們室韋蘇部的實力。在塞外，有實力的部落，才有被人認真對待的本錢。」話說得有點兒深，並且顯然與二人之間剛才的氣氛格格不入。塔娜的腦袋跟不上沙鉢羅的思路，雙目之中瞬間充滿了困惑。

史笸籮知道她聽不懂，卻不打算解釋，只管繼續鄭重補充：「在我回來之前，如果你們部落裡，有人提議乘勝去攻打回紇，你千萬要勸你阿爺三思。而勸過之後，無論你阿爺聽不聽你的，無論他將來會做出什麼選擇，他都是天底下最好的父親。這一點，尤其重要，你千萬不能忘記！」

第一百二十七章 內外

「嗯！」塔娜忽閃著一雙水汪汪的大眼睛，用力點頭。事實上，她的確沒聽懂史笸籮所說的話，也弄不明白史笸籮為何要這麼說。然而，這都不重要。史笸籮哥哥有本事、有膽略、武藝高強，自然無論說什麼都有道理。關鍵是史笸籮哥哥還長得特別好看。

「沒救了，公主是澈底沒救了！」終於跟上來的室韋親兵們，齊齊帶住了馬頭，苦笑著將目光看向了別處。眼睜睜地看著整個部落裡最嬌豔的金蓮花，被一頭遠道而來的野鹿給拱了，眾親兵們心裡頭其實都有些酸溜溜的滋味。然而，卻沒有人會在心裡頭質疑塔娜的選擇。論身份，阿史那沙缽羅特勤的金貴，遠非周邊其他部落裡那些特勤和眼下室韋部落裡的任何貴族少年所能相比。論本事，膽略和手腕，那些人綁在一起，都比不上阿史那沙缽羅特勤一根腳指頭。至於相貌，大夥還是不要比較為好，比了，怕是有人要半夜哭醒。

「請各位幫我一個忙。」史笸籮卻絲毫沒有做客人的覺悟，大大方方地回過頭，向著眾親兵輕輕拱手，「把我的認旗豎起來，豎到……」目光迅速掃過來時的路，他乾脆撥轉馬頭，手指山脊上一處高聳的岩石，「豎到那塊石頭上。然後分頭去搜羅剛才被敵軍衝散的突厥狼騎將士，通知他們，泥步設羯曼陀已經獲救，我，阿史那沙缽羅特勤，在這裡等著他們。他們如果想要在落雪之前平安回去跟家人相聚，就速速來我的認旗下整隊！」

「特勤，山坡上很多地方都起了火，天乾物燥，又是上坡路……」親兵們聞聽，本能地低聲提醒。戰馬在平地上衝刺速度很快，但是爬坡的本事卻很一般。而剛才為了擊退敵軍，阿史那沙缽羅特勤又命人沿著山坡滾下了數十個火球。眼下寒冬將至未至，正是野草和灌木最為乾燥的時候，火勢很容易蔓延到一發不可收拾的地步。這種情況下，命令潰兵們逆著山勢穿過火場前來集合，阿史那沙缽羅還不是他們的真正主帥，很多潰兵都肯定會心生抗拒，不願奉命行事。

「叫你們去你們就去，別囉嗦。」沒等史笸籮解釋自己為何要讓潰敗的狼騎們到山脊來集合，室韋公主塔娜已經豎起了柳眉，嬌聲向親兵們呵斥。

「是，公主！」親兵們無可奈何，答應著分頭行動。塔娜迅速將目光轉回史笸籮這邊，眼睛裡充滿了崇拜，「史笸籮哥哥是要考驗狼騎們膽氣還在不在嗎？如果有人連這麼點兒風險都不敢冒，就不值得你再管他們死活！」

「妳真聰明，我就知道瞞不住妳！」看著塔娜單純的笑臉，史笸籮的心臟猛地一顫，隨即，笑著誇讚。同樣的笑容，幾個月之前，他在同行的少女們臉上也曾經看到過。那時候，他與姜簡聯手組織夥伴們對抗追過來的奴隸販子和大食強盜團，不止一個少女看向他時，眼神和笑容，與此刻的塔娜一模一樣。然而，他卻辜負了這份單純和崇拜。只因為，他姓阿史那！

有些目光和笑臉，只有錯過之後，才明白其珍貴。有些事情，也是經歷過後，才能感覺出其苦辣酸甜。如今的他，早就不是幾個月之前的史笸籮。他辜負過了一次，就不會再辜負第二次。他犯過一回傻，就發誓不犯第二回。

他把自己的認旗插在山脊最高處的岩石上，故意命令被姜簡擊潰的狼騎們，冒著被野火燒死的風險，逆著山坡到自己的認旗下集合，並非像塔娜猜的那樣，想要考驗潰兵們的膽氣還在不在。他想要考驗的是，跟在羯曼陀身後吃了那麼多敗仗，又被自己救下之後，倖存的狼騎當中，到底能有多少人，願意認可並追隨自己這個不受可汗待見的特勤。他剛才策馬沿著山脊奔行的時候，粗略掃了幾眼戰場上的屍體。發現被姜簡帶著回紇人殺死的狼騎，頂多四百出頭。其餘狼騎，全是因為喪失了抵抗意志，落荒而逃。而根據斥候們的彙報，從瀚海都護府那邊跟著羯曼陀一道退下來的狼騎，至少還有六七千人。兩相比較，今夜戰死的狼騎數量，還不到總兵力的一成！

據阿史那沙缽羅瞭解，無論是中原人，還是突厥人，出門在外之時，對平安回家，心中都有一種相似的執念。他特地以「落雪之前平安回去跟家人相聚」為承諾，就是想看一看，到底有多少人，願意冒一點兒性命危險，不顧逆山勢上行的疲憊，來到他的認旗之下，聽從他的號令。不需要六七千人，哪怕只有其中一成狼騎回應他的命令，接下來，他就不需要再擔心，大哥羯曼陀會跟二哥陟苾一樣，對自己恩將仇報。如果回應者超過一千，他今後就不用再對除了他父親之外的任何一名突厥貴族、長老，百般忍讓。如果回應者能達到三千人以上，他今後即便面對自己的父親車鼻可汗，也有了實話實說的資格，不用再於每次說話之前，都要偷偷看對方的臉色。他曾經非常崇拜自己的父親車鼻可汗，並且視對方為楷模。然而，現在，他只佩服父親的勇氣和堅持，卻早已不認為，父親真的有能力，恢復突厥，恢復阿史那家族祖先的榮耀。

他承認，自家父親選擇了一個非常好的起兵時機。眼下的大唐，的確因為天可汗李世民纏綿病榻，而人心惶惶。的確因為開國那批文臣武將的老去，而疲態盡顯。然而，他卻不認為自家父親選擇了一條正確的道路。更不認為，自家父親為了得到大食人的支援，就放任講經人在金微山下大肆發展信徒，是一個明智的決定。

近百年來，突厥之所以能夠與漢人爭雄，甚至一度壓得漢人朝廷抬不起頭，是因為突厥人從沒忘記自己是狼神的子孫，阿史那家族也從沒放棄自己身為草原各族統治者的驕傲。如果突厥人都匍匐在了講經人嘴裡那個真神的面前，阿史那家族成了大食人的鷹犬。又有什麼資格與漢人爭奪天下？有什麼資格讓草原各族，追隨在阿史那的金狼旗後？

任由自己父親繼續沿著錯誤上狂奔，恐怕遠遠地滾到西邊，去追隨真神，會成為突厥的必然結局。從此，無論中原還是塞外草原，都不會再有突厥人和阿史那家族的立錐之地。慶幸的是，他父親車鼻可汗，眼下還沒有帶領阿史那家族和整個突厥，在錯誤的道路上走得太遠。

而他，阿史那沙缽羅，則終於有了資格，說明父親發現錯誤，並且一點點將父親和突厥，拉回到正確方向來。當有了第一批追隨者之後，他缺的，就只剩下了時間。而更值得慶幸的是……忽然扭頭望向遙遠的南方，阿史那沙缽羅欣慰地吐氣，「呼——」到目前為止，大唐朝廷仍舊沒對草原上的事情做出任何反應。並且，從雪落之後一直到明年開春，看樣子，大唐朝廷也未必能夠派出出色的將領和足夠的兵馬來解決塞外的亂局。待到明年開春之後……。又吐了口氣，他的雙目之中，精光四射。

大唐朝廷，就像一個老態龍鍾的英雄，沉寂在對過去輝煌的回憶裡，卻對眼前的事情，集中不起精神，也做不出正確判斷和及時應對。而突厥，卻會變得越來越年輕。

「呼——」秋風夾著來自塞外草原的寒氣，吹過瀚海都護府，吹過受降城，吹過河東道，一路吹進長安城內。長安街頭，柳樹的枝條仍舊青綠婀娜，楊樹、槐樹、梧桐和楓樹，卻次第改變了顏色。特別是靠近太極宮一帶，梧桐的葉子表面如同鍍了一層金，楓葉彷彿染了一層晚霞，而楊樹和槐樹的葉子則介於梧桐與楓樹之間，金色的周圍描著一團紅暈，每有秋風吹來，就彷彿金箔著了火。

宮牆之內，不知道什麼緣故，楓樹很少，但槐樹和楊樹卻隨處可見，成排成行。每次有秋風吹過，金色帶著描紅的葉子，便從半空中繽紛而落，美得驚心動魄。

大唐皇帝李世民站在窗子前，兩眼望著從天而降的落葉，一動不動。秋風穿過敞開的窗戶，很快吹透了他身上夾了絲綿的錦袍，吹透錦袍下的縑衣，吹得他從前胸到後背都一片冰涼。然而，他卻沒有發出聲音，也沒有做任何躲閃，彷彿自己完全變成了一座雕塑。

他喜歡被秋風吹透身體的感覺，這讓他彷彿重新回到了三十多年前，策馬舞槊，馳騁沙場。那時在雁門關附近，秋風比現在還要清冽十倍。突厥狼騎如同湧潮，半空中箭落如雨。前來營救楊廣的各路英豪，一大半兒都被嚇得面如土色，只有他和少數幾個將領，頂著箭雨和秋風衝了上去，在狼騎之中硬生生殺出了一條血路，直通雁門關下。一切都好像發生在昨日，只是那時的英雄，大多數都早已不在人世。

喜歡割敵將耳朵的羅士信，二十六年前在洺水城力盡被俘，不屈而死。每次出戰都恨不得將全身包裹在鐵殼子裡頭的慕容羅，在那之前就與自己的姐姐平陽公主一道，戰死於娘子關。每戰必先的秦叔寶，十年前病故，自己親手為他題寫了墓碑。還有，還有當時跟屁蟲一樣追在自己身後的侯君集，五年前不知道為什麼發了瘋，非要輔佐太子起兵謀反，讓自己連赦免他的理由都找不出，只能親自捧著一盞烈酒，將他送上了刑場……。

李世民自問不是一個軟弱的人，然而，現在，他卻真心希望當時的豪傑，都好好地活著，陪著自己每年都看一看這貞觀盛世，看看這天下繁華，包括侯君集！

臥病在床這些日子，他不止一次地去想，如果當時自己頂住壓力，做一次「昏君」，是否就能將侯君集保下來。雖然侯君集參與謀反證據確鑿，可是，作為從小一起長大的朋友，李世民太瞭解侯君集是個什麼樣的人了。多謀卻寡斷，做小事的時候膽大包天，做大事的時候卻畏手畏腳。這種人，說他貪污受賄，私吞繳獲，李世民都信。說他主動幫太子謀劃造自己的反，李世民只能苦笑著搖頭。

所謂謀反，也就是太子謀劃之時喊了侯君集，而侯君集當時既沒拒絕，過後也沒主動向自己揭發。可滿朝文武，換了別人跟侯君集易位而處，有幾個真的忍心去揭發？畢竟，太子是侯君集的女婿，侯君集如果揭發了此事，等於親手將他自己的女兒和女婿，送上了刑場。然而，面對滿朝欲置侯君集於死地的文武，李世民卻不得不選擇了接納眾人的諫議，處以侯君集極刑。

他當時想做一個千古明君，就不能因為跟侯君集的友情，而踐踏律法。為了大唐避免今後有人效仿侯君集，他也不能光念著侯君集的一項項大功。可明君這個行當，就注定與孤獨為伴。玄武門之變以後，他就沒了嫡親兄弟，父親跟他之間，也隔了一道血河。將侯君集送上刑場之後，他就沒了朋友。

除了努力做一個千古明君應做之事外，他不能再有任何癖好，也不能再有任何偷懶的念頭。他一天到晚兢兢業業，就像是被蒙上眼睛拉磨的毛驢。

驢子累急了，還能叫喚兩聲。而他如果忽然吼上兩嗓子，長安城內外，就得平地起驚雷。大唐境內，不知道多少人會死於非命。所以，他只能咬著牙堅持，咬著牙忍受皇位上的孤獨和寂寞。

今年春天，他實在感覺筋疲力竭，又感染了風寒，乾脆決定借機偷幾天懶，讓太子李治監國，由自己的妻兄中書令長孫無忌輔佐，處理國事。本以為，自己放鬆個十天半月，休息夠了，就可以重新振作起來，誰料想，自己竟然是個天生勞碌命，一躺倒休息，各種病症居然接踵而至。

從早春二月直到十月金秋，李世民身上，各種毛病就沒斷過。並且，有些症狀越來越嚴重，甚至讓他感覺自己已經時日無多。而他今年，不過才五十出頭。按照道理，本該龍精虎猛才對。他父親李淵身子骨遠不如他強健，五十歲的時候，才奉旨撫慰河東。兩年之後，才終於起兵反隋，帶領將士們直撲長安。六十歲到七十歲這十年裡，還給他添了好幾個比他兒子還小的弟弟妹妹，讓他哭笑不得。

「莫非當日，朕真的殺了太多無辜的人，因此而損了陽壽？」人在生病之時，就喜歡胡思亂想，親手開闢了貞觀之治的聖明天子李世民，也是一樣。最近大半年了，吃了無數良藥，御醫也換了好幾茬，他的身體卻每況愈下。很自然地，他就想到，是因為玄武門之變殺人太多，遭了冤魂詛咒。

「呼——」恰恰又一股秋風撲面而至，讓他登時就打了個哆嗦，臉色瞬間蒼白如雪。

「陛下，茶熬好了，您先喝幾口看看老奴的手藝是否退步？」右監門大將軍張阿難邁著小碎步跑過來，用一件貂皮大氅，迅速將李世民的身體裹了個嚴嚴實實。

不勸李世民小心秋寒，這個伺候過楊廣和李淵的老太監，心細如髮，只管邀請李世民去喝自己剛剛親手煮的熱茶。

「嗯！」李世民知道張阿難一心為自己著想，不忍拒絕，答應一聲，轉過身，緩緩走向寢宮的內間。

張阿難悄悄使了個眼色，立刻有小太監躡手躡腳地走到窗子下，將木製的窗戶合攏。雖然窗櫺上鑲嵌了透光度極好的琉璃和雲母，屋子內的亮度，仍舊瞬間下降了。李世民非常討厭陰暗，眉頭迅速皺緊。

還沒等他發作，屋子內忽然又變得一亮，緊跟著，身穿明光鎧的鄂國公尉遲敬德，風風火火地闖了進來。連禮都顧不上行一個，就高聲請示：「陛下，程咬金那廝，打了一頭八百斤重的大黑熊，將兩隻前掌割下來，快馬加鞭送到了宮裡。陛下今天有沒有胃口？有的話，末將就讓人送到御膳房去烹製，沒有的話，末將就派人趕緊送回自己家的冰窖裡凍起來？」

「滾，老子的熊掌，你也敢貪墨！」李世民立刻不再感覺寒氣透骨，抬起腳，作勢欲踢。

「末將不是怕陛下吃得太油膩，想替陛下分擔一些嗎？」尉遲敬德輕輕一側身，就躲了過去，然後涎著臉解釋。「再說，程咬金那老無賴，運氣好的沒邊，每次入山，不是打到老虎，就是打到狗熊。而末將，除了兔子和野雞，稍微大一點的獵物，從來遇不上。」

「怎麼不說你的一手爛箭法，遇上了也只能眼睜睜地看著啊！」李世民翻了翻眼皮，撇著嘴數落。

「我年輕時，也能百步穿楊的。只是後來老了，眼睛就開始花了，距離遠了就看不清楚。」尉遲敬德聞聽，立刻滿臉委屈的解釋。「不像陛下，一點都不顯老，還目光如炬。」

「少拿好話恭維朕，誰不知道，你是想留下來跟朕一起吃熊掌！」李世民堅決不上當，笑著戳穿尉遲敬德的小心思。

「所以說，陛下慧眼如炬呢！」尉遲敬德也不覺得尷尬，只管笑著重複。「想吃就留下吧，這些日子，辛苦你了。朕不能連口熱乎飯，都不管你！」李世民拿他沒辦法，只好搖著頭答應。

「那，那，末將謝過陛下！」尉遲敬德大喜，立刻躬身謝恩，隨即，扭過頭，朝著門外吩咐：「來人，將熊掌送到御膳房去，要廚師好好料理一番。」

「得令！」立刻有內宮侍衛高聲答應著，小跑而去。很顯然，等的就是尉遲敬德這一安排。李世民見了，又搖頭而笑。隱約間，感覺自己從頭到腳，都輕鬆了許多。

「末將已經派人回家去取鹿茸酒，今晚陛下可以小酌幾口。」尉遲敬德是真不見外，繼續笑著獻寶。

「好，朕好久沒喝酒了，便與你一道小酌幾口！」李世民聽得心動，眼神迅速變得明亮了許多。老太監張阿難見了，頓時偷偷鬆了一口氣，看向尉遲敬德的目光裡，充滿了欽佩。

事實上，在場的人誰都明白，無論是大唐天可汗李世民，還是鄂國公尉遲敬德，都不差這一對熊掌。然而，滿朝文武，能如此混不吝地向李世民討吃討喝，並且不經允許就帶酒入宮的，卻只有尉遲敬德一個。

李世民這大半年來，龍體欠安，夜間經常做惡夢。每次做了惡夢之後的第二天傍晚時分，尉遲敬德一定會披甲持鋼鞭入宮，在寢宮外一站就是一整宿。按道理，皇宮內院，像尉遲敬德這種五根俱全的男人，是不准許夜間出現的。然而，滿朝文武和皇宮內的所有人，卻都不認為尉遲敬德的行為，有什麼不妥。

原因很簡單，只要尉遲敬德來寢宮門外站崗，李世民就一定能睡得極為香甜。所有惡夢，都繞著他走。

放眼大唐，能起到同樣作用的，除了尉遲敬德之外，原本還有胡國公秦瓊。然而，秦瓊卻天不假年。所以，最近七八個月來，在李世民門外值宿的任務，只能由尉遲敬德一人來承擔。

尉遲敬德今年已經六十有四，李世民擔心累壞了他，幾度試圖尋找年輕將領跟他輪換。然而，無論是勇冠三軍的薛仁貴，還是騎射無雙的契苾何力，都無法讓他遠離惡夢。大唐的年輕一代將軍裡，找不到第二位秦叔寶，也找不到第二位尉遲敬德！

第一百二十八章 千古一帝

一股濃濃的涼意，再度滲入了李世民的身體，令他的眼神迅速變得暗淡，隱藏在貂皮大氅下的肩膀，也愈發顯得瘦削。有兩個小太監殷勤地跑去關門，才走到一半兒，卻被監門大將軍張阿難用目光給瞪了回去。

寢宮神龍殿周圍的樹木太多，光照略顯不足，剛才小太監們獻殷勤，未經向陛下請示就關了窗子，已經引起了陛下的不快。虧得尉遲敬德來得及時，才岔開了陛下的心神，讓大夥逃過了一劫。如今小太監們不經請示又去關房門，不是嫌自己皮癢嗎？

但是，一直敞開著神龍殿的門，讓皇帝陛下吹冷風，也不妥當。因此，用目光制止了兩個小太監之後，監門大將軍張阿難立刻將面孔轉向了尉遲敬德，眼巴巴地看著後者，請求對方主動提議關門。

誰料，尉遲敬德根本不理睬他的請託，忽然活動了一下自己的手臂和肩膀，高聲提議：「陛下身子骨好一些了嗎？如果好一些了，不妨去外邊曬曬太陽。俗話說，多曬太陽，萬邪不侵。末將記得，陛下當年可是能夠持槊上馬直取敵軍主帥的，總不能才五十歲，就吹不得風了！」

「這，這……」張阿難急得直握拳頭，如果打得過的話，真恨不得衝上去，一拳將尉遲敬德打個滿臉開花。皇帝陛下身子骨都虛弱到這種地步了，你個尉遲老粗胚居然還建議皇帝陛下去外邊吹冷風。萬一吹出個三長兩短來，看你尉遲老粗胚，拿什麼向太子和文武百官交代？

然而，沒等他想好該如何勸阻，先前還嫌冷的李世民，竟然笑著點頭，「也對，朕的確好久沒出去曬曬太陽了。走，趁著太陽還沒完全落山，咱們君臣兩個出去轉轉。」說著話，邁開雙腿，大步流星地走向了神龍殿外。

尉遲敬德毫不猶豫邁步跟上，與李世民並肩而行，以便隨時可以出手，攙扶住對方。監門大將軍張阿難又急又怕，卻沒膽子掃李世民的興，給小太監們使了個眼色，也悄悄地跟在李世民的身後。

此刻距離天黑還早，夕陽從背後照在眾人的肩膀上，很快，就給大夥帶來了一股融融暖意。穿著貂皮大氅的李世民，感覺到自己身體內的寒氣盡數消散，精神頓時振作了許多，笑著開始左顧右盼。

天很藍，純淨且通透。甬道兩側的樹梢則是一片耀眼的黃，宛若鍍金。與金色槐樹和楊樹葉子相映成趣的，還有不遠處在石榴枝頭掛著的，紅彤彤的果實，個個都有成年人的拳頭大小，隱約還散發出一股清甜的果香。

李世民立刻童心大起，快速離開甬道，走至一棵石榴樹下，抬手扯了兩顆大石榴，一顆留給自己，另外一顆，則擲給了匆忙跟過來的尉遲敬德，「來，帶回家去嘗嘗。石榴多子，讓你的老來，再得幾個兒子。」

「末將謝陛下金口玉言。」尉遲敬德笑著彎腰，雙手接住石榴。動作卻稍稍有些大，背在身後的鋼鞭與明光鎧相撞，鏗鏘作響。

李世民到了這時候，才注意到尉遲敬德一直背著兵器。這是他多年前，就專門許給對方與秦叔寶兩人的特權，所以他也不覺得有什麼不妥。只是忍不住笑著數落，「在皇宮之內陪朕溜達，你還背著鋼鞭做什麼？不嫌沉啊！」

尉遲敬德的鋼鞭，雖然不像傳說中，有七八十斤重。但是，十二三斤重總是有的。六十四歲的人了，天天穿著三十多斤重的明光鎧不算，還背著十二三斤重的武器，李世民作為旁觀者，看得都有些於心不忍。

然而，尉遲敬德聞聽，卻笑著搖頭，「陛下莫非忘了，末將乃是鐵匠出身？從七八歲開始就學著掄大錘。有件重物背在身上，別人覺得累，而末將卻感覺心裡頭特別踏實。若是哪天不背著它，反而覺得渾身上下都空落落的，好生彆扭。」

「你個天生的勞碌命！」李世民立刻感同身受，笑著搖頭。

「陛下還不是一樣，天天背著大唐的江山？要說累，末將根本比不上陛下的一半兒。」尉遲敬德看了看李世民早生的白髮，回應聲裡充滿了感慨。這話，可不像是從他嘴裡能夠說出來的。頓時，李世民就歪起了頭，上上下下仔細打量了他好幾輪，才笑著詢問：「這話誰教你的？行嘛，你最近還又長本事了！」

「前一陣子聽我家老三寶環念叨，所以就學了兩嘴。」尉遲敬德絲毫不覺得被李世民看破有什麼好尷尬的，立刻笑著補充，「看來還是沒學明白，才說出來，就被陛下發現了。」

尉遲寶環是尉遲敬德的小兒子，卻不像他和他的長子尉遲寶琳那樣武藝超群，身手只能算是平平。然而，書卻讀得極好，說話條理清楚，做起事情來，也四平八穩。

李世民欣賞尉遲敬德，愛屋及烏，對尉遲敬德的三個兒子，也會高看幾眼。此刻聽他說，漂亮話是從尉遲寶環那裡學到的，頓時又來了興趣，點點頭，低聲說道：「好，別人都是兒子跟父親學說話做事，你們家倒是好，反過來了？哪天帶他來甘露殿，朕親自考考他。然後給他安排幾件正經事情做。」

「多謝陛下恩典！」尉遲敬德聞聽，立刻躬身道謝，「末將的這個小兒子，做個武將肯定不成，做個縣令、刺史什麼的，應該不會讓陛下失望。」

「你還真不客氣！」李世民立刻明白，尉遲敬德為何剛才要提他自己家的小兒子，翻了翻眼皮，低聲數落。

「末將的爵位，將來要給老大，老二蒙陛下恩典，已經做了中州刺史。老三出生得遲，趕不上他的兩個哥哥，末將難免要替他多操心一些。」尉遲敬德陪著笑臉，老老實實地解釋。他越是這樣做，李世民越不想把他當外人。因此，笑了笑，輕輕點頭，「也好，大半年來，你隔三差五就進宮守夜，朕正不知道該怎麼酬謝你呢。寶環學問高，為人又穩重，朕許他個刺史做，言官應該也不會過於囉嗦。」

「誰敢囉嗦，我搧他大耳刮子！」尉遲敬德立刻豎起眉頭，低聲宣告。忽然意識到這話說得有些過分，又迅速改口，「我過年到陛下這裡赴御宴時，拿酒灌醉他。讓他好好出個大醜，從此後悔多嘴多舌。」

「胡說，如果人人都像你這樣，朝堂上誰還敢直言進諫？」李世民瞪了尉遲敬德一眼，低聲呵斥。

「他們說正經事，末將當然不會針對他們。」尉遲敬德卻不服氣，低著頭小聲嘟囔，「可他們如果滿嘴跑舌頭，末將說他們不過，自然就得想點兒別的辦法。」

「言官自古以來就是風聞奏事，不能要求他們每次都必須有理有據。否則，為帝王者就聽不到反對之聲了。」李世民又瞪了尉遲敬德一眼，迅速補充。知道對方不會服氣，頓了頓，他又語重心長地說道：「你這輩子，雖然性子混了一些，卻沒什麼壞心眼，朕已經習慣了你說話做事的風格，不會跟你計較。但是，你老了，得給兒孫們做個表率，免得他們將來學你。」

「他們才不會學我。」尉遲敬德一直以幾個兒子都很給自己爭氣為榮，立刻笑著回應。「更何況，學了也不怕。太子將來，一定會像陛下一樣，是個千古明君！」

有哪個父親不喜歡聽別人誇自家兒子？饒是曾經廢過一任太子，李世民聽尉遲敬德說自家兒子會做千古名君，心裡頭也像喝了蜂蜜水一樣舒坦。然而，嘴巴上，他卻強迫自己謙虛，「千古明君，哪是那麼好當的？朕這二十年來如履薄冰，都不敢保證，後世史家筆下，如何說朕？更何況是太子？」

「如果有史官敢說陛下不是千古明君，那他就等著被全天下的老百姓朝腦袋上丟爛菜葉子吧。一斗米三文錢，長安城內的好鐵匠幹一天的活，賺的錢就能養活全家小半個月。」尉遲敬德聞聽，立刻笑著搖頭，「這日子，末將讀書少，從沒在史書裡看到過。如果陛下都不算千古明君，古往今來，就沒明君了。」這話從別人嘴裡說出來，李世民未必會太當回事兒。但是，從跟所有文官都吵過架，甚至好幾次差點兒跟長孫無忌大打出手的尉遲敬德嘴裡說出來，卻極具可信性。讓他頓時就覺得自己的身體狀況，比剛才又好了三分。

而尉遲敬德，卻知道保持好心情對病人的重要性，頓了頓，繼續說道：「至於太子，別的不敢保證，末將相信他不會比陛下差得太多。就看他這半年多來監國，那叫一個穩，讓末將都懷疑，陛下是不是一直在背後給他支招！」

「哦？」李世民的眼神，又是一亮，笑著低聲詢問：「太子真的有這麼穩當？他都做了哪些讓你覺得順眼的事情，你竟然如此誇他？」

「多了，末將得一件件慢慢數。」尉遲敬德想了想，伸出左手，開始用大拇指數自己的手指頭，「五月份的時候，青州歉收。太子立刻從洛陽調了米過去賑濟，並且派了岑長倩專程前去監督，把趁機貪污糧食的官員和囤積居奇的奸商，給砍了十幾個。青州的米價，立刻就壓了下去，據說基本上沒餓死人。」「六月份，記吃不記打的高句麗人蠢蠢欲動。太子立刻給程名振下了一道手令，許他便宜行事。結果程名振派死士潛入高句麗境內，一把大火，燒光了高句麗人的軍糧。高句麗人立刻老實了，再也不敢踏過邊界半步。」

「七月份，有人倚老賣老，舉薦了一大堆關隴子弟出來做官。太子直接給否了一大半兒，剩下的，則交給吏部考校之後，選其中真正有才幹，派到西域立功。」

「八月……」一口氣說了四五件，每一件，都是李世民心裡頭知道且贊同，卻從沒做過任何點評的為政舉措。此刻聽尉遲敬德誇起來沒完，頓時覺得神清氣爽。又美滋滋地聽了一會兒，直到尉遲敬德的手指頭不夠用了，才笑著詢問：「難道就沒有你不滿意的，或者你覺得太子沒做好的？別在朕面前裝蒜，朕知道，你肚子裡根本藏不住事情！」

「有，肯定是有的。就是不清楚，是太子自己的主意，還是長孫無忌那老匹夫替他拿的主意。」尉遲敬德猶豫了一下，苦著臉回應，「末將更懷疑，是長孫無忌那老匹夫，處處掣肘……」

「別胡說，長孫無忌比你聰明十倍。」李世民翻了翻眼皮，沒好氣兒地打斷，「他還是朕親手為太子選的第一輔政大臣。」

「反正，有一件事，末將覺得不像太子自己的主意！」尉遲敬德是鐵了心做孤臣的人，根本不在乎自己的話，會傳進長孫無忌耳朵裡，「春天的時候，就有傳言，車鼻可汗殺光了大唐的使者及隨從，扯了反旗。後來正式消息也確認了這回事兒。可朝廷到現在，也沒派出一兵一卒去平叛。以太子的年齡，根本不該如此畏手畏腳。倒是像長孫無忌那老……」

不想讓李世民對太子太嚴格，一邊說，他一邊努力將責任朝長孫無忌身上推。反正此人是李世民的妻兄，過去的功勞又大，即便犯了錯，李世民也捨不得處罰。然而，卻沒料到，話才說了一半兒，李世民已經笑著打斷。「是朕的意思！這次，你的確冤枉長孫無忌了！」

「啊——」尉遲敬德猝不及防，嘴巴張大得足以塞進一只雞蛋。

「朕老了！」李世民笑著抬起手，輕輕拍尉遲敬德的肩膀，「你也不再年輕。咱們還能看護大唐多久？所以，讓車鼻可汗多蹦躂一些日子。有他在外邊蹦躂，朕才能看得更清楚，邊塞之上，究竟藏著多少野心勃勃的傢伙。要麼不出手。出手，則給太子留下一個乾乾淨淨的攤子，省得他將來處理起來麻煩！」

第一百二十九章 龍

沒想到李世民謀劃得如此長遠，尉遲敬德頓時不知道該說什麼才好。只覺得自己肚子裡頭彷彿有一團火焰，在不停地翻滾、翻滾。他今年六十有四，李世民剛好五十，他們都不再年輕。俗話說，人到七十古來稀，他們的確都不可能守護大唐太久。而塞外和中原野心勃勃的傢伙肯定不止車鼻可汗一個。與其快刀斬亂麻卻留下隱患，還不如暫且示弱，讓那些傢伙全都自己蹦出來，然後一網打盡，留下一個乾淨的攤子給後人。只是，這樣做難免有人會犧牲，甚至死不瞑目。

比如秀才韓華，比如使團中的那些官吏和隨從，比如那些堅決不肯與車鼻可汗同流合污的草原部落，比如捨命擋在突厥狼騎去路上的各路英雄豪傑……。金龍出海，不會考慮魚蝦的死活。猛虎出山，也不會考慮腳下是否踩到了螞蟻。帝王乃是天之子，比金龍更神秘，比猛虎更高貴，他謀劃得越長遠，倒在他看不見的地方的「魚蝦和螻蟻」就越多！

「怎麼，你還想替朕披掛上陣？還是想讓自己的某個兒孫，馬上搏取功名？」見尉遲敬德忽然沉默不語，李世民心中納罕，笑著詢問。

「不是，不是，末將知道自己幾斤幾兩。衝鋒陷陣還湊合，當一軍主帥，肯定會耽誤了陛下的大事。」尉遲敬德知道自己瞞不住李世民，所以也從來不對李世民撒謊，擺了擺手，低聲解釋：「末將曾經答應別人，幫忙照顧幾個老兄弟。前一段時間沒空管他們，結果最近卻聽說，他們全都受人雇傭，去了瀚海都護府那邊，幫助回紇人去對付突厥狼騎。」

「老兄弟？你還有老兄弟，流落民間？誰雇了他們？」李世民眉頭輕蹙，雙目之中隱約有精光閃爍。

在軍中，只有嫡系部曲，才能被主將稱為老兄弟。尉遲敬德屢立奇功，當年跟在他身後的老兄弟，只要沒戰死沙場，現在至少也是一個七轉輕車都尉注三，光憑著相應的勳田，就夠吃香喝辣一輩子了，無論如何也不該再去塞外賺那份賣命錢。而能雇傭尉遲敬德麾下老兄弟一起出塞的，恐怕光有錢也做不到。此人還必須跟老兄弟們很熟，甚至出身於大唐將門。此人雇傭了一批輕車都尉出塞，京兆府竟然毫無察覺，本事也太大了一些！

「不是，不是，陛下誤會了。是別人麾下的老兄弟，托末將照看。所以末將才一時疏忽，讓他們被另一位故人的女兒給雇了去。」尉遲敬德臉色黑中透紅，解釋的聲音裡頭充滿了尷尬。

「故人？還是女兒身？」李世民聞聽，愈發覺得此事蹊蹺，眉頭也蹙得更緊。他之所以對尉遲敬德信任有加，除了對方心眼實在之外，還有一個重要原因就是，尉遲敬德出身於劉武周的麾下，在滿朝文武當中，幾乎找不到一個故交。

「是長安大俠史萬寶的部曲，史萬寶生前跟末將頗對脾氣，所以去世的時候，托我對他麾下的老兄弟們照看一二。」尉遲敬德怕引起更多誤會，乾脆竹筒倒豆子，把事情的來龍去脈一口氣都說了出來，「一共只有二十幾個人，脾氣都跟史萬寶一樣倔。末將也不好給他們安排什麼差事。結果一眼沒顧上看，就缺了五個。仔細派人詢問，才知道被姜行本的女兒給雇了去。那姜行本的女婿，就是秀才韓華。年初的時候，與安調遮一道，奉命去領車鼻可汗入朝，整個使團被車鼻可汗殺了個精光。姜家女兒咽不下這口氣，才雇了人去給丈夫報仇！」

他口才不怎麼樣，解釋得甚至有些顛三倒四。但是，李世民聽了之後，緊皺的眉毛立刻變得平平整整。史萬寶乃是大隋悍將史萬歲的幼弟，與其兄長年齡差了至少二十歲。史萬歲屢破突厥，戰功赫赫，卻被隋文帝冤殺。史家受到牽連，史萬寶就成了一名沒有官職和前途的街頭混混。李氏從太原起兵，自己的姐姐李婉兒遭到官府追殺，姐夫柴紹搶先一步逃之夭夭，卻有兩位遊俠兒仗義出手相救。其中之一，就是史萬寶。

隨後，史萬寶就成了自家姐姐的左膀右臂。東征西討，戰功赫赫。只是這廝脾氣甚為古怪，跟

注三、七轉輕車都尉。唐代士兵憑藉戰功可以策勳，七轉對應的勳位是輕車都尉，享受從四品官員榮譽，並且會被授予對應數量的勳田。

誰都合不來，還經常故意跟衛國公李靖過不去。所以在自家姐姐戰死之後，此人就很少再被委以重任。

當年的大唐滅突厥之戰，是史萬寶最後一次「露臉」，帶著數百弟兄，硬是掀了頡利可汗的被窩。但是，此人隨後卻因為雪夜長途奔襲，寒氣入肺，回到長安之後不久，就駕鶴西去。

尉遲敬德發起脾氣來，敢指著長孫無忌鼻子罵，也難怪他跟史萬寶對脾氣了。而史萬寶去世早，在朝堂上也沒什麼過硬靠山，他的舊部，自然很難混出什麼名堂。如果脾氣還跟他一樣差，恐怕史萬寶西去之後，眾人就脫離行伍，自謀出路了。

當然，這些都是比較正面的推斷。事實上，作為一個明君，李世民清楚地知道，自己麾下文臣武將們派系林立。

以長孫無忌為首的關隴功臣是一派，以李勣（徐茂公）為首的瓦崗群英，則是另外一派。此外，還有前隋故臣、河北三姓，彼此之間，明爭暗鬥不斷。尉遲敬德是劉武周的舊部，劉武周戰敗之後投奔突厥，和身邊親信一道被突厥人所殺，所以尉遲敬德跟各派都沒有太深的瓜葛。而史萬寶出身於自己姐姐的娘子軍，自家姐姐早早地就以身殉國，史萬寶當然也跟朝堂上各派都不是一路。

所以，尉遲敬德和史萬寶彼此之間惺惺相惜就不奇怪了。史萬寶臨終之前，託付尉遲敬德對他的舊部照看一二，也順理成章。至於姜行本的女兒，偷偷跑到塞外去給自家丈夫報仇的事情，李世民卻是早就從元禮臣的奏摺中看到過。只是沒想到，此女本事這麼大，居然還雇傭了數名百戰老兵同行。

這也就好解釋，為何姜行本的兒子，能奇蹟般誅殺叛賊烏紇，幫吐迷度之子婆閏，奪回瀚海都護和回紇可汗之位了。大唐的百戰精銳，連頡利可汗的被窩都堵過，有他們鼎力相助，還會收拾不了區區一個烏紇？

想到這兒，李世民心中不由得湧起了幾分驕傲。姜家兩姐弟，只帶著大唐幾個退役多年的老兵，都能剁了車鼻可汗伸向瀚海都護府的爪子。車鼻可汗還妄想顛覆大唐，進兵中原，當然是白日做夢！那廝能蹦躂到現在，是朕故意給他機會而已。只希望此人蹦躂得再歡一些，將所有心懷叵測的傢伙早點兒全部釣出來，別讓自己等得太久！

第一百三十章 變

尉遲敬德悄悄看了看李世民的臉色，發現皇帝陛下好像心情還不錯，立刻鬆了一口氣，將目光轉向身邊的樹冠，開始默默地統計樹冠上究竟還有多少葉子沒有落完。這是他自己總結出來的，與李世民相處的絕招。論聰明，他自問十個自己，也頂不上一個皇帝陛下。更知道滿朝文武裡頭，能揣摩透皇帝陛下心裡頭真實想法的人，絕對不會超過三個，而自己，肯定不是三個人之一。所以，乾脆不費那個勁兒，只管耐心等待。反正，等到最後，皇帝陛下肯定會給自己一個說法。無論這個說法，代表不代表皇帝陛下的真實心思，他照著執行，總不會有錯。

「你是擔心，你的那幾個老兄弟會戰死在塞外？」果然，二十幾個彈指時間過去之後，李世民迅速收起了笑容，柔聲詢問。「你可以向太子那邊，去討一道軍令。火速送到受降城那邊，要李素立無論如何都把人給活著送回長安。」以監國太子的名義，去命令燕然大都護李素立保護幾個無名老卒，肯定不合規矩。但是，既然那幾個老卒，是尉遲敬德的老兄弟，李世民就不在乎為對方破一次例。

「末將，多謝陛下隆恩！」沒想到李世民對自己如此照顧，尉遲敬德感動得心中發燙，立刻拱手向對方施禮。

「你我君臣之間，不必如此客氣。」李世民側了下身體，輕輕擺手，「你替朕做了這麼多，太子為你做一些事情，也是應該。而朕本人，其實也非常想看看，能讓長安大俠史萬寶在臨終之前鄭重交托的老卒，到底長得什麼樣？身上究竟有什麼本事，能夠讓車鼻可汗在回紇那邊精心謀劃了很久的事情，到最後卻落了個竹籃打水一場空！」

「陛下恐怕會失望。」尉遲敬德撓了自家後腦勺一下，忐忑不安地回應，「他們幾個，本事不如史萬寶的一成，身上的毛病，卻比史萬寶還多。」頓了頓，他又認真地補充：「並且，末將今天在陛下面前提起此事，並不完全是因為擔心他們戰死在外頭。而是，而是不知道陛下使的是那個欲，欲，欲什麼之計。」

「欲擒故縱！」李世民看了尉遲敬德一眼，沒好氣地糾正，「你不是跟著你家老三學斯文嗎？怎麼連這麼簡單一個詞都沒學會？」

「末將是鐵匠出身，小時候窮得讀不起書。現在有錢讀書了，年紀卻大了，記得的還沒忘得快。」尉遲敬德被瞪得好生委屈，低著頭解釋。

「好了，別裝可憐了，你就是捨不得下功夫而已！」李世民又瞪了他一眼，毫不客氣地拆穿。

「不是裝，是真的記性越來越差了。」尉遲敬德又隔著頭盔撓了自己的後腦勺，訕訕地解釋，「有時候想讓書辦幫忙寫封信給別人，等書辦來了，又忘了自己想寫啥了。還有時候，剛剛吃完哺食沒多久，就忽然又問身邊的隨從，為何這麼晚了還不開飯……。」

「那就多吃幾頓，反正以你現在的身家，一天六頓，頓頓山珍海味，也吃不窮你。」李世民接過話頭，笑著打趣。說罷，卻又皺了皺眉，將話頭緩緩拉回正題，「你不僅僅擔心他們幾個有閃失，還認為朝廷應該早日出兵平叛？」

「末將，末將眼皮子淺，沒想到是陛下的安排。更沒想到，陛下竟然考慮得如此深。」尉遲敬德性子磊落，果斷承認錯誤。

「咱們之間，不需要說這些恭維話。」李世民迅速收起笑容，輕輕擺手，「你讀書少，卻是個天生就懂得如何用兵的。朕的凌煙閣二十四功臣裡頭，如今還活在世上的，論領兵打仗的本事，也就李勣還在你之上。」

「是陛下恩典，才讓末將在凌煙閣裡，竊據了一個位置。」尉遲敬德不敢托大，立刻紅著臉回應，「真論本事和功勞，很多人……」

「行了，別謙虛了。你這輩子根本不會謙虛，學都學不像。」李世民看了他一眼，笑著搖頭，「跟朕說實話，先前你不知道是朕的欲擒故縱之計，為何非要讓長孫無忌出來替太子背黑鍋？」

「嗯，陛下，那末將可就實話實說了。」尉遲敬德推脫不過，只好又拱手行了禮，用儘量委婉的語氣回應，「末將先前不知道是陛下的欲擒故縱之計，所以就認為是長孫中書令在瞎胡鬧。如果太子向末將諮詢對策，在得知使團被殺的當天，末將就會建議太子遣十萬大軍撲過去，將車鼻可汗及其子孫全部剁成肉醬，以祭我大唐使團的在天之靈！」

「為何？」李世民能看出來，這的確是尉遲敬德的用兵風格，卻認真的詢問。

「末將不知道是陛下……」尉遲敬德本能地解釋，後半截廢話，卻被李世民用目光給瞪了回去。只好深吸了口氣，繼續實話實說，「末將覺得，太子才二十出頭，不應該像長孫中書令那樣老氣橫秋。末將還記得陛下二十多歲的時候，帶領我等持槊衝陣的英姿，覺得太子應該學陛下。」

「你就不怕倉促興兵，吃了敗仗？」李世民眉頭皺了皺，繼續詢問。

「怕，但是怕也得打。軍隊不能失了銳氣，打輸了，咱們大唐家底兒厚，再派第二支大軍去打便是。車鼻可汗手頭總計才多少兵馬，只要輸一次，就得澈底完蛋。如果失了銳氣，今後就會一退再退，想打也提不起精神了。」尉遲敬德不再說廢話，回應得無比認真。

「當年楊廣就是這麼想的，結果三次東征皆輸，轉眼丟了江山！」李世民翻了翻眼皮，沒好氣兒地點評。然而，臉上卻沒有任何怒色。只有一絲絲凝重，從眉梢迅速蔓延到了額頭。

他心裡知道，尉遲敬德的想法雖然魯莽，卻未必沒有道理。自己的欲擒故縱之策，考慮得足夠長遠，卻與太子的年齡不合。而以太子的熱血方剛，得知使團被車鼻可汗屠戮，立刻調兵遣將，殺向車鼻可汗老巢才是最合理的選擇！自己替太子做主，選擇了暫且隱忍，任由車鼻可汗著勁折騰。所謀的確長遠，然而，卻缺乏年輕人應有的銳氣，並且會讓許多被蒙在鼓裡的自己人，對大唐失望。大唐立國才三十年。若是從上次蕩平突厥，一統中原和塞外那會兒計算，則時間更短。百姓和將士們的信心，對大唐來說無比重要。一旦百姓和將士們對朝廷過於失望，萬里江山就會傷了根基，也許短時間內看不出問題來，時間一長，破壞必將難以挽回！

「你剛才說的那幾個老兄弟，還有雇傭了他們的姜家姐弟倆，如果得不到李素立的支持，能夠在車鼻可汗手下支撐多久？」忽然間心中湧起了一股悔意，李世民停住腳步，皺著眉頭詢問。

「這……」尉遲敬德被問住了，眉頭也皺成了一個川字。沉思了好半晌，才嘆息著回應，「啟稟陛下，我對那幾個老兄弟瞭解得真不多。對姜行本的那一雙兒女，更是見都沒見過。雖然前一陣子，聽聞他們宰了小賊烏紇，幫吐迷度的兒子拿回了瀚海都護府，著實覺得挺過癮。可瀚海都護府剛剛經歷了一場內亂，肯定元氣大傷。除非李素立和元禮臣兩個，暗中派精兵過去……。」

「李素立不會派一兵一卒，他沒那膽魄。」李世民也跟著嘆了口氣，將尉遲敬德的假設直接剔除。

「那樣，就只能盼今年雪下得早，車鼻可汗來不及派遣兵馬殺向瀚海都護府了。」尉遲敬德以前跟劉武周在馬邑割據，對塞外的天氣情況非常瞭解，搖了搖頭，帶著幾分不甘回應，「兩三場雪下過之後，野外冷得就能凍死牲口。車鼻可汗就無法派兵殺上門。如果雪下的時間，與正常年景差不多，末將，末將只期待他們，能夠機靈一些，棄了回紇漢庭的營盤，及時向東南躲避。否則……。」

抬頭又看了看李世民的臉色，他咬著牙補充「現在恐怕已經有噩耗傳進了受降城！」

「可惡！是朕，是朕先前想得太一廂情願了！」李世民抬起手，重重地向樹上捶了一拳，砸得半空中落葉如雪。沒有朝廷的支持，一對膽大包天的少年姐弟，幾個百戰老卒，率領數千烏合之眾，想打贏車鼻可汗麾下訓練已久的狼騎，怎麼可能？

而朝廷，迄今為止，給予那邊的支援，只是一個瀚海都護府副都護的頭銜，還是元禮臣自作主張代替朝廷給的，到現在都未獲得朝廷正式認可，沒拿掉前面的「檢校」兩個字。

明知道自己犯了錯，卻堅持到底，向來不是李世民的習慣。有了遺憾，不做任何彌補，也不是他的性格。一拳擊出之後，他果斷轉身，大步流星就往甘露殿方向走，「來人，去傳，去請太子來甘露殿。還有，中書令、兵部尚書、左武衛大將軍……」一道命令還沒等下完，耳畔卻已經傳來了太子李治的聲音，「父皇，兒臣在。兒臣正有喜訊要向父皇彙報。父皇身子骨好些了嗎？小心天氣涼。」

「喜訊？」李世民的思路被打斷，迅速扭頭看向聲音來源位置。監門大將軍張阿難怕他摔倒，趕緊快步追上去，輕輕扶住了他一隻胳膊。尉遲敬德則迅速抱拳躬身，向太子行禮。

監國太子李治三步並做兩步衝到李世民面前，伸手托住對方的另外一隻胳膊，「父皇，的確是喜訊，鄂國公，你先免禮。五日前，瀚海都護婆閏，副都護姜簡兩人率部大破前來進犯的突厥叛軍。前後陣斬葉護一人、伯克十二人、旅率以下士卒五千四百餘，俘虜葛邏祿人四千。車鼻可汗的長子羯曼陀，帶領殘兵敗將，灰溜溜地逃回了老窩！」

「什麼？瀚海都護府打敗了突厥狼騎？」饒是李世民這輩子見過無數大風大浪，也無法保持鎮定，追問的話脫口而出。

「這怎麼可能？」尉遲敬德也無法相信，瀚海都護府的烏合之眾，能擋得住規模與自家相仿的突厥狼騎，兩隻眼睛迅速瞪了個滾圓。

「是燕然大都護李素立，副都護元禮臣兩個，聯名送來的捷報。兵部正在想辦法核實。」畢竟只有二十歲，監國太子李治激動得眉飛色舞，「李素立給我的奏摺上說，這一仗前後打了有半個多月。先前因為距離太遠，所以瀚海都護府那邊無法及時彙報，他也無法派人去盯著。所以，在仗打完之後，才將瀚海都護府那邊的幾份戰報，反覆核實無誤，匯總到一起，快馬加鞭送回了兵部！」

這話，說得就有水準了。將燕然大都護府袖手旁觀，對瀚海那邊的戰事視而不見，甚至未能及時向朝廷通報情況的所有舉動，描得宛若出水芙蓉般乾淨。然而，李世民卻沒功夫計較李素立做表面文章，大笑著用力撫掌，「好，好，打得好，打得痛快。敬德，等會兒你去兵部看一下捷報和相關文書，看看你的那幾個老兄弟是否平安。然後，幫朕想想，下一步，該派誰領兵出戰，一鼓作氣蕩平突厥？按照你自己的心思，不要想著朕這邊的想法，朕現在需要你的銳氣！」

「是，陛下！」尉遲敬德從震驚中迅速恢復心神，拱手領命。

「父皇，到目前為止，真正派兵響應了車鼻可汗的，還只有葛邏祿和室韋。」監國太子李治卻沒忘記李世民先前那個欲擒故縱之計，聽他要尉遲敬德幫忙謀劃派兵征討車鼻可汗，忍不住低聲提醒。

「已經又打斷了車鼻可汗一條大腿，還如何繼續欲擒故縱？」李世民笑了笑，豪邁的揮手，「改了，改了，現在開始謀劃，趁冬天調兵去受降城。開了春，剛好殺向車鼻可汗的老巢。讓那些心懷叵測的傢伙，看看造反者是什麼下場！」說罷，又有些抹不開面子，想了想，繼續補充：「治國者，不應該膠柱鼓瑟。情況有變，則策略跟著也要做出變化。以後再遇到類似的事情，你就照此處理。切莫因為先前做出了決定，就不顧實際情況，非要堅持到底。」

「是，多謝父皇指點！」監國太子李治如醍醐灌頂，激動地行禮。

「你留意一下那個姜簡！」李世民心情大好，笑著繼續補充：「此人有胡國公少年時的風姿。若假以時日，未必不會成為你的秦叔寶！」

第一百三十一章 指點迷津

「是，父皇。」李治從來都不會懷疑自家父親的眼光，立刻重重點頭。

「也不用一下子，將他提拔得太高。他年紀輕輕，資歷也不足，驟然拔得太高，反而是害了他。你在朝堂上略提一下他的名字，然後讓兵部將他那個瀚海都護府副都護的職位，落到實處。並著令燕然大都護那邊，撥付糧草輜重和一定數量的士兵即可！」李世民卻擔心李治誤解了自己的意思，想了想，又繼續叮囑：「至於其他雜七雜八，就交給崔敦禮他們這些人去做。他們一個個全都人老成精，一定會替你弄得妥妥帖帖。」

「兒臣遵命！」李治想都不想，再度點頭答應。在李世民的幾個成年兒子之中，他是最聽話的一個，同時，也是性子最醇厚的一個，所以，也難怪李世民能在自己生病期間，放心地讓他監國。卻絲毫不擔心自己做了趙武靈王第二。然而，作為大唐的下一代掌舵人，性子過於敦厚，有時候卻未必完全是好事。特別是在眼下，為李家開國立下汗馬功勞的關隴勳貴尾大不掉，而四姓五望[注四]又漸漸恢復了元氣的時候，一個性子敦厚的皇帝，很容易讓權臣和豪門望族失去忌憚，為所欲為。所以李世民又經常擔心，自己駕鶴西去之後，李治坐不穩皇位。今天趁著精神尚足，乾脆就多說上幾句。「太常卿李勣那邊，最近可有消息送回來？朕記得生病之前，他正奉命整飭安西四鎮。」

「回父皇的話，安西四鎮基本已經穩定了下來。太常卿上個月已經返回到了龜茲，說自己最近兩年出征在外，思念故鄉。請求兒臣准他回故鄉替他父親守幾年陵墓，再出來供兒臣驅策。」

「哦？」李世民聞聽，眼角立刻有了笑意。將頭歪了歪，柔聲詢問：「你給他答覆了嗎？怎麼回答他的？」

「兒臣派人去龜茲那邊慰問了他，以父皇的名義賞賜給了他五百畝封田，並且追封他父親徐蓋為舒國公。」李治想了想，如實回應。

「是你舅父給你出的主意？」李世民眉頭輕皺，笑著繼續追問。

「父皇目光如炬。」很驚詫自家父親的判斷力，李治滿臉欽佩地回應。

「我就知道是。」李世民笑了笑，輕輕搖頭。長孫無忌權謀當世無雙，然而，性子卻過於陰暗。適合用來對付外敵，卻不適合用來安撫自己人。像太常卿李勣這種戰功赫赫且手握重兵的武將，他

注四、原為五姓七望，但李姓屬於自己家。

忽然寫信請求回家給他父親守墓，明顯是擔心自己功勞太大，引起同僚或者監國太子的忌憚。這時候，最好的辦法，就是答應了他的要求，然後再厚賜他的家人。如此，君臣雙方，都顯得光明磊落。過上三兩個月，就可以下旨給他，拿國家有事為由頭，讓他返回朝廷。太子先前在長孫無忌的建議之下，給出的應對。不能算不妥，卻顯得有些虛偽，還隱約帶著一點對李勣的忌憚。後者接到聖旨之後，即便不會離心離德，肚子裡頭肯定也會留下一團疙瘩。

「父皇，兒臣處理得不夠妥當嗎？」李治對自家父親非常熟悉，光是從笑容裡，就猜到了李世民的真實態度。

「鄂國公，李勣那廝又想多了，該怎麼辦？」李世民沒有直接回答他的話，而是笑著將問題轉給了尉遲敬德。

「末將以為，直接指著鼻子罵他一頓，他就舒服了。」尉遲敬德從來不怕得罪人，立刻撇著嘴回應。「李懋功那廝，就是個賊骨頭，你對他越好，他心裡頭越不踏實。你天天指著鼻子罵他，他反而會老老實實幹活。」

「這……」李治兩眼圓睜，不知道父親是指點自己，還是在跟自己開玩笑。滿朝文武，誰不知道鄂國公尉遲敬德和程咬金，是當世兩個最缺心計的人。向他們請教如何做事，與向瞎子問路，能有什麼區別？

「聽到沒，下次李勣再上本請求回家守墓，或者休養之類。你就直接申斥他。」李世民全盤接納了尉遲敬德的建議，笑著吩咐。

「啊？是，是父皇。」李治感覺自己的腦袋嗡嗡作響，卻硬著頭皮拱手。「太常卿出身於瓦崗軍，曾經親眼看到李密謀殺翟讓奪位。後來又擔心李密謀害自己，主動分兵駐紮於河北。」知道李治沒聽懂，李世民想了想，非常耐心的解釋，「所以，他非常擔心自己功高震主。以他現在的功勞和地位，封爵、封田、官職，高一些，低一些，都不會太在乎。所以，你先前的回應，根本無法讓他感覺安心。反倒不如罵他一頓，告訴他別想那麼多。這點兒功勞，還不值得你對他有所顧忌！」一番話，說得李治如醍醐灌頂，兩隻眼睛立刻開始閃閃發亮。當即，先向自家父親拱手道謝，「謝父皇指點迷津！」緊跟著，又後退半步，向尉遲敬德做了個長揖，「謝鄂國公快人快語。」

「不敢，不敢，我只是實話實說，並且看不慣那李勣裝腔作勢，想讓太子罵他一頓而已。」尉遲敬德趕緊側開身體，一邊還禮一邊解釋。

「敬德，你不必跟晚輩客氣！」李世民看了尉遲敬德一眼，笑著喝止。

「末將，末將真的只是實話實說。」尉遲敬德聞聽，趕緊用力擺手，「如果太子事事都按照末將的話去做，末將怕，怕朝廷會出大亂子。」

「俗話說，兼聽則明，你只管實話實說就好。太子奉朕的旨意監國，自然會做出他自己的判斷！」李世民當然知道，尉遲敬德做不了謀臣，笑著柔聲補充。這話，卻有一半兒，是說給李治聽的。凡事需要有自己的判斷，並且兼聽各方意見，不能光指望長孫無忌一個人。哪怕長孫無忌再忠心，終究有他自己的短處。而兼聽，則可以揚長避短，幫助執政者做出最優秀的選擇。

「是！」尉遲敬德明白李世民的良苦用心，只好硬著頭皮答應。

「梁國公的身後事情，處理得如何了？」朝著尉遲敬德笑了笑，李世民繼續向李治詢問。

「靈柩已經入葬。按照父親的指示，由房遺直繼承了封爵，並加禮部尚書銜。駙馬升任左衛中郎將。房遺則升任中散大夫，老四房遺義封為朝議郎。」李治又想了想，認認真真地彙報。

「梁國公乃是朕的左膀右臂，他這一走，朕又缺了一條胳膊。」李世民搖搖頭，輕輕嘆氣。

「房遺直上本謝恩，並且請求為梁國公守孝一年，在陵墓前結廬而居。兒臣正準備向父皇請示。」李治怕自家父親過於傷心影響了身體，趕緊想辦法將話頭向別處岔。

「答應他，然後讓房遺愛和房遺則也跟著一起守孝。」李世民對房玄齡向來敬重，稍作斟酌，就輕輕點頭，「讓老四房遺義，去外地歷練，先做一任縣令。」

看出李治不能完全理解自己的意思，笑了笑，他低聲解釋：「遺直、遺愛、遺則三個，本事都不及梁國公半分。而遺義雖然是庶出，本事卻在他的三位兄長之上。放出去歷練幾年，剛好回來為你做事。朕不能讓功臣的子弟，都泯然眾人。有他在，好歹讓其他功臣，也多一份念想。

第一百三十二章　餘波

這就是標準的帝王之術了。與尋常百姓期待的不同，天子用人，其實不能一味地唯才是舉。天子做事，也不是一味地追求公正廉明。他身邊必須有一批自己人，與他一道分享權力，分享掌控江山的好處。他自己必須明白，也必須讓群臣明白，這江山不僅僅是李家的，也是眾人的。國泰民安，天子位置穩固，群臣們跟著也有許多好處可拿。山河飄搖，天子的日子固然不好過，文武百官也跟著一道朝不保夕。

換句簡單的話來說，作為天子，必須懂得照顧文臣武將們的利益，才能最大程度上贏得文臣武將們的忠心。就拿房玄齡為例，哪怕房玄齡生前並未提出任何要求，在房玄齡亡故之後，他也必須給房玄齡的三個嫡出的兒子加官進爵，並且給房家庶出的第四子一個出人投地的機會。這不僅僅是在回報房玄齡多年來忠心耿耿為大唐而謀，同時也是做給其他文臣武將們看。讓他們知道，天子心裡記得他們，只要他們盡忠報國，他們就不用擔心自己死後家道中落，子孫後代窮困潦倒。

「兒臣記住了。今晚就會命人擬旨，然後送入宮裡請父皇用印。」已經很久沒有如此被父親手把手地教導了，監國李治心中，孺慕之情油然而生。拱起手，認認真真地回應。

「還有岑長倩那邊，你既然對他委以重任，就要替他遮風擋雨。他父親去世早，為人處世都學自他叔父岑文本。而岑文本為人方正，生前曾多次受人誣陷。如今岑長倩初當大任，難免也會受到許多明槍暗箭。你選擇了他，就得替他擔著……」李世民也越說心中舔犢之情越深，又從用人、做事等多方面，對李治加以指點。

如此一來，消耗的時間可就長了。父子兩個從御花園走回了神龍殿，又在神龍殿內掌起了蠟燭，仍舊談得興致勃勃，絲毫沒有結束的跡象。期間有御醫趕來例行為李世民把脈，擔心皇帝陛下操勞過度，本能地想要出言提醒。然而，話到嘴邊，卻被老太監張阿難和尉遲敬德兩個聯手給瞪回了肚子裡去。帝王乃真龍天子，哪怕疾病纏身，也理應翱翔九天，不該躺在床上做可憐蟲。更何況，李世民英雄了一輩子，尋常人的養病方式，未必適合他。經常找一些國家大事來給他處理，反而說不定會有利於他的康復。

「還有遼東和西域的邊事，切莫停下來。你不必求一戰破敵，卻必須保證大唐處於進攻位置。如此，高句麗人的狼子野心，才能被壓制住。而西域各族，甚至波斯那邊的大食人，才顧不上再對大唐起什麼非分之想。而進攻，總比防守要省一些力氣……。」

「隋煬帝好大喜功，終亡其朝。但是，他推行的科舉之策，卻有可取之處。本朝目前……。」彷彿擔心自己今後不會再有機會為天子指點迷津，李世民一條接著一條，始終捨不得停下來。直到御膳房送上了熊掌宴，才終於意識到自己今天已經指點得太多，笑了笑，果斷收尾，「用膳，用膳。鄂國公從程咬金那裡訛來的熊前掌，你今天有口福，就留下跟我和鄂國公一起吃些。」

「嗯！」太子李治重重點頭，美食當前，心中卻沒有任何享受的渴望，反倒又酸又痛。他知道父親今天為何要叮囑自己這麼多，並非懷疑自己的能力，而是擔心今後，沒有足夠的時間。他也知道尉遲敬德為何不顧六十四歲高齡，還要身穿三十多斤重的鎧甲，背著十多斤重的鋼鞭，親自來皇宮站崗。此人並非想要向自家父親證明，其勇武不弱廉頗。而是用這種方式告訴自家父親，仍活在世上的老將們，會永遠為父親和自己而戰，無論敵人來自哪裡，是活人還是鬼神！

說來也怪，雖然這天下午李世民所消耗的心神，比前面一個月加起來都多。雖然熊掌被御醫視為不利於調養身體的發物。當天晚上，他卻難得睡了一個安穩覺。第二天早晨起來，精神也比前面幾天好出許多。

擔心病情反覆，也有意讓太子李治早點兒挑大樑，李世民仍舊沒有去臨朝，只管讓李治繼續監國。然而，皇帝陛下身體即將康復的消息，仍舊讓滿朝文武精神大振。三省六部的做事效率，也緊跟著大幅提高。

原本因為朝中幾派力量爭執不下而拖延了很久的政令，忽然就有了確定結果。原本幾個耽擱了很久的人事調整，也忽然變得順順當當。

效率變化最明顯的，就是兵部。只花了六天功夫，就將瀚海都護府防禦戰的整個過程和具體結果，都核實得一清二楚。並且及時從別處挪了一大批軍械出來，送往了距離瀚海都護府最近的受降城。

「原來，你們都在看人下菜。」監國太子李治氣得牙根直癢癢，卻不能發作。某些官員們做事忽然變利索的原因，他心裡頭很清楚。一方面畏懼自家父皇的天威，擔心被父皇病好之後，收拾他們。另外一方面，則是因為對自己這個監國太子缺乏認同，擔心多做多錯。而想解決這個問題，恐怕下手懲治並不是最佳選擇。最佳選擇，就是儘快做出點兒拿得出手的成就來，讓群臣們心服。

想在文治方面取得成就，需要的時間很長。李治也不認為，自己監國幾個月，就能讓貞觀之治更上一層樓。三文錢一斗米，是翻遍史書都找不到的低價。明年哪怕老天爺再風調雨順，也不可能讓長安城內的米價降到兩文。而武功方面想要有所建樹，相對文治來說，就要容易一些，並且在眼下，就有個現成的契機。

「李素立在燕然大都護任上，安撫塞外各族，勞苦功高，升任禮部尚書。從即日起，燕然大都護之職，由左武衛大將軍高侃接任。」又過了三日之後，經過與長孫無忌協商，一道新的詔書，由李治親自發出，經中書省傳向了受降城。

朝廷終於有所動作了。有人輾轉得知了消息，忍不住長長地吐氣。大唐朝廷終於動了。還有人，在秋風中露出了牙齒。

第一百三十三章　又一個

「嘶，這狗屁天氣，簡直他娘的要凍死人。」大唐庭州莫賀城，瑤池都督府，大都督阿史那賀魯齜著牙齒不停地搓手。作為一個土生土長的西域男兒，他卻一點都不喜歡庭州的天氣。夏天時又乾又熱，簡直能把大活人曬成葡萄乾兒。到了秋天和冬天，又寒風如刀，野外宿營，能將戰馬直接凍成冰雕。

相比之下，長安無疑是天堂。八水環繞，一山橫陳，全年到頭結冰的日子不超過兩個月，盛夏時節只要往驪山裡頭一躲，山風就能吹得人透體生涼。然而，那麼好的一座大城，卻被李世民給佔了。李世民天天坐在皇宮裡，享受醇酒美人也就罷了，還喜歡對天下各族可汗發號施令。動不動就要求這個去長安朝拜，禁止那個勒索洗劫沿途商旅。

真是飽漢子不知餓漢子飢！如果莫賀城有長安那麼繁華，不，哪怕有長安的半成繁華，自己這個瑤池都督，還用得著勒索往來商旅嗎？更何況，那些商販個個心腸比木炭都黑，長安城七八百錢一匹的絲綢，運到庭州價格就升一倍，運到波斯那邊據說價格還要翻上好幾番。自己又沒要他們的命，只是勒令他們上交四成貨物，還保證他們不再受沿途的馬賊襲擾，有什麼不對？那李世民，分明是不給西域各族活路，集天下之力供養長安！阿史那家族的子孫早就該將他推翻，取而代之。

惡毒的念頭如同草籽，只要發了芽，無論條件多麼惡劣，都會不斷地成長。一年前，賀魯還是偶爾在被窩裡想上一想，早晨起來就強迫自己忘掉。李世民的實力太強大了，麾下的士兵比整個西域的人口加起來還多，武將的本事一個勝過一個。這些年來，西域敢於不服從大唐號令的部落，就沒有一個得到過好下場。他阿史那賀魯，除非腦袋被駱駝踩過，才會主動跳出來成為唐軍的征討目標。然而，最近幾個月，阿史那賀魯的想法卻變了。一方面是因為聽聞李世民已經病入膏肓，另外一方面，則是驚詫的發現，最先跳出來的車鼻可汗，至今活蹦亂跳，並沒有受到大唐軍隊的討伐。

這說明什麼？說明大唐已經開始走下坡路，將領已老，兵卒已經疲憊不堪。說明大唐的下一任皇帝，遠不如李世民那樣有決斷力，甚至還有可能，根本掌控不了他身邊的群臣。

如此，就別怪阿史那賀魯忘恩負義了。狼群不會念狼王的恩德，當狼王的牙齒鬆動，爪子不再有力，就理應接受年輕公狼的挑戰。勝者為王，敗者被逐出狼群，自生自滅。

不過，同樣自詡為狼神的子孫，阿史那賀魯卻比車鼻可汗多了一份謹慎。他並沒有立刻豎起反旗，也沒有立刻著手整合周邊各部族，要求各部吐屯帶著子弟，跟他一起背叛大唐。

相反，他以大唐瑤池都督的名義，向西對幾個實力孱弱的部落展開了招撫。要求他們向「大唐」繳納牛羊充當賦稅，並且派遣族中子弟到自身身邊，由自己帶著為「大唐」服役。

同時，對於庭州境內的馬賊，他則展開了猛烈攻擊。短短幾個月時間裡，就先後剿滅或者招降二十餘路馬賊，將俘虜去蕪存菁，整編為自己麾下的五路翻羽飛騎。

靠著以上手段，如今他的實力，比起去年，足足壯大了三倍。非但成為了整個庭州的土皇帝，與庭州相鄰的西州、沙州和伊州，也沒有任何部落吐屯，敢違抗他的命令。幾個突騎施、蘇尼失部落，則爭相將女兒嫁給了他，與他結親。發誓願意永遠向他效忠。勢力膨脹得如此之快，阿史那賀魯卻沒有進一步動作。他比車鼻可汗更有經驗，也比車鼻可汗更有耐心。他在等待一個機會，一個更好的機會，要麼不動，要動，就一舉奠定自己和兒孫們的百年根基。

「父汗，講經人穆阿來了，說給您帶來真神的祝福和倭馬亞家族的禮物。」大唐右驍衛中郎將，特勤阿史那咥運快步走進阿史那賀魯面前，低聲彙報。他是阿史那賀魯的長子，年初時曾經代替自家父親，去長安拜見天可汗李世民。不久之前，才帶著大唐賜予官職和賞賜，又返回了莫賀城。

在長安期間，聞聽車鼻可汗造反，阿史那沙鉢羅逃走等一系列壞消息，咥運本以為自己即便不死，也得被當做人質關押起來。誰料，大唐居然沒有因為車鼻可汗父子的惡劣行徑，株連任何人。甚至包括車鼻可汗的一位親叔叔，都照樣每天鮮衣怒馬招搖過市，沒有被找任何麻煩。

當聽聞朝廷准許自己返回西域，阿史那咥運對監國太子李治的仁慈和大度，感激不盡。然而，當走出了玉門關之外，半路上遇到了講經人穆阿，他又迅速改變了想法。

監國太子李治沒有因為車鼻可汗父子的事情株連自己，不是因為仁慈，而是因為心虛。因為從西域到波斯，甚至更遙遠的拂菻，沒有任何一個國王和可汗，會在同樣的情況下，放自己離開。在突厥有限的歷史記載裡，更找不到同樣先例。

猛獸該亮出獠牙的時候，不亮出獠牙，說明牠身上隱藏著一條看不見的傷口。這時候，最好的選擇是趁著牠虛弱，咬斷牠的喉嚨，而不是心存感激，等牠養好了傷之後再將自己撕得粉身碎骨。所以，跟從中原返回波斯的講經人穆阿「不期而遇」之後，咥運很快就跟此人成了忘年交。雙方從玉門關外開始結伴同行，一路走到莫賀城，越談越感覺相見恨晚。

按照講經人穆阿介紹，大食乃是當世第一強國，實力絲毫不弱於大唐。並且剛剛摧古拉朽一般征服了波斯，還將不知死活的粟特各國聯軍，打得抱頭鼠竄。關於波斯被大食征服的事，咥運感覺非常遙遠，也不瞭解具體情況。然而，關於粟特各國聯軍連戰皆敗的消息，他卻是清清楚楚。因為地理位置的緣故，粟特聯軍前往大唐求救的使者，最近兩年來，幾乎每隔幾個月就從莫賀城經過一次。那些擅長做生意的粟特商隊，還拿出了很多錢財，想請他父親阿史那賀魯就近出兵，幫助粟特各國討還公道。只是他父親阿史那賀魯，那會兒剛剛被大唐冊封為瑤池都督，不敢擅自出兵。也不確定自己麾下的弟兄，到底是不是大食人的對手，才沒有答應粟特人的請求。

而現在，大食講經人穆阿卻說，大食皇帝對他的父親阿史那賀魯仰慕已久，並且期待雙方能夠成為朋友，他怎麼可能不感覺驕傲且震驚？

第一百三十四章　造反也能敲竹槓

「他才走了幾天，回來的也太快了一些！莫非他長了翅膀不成？」大唐瑤池都督阿史那賀魯皺了皺眉頭，撇著嘴回應。「讓他把禮物留下，然後讓他想到哪去就到哪去。」不像自家兒子咥運那麼容易上當，十多天前第一次從咥運嘴裡聽到穆阿這個名字，阿史那賀魯就知道，此人與咥運的相遇，絕對不是偶然。大食軍隊沒把握擊敗駐紮在西域的唐軍，所以，才會找到自己頭上。想說服自己像車鼻可汗那樣發動叛亂，讓大唐在西域的防線分崩離析。如此，剛剛洗劫了波斯的大食各路兵馬，就可以浩浩蕩蕩地殺過來。沿著絲綢之路，直搗長安。

問題是自己為什麼要替他們做這種事情？自己和阿史那家族能從中得到什麼好處？打下來的江山，最後該歸誰？誠然，自己的確一直在偷偷摸摸積攢實力，等待機會，準備重現阿史那家族的榮光。但是，自己的最終目的，是阿史那家族取代李家，統治中原和塞外，不是替大食人當馬前卒！要是大食人能拿出足夠好處，也罷了，自己拿不到大唐江山，好歹能撈一些實惠。偏偏那大食人的說客，講經人穆阿，能給自己的只有兩百來箱絲綢和幾句好話。

兩百箱絲綢就想讓自己麾下五路翻羽飛騎替他們賣命，做夢去吧！大唐朝廷隨便給點賞賜，都超過這個好幾倍。至於好話，誰不會說，如果那個大食皇帝（哈里發）喜歡聽，就把波斯分給自己一半兒，自己保證可以說上三天三夜好話不重樣！

所以，第一次見到講經人穆阿的時候，阿史那賀魯就沒給對方任何好臉色。隨便敷衍了此人幾句，又感謝了此人在途中對咥運的照顧，便找了由頭，將此人給打發了出去。今日聽聞此人又腆著臉找上門來，阿史那賀魯連見此人第二面的興趣都沒有，直接吩咐咥運替自己送客。

「他，他說給您帶來了新的禮物，我，我剛才出去看了，好像他這次帶來了一支新的商隊，光馱貨物的駱駝，就有一千兩三百頭。」咥運的面孔，迅速漲紅，躬了下身體，期期艾艾地補充。

「一千三百頭駱駝，就把你給晃花了眼睛？我阿史那賀魯的兒子，怎麼這般沒出息？」看不慣自家兒子這副不爭氣的模樣，阿史那賀魯立刻豎起了眉頭，高聲呵斥，「就算駱駝背上馱的全是黃金，能夠你買一萬套鐵甲嗎？沒有一萬套鐵甲和足夠兵器，咱們爺倆拿什麼抵抗吳黑闥那個老瘋子？」這話，問得實在太現實了。登時，阿史那咥運就無言以對。

目前大唐境內常見的鐵甲主要有明光、鎖子、山文、烏錘四種。哪怕是最便宜的烏錘甲，每套在黑市的價格也得四十五吊銅錢以上。如果由工匠自己打造，造價倒是能壓縮到十吊以下。問題是把整個瑤池都護府的所有鐵匠集中到一起，夜以繼日地幹活，每月也打造不出一百套烏錘甲來，想湊夠一萬套，則至少需要九年。造的速度太慢，還急著用，就只能花錢購買。在西域，一兩黃金可以換十五吊銅錢，一套烏錘甲就需要三兩黃金。因為所處地理位置關係，從小到大，阿史那咥運見過的商隊數不勝數，卻從沒見過一支商隊，隨手就能拿出三萬兩黃金。

「你呀，太沉不住氣。這才哪到哪？」見咥運紅著臉說不出話，阿史那賀魯想了想，語重心長地補充：「要放穩重一些。眼下是大食人想要利用咱們，不是咱們有求於大食人。至於真神的祝福和那個什麼大食皇帝的讚賞。聽聽就算了，千萬別當真。」

「父汗，父汗不是一直說，要趁著李世民快要病死了，起兵爭奪天下嗎？即便他拿不出太多的好處，多一個盟友，總比沒有的強。」咥運抬手擦了一下額頭上的汗珠，結結巴巴地提醒。自家父親阿史那賀魯說的話，他其實都懂。然而，年輕人的面子，卻驅使他想要跟自家父親爭個輸贏。

阿史那賀魯被咥運的愚蠢，氣得只想拔出刀來，給他腦袋上開個竅。然而，後者終究是他的親兒子，虎毒不食子。因此，忍了又忍，他才沉聲解釋：「我私下裡跟你說過的話多了，問題是，我得有兌現的實力才行。車鼻可汗造反這麼長時間了，朝廷雖然一直沒派兵討伐他，但是，也沒從西域抽調兵馬去漠北參戰。咱們爺倆如果這時候豎起反旗，你說，西域各路大唐官軍，會先打誰？」

「當然是咱們？」咥運略加思索，就給出了正確答案。

「那誰占了便宜呢？」阿史那賀魯笑著點了下頭，繼續循循善誘。

「當然是車鼻可汗！還有，還有大食人。」咥運回答得更快，彷彿答案就在自己眼前明擺著。

話音落下，他臉色變得更紅。又俯了下身，高聲表態：「我明白了。多謝父汗教誨。我這就去，收了禮物，把他趕出咱們的營地！」

「回來！剛剛還說你沉不住氣！」阿史那賀魯抬起手，一把抓住了自家兒子的胳膊，「我剛才叫你替我打發他走，可沒讓你驅趕他。」

「這……」咥運被弄得滿頭霧水，不知道自家父親的葫蘆裡，究竟想賣什麼藥？

阿史那賀魯無可奈何，只好手把手地教導，「禮物收下，然後請他吃一頓飯，再送他離開。答應他，今後凡是大食人的商隊從咱們的地盤上經過，稅我只抽兩成，並且保護商隊在都督府所轄地面兒，一路平安！」知道自家兒子不夠聰明，想了想，他繼續補充：「這樣，雙方就都有轉圜餘地。他肯定不是為了少交點兒稅，才故意跟你結識。但是，如果他想替他背後的主人，拿到更多好處，就得用真金白銀來交換，而不是空口白牙。我上次沒給他好臉色，他只過了短短幾天，就弄了一千三百多馱駱駝貨物，說明方圓三百里之內，肯定有大食人的秘密聯絡點，裡邊存放著大量物資和錢財，並且，他還有資格做主。我這次不見他，估計用不了幾天，他就會第三次來找你。而下回，他帶的，肯定會比一千三百馱駱駝貨物更多！」

第一百三十五章 開弓的箭如何回頭

兩年前阿史那賀魯被乙毗射匱可汗擊敗，差一點兒丟掉性命。多虧了唐軍收留並援助，才逃過了一場死劫。事後，他又被大唐朝廷封為瑤池都督，替大唐鎮守庭州這片膏腴之地。然而，阿史那賀魯卻不認為自己必須向大唐效忠。對他來說，兩強相爭，夾在中間者別那麼著急下注，待價而沽，才是王道。

大食講經人第一次來見自己，只拿出兩百馱絲綢。第二次來見，就是一千三百馱貨物。那樣，第三次，第四次來見，拿出來的禮物，豈不更值得期待？若是將來大食與大唐鬥得兩敗俱傷，自己作為協力，是不是就可以做「鷸蚌相爭漁翁得利」故事裡那個漁翁？

他雖然娶了很多可敦，但子嗣卻不旺盛，咥運已經是幾個兒子當中最出色的一個。所以，他即便心中對自家兒子再不滿意，也要耐心地，將自己的謀劃和選擇，講解給對方聽。以便父子兩個能夠默契配合，最終順利實現自己的夢想。

會做夢的，不止阿史那賀魯一個。幾乎前後差不多時間，處月、處密、射脾、契苾等部落的可汗，也紛紛趕在嚴冬到來之前，向臨近自己的其他部落，發起吞併戰爭。這些部落都沒有宣佈背叛大唐，但是，對於大唐地方官吏發出的制止戰爭命令，卻充耳不聞。有人甚至冒充馬賊，將前來傳令的官吏截殺在半路上，以便自己可以繼續為所欲為。

正如同李世民最初所期待，在車鼻可汗斬殺大唐使團七個月之後，塞外和西域，那些野心勃勃的傢伙們陸續跳了出來。而駐守在西域和塞外關鍵城池中的大唐將士，也正如尉遲敬德所擔心的那樣，士氣一落千丈。

將士們不明白朝廷為何遲遲沒有任何動靜，很多地方官員也不明白。距離遙遠，大夥唯一能看到的就是太子李治已經斷斷續續監國了好幾個月，房玄齡病故，大唐皇帝李世民連續幾個月來大多數時間，都在內宮靜養，很少上朝當著文武百官的面兒，對國家大事做出決策。

天可汗可能不久於人世了，謠言越傳越逼真，從少數上層人物心照不宣的「秘密」，迅速向民間散播。很快，不僅塞外和西域人心惶惶，一些靠近邊境的城市裡，消息靈通的官員和鄉老們，也開始憂心忡忡。

李世民是一位少有的明君，武功超過漢武，文治讓文、景兩帝，都望塵莫及。但是，監國太子李治的本事能達到李世民的幾分，卻沒幾個人知道。

隋文帝楊堅死後，由其繼承人楊廣所帶來的那個大亂世，才過去了三十年。很多年紀超過四十歲的人，對亂世帶來的死亡、飢餓和屈辱，都記憶猶新。萬一李治是第二個楊廣……，很多人不敢說，也不敢繼續想。所有人都忐忑不安地將目光投向李世民和李治，大唐朝廷有關瀚海都護和副都護的正式任命，以及燕然都護府大都護的人事更迭，就變得不怎麼起眼了。

回紇可汗婆閏和他的好朋友姜簡聯手，打敗了前來吞併回紇的突厥狼騎，展示了足夠的實力，按照以往的傳統，大唐也會順水推舟，封二人為瀚海都護和副都護。而燕然大都護李素立尸位素餐且貪得無厭，朝廷撤換了他，也是應該。至於接替李素立擔任燕然大都護的高侃，不但塞外和西域各方勢力沒聽說過，很多大唐地方官員，對此人也知之甚少。僅僅能夠確認，高侃出自渤海高氏，祖父和父輩家住河北博陵。少年時效力於河間王李孝恭，受後者的提拔推薦，一路做到了左武衛大將軍。

這就是典型的因靠山成事了。沒有拿得出手的戰功，也沒值得稱道的資歷，更沒讓人敬仰名望。讓這麼一個三無人員接替李素立擔任燕然大都護，很明顯，朝廷近期的重心還放在長安，沒打算對塞外用兵。

剛剛接回了羯曼陀、沙缽羅兄弟倆和數千殘兵敗將的車鼻可汗聞聽替換李素立的人是個無名小卒，登時就鬆了一口氣。然而，還沒等他來得及舉杯相慶，就有親兵急匆匆進來彙報：「啟稟大汗，講經人歐麥爾回來了，說有急事拜見您。」

「知道了，我不想見他！」車鼻可汗聞聽，立刻皺著眉頭擺手，「你去跟他說，本汗感染了風寒，全身骨頭都疼。不想過了疫氣給他。請他過一段時間再來！」

「是！」親兵答應一聲，轉身就往外走，彷彿擔心自己走得慢了，車鼻可汗會改主意一般。作為尋常士卒，他沒資格質疑自家可汗的任何決策。然而，他心裡頭卻非常清楚，自家可汗之所以背信棄義，殺了大唐使團造反，就是受了那些講經人的唆使。

講經人沒給生活在金微山下的突厥人帶來任何好處，卻憑著能說會道，讓大夥成了大食國的馬前卒。從夏天到現在，一場場戰鬥打下來，已經有上萬突厥兒郎死在沙場。雖然不至於讓整個部落傷筋動骨，卻讓許多女人失去了丈夫，孩子失去父親，接下來很長一段時間裡，日子都會過得無比艱難。

而突厥人在戰爭中得到了什麼？來自大唐朝廷的饋贈澈底斷絕，通往中原的商路也斷掉了一大半兒，鐵器、陶器、茶葉價格翻了好幾倍。羊皮、藥材、乾蘑菇這些當地特產，卻賣不出去，只能堆在帳篷裡發霉。

「站住，先不要去拒絕講經人！」身背後，忽然傳來了一個聲音，將一隻腳已經邁過門檻兒的親兵，硬生生定在了原地。

「啊？」親兵打了個踉蹌，停住雙腳，扭頭回望。恰看見領軍葉護毒逐那張寫滿焦灼的面孔。

「大汗！」領軍葉護毒逐迅速轉身，搶在車鼻可汗發怒之前，高聲勸諫，「開弓的箭矢無法回頭，咱們已經在春天時，殺光了朝廷派來的使團。這個時候再斷了跟大食人的聯繫，豈不是兩頭都沒著落。萬一……」

「毒逐，你難道還嫌咱們突厥戰死的人不夠多嗎？」不待他把話說完，長老力邸羅已經高聲呵斥，「大食人僅憑著幾百套盔甲，幾十馱貨物，就騙得咱們將成千上萬的兒郎送上戰場。再讓他入內花言巧語……」

「至少要聽聽，他這次給咱們帶來的什麼東西？哪怕將東西扣下，然後按兵不動，都好過什麼都沒撈到！」葉護毒逐皺著眉頭看向長老力邸羅，與此人針鋒相對，「否則，先前戰死的弟兄，就全都白死了。而日後若是大唐緩過元氣，派兵前來討伐，咱們就得獨自應對，找不到任何援兵！」

第一百三十六章 冬日的短章

「是啊，大汗。現在停下來，葛邏祿人、室韋人和拙骨人怎麼看咱們突厥？」梅祿阿思且猶豫了一下，也欠著身子勸阻。

「大食國的鎧甲雖然比不得明光鎧精良，穿戴起來卻很方便。咱們已經戰死了這麼多族人，總得讓大食國給幾千領鎧甲作為補償。」伯樂沃輪科緊跟著躬身，希望車鼻可汗三思而後行。

「大汗，六天的路程，不能走了五天半就停下來。」

「大汗，讓講經人說說，除了廢話之外，他還能給咱們什麼支持？」在場的其餘文武官員們，也紛紛開口，都勸車鼻可汗，不要輕易拒絕把講經人歐麥爾拒之門外。

他們不是不心疼將士們的傷亡，也未必全都拿過講經人的好處，然而，他們卻不願意車鼻可汗在這種時候，改弦易轍。那樣的話，非但大食人先前所答應的種種支援，一項都拿不到。周邊被迫答應與突厥一道背叛大唐的諸多部族，也會相繼拋棄突厥，重新回到大唐的懷抱。

「嗯——」車鼻可汗眉頭緊皺，低聲沉吟。他現在終於嘗到騎虎難下的滋味了。戰爭已經開了頭，根本並不是他想停就停得下來。手底下的葉護、伯克、梅祿、吐屯們，會推著他一條路走到黑。如果他的幾個兒子爭氣，沒有接二連三吃敗仗，他還能憑藉自己的威望，壓制麾下文武官員們的意見，像以前那樣，將大小事務一言而決。偏偏他的兩個兒子先後出馬，全都慘敗而歸。非但損兵折將，並且讓麾下的葉護、伯克和吐屯們，認為他後繼無人，開始試探著挑戰他的權威。如果他今天繼續拒絕與講經人見面，必會落下剛愎、糊塗的名聲，進而導致手下文臣武將離心離德。如果他接受了眾人的勸阻，恐怕今後類似的挑戰會更強烈，更頻繁，直到某一天，挑戰者們中間出現一個新的狼王。

「大汗，沙缽羅特勤請求覲見。」就在車鼻可汗進退兩難之際，又有一個親兵快步走入了他的金帳，躬身彙報。

「他來幹什麼，還嫌我事情不夠多嗎？」車鼻可汗立刻皺起眉頭，沒好氣地反問。雖然沙缽羅曾經主動請纓去長安「讀書」，為他爭取了數個月的準備時間。並且剛剛從戰場上捨命救下了他最看好的大兒子羯曼陀。然而，車鼻可汗仍舊不喜歡這個渾身上下都充滿了中原味道的小兒子。

阿史那家族之中，上一個充滿中原味道的傢伙，名叫阿史那彌射，如今在大唐皇帝李世民身邊擔任左衛大將軍，早就不再以金狼的血脈為榮。如果讓沙缽羅的威望超過羯曼陀和陟苾，他很懷疑，不久之後，金微山下就會插滿中原旗幟。

「他，他說自己當初為了說服室韋出兵，已經答應娶室韋吐屯的女兒塔娜為妻。」親兵被問得打了個哆嗦，卻硬著頭皮解釋。「所以，所以想進來問您，什麼時候可以派人幫他下聘。」

「這個時候他還光想著娶親？」車鼻可汗聞聽，心中愈發惱怒，質問的話脫口而出。然而，下一個瞬間，他的臉色就堆滿了笑容，「啊，也是，阿史那家族的子孫，怎麼能夠言而無信？讓他進來，讓講經人也一起進來。本汗的小兒子迎娶室韋人的公主，講經人德高望重，剛好可以替他們做個見證。哈哈，哈哈哈……」

「恭喜大汗！」「哈哈哈……」剎那間，祝賀聲與笑聲，就響徹了整個金帳。眾葉護、梅祿、伯克、吐屯們，也齊齊鬆了一口氣，每個人臉上都寫滿了開心的笑容。

「你放心去，趁著冬天早去早回。都護府的事情，有婆閏，你姐姐和我們幾個老傢伙。」

「副都護，早去早回。」

「子明，順便看看阿茹有沒有妹妹，春天時一起帶回來。」

「有啥事情，多問問曲叔，讓他幫你參謀。他年輕時候去過契丹，懂得那邊的風土人情。」

同一個時間，大唐瀚海都護府行轅內，也是歡聲笑語一片。胡子曰、瓦斯、杜七藝等人，紛紛對準備送阿茹回家的姜簡說道。

第一場雪已經落下，天氣會越來越冷，突厥大規模派兵來襲的可能性微乎其微。而大唐朝廷，也終於下旨敕封姜簡為瀚海都護府副都護，並且從受降城那邊調撥了大量的糧草和武器，支援瀚海。可以預見，從現在起到明年開春，瀚海都護府即將迎來一個難得的休整期。雖然天寒地凍，大夥兒能做的事情不多。但副都護姜簡先前許下的承諾，卻可以趁機去兌現。

連續幾個月來，姜蓉、胡子曰、婆閏和杜七藝等人，都親眼看到了阿茹站在姜簡身邊，與他並肩而戰的模樣。雖然這個契丹族少女生性靦腆，跟誰的話都不多，身體看起來也極為單薄，然而，卻以堅韌的性格和一手出神入化的箭術，「征服」了所有人。

塞外戰火連綿，眾人眼裡對於佳偶的標準，也與以前大不相同。堅韌，肯定要排在諸多要素之首。而一路行來，阿茹無論是面對戈契希爾匪徒，還是面對突厥強盜，都始終默默地站在姜簡身側。從沒有用哭聲攪亂他的心神，也沒有抱怨過條件的艱苦。甚至在關鍵時刻，還能披掛上陣，用羽箭射穿敵將的喉嚨。光憑著這一條，阿茹在塞外，已經屬於打著燈籠都難找的好媳婦了。而除了堅韌之外，阿茹的美貌和溫柔和善良，也不輸給周圍任何女子。

所以，兌現承諾送阿茹回數千里外的契丹大賀氏，只是大夥眼裡的第一步。接下來，趁著冬天無事，姜簡在曲彬的協助下，將自己與阿茹的婚事給定下來。如此待到明年春歸，姜簡就可以攜夫人一起返回瀚海都護府。而回紇這邊，除了大唐的支持以外，也會多出一個可以共同進退的盟友。

「狗蛋，路上小心，照顧好自己和阿茹！」姜蓉最後一個，來到弟弟面前，親手替他整理好大氅上的繫帶。

比起幾個月之前，姜簡又長高了半頭，身軀看起來已經當得起「雄壯」二字。以至於她這個做姐姐的，需要仰視，才能與弟弟的目光相接。然而，在姜蓉眼裡，自家弟弟卻永遠是需要自己照顧的那個小狗蛋。膽大、聰明，卻偶爾魯莽過頭。

她期待弟弟能夠長得更壯、更高，遠遠超過二人的父親。

第一百三十七章　意外的截殺

當天上午，姜簡就與大賀阿茹，辭別了自家姐姐和胡子曰等人，直奔數千里之外契丹部落。胡子曰身體還未完全恢復，不方便同行，便委託了曲彬帶著五十餘名精銳斥候，充當護衛，順便幫姜簡照看送給阿茹父母的二十馱禮物。自打與阿茹相識以來，姜簡不是忙著逃命，就是在跟不同的敵人戰鬥，很少能夠將精神放鬆下來，跟後者如同尋常少男少女般相處。如今終於不用在生與死的邊緣掙扎了，彼此並轡而行，四下裡就比先前多了幾分溫馨與寧靜味道。

那曲彬也是一個過來人，果斷帶領斥候精銳們，跟姜簡和阿茹兩個拉開了一段距離。如此，讓這對少年男女，可以相處得越發輕鬆自如。所以，雖然身邊草木枯黃，北風如刀，但一路走下來，姜簡卻感覺不到絲毫的寒冷。

冬天不適合大規模行軍，但是對於攜帶了足夠的禦寒衣物，補給充足到了幾乎奢侈地步的姜簡、曲彬等人來說，這條規矩顯然不適用。大夥趁著白天陽光充足的時候趕路，不待天黑，就尋找避風處紮下帳篷，生起篝火休息。如此按部就班地趕路，速度雖然不快，卻沒有因為天寒地凍，出現任何人員和牲畜的損失。而沿途遇到的小部落，見到挑在這支隊伍上空的瀚海都護府認旗，也都熱情地敞開營地大門，邀請姜簡等人入內休整。

部落的吐屯和長老們，雖然未必認可瀚海都護府對自己的管轄權，心裡頭卻都明白，今年如果不是瀚海都護府擋住了突厥狼騎，他們所在的部落，就得重新回到突厥人的嚴酷統治之下。那樣的話，部落每年的收穫，至少三成要交給突厥人派來的收稅官，而族中青壯，也會被迫去追隨阿史那家族的旗幟，沒完沒了地出戰，直到死在某一個遙遠且陌生的角落。

姜簡不願意多事，最初在進入沿途任何一個部落當中的時候，都沒有亮明自己的真實身份，只說自己是都護府的一名別將，趁著冬天沒有戰事，送妻子回家探親。然而，各部落的吐屯和長老們，卻從他的穿著打扮，和曲彬等人對他的恭敬態度上，判斷出他的身份絕非尋常將校。

年紀不到二十歲，出行還有資格帶上五十多名百戰精銳做護衛的，放眼整個瀚海都護府管轄之地，恐怕數量用一隻巴掌都能統計得出來。而這不到五個人裡頭，生著中原面孔的，卻是只有一人！那就是，副大都護姜簡。

當然，姜簡不肯表明身份，各部吐屯和長老們，也乾脆全都揣著明白裝糊塗。但是，該表達的敬意和該有的禮數，卻一樣不缺。甚至在姜簡離開之時，還送上禮物，並且派出族中精銳護送一程。

於是乎，姜簡和阿茹等人越走越順利，隨行攜帶的物資，和運送物資的駱駝和駿馬，也越來越多。路程才走了一小半兒，數量就翻了一倍。以姜簡的聰明，豈能猜不出自己的身份早已暴露。乾脆就不再掩飾，接下來，每遇到一個部落派人前來迎接，就大大方方地亮出瀚海都護府副都護的儀仗。

如此一來，各部落對眾人招待越發熱情，個別部落的吐屯還在酒席上作出承諾，明年開春之後，派族中子弟到瀚海都護府效力，共同對付忘恩負義的車鼻可汗。

姜簡如今，早已不是數月之前，對草原上情況一無所知的門外漢。看了各部落的規模和吐屯身邊親兵們的打扮，就知道，即便開春之後各部落信守承諾派出族中子弟，在數量和戰鬥力方面，也不能抱以太大的期望。

然而，各部吐屯既然肯派子弟參戰，就說明他們還是心向大唐。所以，對於吐屯們的承諾，姜簡當場就表示了熱烈歡迎。並且承諾會替對方將這份誠意，轉達給長安的天可汗，讓天可汗知道，即便遠在漠北，也有子民真心願意為他效忠。

「怪不得李素立那廝分明不懂打仗，卻賴在燕然大都護位置上捨不得離開。」眼看著一支送阿茹回家的隊伍，變成了巡遊瀚海都護府治下各部落的使團，在跟一支送行的隊伍分別之後，曲彬忍不住搖頭感慨。「好傢伙，這才走了不到一半兒路程，禮物就收了上百馱。燕然大都護府轄地比瀚海都護府大四倍，每年派心腹手下出來巡視一圈兒，李大都護收到的禮物，就能頂他一百年的官俸。」

「終究還是要回禮給人家的，不能真的白拿！」姜簡被說得面皮發燙，小聲向曲彬解釋。「另外，禮物帶回瀚海都護府之後，我也會計入公賬。」

「我不是說你。」知道姜簡誤會了自己的意思，曲彬趕緊笑著解釋，「你收下禮物是對的，否則，那些吐屯就不會安心。至於你怎麼處理，也是隨便。我剛才想說的是，李素立在燕然大都護位置上，恐怕沒少撈了好處。其中有沒有車鼻可汗給他的好處，可很難說。」

「反正朝廷已經換了高大將軍來接替他。就是不知道高大將軍到底是個什麼樣的人？明年春天，有沒有勇氣帶兵直撲金微山下？」姜簡在內心深處，也很懷疑李素立始終按兵不動，是不是另有原因。然而，卻不願意刨根究底，笑著將曲彬的注意力往別處岔。

他這個副都護，比起燕然大都護來，差了可是整整五級注五，在朝廷上也沒有任何強援，沒必要再因為李素立的事情，給自己樹敵。而李素立既然離開了燕然大都護府，此人過去跟車鼻可汗有勾結也好，沒勾結也罷，都不會再對瀚海都護府這邊產生任何危害。他抓不到此人的證據，也不想在此人身上浪費精力。

「高大將軍啊，這個人我倒是知道一點兒。」老到的曲彬，立刻猜到了姜簡的想法，果斷順著他的意思轉變話題，「不像傳說中那樣，出身於河間王帳下。他實際上出自博陵軍，本事應該不會太差，出頭的時間稍微有點兒晚。以前朝廷中能征慣戰的宿將太多，所以輪不到他來領兵。如今宿將們老的老，沒的沒，他就終於有了機會獨當一面。」

「博陵軍，你是說，他曾經在博陵大總管的帳下效過力？」姜簡聽得一驚，兩隻眼睛裡立刻露出了興奮的光芒。

有關博陵軍聯合各地英豪，齊聚長城之上，血戰突厥的故事，他可不止一次聽胡子曰說到過，並且每一次，都為之熱血沸騰。可無論四門學裡的教習，還是他姐夫韓華，卻都對這支隊伍及其主人，忌憚頗深。每當他拿胡子曰的故事去求證，後者要麼直接斷定，胡子曰是在胡編亂造，要麼顧左右而言他。

如今，他除了博陵大總管的刀譜、兵書之外，竟然又遇到了一個曾經在博陵軍效過力的前輩，怎麼可能不興奮莫名。本能的，就想請曲彬仔細講講有關博陵軍掌故，以及現任燕然大總管高侃的過往事蹟。

「應該是效力過，但是我也是道聽塗說，不太確定。胡老大比我知道的多一些，估計也非常有限。」不習慣姜簡那充滿了求知欲的目光，曲彬迅速向周圍看了看，訕訕地點頭，「畢竟，胡老大當年只是個隊正，我還不如他。上頭的事情，我們倆不可能知道得太清楚。不過……」正準備給姜

注五、大都護是從二品上，瀚海都護是從四品上。

簡推薦一個合適的諮詢對象，視野的邊緣處，卻忽然看到了一縷黃褐色的煙霧，緊跟著，風中就隱約傳來了馬蹄之聲，「的的，的的，的的的的……」，急如狂風暴雨。

「馬賊——」曲彬講述，立刻變成了驚呼，「結陣，結陣備戰。所有人，保護副都護和阿茹，一起往前衝。」

第一百三十八章　血染黃沙

「跟緊我，先衝上前面東北方的山梁，佔據有利地形。」姜簡的聲音緊跟著響起，略帶一絲緊張，卻乾脆俐落。草原上地勢空闊，卻絕非一馬平川。前方斜向東北，大約三四里遠的位置，就有幾座丘陵。馬賊來勢洶洶，大夥光埋頭逃命，未必能逃出生天。佔據有利地形，與馬賊周旋，待天黑之後利用夜色掩護脫離，可能才是最佳解決方案。

「聽副都護的，向前面的山梁衝！」曲彬聞聽，立刻改變主意，扯開嗓子大聲附和。

「把咱們的認旗插在地上，免得拖累大夥。放響箭，提醒馬賊注意！」姜簡的聲音再度響起，隱約帶著幾絲憤怒。

「放響箭，把認旗插在地上。阿普、圖色，你們兩個跟我一喊，瀚海都護府副都護在此。」曲彬神色一凜，緊跟著高聲補充。

馬賊不是一般意義上的強盜，通常都以謀財為主，不會得了貨物，還對貨主緊追不捨。很多時候部落裡貴族和牧民，也會客串馬賊，通過掠奪過往商隊，彌補自家部落的開銷。然而，無論是以上哪一種馬賊，通常都沒膽子攻擊官府的隊伍。否則，一旦引起官府的報復，他們就可能陷入滅頂之災。

大夥腳下的土地，理論上還在瀚海都護府的管轄範圍之內。隊伍頭頂所懸的認旗，標識也非常鮮明。馬賊們即便不認識字，也能通過旗幟上的標識確定，隊伍來自大唐官方。如果馬賊們看清楚了認旗之後，仍舊緊追不捨，他們的真實身份，恐怕就值得懷疑了。

「止步，不准靠近，我們是大唐瀚海都護府的人！」

「止步，我們是大唐官軍！」喊聲迅速在隊伍中響起，先是用漢語，隨即轉成回紇語和突厥語。後兩種語言同源，只是發音略有差異。一遍遍重複，馬賊們不可能聽不懂。然而，那支突然出現的馬賊隊伍，速度卻沒有半點兒減緩的跡象。反倒向大夥衝得更急，甚至其中一部分馬賊，已經將羽箭搭在了弓臂之上。

「棄了認旗，輜重先不要了，全都送給賊人！」曲彬立刻知道，姜簡的判斷沒錯，馬賊的真正目標不是大夥所攜帶的輜重，而是副都護本人！馱物資的牲口，立刻被拋棄。緊跟著，認旗、儀仗和所有可能拖慢大夥奔馳速度的物品，都被陸續拋棄於地。以曲彬為首的五十二名斥候，分成左右兩隊，如大雁般，跟在姜簡的側後。一邊策馬疾馳，一邊快速抽出騎弓和羽箭。

馬賊來自正北，以逸待勞，人和馬的體力都非常充沛。很快，就衝到了騎弓的射程之內。曲彬帶領弟兄們搶先發難，側身對準馬賊們就來了兩輪急射。兩匹駿馬中箭倒地，將各自背上的賊人重重地摔下，生死未卜。但是，其餘馬賊卻絲毫不受影響，一邊高聲呼哨，一邊挽弓反擊。密密麻麻的羽箭騰空而起，至少三百支，眨眼功夫，就來到了姜簡等人的頭頂。下一個瞬間，羽箭急墜而下，帶著淒厲的破空聲，如同一排合攏的獠牙。

姜簡等人或用皮盾遮擋，或用騎弓格擋，或鐙裡藏身。兩三個彈指過後，共有四十九匹馬帶著主人從箭雨的籠罩範圍內衝出，另外五名瀚海精銳連同他們的坐騎，卻永遠地倒在了血泊之中。

「別戀戰，風向不利，跟上我！」姜簡身上也挨了兩箭，卻因為穿著厚厚的皮襖，沒有受傷。一邊用身體護住阿茹，他一邊高聲提醒。風向西北，馬賊們也來自西北，大夥人數只有馬賊的六分之一，位置還處於下風口，繼續對射佔不到任何便宜。而加速朝東北方逃離，卻可以扭轉一部分風力的影響。

「護住坐騎，所有人，優先護住坐騎。羽箭射不穿羊皮襖！」曲彬目光敏銳，迅速發現了一個可以利用的優勢，扯開嗓子通知所有弟兄。

又一波黑壓壓的羽箭從天而降，大夥卻不再手忙腳亂地遮擋。而是伏低身體，用羊皮襖的下襬、胳膊上的皮盾和自己的後背，護住戰馬的要害。

「噗，噗……」羽箭射入衣物聲不絕於耳，但是，這一輪，卻只有兩名弟兄連同坐騎不幸遇難。其餘弟兄連同姜簡和阿茹，都平安衝出了箭雨的覆蓋範圍。

幾乎每一個人的皮襖上，都挨了羽箭。甚至還有人，挨了四五箭。然而，平素用來禦寒的羊皮襖，卻憑藉其厚度和韌性，擔當起了鎧甲的功能，令箭鏃無法繼續深入。也有幾匹戰馬身體上見了紅，卻並非致命傷。草食動物的本能，驅使牠們強忍疼痛，跟隨自家隊伍，堅決不肯落後半步。

「嗚嗚——」發現羽箭攔截的效果不佳，馬賊頭目果斷下令改變了戰術。淒厲的號角聲，瞬間響徹曠野。所有馬賊聞聽，立刻咆哮著用馬鐙磕打坐騎的小腹。

「唏吁吁——」戰馬在疼痛的刺激下，嘴裡發出一連串悲鳴，同時將速度加到了極限。馬蹄敲打在乾燥的土地上，濺起一團團黃色沙塵。轉眼間，沙塵就在西北風的吹動下，翻滾升高，宛若雲霧。而馬賊們，則「騰雲駕霧」，從斜刺裡不斷向姜簡等人靠近，靠近，靠近……手中的騎弓在狂奔中換成了橫刀，寒光四射。

「土筍[注六]！」一名騎著鐵驊騮的馬賊頭目，從斜側裡靠近姜簡，咆哮著舉刀，砍向菊花青的脖頸，動作勢如瘋虎。刀光凜冽，快如閃電。然而，卻有一道更快的刀光，伴隨著姜簡的胳膊橫掃而至。「噹啷！」火星飛濺，橫刀瞬間斷成了兩截。而姜簡手中的兵器，卻繼續橫掃，如同鞭子般，抽向馬賊頭目的胸口。

「啊——」馬賊頭目這才發現，姜簡手裡拿的是一把黑色長刀，刀身比自己的橫刀寬了一倍，也長了四分。他想要躲閃，已經根本來不及，幾乎眼睜睜地看著自己的胸口在戰馬的加速下，「迎」向了黑色長刀。隨即，劇烈痛楚，迅速籠罩了他的全身。血落如瀑，馬賊頭目如同木樁從馬背上栽下，淹沒於黃色的煙塵之中。

注六、土筍，突厥語系裡，留下，停住的意思。

第一百三十九章　呼之欲出

姜簡迅速收刀，反腕，掄臂，上撩，所有動作宛若行雲流水。銳利的刀鋒在側前方蕩出一道閃電，正中刺向自己的一杆騎矛。

「噹啷」一矛杆應聲而斷，矛頭墜落於地。另一名側向衝上來攔阻他的馬賊愣了愣，抓著長矛的後半截在胸前亂揮。姜簡手中的黑刀迅速下劈，趕在雙方的身體發生碰撞之前，將此人劈下了馬背。菊花青驟然加速，與失去主人的坐騎擦身而過。第三名馬賊恰恰衝至，手中鋼鞭帶起一道寒風。

「噹啷！」一姜簡用刀背與此人硬拚了一記，兩把兵器相撞，火星四濺。他的掌心被震得發麻，然而五指卻與手掌一道，牢牢地控住住了黑刀的刀柄。馬賊被震得虎口出血，手臂發瘆，揮舞鋼鞭的動作明顯變得遲緩。

堅決不給此人第二次出招機會，姜簡兜頭還了一記斜劈。馬賊不得不轉攻為守，豎起鋼鞭遮擋，然而，卻擋了一個空。銳利的黑刀在半空中忽然改變方向，繞過鋼鞭，正中馬賊軟肋。

銳利的刀刃將皮甲一分為二，連帶著皮甲下的肋骨和上腹。劇烈的疼痛，令馬賊的面孔扭曲。他丟下鋼鞭，本能地用手指去捂自己的肚子。然而，生命卻與鮮血一道從傷口處噴湧而出。

沒功夫去管此人的死活，姜簡揮動黑色長刀，直取下一名對手。那人身上穿著明顯的大食式皮甲，胸前的口袋裡插了整整一排鋼板。那人手中拿的長劍，也帶著明顯大食風格，比橫刀略長，柄部長度足以供雙手上下疊持。那人胯下所乘的戰馬通體雪白，無論高度還是奔跑速度，都不輸給菊花青分毫。

看到姜簡揮刀向自己砍來，那人立刻雙手握劍，奮力格擋。劍刃與刀身相撞，再一次火星四濺，金鐵交鳴聲震耳欲聾。

「噹啷，噹啷，噹啷！」接連三擊，黑刀全被長劍擋住。敵我雙方的距離迅速拉近。還沒等姜簡和對手變招，菊花青忽然張開了嘴巴，一口咬在對方坐騎的脖頸上。

「唏吁吁——」可憐的白馬吃痛不過，悲鳴著揚起前蹄。馬背上的賊人猝不及防，身體迅速向後栽去。姜簡趁機又是一刀，將此人的大腿砍成了兩截。血如湧泉，持劍的馬賊慘叫著墜落於地。另一名策馬衝過來的賊人來不及閃避，直接從他身體上疾馳而過。馬蹄踩在插在皮甲口袋中的鐵板縫隙之間，瞬間下陷，旋即被兩片鐵板卡了個結結實實。戰馬失去平衡，轟然倒地，將背上的主人摔成了滾地葫蘆。

及時地拉緊韁繩，姜簡策動菊花青從「滾地葫蘆」上急掠而過，手中黑刀毫不停頓地砍向自己的左前方。又一名馬賊剛好從那個方向衝至，看到同夥接二連三落馬，緊張得發出一連串鬼哭狼嚎，手中兵器使得破綻百出。姜簡沒給此人任何同情，手中黑刀化作一道閃電，正中此人脖頸。一顆頭顱伴著血光騰空而起，無頭屍體被戰馬帶著側轉方向，隨即墜落塵埃。姜簡繼續揮刀，同時用目光尋找新的對手。然而，眼前卻變得空空蕩蕩。

他已經衝破了馬賊的阻攔，身前和身側十步之內，再無任何敵軍。曲彬和四十幾名大唐瀚海精銳，緊隨他的腳步，揮刀攻向沿途衝上來的馬賊，將後者接二連三砍下坐騎。

「嗖——」趁著姜簡和自己身邊沒有馬賊跟上來的機會，大賀阿茹轉身急射，將一名試圖阻擋曲彬的馬賊射了個透心涼。另一名馬賊揮舞著橫刀砍向一名瀚海精銳的後背，阿茹又一箭射去，正中此人的眼眶。

「神射手，神射手！」一名正在衝向瀚海精銳的馬賊大驚，放棄目標，策馬向阿茹靠近。姜簡左手探入背囊，快速扯出一把鋼叉，轉身甩出。銳利的鋼叉在半空中反射出一串寒星，掠過十五步距離，「噗」地一聲，插入馬賊胯下坐騎的脖頸。

悲鳴聲再度響起，受傷的戰馬前躥後跳。試圖向阿茹靠近的馬賊，被自家坐騎甩落於地。十多雙馬蹄先後從他身體上踩過，轉眼間，此人就沒了聲息。「射，轉身射！放他們風箏。」一成功闖過了馬賊攔截的曲彬，大叫著挽弓，將羽箭射向一名馬賊。雙方距離不足十步，風力的影響可以忽略。下一個瞬間，羽箭成功命中馬賊的脖頸，對穿而過。

另外幾名剛剛闖過了攔截的瀚海精銳，也迅速重新抄起弓箭，轉身射向距離各自最近的馬賊。其餘瀚海精銳們趁機揮動兵器，沿著姜簡闖開的通道，加速前突。轉眼間，就將攔路的馬賊們，殺得四分五裂。

包括姜簡和阿茹在內，至少四十人衝破了阻攔。大夥一邊繼續策馬加速向東北方疾馳，一邊轉身而射。馬賊們氣急敗壞地重整隊伍，緊追不捨，射出來的羽箭又一次宛若冰雹。

這一次，風向卻不再對馬賊們有利了。

敵我雙方的奔馳方向，都是由西南向東北。西北風吹歪了姜簡等人射出的羽箭，卻同時增加了羽箭的射程。馬賊們射出的羽箭不僅僅被吹歪，同時，射程也大幅降低，沒等抵達姜簡等人的上空，便如死蛇般紛紛墜落於地。

「跟上我！小心腳下！」馬蹄下的地勢忽然開始升高，姜簡大叫一聲，停止了射擊，開始專注駕馭菊花青。

曲彬等人也迅速收起了弓箭，努力控制各自的坐騎，以免馬蹄踩在石片上滑倒。大夥的奔馳速度開始減慢，幸運的是，追兵也一模一樣。不多時，前方的山路開始變窄，路邊開始出現一條條洪水沖出來的深溝，凸起的石塊宛若魔鬼的牙齒，隨時都可能將戰馬和馬背上騎手一併吞噬。

姜簡控制著菊花青沿山路又跑了一小段，在一排半人高的石頭後，緩緩拉緊了韁繩。大賀阿茹緊跟在他身後放緩馬速，與他雙雙調整方向，離開山路，踏上路邊的一片半畝大小的山坡。

二人心有靈犀地抄起騎弓，轉身為跟上來的瀚海精銳們提供掩護。山路狹窄，馬賊們根本沒空間閃避。白白挨了四輪羽箭之後，丟下三具屍體和一匹受傷的坐騎，狼狽地退出了騎弓的射程之外。

追殺暫時告一段落，曲彬帶著瀚海精銳們魚貫通過半人高的石頭，與姜簡和阿茹兩人會合。大夥迅速翻身下馬，讓坐騎恢復體力。同時居高臨下，觀察敵軍的情況。

到了此時，眾人才終於有時間去看清楚，馬賊們的具體規模、長相和打扮，旋即，一個個臉色變得鐵青。

不是室韋人、不是回紇人、不是奚人，也不是周圍任何一個大夥熟悉的部族。雖然馬賊們極力掩飾身份，甚至在鎧甲外披上一層灰褐色的披風，用以混淆視聽。然而，他們的相貌和坐騎上的花飾，卻仍舊將他們的真實來歷暴露無遺。是突厥人，被瀚海唐軍多次擊敗的突厥人。他們陰魂不散，又出現在了瀚海都護府通往契丹的半路上。

他們沒信心在戰場上擊敗瀚海勇士們。所以，採取這種陰險手段，試圖殺死他們的主將，進而瓦解他們的軍心。

第一百四十章　取長補短

「胡里甲，曼駝，去探路，弄清楚山路通向什麼地方。斯庫里，巴牙，你們倆徒步往山頂爬，探明周圍的情況。其餘人，抓緊時間給戰馬餵水餵料，整理各自的鎧甲和兵器。」沒有時間去探詢突厥人到底從何而來，粗粗掃過幾眼之後，曲彬立刻開始給瀚海精銳們佈置任務。

腳下的山坡並不算陡峭，山路外側雖然坑坑窪窪，卻不是什麼絕壁。這意味著，敵軍下了戰馬之後，完全可以徒步從多方向發起衝鋒。而大夥想要堅持到天黑，且戰且退幾乎是唯一選擇。

好在敵軍對周圍的地形同樣不熟悉，並且在先前的阻截和追殺過程中，消耗了大量的體力，無法立刻就展開強攻。所以，敵我雙方，進入了一個短暫的寧靜。一邊各自想方設法地恢復體力，一邊盡可能地瞭解周圍的環境，為接下來的惡戰做充足準備。

「敵軍大概有三百出頭，身手和弟兄們差不多。咱們這邊，加上你、我和阿茹，還剩四十三人。」給弟兄們佈置完了任務之後，曲彬拎著一個水袋，喘息著走向姜簡，「如果道路能通向山後，等會敵軍發起強攻之時，我帶著弟兄們拖住他們，你和阿茹……」

沒等他把話說完，姜簡已經笑著搖頭，「咱們昨天離開那個奚人部落之時，他們好像說最近的一個部落，就在二百里外。從昨天走到現在，咱們少說也走了一百二十里。去山頂上點起狼煙，應該有牧人能看得見……」

「我是說，你跟阿茹先走一步。去找下一個部落藏身。」曲彬大急，瞪圓了眼睛打斷，「這裡不是中原，點狼煙未必能招來救兵。」

「先點起來再說！」姜簡明白他的意思，卻堅決不肯聽從，「這裡終究還是大唐瀚海都護府的轄區。如果臨近的部落看到狼煙不來相救，婆閏便可以名正言順地帶領兵馬打上門去問罪！」

「打上門有啥用？那時候你腦袋已經被突厥人挑在高杆上了！」受不了姜簡的婆婆媽媽，曲彬啞著嗓子咆哮。

這話很難聽，卻是事實。

理論上，從大甸子向東一直到契丹人聚居的大潢水，都歸瀚海都護府管轄。可理論歸理論，實際歸實際。哪怕是婆閏的父親吐迷度在世時期，瀚海都護府都弄不清楚自己的轄區之內，究竟有多少部落，更甭提讓每一個部落都對大唐忠心耿耿。

點燃狼煙，只能給臨近的部落施加壓力，讓部落的吐屯和長老們考慮清楚，如果大唐瀚海都護府的副都護在他們家門口出了事兒，他們將面臨什麼後果，卻無法確保他們肯定趕來相救。

「曲叔，山下那幫人，絕對不會放我離開！你拖不住他們。」姜簡既不生氣，也不為曲彬的話語所動，笑呵呵地給出了回應。這話，可是說在了關鍵點上，登時，就讓曲彬沒了詞。

山下的敵軍，目標只有姜簡一個。如果姜簡和阿茹丟下同伴逃走，他們完全可以繞路到山後堵截，根本沒必要跟曲彬等人糾纏。所謂拖住敵軍，只是他的一廂情願。

「安排人去收集乾柴和馬糞，點狼煙吧！我幫你拖延一點兒時間。」笑著從曲彬手裡接過水袋，姜簡狠狠喝了幾大口，抹著嘴巴吩咐。說罷，也不待曲彬回應，交還水袋，邁步跳上一塊齊腰高的岩石，扯開嗓子朝著敵軍大喊：「史笸籮，出來說話！我知道是你，阿史那家族的男人敢做敢當，別像烏龜一般縮在別人身後。」

「史笸籮……」山丘之前，回聲連綿，彷彿有無數人，扯開嗓子重複。

距離姜簡百餘步之外，敵軍隊伍立刻出現了騷動。眾「馬賊」你看看我，我看看你，不知道身份為何這麼快就暴露，更不知道該如何回應。

「讓開吧，我去會會他。」在馬賊隊伍的末尾，一個聲音忽然響起。緊跟著，阿史那沙缽羅抬手扯下頭上遮擋塵土的面紗，快步走向隊伍的正前方。眾「馬賊」紛紛讓開道路，放自家特勤阿史那沙缽羅通過，看向後者的目光裡，卻充滿了困惑。

因為曾經隸屬於大唐，生活在金微山下的很多突厥人或多或少都學了一點兒唐言。並且只要反應不太遲鈍的人，哪怕聽不懂唐言，也能從姜簡的喊聲和自家特勤的回應中，聽出二者彼此之間非常熟悉。甚至，甚至交情非同一般。而姜簡卻是大唐最年輕的副都護，自家特勤，卻是可汗寄予厚望的小兒子，雙方相遇的機會都不多，怎麼可能成為朋友？

正百思不解之際，姜簡的聲音已經又順著山風傳了下來，帶著明顯的奚落味道：「史笸籮，本事長進不少啊。居然算準了我一定會送阿茹回契丹大賀部，所以繞了幾千里路提前在這裡等著我？」

「比起姜都護來，還是差了許多。」史笸籮聽得臉上發燙，卻笑呵呵地拱手自謙，「一招火攻之計，就把我的所有糧草和麾下弟兄，燒了個精光。若不是我那天見機行事，估計腦袋已經被姜兄送到了長安換取功名！」

「史特勤過獎了，糧草我其實只燒掉了一小半兒，你藏在馬肚子底下逃走之後，我就帶人撲滅了山谷裡的火頭。」姜簡搖了頭，笑著否認，「剩下的一大半兒，和找回來的戰馬，全都送回了瀚海都護府。比起你的腦袋，這批糧草和牲畜可值錢得多。至少讓我在擊退了令兄之後，不用再發愁拿什麼來犒賞三軍！」

「你把火撲滅了，不可能！絕對不可能！」史笸籮聞聽，先是大吃一驚，隨即，就意識到自己上了姜簡的當，「你撒謊騙人，當日的火勢，不可能撲得滅。」

「是你過於驚慌，錯判了形勢。」姜簡要的就是這個效果，繼續睜著眼睛說瞎話。「其實我當時已經準備退兵了，沒想到你搶先一步放棄了糧倉和麾下弟兄，一個人藏在馬肚子底下落荒而逃。不過這樣也好，羯曼陀如果不因為缺糧退兵，我也沒法半路上伏擊他！我要是不伏擊他，你也沒機會出頭！」

「他在說什麼，沙缽羅特勤是怎麼逃出來的？」

「沙缽羅特勤搶先放棄了糧草和麾下弟兄，這可和我以前知道的不一樣。」

「怎麼回事，沙缽羅特勤出頭，跟他伏擊泥步設……」

史笸籮身後的突厥馬賊當中，凡是能聽得懂漢語的人都彼此湊在一起，小聲嘀咕。

泥步設羯曼陀帶著上萬狼騎討伐回紇王庭，卻慘敗而歸一事，對突厥別部衝擊極大。很多突厥勇士都不敢相信，總人口只有十幾萬的回紇，竟然在爆發了內亂之後，還有本事與突厥爭鋒。因此，這段時日，民間一直流傳著各種各樣的說法，為羯曼陀的戰敗尋找理由。偏偏車鼻可汗覺得此戰丟了顏面，不願意多提，更沒有將整場戰役的過程與麾下的親信們做一次統整。導致在突厥民間各種說法愈演愈烈，並且距離事實也越來越遠。

今天敵軍的主將親口說出，是沙缽羅特勤主動放棄了糧草輜重，才導致羯曼陀因為缺糧退兵，凡是聽得懂漢語的突厥馬賊，心中立刻相信了一大半兒。再聯想到羯曼陀戰敗之後，沙缽羅特勤在別部之中地位扶搖直上的事實，一個巨大的陰謀輪廓，已經呼之欲出。

「你胡說，你撒謊！」被來自身背後的議論聲吵得心煩意亂，史笸籮用手遙遙地指著姜簡鼻子，高聲反駁，「你當日兵力遠遠超過了我，又用火攻把我和我麾下的弟兄全都封在了山谷裡。沒確定山谷裡的人都被燒死之前，你不可能好心衝進去救火。」

也難怪他方寸大亂，以前他身手比姜簡略有不如，但是嘴巴靈活和心思敏捷方面，卻佔據絕對上風。而今天，卻連嘴皮子官司都沒打贏，這樣的結果實在出乎預料且無法忍受。

正氣得眼前發黑之際，姜簡的聲音繼續從頭頂傳來，每一句都不緊不慢，每一句，卻如同刀子般戳向史笸籮的心窩。「我何必騙你？你消息靈通，連我走哪條路都能打聽到，何不派人去瀚海都護府那邊打探一下，羯曼陀撤兵之後，我帶了多少糧食和牲口回家！」

「你等著，看我戳破你的牛皮。」氣急敗壞，史笸籮立刻高聲答應。話音落下，才意識到自己今天的目的是幹掉姜簡，而不是跟對方鬥氣。狠狠跺了下腳，強迫自己保持冷靜，「等我先俘虜了你，然後押著你去回紇汗庭。屆時，自然有辦法讓你自己打自己的臉。」

「俘虜我，就憑你？」姜簡仰起頭，哈哈哈大笑，同時偷偷將右手背在身後，向阿茹和曲彬等人示意，「過來，讓你一隻手。能拿下我，算你本事。」

「驕傲自大，目中無人！」史笸籮恨得牙根兒直癢癢，卻堅決不肯接受他的挑戰，「你我皆是一軍主將，何必逞匹夫之勇。」話音落下，他在身後，又響起了一陣竊竊私語。扮做馬賊的突厥勇士們，明知道自家特勤做出了一個理智的選擇，卻感覺臉上火辣辣的難受。

突厥人自詡為金狼神的子孫，狼群裡頭，狼王可以不夠強壯，卻不能沒有勇氣。而今天，突厥勇士們看到的卻是一個連刀都不敢拔出來的特勤，任何人都不會感覺臉上有光。

「我就知道，你沒這膽子！」正羞憤交加之際，卻看到姜簡居高臨下，單手指向史笸籮的腦門，「阿史那家族的男兒，全是孬種。說出來話，如同放屁。做出來的事，豬狗不如。還喜歡裝模作樣，愣充英雄好漢。」

「你，你……」史笸籮再一次，被氣得眼前陣陣發黑，本能地向前邁了幾步，仰著頭咆哮，「我不跟你做口舌之爭，等會各自帶領人馬見真章。莫讓我活捉了你，否則，一定先割了你的舌頭，然後剁碎了讓你自己吞下去。」

「呵呵，呵呵，不敢就是不敢，大大方方承認便是，何必強行給自己找臺階！」姜簡繼續大聲冷笑，態度要多囂張有多囂張。「山下的突厥兄弟們，你們自己看看，這種貨色，是否值得你們追隨？若不是我前些日子打垮了羯曼陀，哪裡輪到他這種人出來丟人現眼！」後面幾句，他是對史笸籮麾下那些爪牙喊的。因為突厥語說得不靈光，所以用的仍舊是漢語。然而，史笸籮身後，卻有更多的人，完全「聽」懂了他的意思。

登時，史笸籮身後的隊伍中，就出現了強烈的騷動。突厥馬賊們或竊竊私語，或者以目互視，都覺得追隨沙缽羅特勤身後，並不是一個理想選擇。

「我不會上你的當，絕不會上你的當！」感覺到來自背後的巨大壓力，史笸籮又向前走了幾步，咬著牙搖頭，「你今天被我堵在了山上，窮途末路。我如果放棄自己的優勢，跟你單挑，豈不是如了你的意？先讓你得意半個時辰，半個時辰之後，我親自帶隊攻山，希望到時候，你還會像現在一樣囂張，千萬別往同伴身後縮。」

「往同伴身後縮，那可是你最擅長的事情！」算算距離已經差不多了，姜簡背在身後的手，悄悄伸出三個指頭，然後逐一合攏，「史笸籮，記得你當初發過的誓嗎？阿史那家族的人，有恩必報！我不止一次救了你的命，你呢，怎麼報答我的？一次又一次，恨不得讓我死無葬身之地！」這是史笸籮心裡最過不去的坎兒，當即，此人身體僵在了原地，嘴巴囁嚅，無言以對。

「射！」姜簡的第三根手指，恰好合攏，嘴裡低聲斷喝。藏在他背後的阿茹，立刻鬆開了弓弦。一支破甲錐宛若流星，直奔史笸籮的胸口。

「啊——」史笸籮立刻意識到自己又上了當，尖叫著側身斜撲躲閃。破甲錐呼嘯而至，正中他的肩窩。

「特勤，特勤——」眾突厥馬賊再也顧不上想雜七雜八，撲上前，架起史笸籮就往遠處拖。

姜簡身後，阿茹，曲彬和眾瀚海精銳彎弓搭箭，追著馬賊們的背影連番急射。雖然因為距離太遠，羽箭的準頭和殺傷力都大打折扣，卻仍舊又將四、五名馬賊射成了滾地葫蘆。

第一百四十一章　以己之長

眾瀚海將士的體力還沒恢復，雖然打了突厥馬賊們一個措手不及，姜簡卻無法趁機擴大戰果。而突厥馬賊們雖然退得頗為狼狽，軍心和士氣，卻遠遠沒到崩潰的地步，亂哄哄地退出了一段距離之後，很快就重新站穩了腳跟，抄起弓箭進行反擊。

敵我雙方隔著一百二三十步距離，用羽箭互相招呼。受風力影響，命中率都低得可憐。即便偶爾有羽箭蒙中了目標，也無法給目標造成致命傷，只是徒勞地引起幾聲驚呼。因此，只對射了不到五輪，雙方就不約而同地收起了弓箭。隨即又開始抓緊時間恢復體力，以便在接下來的惡戰中，能夠一舉鎖定勝局。

不多時，去探路的胡里甲和曼駝兩人回來彙報，只要再向山後走兩三千步遠，就能看到一條下山的小路。比山前這條略為陡峭，但人牽著馬下山，毫無問題。

「報告副都護，別將，山頂只有幾塊光禿禿的大石頭。山後和山前一樣，越往下走越平緩，有很多乾草和荊棘，沒發現任何泉眼兒。山左邊，是另外一座山，稍高一些，從腳下這座山的山梁上，可以直接走過去。山右邊，是一道洪水沖出來的大溝，不知道多深，寬度大約十丈，過了溝，還有幾座土丘。」還沒等姜簡和曲彬兩個來得及考慮如何利用下山的道路，斯庫里和巴牙兩個也頂著滿頭大汗返回，將周圍的大致情況，如實彙報。

不算絕地，也談不上易守難攻。唯一的好處是坡度已經足夠陡，敵軍無法騎著馬直接往上衝。但是，大夥也別想利用地形優勢，創造什麼奇蹟。當坡度陡到一定地步，策馬下山的風險比上山還大。速度稍快，就有可能連人帶馬摔個筋斷骨折。

「不管他，先把狼煙點起來。」曲彬想不出太好的破敵之策，也無法勸姜簡帶著阿茹悄悄離開，乾脆走一步看一步，「即便喊不來援軍，烤烤火也好。」「是！」幾名手腳麻利的弟兄答應著用火摺子引燃乾草，然後又將冒著火苗的乾草塞到剛剛堆積起來的樹枝和乾狼糞之下，轉眼間，就有黑色的濃煙扶搖而上。

「嗚嗚嗚，嗚嗚嗚……」位於距離大夥兒一百五六十步之外的突厥馬賊看到狼煙，立刻做出了反應。不是氣急敗壞地展開了強攻，而是兵分兩路。留下三分之二的人手繼續與大夥兒對峙，另外三分之一的人，則牽著馬下了山，然後上馬朝著山後快速繞去。很顯然，史笸籮也發現了山後那條道路，提前派人趕過去設置封鎖線，以防戰鬥正式打起來之後，姜簡趁亂溜走。

「剛才那一箭，看來是沒能射死那廝。」曲彬經驗豐富，從突厥馬賊們有條不紊的反應上，就判斷出史笸籮的傷勢不夠嚴重，搖搖頭，滿臉遺憾地感慨。

「那廝向來惜命，鎧甲裡頭會墊鋼板。冬天時，人穿得也厚。」姜簡笑了笑，輕輕搖頭。

他剛才根本沒指望能夠將史笸籮一擊斃命，所以也不覺得如何失望。只求傷口的疼痛，能讓史笸籮的反應變慢一些，就已經滿足。眼下敵我雙方雖然兵力懸殊，但是懸殊程度，卻遠遠比不上他當日和一眾少年們並肩對抗戈契希爾匪徒。所以，只要史笸籮的頭腦，不像平時那麼敏捷，他就有可能找到破敵之機。

「要不要分兵去堵住下山的小路，以免敵軍偷偷爬上來？」曲彬眉頭緊皺，低聲提議。

「先派胡里甲和曼駝兩人去盯著即可，等敵軍有所動作，再派人封堵也來得及。」姜簡想了想，不慌不忙地搖頭。「敵軍分兵，咱們不能跟著分兵。只能集中力量先對付其中一路。如果真的面臨前後夾擊，就放棄山路，繼續徒步撤向高處。」

「我去帶人清理一下附近的雜草，以免等會兒突厥人用火箭攪亂軍心。」見姜簡心裡已經有了具體打算，曲彬立刻不多嘴，想了想，笑著請纓。

「曲叔順便找幾個適合藏身的位置，安排咱們這邊箭法好的人躲在後面，等會充當弓箭手，尋機殺敵！」姜簡立刻輕輕點頭，「然後也做幾支火箭出來，今天刮的是西北風，咱們眼下算是位於上風口。」這就是他剛才提議搶佔東北方山丘的好處了，可以利用風力和地勢之便。而敵軍的人數優勢，則會因為仰攻和逆風，被大幅抵消。

「我知道，你多加小心。你射了那廝一箭，那廝沒死，一定會想方設法撈回去。」曲彬一邊邁動腳步，一邊低聲叮囑。看向姜簡的目光中，充滿了讚賞。面對超過自家五倍的敵軍，卻始終能保持頭腦冷靜，並且還能抓住敵將掌握兵權時間短，威望不足的缺點，將其騙到陣前予以重創。如此出類拔萃的年輕人，曲彬這輩子都沒見到過第二個。而這個年輕人，還是他與朋友們從塞外救回來的，始終感念著他的好處，在他面前以晚輩自居，口口聲聲尊稱他為「曲叔」。

每次聽到「曲叔」兩個字，就讓曲彬感覺心裡頭美滋滋的，就像喝了十八年陳的女兒紅一樣舒坦。俗話說，三歲看小，七歲看老。曲彬可以預見，姜簡今後的前程，要遠遠超過他和胡子曰這些長輩，甚至會超過姜簡的父親，曾經的左衛大將軍姜行本。屆時，世人提起姜簡，肯定會提一提，有那麼五六個長安老遊俠兒，在姜簡最落魄、最孱弱的時候，捨命出塞相救。還不遺餘力地，幫助他在瀚海都護府站穩了腳跟。

曲某人這輩子文不成武不就，兒子的出息也一般。但是，曲某人救下來的後輩，卻足夠英雄了得。這份榮耀，哪怕將來入了土，在九泉之下跟當年的老兄弟們，也能吹上好幾回。

人心裡頭舒坦，幹活就麻利。帶著七八個體力好的瀚海男兒，曲彬很快就將大夥身前身後十五步範圍之內的雜草和灌木，給清理得一乾二淨。緊跟著，又就地取材，搬石塊開始搭建齊胸高的短牆，以供擔當弓箭手的弟兄藏身。

看到曲彬等人在高處佈置防禦設施，眾突厥馬賊們非常不開心。幾次派出小股人手，上前放箭騷擾。卻被阿茹帶著另外十幾名瀚海精銳，迎頭用羽箭一頓教訓，非但沒達到預定目標，反而又被射傷和摔傷了五六個，得不償失。

「嗚嗚嗚，嗚嗚嗚——」眼看著短牆越建越寬，史笸籮終於按捺不住。強忍肩窩處的疼痛，下令吹響了正式進攻的號角。

剎那間，眾馬賊發了一聲喊，前鋒分成四股，高舉著皮盾和橫刀，沿著山路和山路外側的山坡蜂擁而上。很快，就將自己與目標之間的距離，拉近到了六十步之內。

「所有人，挽弓，射！」姜簡彎弓搭箭，高聲命令，隨即果斷鬆開了弓弦。羽箭勢如流星，直奔一名突厥馬賊的下頦。那馬賊看到箭鏃上反射的寒光，熟練地藏頸縮頭，同時舉起皮盾護住自己胸前要害。羽箭貼著皮盾的邊緣掠過，正中此人毫無遮擋的腦門。此人嘴裡發出一聲悶哼，仰面朝天栽倒。

更多羽箭從半空中落下，將另外三名倒楣的突厥馬賊射翻在地。還有十幾名馬賊被羽箭射中了身體的不同部位，卻沒有受到致命傷。

扛住了第一輪箭雨的突厥馬賊們，嘴裡又發出一串鬼哭狼嚎，邁動雙腿，以更快的速度向前猛撲，對近在咫尺的死亡視而不見。

「射——」姜簡大叫著帶頭射出第二支羽箭，眾瀚海精銳也齊齊鬆開了弓弦。四十多支羽箭再度落向突厥馬賊的頭頂，這次，效果仍舊是個位數。突厥馬賊身上的鎧甲質地精良，關鍵部位還塞了鐵板。除非羽箭命中他們的面部、眼睛和哽嗓等裸露在外部位，否則，箭鏃很難撕開鎧甲的防禦。

沒等姜簡把第三支羽箭搭上弓弦，百餘名突厥馬賊，已經在史笸籮的組織下，持弓展開了反擊。雖然受風力和山坡影響，他們射出的羽箭威力大打折扣，數量卻超過了姜簡這邊的一倍。轉眼間，就讓姜簡身邊的地面上落滿了箭矢。

頭盔被箭鏃砸得「叮噹」作響，身上的皮襖也又一次被羽箭射中，發出撕紙般的聲音。姜簡沒有受傷，咬著牙帶領瀚海精銳們，發出了第三波羽箭。隨即，從地上拔起黑色長刀，順著山坡直撲而下。

「阿茹，帶著弓箭手自行尋找目標。其他人，跟我來！」他大聲招呼，動作宛若捕獵時的老虎。利用山勢，將自己的雙腿不斷加速，手臂上的肌肉卻根根緊繃，蓄力十足。

臨陣不過三矢，並非三矢之後，放箭者的體力就消耗殆盡。而是敵我雙方之間的距離已經縮短到讓大多數人來不及再次彎弓搭箭。所以，這時候必須有一部分勇士衝上去，擋住敵軍的腳步。如此，才能在擊殺敵軍的同時，給自己一方的弓箭手爭取下一輪放箭機會。

按照預先做好的分工，曲彬帶領三十餘名瀚海精銳咆哮著緊隨姜簡身後。大夥在前衝的過程中，將隊伍也一分為四，每一個分支，剛好迎向一路突厥馬賊。

第三輪羽箭從半空中落下，放倒了兩名突厥馬賊。其餘正在前衝的馬賊沒想到在人數處於絕對劣勢的情況下，姜簡竟然帶領麾下勇士主動撲下來迎戰，氣焰登時就是一滯。根本不給對手調整戰術的機會，姜簡借著下衝之勢奮力揮刀。照著距離自己已經不到五尺遠的一名突厥小箭，就是一記力劈華山。毫無花哨，簡單又乾脆。雪亮的刀鋒帶著寒風被切開的聲音，直奔那名突厥小箭的脖頸。後者作戰經驗頗為豐富，知道不能硬碰硬，果斷側向跨步，同時舉起橫刀推向黑刀的側脊。

「噹啷」一聲，黑刀與橫刀相撞，卻沒有改變任何方向。突厥小箭卸力失敗，手中的橫刀直接被砸成了彎鉤。姜簡腳步不停，在與突厥小箭身體不足二尺的位置，疾衝而過，暗藏在左手中斧頭奮力橫掃。沉重的斧刃砰地一聲，正中突厥小箭的盔耳。半截頭盔騰空而起，緊跟著的是一道血柱。突厥小箭的腦袋齊著耳朵上緣被斧頭剁掉了三分之一，屍體如樁子般栽倒。

根本沒時間管對手的死活，姜簡右手中的黑刀再度化作一道閃電，借著前衝之勢，又來了一記斜砍月桂。一名突厥馬賊剛好衝到他身前，趕緊豎起鋼鞭格擋。又是「噹啷」，火星飛濺，以沉重而聞名的鋼鞭，竟然被黑刀砍成了兩截。

刀刃在金屬撞擊的餘韻中繼續斜劈，將鋼鞭的主人半邊身體一分為二。後者連哼都沒來得及哼一聲，轟然栽倒於血泊之中。趁著姜簡的視線被鋼鞭主人遮擋的機會，第三名突厥馬賊尖叫著繞到他身側，揮刀向他發起進攻。一支羽箭凌空而至，命中此人的左眼，深入半尺。偷襲者慘叫著倒地，身體痛苦地縮捲成了一團。來不及回頭去看到底是誰放箭掩護了自己，姜簡右手持刀，左手持斧，繼續沿著山坡撲下，彈指功夫，就與第四名突厥馬賊，衝了個頭對頭。第四名突厥馬賊被嚇得頭皮發乍，卻來不及收住腳步，尖叫著揮舞橫刀，在自己身前左遮右擋。姜簡稍稍側身，一刀斬斷了此人的大腿。

「啊——」斷了腿的馬賊厲聲慘叫，倒在血泊中翻滾。姜簡身影，也衝入了馬賊隊伍的中央。左右兩側和正前方全都是敵人，他揮動黑刀快速橫掃。一把鐵鐧被硬生生砸飛，一面皮盾被砍成兩截，右側和正前方的突厥馬賊被逼得踉蹌後退，位於他左側的一名捲鬍子突厥馬賊卻瞅準機會，一刀砍向了姜簡小腹。

「噗——」皮襖被切開了一條大口子，藏在皮襖下的護心鏡，與刀刃接觸，發出令人牙痠的聲響。姜簡的身體快速側轉，左手中的斧頭奮力下剁。揮刀砍中他的那名捲鬍子突厥馬賊來不及招架，眼睜睜地看著斧刃砍在了自己的脖子上。脖頸被斧頭斬斷了一大半兒，與身體只剩下一層皮肉相連，捲鬍子突厥馬賊原地轉了兩個圈，倒在地上，死不瞑目。

第一百四十二章　以身為餌

「殺突厥狗！」「殺突厥狗！」斯庫里、巴牙咆哮著跟上，一個護住姜簡身左，一個護在姜簡身右。

「殺突厥狗！」另外五名瀚海精銳，也快速沿著山坡衝了下來，緊緊跟在姜簡身後。自家主將的勇猛，深深地鼓舞了他們。令他們心中熱血澎湃，一個個也變得悍不畏死。四周圍的突厥馬賊數量雖然多，卻無法阻擋住他們的腳步。四周圍的壓力驟然減輕，姜簡終於可以專心對付正前方的敵軍。那是一名中年突厥馬賊，左手中拎著半截皮盾，右手則拎著一把橫刀。發現姜簡又向自己衝了過來，此人不敢獨自迎戰，兩腿交替繼續快速後退，試圖尋找新的同伴跟自己聯手。然而，卻被地面上的灌木絆了一個踉蹌。

姜簡的身影驟然加速，一刀將失去平衡的中年馬賊砍翻在地。緊跟著，再度揮臂掄刀，又來了一記跨步斜劈。一名突厥馬賊連人帶刀被他劈得倒飛而起，身體在半空中灑下兩團血霧，另外一名突厥馬賊抽冷子攻擊他的下盤，卻被他一斧頭砍在頭盔上，腦袋瞬間變成了血葫蘆。耳畔傳來一陣狼嚎般的咆哮，卻是兩名突厥馬賊，聯手衝上來阻擋他的去路。姜簡快速側身，來了一記海底撈月，黑刀帶著血珠，將其中一名突厥馬賊的大腿齊根斬斷。緊跟著又是一記大辟如虎，將另外一名突厥馬賊開膛破肚。

最近一段時間認真揣摩阿波那送給自己的刀譜，終於初見成效。雖然姜簡的刀術，仍舊沒有登堂入室，卻把博陵大總管李仲堅用刀風格，至少學到了六成。從最開始與敵軍接觸，到現在。他所使出來的每一招，都極為簡單。然而，卻威力十足。周圍的突厥馬賊，很少能在他面前，堅持三招以上。通常一到兩招，就已經被他放倒於地。轉眼間，姜簡的身前被他用黑刀清空。迎面而上來的突厥馬賊們，竟然不願意與他交手，下意識地在途中改變方向，避免自己成為他的攻擊目標。

「小子，找死！」一名突厥大箭發現情況不對，怒吼著迎了上來，手中狼牙棒揮舞得呼呼作響。姜簡揮刀力劈，刀刃與狼牙棒相交，火星飛濺。鑲嵌在狼牙棒表面的鐵齒斷掉四五支，狼牙棒本身卻安然無恙。突厥大箭所處的地勢比姜簡低，很是吃虧，被劈得踉蹌後退。姜簡果斷再度跨步，從此人身側來了一記橫掃千軍。

「啊——」突厥大箭的咆哮聲，立刻走了調，手忙腳亂地豎起狼牙棒遮擋。刀刃再度與狼牙棒接觸，卻一擊即走。緊跟著，雪亮的刀刃在半空中畫出一道弧線，從側後方砍向了突厥大箭的脖頸。

「啊——」沒想到姜簡變招的速度這麼快，突厥大箭嚇得魂飛魄散，果斷將身體前撲。刀鋒貼著他的頭盔掃過，摩擦聲令人牙瘮。已經與他擦身而過的姜簡頭也不回，直奔下一個對手。跟過來的兩名瀚海精銳同時揮刀，搶在突厥大箭身體恢復平衡之前，砍斷了此人的脖頸和鎖骨。

緊跟著突厥大箭身後的馬賊來不及閃避，被姜簡一刀送回了老家。另一名突厥馬賊被嚇得臉色煞白，轉過身，落荒而逃。戰場上，最愚蠢的就是這種行為。姜簡毫不費力就追上了此人，從背後將他砍翻在血泊之中。

眼前再度變空，正前方五十步之內，已經沒有任何敵軍。足足四十名突厥馬賊組成的攻擊隊伍，竟然被直接殺穿！無暇去管其他三組袍澤的情況如何，姜簡用目光快速向前方稍遠位置掃了掃，旋即，邁開雙腿，直奔五十步外正在尋找機會的突厥弓箭手。

「嗖嗖嗖……」弓箭手們，也發現了姜簡這個殺星，慌忙調轉弓臂，朝著他射出了一排羽箭。大部分羽箭都被寒風吹歪，還有少部分羽箭原本就準頭不足，竟然沒有一支成功射中目標。而作為目標的姜簡，眼睛裡卻沒有絲毫畏懼，繼續邁動雙腿沿著山坡直衝而下，短短幾個彈指間，就將自己與突厥弓箭手們之間的距離，拉近到了二十步。

「跟上副都護！」「跟上姜簡設！」「殺突厥狗！」斯庫里、巴牙和另外四名瀚海精銳，也撕破了敵軍阻攔，大喊著追趕姜簡的腳步。每一個人，身上都染滿了血跡，不知道是來自敵軍還是自己。每一個人，卻威風如猛虎下山。「嗖嗖嗖——」突厥弓箭手們又射出了一排羽箭，這次，有四支羽箭成功射中了姜簡。然而，卻被他身上的羊皮襖和羊皮襖內的明光鎧聯手擋下，未能傷到他本人分毫。

巴牙肩膀上挨了一箭，同樣毫髮無傷。斯庫里不幸被羽箭射中了小腿，疼得蹲在了地上，汗出如漿。跟上來的四名瀚海精銳，毫不猶豫從斯庫里身邊跑過，繼續跟在姜簡身後撲向突厥弓箭手。並非因為心腸硬，而是如果停下來救援自家袍澤，他們很快就會與斯庫里一道，被下一輪羽箭射成刺蝟。

最好的防禦，就是進攻。不給突厥弓箭手們更多發射機會，姜簡怒吼著衝過最後十步距離，殺入了弓箭手隊伍當中。手裡的黑色長刀左劈右剁，將三支騎弓和四條胳膊，先後砍為兩段。緊跟著，左手中斧頭奮力揮出，將一名躲向遠處試圖放冷箭的突厥馬賊砸了個滿臉開花。

「去死，去死，突厥狗去死！」巴牙與四名瀚海精銳終於衝到，在突厥弓箭手的隊伍中橫衝直撞。後者手裡的騎弓，在近距離效果還不如一根木棍，轉眼間，就又被幹掉了十五六個，其餘人尖叫著一哄而散。

「跟我來，殺史笸籮！」沒興趣追趕逃散的突厥弓箭手，姜簡用血淋淋的黑刀向斜前方的認旗下指了指，帶頭撲了過去。那是史笸籮的認旗，以他對史笸籮的瞭解，此人絕不會讓代表著阿史那家族榮譽的認旗，輕易落在別人手裡。而此人的身手，比他略遜，並且剛剛還吃了阿茹一箭。趁著周圍的突厥馬賊趕回來相救之前殺過去，無論是將史筥羅生擒，還是幹掉，都能澈底鎖定勝局。雙方相隔只有二十步遠，認旗下，史筥羅明顯有些著了急。指揮著身邊的傳令兵，將求救的號角，吹得「嗚嗚」作響。

「投降，我給你留一條活路。」姜簡高聲斷喝，三步並做兩步撲向史筥羅。兩名親兵捨命上前攔路，卻被他一刀一個，砍翻在地。轉眼間，他已經來到了認旗之下，調轉刀刃，用刀背狠狠砍向了史筥羅的脊背。後者卻猛地抬起頭，對著他齜牙而笑。

不是史筥羅，而是一個身材與史筥羅彷彿的陌生面孔。手裡拿著一把橫刀，得意洋洋地擋住了下落的刀背。

「噹啷——」橫刀被砸飛，假史筥羅被砸得踉蹌倒地。然而，臉上的笑意，卻愈發地濃。

第一百四十三章　連環計與意外

上當了！在看清楚假史筐籮的面孔的那一瞬間，姜簡就知道自己中了史筐籮的計！最近這幾個月，他遇到了吳黑闥這位名師，又得到博陵大總管李仲堅的兵書和刀譜，進步神速。而史筐籮那邊，也沒有故步自封。

他試圖利用一身武藝和地利之便，殺透敵陣，給史筐籮來一個擒賊擒王。而史筐籮，則乾脆捨棄了無效的添油堵截戰術，先放任他殺到自家認旗之下，再給他來一個重兵合圍。

「大夥跟我一起喊，阿史那沙鉢羅死了！」來不及思考對策，姜簡強壓下心中的懊惱和緊張，揮刀將假史筐籮的腦袋砍飛。緊跟著，扯開嗓子高喊。

「阿史那沙鉢羅死了，阿史那沙鉢羅死了！」跟上來的幾名瀚海精銳不辨真假，立刻扯開嗓子，用突厥語將敵軍主將的死訊，大肆宣告。

「沙鉢羅特勤沒死，假的，假的！別上當！」史筐籮預先安排在附近的伏兵們大急，一邊扯開嗓子分辯，一邊奮力撲向姜簡。先前故意逃開，讓姜簡得以順利殺到認旗下的突厥馬賊們，也咆哮著殺回，試圖把姜簡和他身後的五名瀚海精銳，團團包圍。

「沙缽羅特勤沒死，假的，假的！別上當！」他們喊得聲嘶力竭，每一個人臉上都露出了魔鬼般的猙獰。

「阿史那沙缽羅死了！」姜簡毫不猶豫的揮刀，將史笸籮的認旗放倒，同時扯開嗓子繼續重複，「旗倒了！旗倒了，突厥人敗了，不想死的趕緊逃命。」

兩百多名突厥馬賊，不可能其中每一個事先都知道史笸籮的謀劃。為了順利騙自己上當，史笸籮也不可能讓先前發起強攻的那四路兵馬，知道這個謀劃，否則，就可能弄巧成拙。所以，眼下想要破局，最直接的辦法就是將計就計。砍翻史笸籮的認旗，高聲宣佈此人的死訊，混淆視聽。

「阿史那沙缽羅死了，旗倒了，旗倒了，突厥人敗了……。」巴牙等人，已經隱約感覺到一點兒不對勁兒，仍舊扯開嗓子高聲重複。

「沙缽羅特勤沒死，假的，假的！別上當！」快速圍攏過來的突厥伏兵們氣急敗壞，然而，他們的解釋，卻顯得蒼白無力。認旗代表著主將身份，也代表著指揮中樞所在。如果不是事先得到了交底，認旗被敵軍砍倒在地，肯定意味著主將凶多吉少。

而姜簡的勇悍，在突厥別部那邊早就傳得人盡皆知。他殺穿了一隊突厥兵馬，衝到了認旗之下，沙缽羅特勤的結局可想而知！不止一個突厥馬賊懵了圈，先前向上仰攻的四路馬賊，除了被姜簡殺穿的那一路之外，其餘三路，全都亂哄哄地向下退。而曲彬等人，因為距離關係，更不知道姜簡已經落入別人的陷阱，反倒士氣高漲，追著突厥馬賊們的背影大砍特砍。

「跟我來，向曲別將那邊靠攏！」姜簡低聲吩咐了一句，調整方向，帶領身邊的弟兄們逆著山坡上衝。

混淆視聽的計策，能有效一時，不可能長久。史笸籮身邊的馬賊總計只有三百出頭，人數越少，越容易澄清。自己必須在真相被揭開之前，殺出包圍圈。他武藝原本就高出周圍的突厥伏兵許多，此刻情急拚命，更是勢如瘋虎。轉眼之間，就又將三名突厥伏兵放倒在地。然而，四周圍卻有更多的突厥伏兵前仆後繼，寧可捨了性命不顧，也堅決要拖住他的腳步。

戰場上的形勢，立刻變得無比詭異。一方面，曲彬帶領二十幾名瀚海精銳，追著敗退下去的突厥馬賊大殺特殺。另一方面，姜簡帶著巴牙等五名瀚海精銳左衝右突，卻始終無法衝破突厥伏兵的包圍。

「靠攏，曲別將，向副都護靠攏！」巴牙急得眼淚都快下來了，踩在一名剛剛被他砍倒的突厥伏兵身上，扯開嗓子高喊。這下，曲彬終於發現了情況不對，果斷放棄了對一名突厥馬賊的追殺，舉起砍豁了的橫刀，高聲招呼：「跟我來，向副都護靠攏！」

「靠攏，向姜簡設靠攏！」幾個瀚海都護府的夥長立刻扯開嗓子響應，放棄各自的追殺目標，全力向姜簡身邊衝刺。其餘瀚海精銳快速跟上，眾人攻勢如潮，逼得伏兵們不得不分兵應對。

趁著這個機會，姜簡再度揮刀撲向包圍圈最薄弱處，將兩名突厥伏兵先後擊殺。巴牙等五名瀚海精銳緊跟在姜簡的身側和身後合力向外，終於，將包圍圈撕開了一條五尺寬的口子。

曲彬咆哮著上前接下姜簡，其餘瀚海精銳則將巴牙等五名袍澤納入保護範圍之內。大夥不敢停留，且戰且退。才退出了三五步，耳畔忽然傳來了一陣淒厲的號角聲，「嗚嗚嗚嗚，嗚嗚嗚嗚——」緊跟著，山腳下煙塵大起，先前分出去山後包抄的那百餘名突厥馬賊，竟然掉頭殺回。沿著狹窄的山路，直奔戰場核心所在。

隊伍正前方，有一名戰袍被鮮血染紅了半邊的小將，刀指姜簡，高聲咆哮：「姓姜的，這回，看你還往哪裡逃！」

「史笸籮！」姜簡的目光，瞬間收縮成了兩根針。全身上下的肌肉，也全部繃緊。史笸籮根本沒有分兵去山後，而是為了誘騙他主動放棄地利優勢，使出了一招連環計。

先前那個陷阱，只是連環計的前一部分。而這支假裝繞向山後的生力軍，則是最後的絕殺。如今，他腳下的山勢，遠不如先前那麼陡。返回高處的路，也因為突厥馬賊們的阻擋，變得舉步維艱。他本人和麾下的瀚海精銳們，體力已經被消耗了一大半兒。而史笸籮卻帶著百餘名突厥生力軍，騎著戰馬疾衝而至。

「曲叔，帶著大夥上山。身上有傷的，留下來跟我一起斷後。」後悔藥向來無處可買，姜簡把心一橫，趕在史笸籮殺到自己身邊之前，扯開嗓子命令。曲彬哪裡肯聽，立刻瞪圓了眼睛抗議：「你帶著大夥上山，有傷的跟我一起斷。老子已經五十歲了，該經歷的都經歷了，剛好戰個痛快！」

「曲叔——」姜簡急得直跺腳，卻拿曲彬無可奈何。身邊的瀚海精銳們，也不肯丟棄主將獨自脫身，堅決與他共同進退。正在僵持不下之際，山腳下，卻又傳來一陣低沉的牛角號聲，「嗚嗚，嗚嗚，嗚嗚……」。

陽光忽然變亮，金黃色的夕陽下，一隊打扮怪異的騎兵，殺散留在周邊擔任警戒的突厥斥候，直撲史笸籮身後。

第一百四十四章 此一時彼一時

兩軍交戰，將後背暴露於敵方的騎兵攻擊之下，等同於找死！史笸籮哪怕是個趙括第二，都不會犯這種錯誤。當即，放棄對姜簡這邊的圍獵，帶領身邊的突厥馬賊轉身迎戰那支突然出現的騎兵。

這等絕佳機會，姜簡怎麼可能錯過？立刻與曲彬一道，帶領瀚海健兒們發起了新一輪反擊。非但成功突出了包圍圈之外，還將山坡上的突厥馬賊又給幹掉了四五十個，令戰局以肉眼可見的速度向自己一方傾斜。

「這又是你的哪一路朋友？」敵我雙方重新拉開一段距離，曲彬心有餘悸。站在山坡上，一邊快速調整呼吸，一邊低聲向姜簡詢問。

「我也不知道！」姜簡踮起腳尖眺望，卻從援軍的旗幟和打扮上，看不出任何明顯的身份特徵。塞外很多部族，都沒有自己的文字，但是卻有一套完整的標識身份和區分指揮等級辦法。那就是在旗幟上描繪圖騰，並且根據圖騰的顏色和圖騰周圍的附屬物，確定旗幟擁有者的具體身份。

比如史管籮，因為是車鼻可汗的兒子，所以認旗上會有一個銀色的狼頭，表面他是突厥可汗的嫡系後裔。而狼頭附近，還有三隻翱翔的飛鷹，則證明他並非獨立建衙的親王（設），只是奉命領兵出征的特勤。

而遠處那支救了大夥一命的援軍，卻只挑了一面純黑色的戰旗，旗幟表面，沒有描繪任何圖騰。旗幟下的將士們，則用一塊黑布蒙住了面孔，身上的甲冑，也塗成純黑色，沒有任何特別的裝飾。

「不知道就先別管，先殺了車鼻可汗的兒子再說！」曲彬做事向來乾脆，見姜簡也分不清援軍的身份，立刻放棄了刨根究底。

「曲叔，招呼大夥列陣，咱們緩過這一口氣之後，再沿著山坡向下殺！」曲彬用力點頭，隨即，開始排兵佈陣。在曲彬的招呼下，所有還能拿得起兵器的瀚海精銳，迅速在姜簡身後集結。轉眼間，就組成了一個簡單的魚鱗陣。隨著姜簡一聲令下，大夥再度向附近的突厥馬賊發起進攻，人數雖然還不到後者的三成，卻將後者殺得節節敗退。

史管籮身邊的兵馬，遠不及那支挑著黑色戰旗的援軍多。很快，也澈底落了下風。擔心遭到援軍和姜簡的前後夾擊，他咬了咬牙，含恨下令吹響了撤離的號角。

正在與姜簡交戰的突厥馬賊們，早就心慌意亂。聽到角聲，毫不猶豫地快速撤向自家戰馬。姜簡帶領瀚海精銳緊追不捨，卻終究兵力比對方差得太多，無法將所有突厥馬賊們攔下，無可奈何地看著大部分突厥馬賊都跳上了坐騎，逃之夭夭。

姜簡等人的戰馬都留在高處，根本來不及返回去取。徒步追出了敵軍十幾丈遠，便喘息著停了下來。

那支黑甲援軍的主將，好似也沒有擴大戰果的想法，見史笸籮落荒而逃，便收攏了兵馬，然後單人獨騎，直奔姜簡。

此人身材不高，頂多七尺半出頭，肩膀卻足足有四尺寬，坐在一匹遼東鐵驊騮身上，將鐵驊騮壓得直喘粗氣。

「姜大哥，怎麼去契丹也不派人通知我一聲？虧我來得早，否則，今天你肯定被史笸籮那狗賊捉了去。」離著姜簡還有一百多步遠，此人就收起了兵器，以手撫胸，高聲叫嚷著，跟姜簡見禮。

剎那間，姜簡就認出了此人的身份，趕緊脫離自家隊伍，小跑著迎了過去，「蕭朮里，你怎麼在這兒？今天多虧你來了，否則我肯定要死在史笸籮手裡！」

「你帶著阿茹去見岳父，整個草原上差不多所有長著耳朵的人都聽說了，我當然要半路上接你一接？」已經從小胖子變成了大胖子的蕭朮里搖了搖頭，縱身跳下了坐騎，與姜簡四手相握，「本以為可以扮作馬賊嚇你一大跳，卻不料，史笸籮那廝趕在了我前頭。」

「那廝是專程來殺我的。」姜簡笑了笑，鬆開手，按照奚族的禮節，抱住了蕭朮里的肩膀，然後又笑著鬆開手臂，緩緩後退，「天太冷，我本打算到了你們奚族的地頭上，再派人知會你。結果，還是害得你跑出來受凍。」

「不冷，一點兒都不冷，我家大薩滿前幾天殺了一頭雄鹿，掏出腸子占卜過，今年肯定是個暖冬。」蕭朮里笑了笑，繼續搖頭，「你在路上沒發現嗎，今年的雪下得非但比往年遲，融化得也極快，地面上根本積不住。」

「我沒注意。」姜簡想了想，如實回應。

他是第一次在塞外過冬，對往年塞外的冬天什麼樣，心裡根本沒個譜，所以無法像蕭朮里這樣做比較。

「往年野外是能凍死狼的。」蕭朮里想了想，認真地介紹。「今年估計連羊都凍不死。可見你運氣多麼好，娶個媳婦，都有老天爺幫忙。」說罷，又笑著發出邀請，「姜大哥，先去我們部落，讓我也沾沾你的福氣。我們部落，距離阿茹他們契丹大賀部那邊，只有三百里不到。你們夫妻兩個，到了我那好好玩上幾天，我再帶著弟兄們送你們去見阿茹的父親。」

「那就叨擾你了！」姜簡回頭看了看山坡上的曲彬等人，笑著拱手。

出發時所帶的五十二名精銳，一場戰鬥就損失了十七個，還有十幾個人包括曲彬在內，身上都掛了彩。如果再遇到一支敵軍，大夥根本沒力量自保。所以，先去蕭朮里所在的奚族蕭氏休整，幾乎是他唯一的選擇。

「什麼叨擾不叨擾？當初要不是大哥，我的屍體早就變成狼糞了！」蕭朮里晃了晃圓滾滾的大腦袋，笑著回應。「我還通知了瑞根、羽陵鐵奴和蘇支，要他們帶著親信一起來會合。等他們到了，大夥就一起送你去契丹求親。省得你去了之後，喝酒都找不到人幫忙。」

「他們也要來？」姜簡眼前，立刻閃過幾個熟悉的身影，笑著詢問。「你們不怕被突厥人知道……」

「知道就知道去吧，還能把我們怎麼樣？」蕭朮里搖搖頭，滿臉不在乎，「以前是我阿爺和部落裡的長老們膽小，不讓我明著跟你來往。現在……」他聳聳肩，臉上又湧起了幾分得意，「上萬狼騎，被你打了個落花流水。我叔祖父和長老們，立刻明白車鼻可汗成不了大事兒了。最近整天跟我念叨，要給你送禮物，表明我們對大唐的忠心。」

第一百四十五章 現實

他說得很坦誠，絲毫不為自家叔祖父啜文可汗和部落裡的長老們遮掩。儘管，他本人並不贊同，甚至有些鄙夷叔祖父和父輩們行為。而姜簡聽了，立刻搖頭苦笑，跟蕭朮里之間的關係，絲毫沒有因為對方實話實說而疏遠。

塞外各族，越是弱小，越認同實力為尊這一生存法則。先前大唐朝廷沒給瀚海這邊提供任何支持，婆閏和自己能否活下來都是未知數，蕭朮里等人所在的部落，當然要選擇謹慎觀望，以免成為突厥人的下一個攻擊目標。

而現在，瀚海都護府在沒有大唐邊軍支援的情況下，獨自打敗了羯曼陀所帶領的突厥狼騎，蕭朮里的祖父和父輩們，便需要重新考慮各自先前的立場了。

瀚海都護府剛剛經歷的一場內亂，實力排行在大唐治下的各都護府裡，肯定倒著數。車鼻可汗連實力倒著數的瀚海都護府都拿不下，還談什麼與整個大唐爭雄？

既然車鼻可汗沒有與大唐爭雄的實力，草原各部豪傑，為什麼還要在他面前唯唯諾諾？各部的糧草物資和牛羊牲口，也不是大風刮來的。憑什麼要老老實實交給他派來的收稅官？在能夠保證部落安全的前提下，選擇大唐還是選擇突厥，對塞外各部落首領來說，根本不是問題。

雖然大唐皇帝號稱天可汗，塞外各部理論上都是大唐的臣屬。但是，大唐卻從沒向塞外各部落徵收過一條羊腿。而突厥那邊，還沒等打敗大唐，就已經開始向各部落徵收重稅，並且動輒就以發兵滅族相威脅。

此外，做大唐的臣子，塞外所產的乳酪、肉乾牛羊、皮革和戰馬，可以源源不斷地賣到中原。再從中原換來日用的鐵器、陶器、精美的絲綢、白瓷和諸多讓人看了之後就挪不開眼睛的奢侈品。做突厥的臣子，雙方能做什麼交易？突厥產的物品，塞外各部自己也產。塞外各部需要的，突厥一樣也提供不了。「我上次偷偷帶人來幫你對付烏紇，部落裡的長老們知道以後，都怪叔祖父和父親沒有好好管住我。怕突厥人今後以此為藉口報復。」見姜簡沒說話，蕭朮里想了想，繼續笑著補充：「等你打敗了突厥狼騎，又得到了天可汗的嘉獎，他們立刻把自己說過的話全忘了，整天催著叔祖父派我給你去送禮物，祝賀你揚威大漠。連帶著我在部落裡的地位，都一漲再漲。」

「只是打敗了羯曼陀帶領的一萬狼騎，車鼻可汗麾下的狼騎，有三四萬呢。」姜簡被誇得不好意思，趕緊低聲解釋。

「一樣的，車鼻可汗已經敗了。」蕭朮里自己有一套判斷標準，搖著頭解釋，「你和婆閏麾下充其量也就萬把人，車鼻可汗派了自家兒子帶著上萬狼騎都打輸了。大唐天可汗治下，有幾十個都護府，車鼻可汗怎麼可能打得贏？」

賬肯定不能這麼算，但是，姜簡仔細想想，這麼算好像也沒啥問題。車鼻可汗趁著李世民老邁，試圖取而代之。原本就是白日做夢。草原上許多部落長老，受記憶裡的突厥汗國餘威所恐嚇，最開始看不清楚形勢。瀚海都護府打敗了羯曼陀所帶的上萬狼騎，立刻讓部落長老們有了最直接的對照，形勢也瞬間變得清晰分明。

抬手拍了拍蕭朮里的肩膀，他笑著岔開了話頭，「禮物就算了，咱們兄弟之間，不需要這些。倒是我現在如果跟著你走，在你叔祖父面前，可是拿不出什麼太好的禮物給他。」

「不用，你跟著我走就是。你能到我家落腳，對整個部落來說，已經是最好的禮物。」蕭朮里立刻將頭搖成了撥浪鼓，連聲說道，「另外，我剛才過來時，看到幾個突厥人看管一支駝隊，順手幹掉了。應該是你的行李，馬上叫人拉過來物歸原主。」

「多謝了，兄弟！」姜簡聞聽，喜出望外，立刻笑著向蕭朮里拱手。行李物資失而復得，接下來他跟各部落首領交往，就不至於兩手空空。而麾下的瀚海將士們的吃穿用度，也不需要再由外人接濟。

當下，兩兄弟分開，各自收攏隊伍。然後安葬戰死的袍澤，救治傷號，打掃戰場。待一大堆雜七雜八的事情忙完，太陽也就快落了山。趕緊尋了一個避風處，紮營休整。

第二天，大夥結伴啟程。雖然回紇語與奚語相差甚遠，可各自隊伍中，卻都有幾個人能說漢語或者突厥語。遇到事情，雙方在一路上一邊說，一邊用手指比畫，也能交流得頗為融洽。

如此又走了兩三天，就來到了大潢水上游，奚族各部的聚居地。不待蕭朮里安排人去通報，早有數隊精壯的奚族武士，在幾名部落吐屯帶領下，熱熱鬧鬧地迎了上來。

眾吐屯名義上都歸瀚海都護府管轄。又存心彌補先前在突厥和大唐之間搖擺不定的過失。所以，無論年紀大小，在姜簡面前，都以屬下之禮自居。非但態度恭敬有加，私底下，還送上駿馬、寶石、貂皮等貴重禮物，以求給姜簡在將來給天可汗寫奏摺時，能「順便」也提一提自己的名字。

這些禮物，無論數量，還是價值，都比先前姜簡一路行來收到的那些，高出了十倍。姜簡官職前頭，剛剛去掉了「檢校」二字，哪敢收如此貴重的禮物，堅決原樣奉還。然而，第二天紮營時，非但他奉還的禮物又被送了過來，數量還又增加了一倍。

「你還是收了吧，否則，他們不會安心！」曲彬在旁邊看得清楚，笑著為姜簡指點迷津，「他們先前，即便沒直接倒向車鼻可汗，肯定也是跟車鼻可汗暗中有過往來的。你收了禮，就意味著事情翻了過去。如果不收，他們怕你將來打著朝廷的旗號秋後算帳！」

「這個……」明知道曲彬說的是實話，姜簡仍舊猶豫不決。在他心中，眼下收到的禮物，和前一段時間收到的禮物，完全是兩回事。

前一段時間收到的那些禮物，普遍價值較輕，更像是同僚之間的人情往來，他收下之後，哪怕不為對方做任何事情，也不會感到絲毫的不安。而眼下收到的禮物，則重得令人咋舌。他收下之後，就意味著要有所付出。

「姜大哥，姜子明，蘇支來了！」正舉棋不定之際，帳篷外，卻又響起了蕭朮里的聲音，帶著明顯的促狹，「好傢伙，帶著二十幾個姐妹，全是一等一的美人兒。她們霫族，最不缺的就是美女。估計不給你身邊留下幾個，絕不會甘休！」

第一百四十六章 有錢

「別胡說，蘇支曾經跟咱們生死與共過，情同手足。」姜簡聞聽，一邊快速迎出了帳篷，一邊高聲反駁，然而，心裡頭卻著實有些發虛。雖然此時在大唐，尋常男子只能娶一個妻子，然而妾的數量卻毫無限制。一些富貴人家，更是兒子十二歲起，就給他安排上一個年齡差不多的貼身侍女，讓他熟悉男女之事。但是，在整個大唐，卻沒聽說過，誰在前往未來岳父家下聘的半路上，順手劃拉幾個小妾這等荒唐事。

「情同手足？阿茹不也跟你情同手足嗎？」蕭朮里卻唯恐天下不亂，撇著嘴高聲補充，「到最後，你不還是千里迢迢去契丹大賀氏求親。」

「阿茹，阿茹跟蘇支不一樣。」姜簡的臉色，登時變得更紅，快速向身後看了一眼，繼續高聲反駁。「我答應過她兄長，要照顧她一輩子。況且，她唐言說得也比任何人都好。」蕭朮里立刻知道阿茹此刻就在帳篷內，趕緊見好就收，「好了，好了，我跟你開個玩笑，看把你急的。蘇支是霫族燕呼部吐屯的女兒，出行時自然要帶上幾個侍女。況且，你現在是瀚海都護府的副都護，尋常女子，怎麼可能入得了你的眼？」

「總計只有三千兵馬的副都護，還沒你們阿會部的武士多。」姜簡搖了搖頭，果斷將話題岔向別處，「不是說，要到你叔祖父那邊聚齊嗎？怎麼到奧失部來了？」

「我叔祖父的汗庭在東邊，距離此地還有三百餘里。而霫族燕呼部卻在北邊，距離此地只有一百五十多里。蘇支當然要先跟咱們會合了，再去拜見我叔祖父。」蕭朮里想了想，笑著解釋，「另外，她跟阿茹兩個，也好久沒見了。剛好先聚在一起，好好敘敘舊。」

「那倒也是！」姜簡想想，輕輕點頭，隨即，又低聲詢問：「阿茹最近一直念叨她。霫族除了燕呼部，還有其他部落嗎？你可知道，各部人丁都有幾何？」說來也是慚愧，他已經兼任瀚海都護府副都護有些時日了，卻對治下各族情況兩眼一抹黑。這兩天臨陣磨槍，才知道原來奚族內部，還分庫莫、達頭、黑石三大分支。而其中最大的庫莫奚，底下還要再細分為阿會、處和、奧失、度稽、元俟折五部眾。

像蕭朮里，姜簡原來只知道此人乃是奚族大可汗的侄孫，對此人更具體的出身則毫無瞭解。直到前天，才終於發現，蕭朮里還是庫莫奚阿會部吐屯蕭素其小兒子。而阿會部，則為庫莫奚五部眾當中，實力最強大的一個。

「霫族的情況比較複雜。」蕭朮里知道姜簡為何要有此一問，想了想，認真地回應，「他們原本有蘇啜、燕呼、別琴等十幾個分支。三十年前，蘇啜部崛起，幾乎一統了霫族各部。卻因為跟突厥人關係太近，在突厥覆滅之後，遭到了周邊各部的清算，最終又四分五裂。眼下蘇支所在的燕呼部規模最大，但總人數也沒超過兩萬。其他各部就更小了，也就一萬出頭。還有一部分霫人去了遼東，眼下歸松饃都護府管轄。」

「哦！」姜簡輕輕點頭，隨即，又問起了其他兩個朋友所在部落的情況。「那瑞根和羽陵鐵奴呢？……」

「瑞根其實屬於鮮卑實伯部，他們那邊簡單，如今只有一個實伯，總計才三萬來男女，沒法再細分了。羽陵鐵奴，其實你該問阿茹，他們同屬於契丹……。」蕭朮里又想了想，耐心地回應。經過他的指點，姜簡才終於明白，另外兩個朋友的具體情況。

一個祖上與鮮卑同源，鮮卑南下進入中原後，這一支則留在了塞外。而南下的鮮卑人，如今已經與漢人毫無差別。留在塞外的這支，名稱則由鮮卑變成了實伯。

另外一個，則出自契丹八大部的羽棱部。因為追隨大唐征討高句麗有功，得到了大唐的豐厚賞賜和大力扶持，如今契丹已經成為除了突厥和高句麗之外，草原上第三大勢力。內部細分為悉萬丹、大賀、伏弗鬱、羽棱、日連、匹䅋、黎、吐六於等八個大部落。

其中，大賀、伏弗鬱、羽陵位於瀚海都護府境內。而另外五個，則歸松鎮都護府管轄。

此番他送大賀阿茹回家，最初所持的目的很簡單，第一，兌現自己當初向阿茹兄長許下的承諾。第二，則是向阿茹的家人下聘，風風光光娶阿茹過門。而現在，隨著蕭朮里和蘇支的出現，以及瑞根、羽陵鐵奴即將到來，好像事情就迅速變得有些複雜了。契丹八大部中的兩部：庫莫奚、燕呼霤，再加上一個實伯，儼然一個小型會盟。而這次會盟，顯然不可能有利於突厥。

以史笸籮的性子，不暗中大搞破壞，才怪！

想到這兒，姜簡心中立刻湧起了幾分警覺，向周圍看了看，低聲詢問：「這幾天，你派人探聽過史笸籮的去向沒有？他截殺我不成，肯定不會就此罷手。」

「好像是去了大潢水上游一個叫乃蠻的黠戛斯人部落。」蕭朮里想都不想，立刻就給出了答案，「據傳言，那廝娶了漠北室韋部落可汗的女兒。而漠北室韋人，與黠戛斯人向來走得近，彼此之間聯姻不斷。乃蠻部的現任可汗圖南達，也娶了一個室韋公主做老婆。史笸籮如果真的做了漠北室韋可汗的女婿的話，漠東這邊的黠戛斯乃蠻部，肯定不會讓他輕易死在外頭。」

「距離這裡近嗎？小心他帶著黠戛斯人前來偷襲。」姜簡知道史笸籮的本事和性情，皺著眉頭提醒。

「他不敢來！黠戛斯人收留他是一回事，出頭替他拚命，則是另外一回事。」蕭朮里略作斟酌，笑著搖頭，「除非史筥籮能拿出足夠的好處給他們。問題是車鼻可汗的錢用來籌備糧草都未必夠，哪有錢再給黠戛斯人？況且，即便黠戛斯人來了也不怕，乃蠻部總計才三四萬人丁，根本不是我們庫莫奚的對手。如果再加上契丹大賀與羽棱兩部契丹武士，滅了乃蠻部都不費什麼力氣。」

第一百四十七章 前人的辦法

這就是標準的塞外規則了。想要做狼王，首先實力要強過周圍所有公狼。其次，還要能給麾下的公狼們帶來好處。

車鼻可汗原本是突厥一別部吐屯，家底再豐厚也有限。為了圖謀大唐，最近兩三年來不停地擴軍，錢財和糧食早就花得見了底兒，哪有多餘的部分送給乃蠻部？突厥狼騎剛剛在回紇這邊被打回了原形，手頭又沒錢給乃蠻部。乃蠻部憑啥要為他車鼻可汗火中取栗？

若是乃蠻部有百分之百把握打贏還好，戰後通過劫掠庫莫奚人，也能撈到不少好處。偏偏實力還不如庫莫奚。這種情況下，乃蠻部的可汗，能夠收留史笸籮，已經是仁至義盡，怎麼可能被後者幾句話就說暈了頭，冒著整個部落覆滅風險去給自己樹敵？

按照蕭朮里的思路，迅速將史笸籮帶著黠戛斯人前來搗亂的可能性排除，姜簡笑著點頭，「他不敢來就好，咱們大家都省了許多事。你先去招呼蘇支，我回去換件正式一些的衣服，隨後就到。」

「那你快一些！」蕭朮里促狹地朝著姜簡眨眨眼睛，笑著離去。腦海中，剎那間就補繪出了阿茹吃醋生氣，姜簡涎著臉不停打躬作揖的畫面。然而，事實卻與他的腦補恰恰相反。當姜簡帶著幾分歉意返回自家的臨時帳篷之內，迎上來的，卻是一個溫柔的笑容。

「郎君換這件袍服，蘇支這次是以霫族公主的身份前來，郎君需要穿得正式一些。」阿茹拎著早就準備好的大唐從四品上武將常服，一邊幫助姜簡更衣，一邊笑著叮囑，「如果她贈送姐妹給郎君侍寢，郎君也儘管收下。否則……。」

「我收那麼多女人幹什麼？」姜簡笑著抬起手，輕輕拍了一下阿茹的手背，以示懲戒，「以後家裡頭，有你，有珊珈，就足夠了。」話說得不夠討巧，卻貴在坦誠。有過去那些同生共死的經歷在，姜簡無論如何都不可能，將珊珈拒之門外。而珊珈自己，也早就把姜簡當成了可以遮風擋雨的大樹，不會輕易選擇離開。所以，在迎娶了阿茹之後，姜簡接下來，肯定要給珊珈一個名分。他自己心裡頭清楚這一點，阿茹也同樣清楚。不能因為要安慰阿茹，就矢口否認珊珈的存在。但是，除了阿茹和珊珈之外，姜簡卻不認為家裡還需要更多的女人。家越大越麻煩。姐姐與姐夫只有夫妻兩個，日子就能相敬如賓。而鄰居家那位馮少監，家裡頭倒是妻妾眾多，卻一年到頭躲在外邊，不願意回來鬧心。

「我剛才說的是真心話！」阿茹紅著臉扭頭，擺脫了姜簡的手指，「曲叔的話有道理，你不收下，各部可汗無法安心，蘇支回去之後也沒法交差。」最近幾個月來，她一直努力提高自己的漢語水準。如今除了個別用詞和發音不夠標準之外，唐言已經說得極為流暢。聽上去，甚至還帶著標準的長安味道。姜簡聽得心中一軟，再度笑著搖頭，「有你，有珊珈，已經足夠了。我俸祿低，家裡養不起太多的人。」

「郎君可是瀚海大唐最年輕的副都護。」阿茹聽得心裡頭暖和，卻紅著臉搖頭，「如果你還官小，轄地裡的那些大小可汗和吐屯們怎麼算？妾身，妾身知道郎君心裡頭有妾身，就足夠了。我父親身邊的可敦，有三十七個，妾身，妾身不能太貪心。」說著話，她的聲音已經弱不可聞，心中也澀得厲害。這就是嫁給一個少年英雄的壞處了。草原上越出色的射雕手，身邊鶯鶯燕燕越多，中原想必也是一樣。自家郎君英雄了得，凡是長著眼睛的人都能看得見。又正式得到了大唐天可汗的敕封，代表朝廷坐鎮瀚海都護府。就不可能，守著一妻一妾過日子。蘇支今天只是佔了近水樓臺的便宜，接下來，不知道多少可汗和吐屯，會想方設法將女兒、侄女往郎君的身邊塞，自己擋得了這一波，擋不了下一波。

「有你，有珊珈，已經足夠了。」姜簡低下頭，用手輕輕撫摸阿茹的頭髮。笑著再次重申。「霫族各部要向朝廷表明忠心，不一定非要靠送女人給我。其他各部也是一樣。你不用擔心，我自有辦法。」這個年代，男人妻妾成群很普遍。姜簡正值少年，不可能做柳下惠，對送上門的美麗女子絲毫都不動心。然而，想到這些霫族少女就像其他部落吐屯送給自己的錢財一樣，只是作為賄賂的一部分，他心裡頭就非常不舒服。甚至覺得整個肩頭上又多出了幾份看不見的負擔。

胡子曰在講古時有句口頭禪：拿人手短，吃人嘴短。如果收下各部吐屯送的大筆錢財和美女，姜簡知道，自己需要替對方做的，肯定不止是在給朝廷的奏摺裡提一提對方的名字。萬一這些吐屯裡頭，將來出一個車鼻可汗第二。自己恐怕就會像曾經的燕然大都護李素立那樣，忘記肩頭的職責和唐人身份，百般替此人遮掩。而屆時，肯定也會有不止一個像自己一樣的少年，在生死邊緣徘徊，只為給家人討還公道。己所不欲勿施於人。姜簡經歷過磨難，所以，不希望同樣的磨難，落在別人身上。姜簡打心眼裡，看不起李素立。所以，也不希望自己將來變成李素立第二。當然，這些都是他現在的想法。也許將來，隨著時間推移和宦海沉浮，他會嘲笑自己現在的幼稚。但是，至少現在，他仍舊是少年，心中充滿了正氣和陽光。

「我不是擔心，我只是，只是不想郎君因為我為難。」感覺到頭頂上傳來的溫柔，阿茹抽抽鼻子，用蚊蚋般的聲音解釋，「珊珈也說過，像郎君這樣奇男子，注定不可能被我和珊珈兩人拴住……」

「沒有什麼好為難的。他們想要向大唐表忠心，辦法是現成的。」撫摸的動作變成了揉，姜簡揉亂阿茹的頭髮，又用手指輕輕替她梳理整齊，同時在腦海裡梳理自己的思緒。

他記得姐夫給自己的史書之中，有一個叫班超的英雄，只帶著三十六騎，西出玉門，蕩平了整個西域。而跟在班超與三十六騎之後，則是西域各國希望向大漢天子表忠心的各族聯軍。眼下，他身邊剩的弟兄，剛好是三十六人。他距離瀚海都護府，遠比當初班超距離玉門關近。

第一百四十八章 後人的方向

做事情最怕沒有方向，當找準了努力的方向，接下來就會變得簡單許多。姜簡明白眼下草原各部，之所以急著給自己送錢送戰馬送美女，目的只在彌補他們前一段時間兩頭下注的錯誤，向大唐朝廷表明忠心。而向大唐朝廷表明忠心的辦法，卻不一定非得給自己這個於朝廷那邊根本沒啥影響力的副都護送禮。出錢出力，組織聯軍捍衛大唐也是一樣。

當然，在朝廷的大隊兵馬沒抵達草原之前，讓這些部落出兵跟著自己一道向突厥發起反攻，有些強人所難。姜簡知道瀚海都護府的實力上限在哪，也知道冬天無法大規模用兵，肯定不會做如此選擇。但是，通過會盟，組建一支規模一千人左右的隊伍，威懾一下事到如今還執迷不悟的個別部落，他相信聯軍肯定能夠做得到。

他不需要治下每個部落都拿出太多的兵馬和輜重。他也不需要，現在就去跟車鼻可汗一爭高下。他只需要，趁著冬天，讓瀚海都護府管轄範圍之內的車鼻可汗支持者們改變主意，便是對車鼻可汗的最有效進攻。

於是乎，在與霫族燕呼部公主蘇支會面的第二天，姜簡就以瀚海都護府副大都護的名義，宣佈了一條政令：

鑑於自己在路上曾經遭到匪徒的襲擊，都護府將組織一支聯軍，清剿瀚海都護府境內的叛匪。各部落吐屯先前送給自己的財物，將自動成為這支軍隊的軍需，同時，也歡迎各部落派遣子弟加入聯軍，一道保衛家園的安寧。

消息傳出，立刻幾人歡喜幾人愁。像正帶著護衛趕來的羽陵鐵奴和瑞根，原本就已經徹底不看好車鼻可汗的未來，當然興高采烈地表示了對政令的支持，並且宣佈從即刻起，自己和身邊侍衛，就要成為聯軍的一部分。而那些仍舊想再觀望一段時間的部落可汗和吐屯們，心裡頭卻暗暗叫起了苦。在他們看來，給姜簡這個副都護送金銀、寶馬和美女，與直接派兵成為姜簡的屬下，是完全兩個概念。

前者，即便將來車鼻可汗成了事，他們也可以推脫是通過賄賂大唐地方官員以求喘息之機。而後者，卻等同於直接出兵幫助大唐朝廷作戰，一經選擇，就很難再回頭。

除了上述兩種情況之外，最為鬱悶的，就是蘇支本人了。她這次來，既沒攜帶大量錢財，麾下也沒有多少兵馬。奉了自家父親和部落裡長老之命，想送給姜簡的，只有她自己和她身邊的二十幾個小姐妹。而姜簡非但對姐妹們的熱情無動於衷，反而在跟她見面之後，立刻弄了這麼一條政令出來。讓人無法不聯想，她在其中到底起了什麼作用？所以，在繼續前往庫莫奚部的路上，蘇支看向姜簡的目光裡，充滿了幽怨。不過，當阿茹來到她身邊，跟她肩並肩小聲嘀咕了一陣子，她眼睛裡的幽怨，就迅速消失得無影無蹤。

蕭朮里在旁邊看得心中納罕，忍不住上前詢問，阿茹到底給蘇支灌了什麼迷魂湯？卻被阿茹和蘇支兩個聯手，用馬鞭追殺了五六里路，直到舉著手發誓自己今後再也不敢多嘴了，才得以逃出生天。

「你也不管管嫂夫人，眼睜睜看著我挨抽。」蕭朮里挨了收拾，心中不服氣，繞到姜簡身邊小聲抱怨。

「我怎麼看到有人自得其樂呢？」姜簡聳聳肩，笑著回應，「你真的存心逃，她們怎麼可能追得上你？」

「總得讓蘇支把這口氣撒出來。」蕭朮里苦著臉，低聲補充，「主動送上門，都被你拒絕了。草原上從沒發生過這樣的事情。她表面上不說，眼皮卻都腫成了桃子……」

「要不你娶她好了？你跟她，也是門當戶對。」姜簡橫了蕭朮里一眼，笑著打斷。

「我倒是想啊。但是她心裡明顯沒有我的位置。」蕭朮里翻翻眼皮，遺憾溢於言表。「況且我對於她背後的燕呼部，也沒你那麼重要。」作為土生土長的庫莫奚人，他從沒掩飾過自己對蘇支的喜歡。然而，即使無法如願以償，心中也不會有多少羞惱。

「你沒看出來嗎？她心裡也沒有我的位置。」明白蕭朮里的感受，姜簡又笑了笑，輕輕搖頭。

蕭朮里的臉上，難得地露出了一絲認真地表情。沉吟半晌，嘆息著搖頭，「唉——」，呼出去的水氣，在空中凝結成一團白霧，久久不散。他知道，姜簡說的是實話。

蘇支長得高挑白淨，粉面如花。當初大夥在逃難途中，身邊就不缺同齡的少年獻殷勤。然而，蘇支的目光，大多數時候卻落在了史笸籮身上。如果史笸籮不是車鼻可汗的兒子，這未必不是一樁好姻緣。阿史那家族當中，有許多才俊都在大唐封侯拜將。以史笸籮的出身和本事，想必日後不愁沒有出人頭地的機會。蘇支嫁給他，也算是郎才女貌，相得益彰。

然而，造化弄人，史笸籮偏偏出身於阿史那家族當中，背叛大唐的那一脈。而霫族各部已經因為追隨突厥，遭受過一次滅頂之災。這次，無論如何不敢再重蹈覆轍。所以，不論蘇支本人的意願如何，她都必須接受燕呼部吐屯和長老們的安排，帶領一眾姐妹，來到姜簡身邊。而事實上，像蘇支這樣出身的女子，能有幾人能夠得償所願，自行選擇喜歡的人雙宿雙飛？

她們生下來就被眾星捧月，她們享受了血脈帶來的富貴和榮耀，她們必須為家族和部落付出一切，如此，才天公地道！

「你邀請各部吐屯和可汗，前往庫莫奚會盟之時，別忘了給乃蠻部也發一份請柬。」正感慨之際，卻聽姜簡沉聲吩咐。

「給乃蠻部？你不是前幾天，還在擔心黠戛斯人過來搗亂嗎？怎麼這會兒又要主動邀請他們？」蕭朮里跟不上姜簡的思路，瞪著圓圓的大眼睛追問。

「前幾天沒想過把會盟的規模搞這麼大，所以才擔心史笸籮帶著黠戛斯人過來搞事。」姜簡笑了笑，認真地解釋，「而現在，我卻有些巴不得他來了。」見蕭朮里仍舊一副滿頭霧水模樣，頓了頓，他壓低了聲音補充：「乃蠻部的黠戛斯人，也隸屬於我瀚海都護府帳下。我總得再給他們一次，向大唐宣示效忠的機會。如果他們堅持坐山觀虎鬥，過一陣子，就別怪我上門去追討截殺我的那群兇手了！」

第一百四十九章 風起萍末

大雪紛飛，將山川樹木打扮得銀裝素裹，分外妖嬈。

俱倫泊畔，契丹伏弗鬱部可汗饒哥坐在溫暖寬敞的銀帳篷內，對著炭盆上的水壺呆呆發愣。水壺粗一尺，高七寸，通體由黃銅打造。外部用銀片和寶石，嵌出白馬和青牛的模樣。隨著炭盆的紅光的閃爍，水壺口處，白霧蒸騰，白馬和青牛彷彿活動了起來，隱隱還響起了馬鳴與牛吼之聲。

兩名打扮的花枝招展的侍女，快步走到炭盆旁，準備朝水壺裡添加茶末和牛奶。卻被饒哥用目光和搖頭的動作制止。二人愣了愣，蹲下身，準備用木炭將火壓得小一些，以免銅壺裡的水被燒乾，卻又看到饒哥不耐煩地擺手。

「可汗，壺，壺不能乾燒。」侍女們立刻不知道該做什麼才好，愣愣半晌，才鼓起了勇氣提醒。

「出去！」饒哥心煩意亂，瞪圓了眼睛怒吼，「我還不知道乾燒會把壺燒壞？再多事，小心你們的皮肉！」兩名侍女頓時被嚇得花容失色，趕緊趴在地上磕頭謝罪，隨即，含著眼淚，躡手躡腳地離開了銀帳。

帳篷門被推開，立刻寒風捲著雪花洶湧而入。炭盆中的紅光立刻變暗，隨即，藍色的火苗在木炭表面滾來滾去。

銅壺口處的蒸汽被吹散，銅壺表面的白馬和青牛，也不再像先前那樣栩栩如生。契丹伏弗鬱部可汗饒哥氣得火冒三丈，騰地一下站起身，從帳篷壁上取了皮鞭，就要追出門外給侍女們一點兒教訓，然而，腳步剛剛開始挪動，門口處，卻傳來了一個溫柔的聲音：「夫君這是準備去打獵嗎，把馬鞭都抄在手裡了？我剛剛用中原傳過來的法子，煮了一壺老酒，您要不要先喝上幾口暖暖身子，然後再出門？」來人是他的大可敦離不谷，出身於另一個名為羽棱的契丹大部落。非但生得美貌，騎術、箭術、針線，也是一等一。並且還和饒哥一樣，讀過很多漢家書籍，很多漢家文章，饒哥只要開一個頭，她就立刻能說出下一句。

看到妻子笑語盈盈的模樣，饒哥心中的煩躁，迅速降低了一大截。將馬鞭丟在一旁，搖著頭回應：「打獵？這大雪天，兔子都不出窩，能打到個什麼？我剛才只是無事可做，拿起馬鞭來隨便耍耍。」

「帳篷裡這麼窄，怎麼耍得開馬鞭！」明知道饒哥是在撒謊，離不谷也不戳破。拎著一只銀壺快速走到了帳篷中的桌案旁，笑著補充，「不如先吃些酒，等身體緩和了，再到外邊耍。你們幾個，把下酒菜擺好，然後再叫人進來燒壺奶茶給可汗解膩。」

最後一句，卻是對追隨在她身邊的親信侍女吩咐的。後者答應一聲，立刻開始佈置桌案。轉眼間，就將一隻燻兔、一隻烤野雞和兩盤醃過的蔬菜擺放整齊。隨即，又擺上了銀碗、銀匙和烏木筷子等餐具，以供饒哥和離不谷夫妻兩個使用。先前被饒哥趕走的那兩名侍女，也悄悄地溜了進來。小心翼翼地朝銅壺裡添加牛奶和茶粉，繼續剛剛被打斷的流程。

契丹伏弗鬱部可汗饒哥被侍女們忙碌的身影，晃得頭暈眼花，卻不忍心辜負了妻子的一番好意。皺著眉頭在桌案旁盤腿坐了下去，端起一碗老酒，直接傾倒於肚內。這年頭，老黃酒的度數，遠遠高於草原上的馬奶酒。登時，一股熱氣從他的嗓子眼兒處，直奔丹田。

「好酒！」契丹伏弗鬱可汗饒哥手拍桌案，高聲誇讚。隨即，用另一隻手扯下燻兔的大腿，狼吞虎嚥地吃了起來。

離不谷微微一笑，在面對著饒哥的位置緩緩坐下。先親手替後者斟了小半碗酒，然後柔聲勸告：「這酒，要慢慢喝，才能喝出黍米的醇香。喝得太急，反而品不到其中好處。夫君不妨先吃點素食清清口，然後再繼續小酌。俗話說，圍爐賞雪，把盞聽琴，都需要先慢下來，才能感覺出其中味道。」

「爐和雪，倒是都有。酒也不缺，只是天寒地凍，哪裡去尋琴師？」契丹伏弗鬱部可汗饒哥聽得心動，舉目四望，然後搖著頭感慨。

「這有何難？」離不谷笑了笑，舉起雙手，在半空中輕輕對拍，「啪，啪……。」隨著清脆的掌聲，帳篷門再度被人從外邊推開。兩名侍女，抬著一個用紅綢覆蓋的長條形物件緩緩走了進來。離不谷起身，笑著拉下紅綢，一張古琴，便赫然出現在了饒哥眼前。

「妳，妳從哪裡弄來的瑤琴？」契丹伏弗鬱部可汗饒哥大吃一驚，追問的話脫口而出。

「當然是托商販從南邊買來的。」離不谷微微一笑，雙目流波，「郎君且坐，讓妾身撫琴給你聽。」說罷，將古琴擺在書案上，自己跪坐於書案之後，先試了試音，然後「叮叮咚咚」地彈了起來。手段有點生澀，水準頂多是初學，中間還停頓了好幾次。然而，配上冒著紅光的炭盆和冒著白霧的銅壺，竟然讓人聽得心曠神怡。

契丹伏弗鬱部可汗饒哥心中的煩躁之氣，如同遇到沸水的殘雪一般，迅速消散。端著妻子給自己斟好的老酒，他一邊細品，一邊慢慢點頭。雙目之中，充滿了溫柔。

片刻之後，一曲終了，饒哥輕輕撫掌。離不谷起身答禮，然後笑著返回餐桌旁，在饒哥對面坐了，舉起酒盞，與後者含笑對飲。

「沒想到妳連彈琴都會。」饒哥親手撕下細細的肉條，放在妻子面前，笑著誇讚。「如果不是從小就認識妳，我真懷疑妳是一個流落到塞外的中原女子。」

「小時候跟一個中原逃難過來的女子學過幾天。」離不谷一邊吃，一邊低聲解釋，「可惜她身子骨弱，受不了草原上的風寒。當年冬天就去世了。否則，我還能學得更好一些。」看吃相，她可是絲毫沒有中原女子模樣。一口酒，一口肉，豪氣絲毫不讓塞外鬚眉。

「那著實可惜。」饒哥聽罷，搖頭嘆氣。「中原有無數好技藝，可惜要麼傳不到塞外，要麼水土不服。」

「能傳過來並且適應水土的，其實也有很多。比如牛耕和織布。」離不谷想了想，低聲反駁。不像突厥、室韋和黠戛斯等族，仍舊完全以游牧為生。契丹向來農牧並舉，甚至有的地區農業比例遠超過畜牧。所以，契丹人的圖騰，也是青牛和白馬，而不是狼。

因為農牧並舉，契丹受中原影響也遠遠超過塞外各族。甚至有個別小的部落首領，還主動給自己取了中原名字。

饒哥和離不谷兩個，雖然沒有給各自取中原名姓，卻都對中原的一切，都極為推崇。所以夫妻兩個成親之後，有極多的共同話題。不像其他契丹貴族之間的聯姻，丈夫與妻子除了繁衍後代之外，基本上無話可談。

就像今天，從圍爐賞雪，到品酒聽琴，再到耕田和織布，幾乎每一個話題，都跟中原有關。夫妻兩個，卻你一句，我一句，聊得毫無阻礙。

「牛耕的確節約人力，只是咱們這邊，懂得訓牛的人太少。織布也是一樣，麻布比皮衣穿著舒服，特別是夏天，可惜咱們這邊會織布的女子也沒幾個。」饒哥贊同妻子的觀點，卻不無遺憾地感慨。

「慢慢來，只要咱們捨得下本錢。」離不谷笑了笑，嬌美的面孔上寫滿了自信，「就像這瑤琴，我報出了二十匹馬駒的高價，哪怕大冬天，也有商隊冒著凍死在半路上的風險給我送了過來。」

「二十匹馬駒？」饒哥被妻子的大手筆給嚇了一跳，兩隻眼睛瞬間瞪了個滾圓，「妳可真……」想罵妻子敗家，然而，話到嘴邊，卻又果斷咽回了肚子裡。

臨近的三個契丹大部落，大賀部人口最多，兵強馬壯，羽棱部守著座金礦，最為富庶。他的伏弗鬱部，卻是實力最單薄的一個。離不谷嫁給他，原本就已經是下嫁。如果他連買只瑤琴都捨不得，也太對不起妻子多年來的同甘共苦。

「夫君可聽過漢人那句古話，千金買馬骨？」離不谷非常聰明，單憑半句話，就猜到了丈夫的真實想法，笑了笑，溫柔地解釋。

「當然聽說過。燕王的事情，古代燕國距離咱們這邊沒多遠！」饒哥想都不想，就高聲回應。隨即，眼睛卻開始閃閃發亮。

「妳是想透過這件事，讓商隊一年四季都來咱們這裡！」站起身，他繞過桌案，雙手抱住妻子的肩膀，輕輕搖晃，「商隊肯定不會只帶一只瑤琴，其他貨物，無論帶什麼，大冬天能送到，對咱們來說都是賺。妳真聰明，我怎麼就沒想到這一點！」

「其實，眼下夫君也有同樣的機會。」離不谷笑著扶住丈夫的手臂，緩緩站起，「瀚海副都護托我弟鐵奴的親兵，送了一封請柬過來……」

「我去，我帶二百，不，我帶五百弟兄過去。」困擾了饒哥整整一早晨的煩惱，瞬間煙消雲散，雙手抱著妻子，他用力點頭，「千金買馬骨，這筆生意，肯定不會吃虧！」

雪過天晴，陽光灑向白茫茫的曠野，又被反射回空中，與被寒風吹上半空的雪沫子相遇，映照出絢麗的姹紫嫣紅。一隊騎兵在獵狗的帶領下，於雪野上呼嘯而過。剎那間，犬吠聲、馬蹄聲，攪碎了天地間的寧靜。

一群外出覓食的黃羊受驚，丟掉剛剛從積雪之下翻出來的乾草，撒腿逃向遠方的山丘。獵犬咆哮著追過來，從羊群兩翼發起攻擊，驅趕著牠們向中央靠攏。數十支羽箭從天而降，穩穩地落入羊群正中央處，將七、八頭黃羊注七放翻在血泊當中。

獵狗停止對黃羊群的驅趕，圍著倒地的獵物，歡快地搖起了尾巴。一隻受傷的公黃羊艱難地站起身，試圖逃走，卻被獵狗們一擁而上再次撲倒。不甘心坐以待斃的公黃羊一邊發出淒厲的悲鳴，

注七、黃羊，學名蒙古原羚，純野生物種，不是綿羊。

一邊用四蹄和長角做武器，向獵狗發起反擊。沒等牠們分出勝負，騎兵們已經呼嘯而至，先用長矛給了受傷的黃羊致命一擊，然後又快速俯身，將黃羊的屍體一隻接一隻拉上馬背。

戰馬繼續追著黃羊群飛奔，騎兵們取出短刀，在馬背上嫺熟地切開羊腹，將羊腸，羊胃直接丟棄，將羊心、羊肺和羊肝等物，切成小塊丟給獵狗。獵狗們吃了食物，體力迅速恢復。很快，就再度追上了黃羊群，又一次從兩側將其驅趕向隊伍的中央，重複上一輪工作。半空中，再度有羽箭落下，將更多的黃羊變成人和獵狗們過冬的「儲備」。

狩獵繼續，直到戰馬和獵狗的體力澈底耗盡。身穿著羊皮襖的騎兵們，紛紛跳下馬背，在避風處取出炒米、肉乾和清水，開始用餐。野外不方便生火，所以無論打到了多少獵物，騎兵們都不能在第一時間享用。而他們也習慣了因陋就簡，喝冷水如飲瓊漿。

「夷男，數數咱們今天一共打到了多少頭黃羊？」用肉乾和冷水填飽了肚子，乃蠻部落可汗圖南達扭過頭，朝著身邊的一名梅祿吩咐。

「剛剛數過了，四十七。」梅祿夷男長得又矮又胖，卻是個難得的仔細人，想都不想，就立刻給出了答案。

「這麼少？」乃蠻部落可汗圖南達皺了皺眉，有些驚詫地反問，「我記得往年雪落之後第一場狩獵，每一隊弟兄都至少能打到百頭以上。」

「今年冬天暖和，黃羊南下過冬的不多。」梅祿夷男笑了笑，又立刻給出了答案，「我估計得等到第三場，或者第四場雪落下來，黃羊才會大舉南下。」

「嗯！今年天氣，的確邪門的很。」圖南達伸手在寒風裡探了探，無可奈何地點頭。

對純粹依賴游牧和打獵為生的黠戛斯人來說，過於溫暖的冬天，未必是一個好兆頭。那意味著新的一年裡，牲口遭遇瘟疫的概率大增。同時也意味著來年春天時的旱災和夏天時的暴雨，會接連而至。

「昨天後半夜雪晴之後，我父親觀看天象，有客星夜犯北斗。」梅祿夷男想了想，用極低的聲音補充。「剛才我掏黃羊，連續兩隻黃羊的肚子裡，都掏到了石頭。」他父親乃是部落的大薩滿，可以通過觀察天象，預測吉凶。而他從小受父親的影響，也對占卜、算卦之事，頗為熱衷。

哪怕是在打獵期間，他也會經常將獵物的內臟掏出來仔細查看一番，由此推算長生天是否給了大夥新的警示。無論是天象，還是獵物的內臟，給出的預示都不是吉兆。所以，梅祿夷男忍不住勸告自己的好朋友圖南達，必須早做準備。然而，圖南達聽了，卻笑著搖頭，「你別老是針對沙缽羅，他是我的妹夫，也是難得的貴客。我不能因為別人一份請柬，就跟他翻臉。」

「我不是針對他。天象和黃羊腸子裡的石頭，無法作假。」梅祿夷南立刻紅了臉，揮舞著手臂低聲辯解，「客星犯北斗，預示著惡客對主人不利。羊腸子裡生石頭，意味著壞人就在身邊。阿史那沙缽羅是您的妹夫不假，可他也是瀚海副都護的仇家。姜副都護在庫莫奚那邊遍發請柬，邀請各部可汗前去會盟，你如果遲遲不去，還收留他的仇人，會盟結束之後，他的第一個動手目標，肯定是咱們乃蠻。」

「我知道，我知道，這話你已經說過八遍了！」乃蠻部可汗圖南達看了夷南一眼，不耐煩的提醒。「問題是，他還是車鼻可汗的兒子啊。車鼻可汗先前邀請我一道出兵對付吐迷度，我就沒答應。如果我再趕走了沙缽羅，去跟那個叫姜簡的傢伙會盟。車鼻可汗難道就不會打上門來嗎？」

「車鼻可汗離得遠，想打上門來，也得一個半月。而庫莫奚離咱們近，打上門來只需要十天。積雪融化得這麼快，可以預見，半個月之內，天氣都不可能冷下來。」梅祿夷男向來忠心，明知道圖南達不喜歡聽，仍舊堅持陳述利害。

「庫莫奚人打上門來，咱們有可能打得過。打不過，也可以遷徙。如果車鼻可汗打上門來，乃蠻部就得滅族！」圖南達瞪了夷男一眼，嘆息著搖頭。這就是小部落的悲哀了。無論站哪一方，總會遭到另外一方的攻擊。所以，只能選擇相對強大的一方，以求損失最少。

「咱們的確有很大可能，擋得住庫莫奚。但是，咱們能擋得住庫莫奚、霫、契丹和實伯各部聯軍嗎？」夷男也嘆了口氣，聲音逐漸轉高，「即便咱們能擋得住，你能保證，大唐永遠不出兵平叛嗎？天氣越暖和，大唐出兵塞外的可能性越大。車鼻可汗想打咱們，中間好歹還隔著一個瀚海都護府。

而大唐想打咱們，只要給瀚海都護府那邊增加一萬兵馬就夠了。並且打起來的時候，咱們還得防著其他各部趁機抄咱們的後路！」

「真的到了那時候，可以走。去小海（貝加爾湖），去劍河（葉尼塞河），不信唐軍能一直追著咱們。」圖南達無法反駁夷男的話，卻咬著牙死強。

「那邊沒有人住？還是真珠可汗會接納咱們？」夷男翻了翻眼皮，冷笑著提醒。圖南達愣了愣，剎那間無言以對。

漠北廣闊，真正無主之地卻不多。黠戛斯人長相相近，語言風俗也一模一樣，但各部落之間，卻爭鬥不斷。

如果乃蠻部被迫北遷，無論去小海，還是去劍河，首先要面對的是，其他游牧部落的進攻。尤其是同族的真珠可汗，早就恨不得將乃蠻部生吞活剝。圖南達帶著麾下牧民靠近他的領地，肯定會遭到他瘋狂的打擊。

「去會盟吧，可汗！」見圖南達久久沒了回應，夷男嘆了口氣，苦口婆心的勸說，「我也許只是看沙缽羅不順眼，但是天象和黃羊的腸子不會說謊。趁著還有挽回的餘地，去覲見姜都護。反正大唐不會讓咱們繳納任何賦稅，而車鼻可汗打過來時，姜都護還會帶著回紇人頂在最前頭。」

「你說得容易，除了你父親之外，部落十大長老，還有九個更看好突厥。」乃蠻部可汗圖南達又嘆了口氣，輕輕搖頭，「我這個可汗，可做不到像中原天可汗那樣，什麼事情都一言而決。另外，我去會盟，姜都護要我把沙缽羅特勤交出來，我怎麼辦？咱們祖訓，可是不准出賣遠道而來的客人。」

「先想辦法，讓沙缽羅自己離開部落。他走了之後，其他長老那邊，我再讓我父親幫你去說服。姜都護找你要人，你也有了說辭。」不愧為年輕一代的智者，夷南想了想，很快就給出了一個完美的解決方案。「然後你學別人那樣，給姜簡送上一份厚禮賠罪，只要不出兵，無論花多少錢，都值得。日後哪怕車鼻可汗成了事，咱們也能夠推說是被逼無奈。大不了，暗地裡，也給突厥那邊，送上同樣的一份厚禮。」

「嗯——」乃蠻部可汗圖南達緊皺著眉頭，低聲沉吟。

兩頭送禮，花錢免災，聽起來的確是個不錯的主意。那麼多部落，都曾經在大唐與突厥之間腳踏兩隻船，姜簡也沒必要非揪住乃蠻部一家不放。問題是，怎麼才能夠在不得罪人的情況下，讓阿史那沙缽羅主動離去。而不是繼續賴在部落裡給自己招災惹禍。

還沒等他想出一個頭緒，不遠處，忽然有一匹駿馬，風馳電掣般衝了過來。同行的騎兵們上前阻攔，卻被馬背上的人用鞭子抽了個頭破血流。

「讓路，讓路，快帶我去見可汗。」一邊用鞭子開路，馬背上的人一邊聲嘶力竭地叫嚷，「快帶我去見可汗。不好了，賀魯特勤造反了。殺了卡吉大薩滿和也吞長老，竊據了汗庭！」

「什麼？」圖南達無法相信自己的耳朵，撒開雙腿快步迎上去，「桑坤，你說什麼，賀魯怎麼可能造反。」

「桑坤，賀魯把我父親怎麼了？其他人呢，為什麼不阻止他？」夷男也方寸大亂，紅著眼睛衝向狂奔而來的戰馬。

「賀魯特勤造反了，勾結沙鉢羅害死了卡吉大薩滿和也呑長老。宣佈罷黜了大汗，他自己登上汗位。」馬背上人跑得口吐白沫，說出來的話也語無倫次。乃蠻部可汗圖南達和梅祿夷男兩人，卻全都聽懂了。雙雙停住腳步，軟軟地跪在了雪地上。

第一百五十章　以陽謀圖之

「你說什麼？圖南達的弟弟勾結沙缽羅，篡了他的位？還在乃蠻部大開殺戒！」五天後，庫莫奚部，姜簡在帥案後長身而起，望著跪在自己面前的夷男，滿臉難以置信。

「的確是這樣，屬下剛才說的如果有一句不實之言，願意接受任何處罰。」乃蠻部梅祿夷男磕了個頭，鄭重回應。由於過度疲憊和悲傷，聲音聽起來沙啞且虛弱。

「怎麼可能？」

「他想找死嗎？」

「可不是，找死也不是這種找法……」前來會盟的可汗，吐屯、特勤們你看看我，我看看你，小聲交頭接耳。誰也無法相信，竟然有這種天上掉餡餅的好事。

在一個時辰之前，他們當中的很多人，心裡頭還忐忑不安。不知道如何才能夠，「恰當」地證明自己對大唐天可汗的忠誠。而現在，最佳的證明方式，已經自己送上門來。

「安靜，請各位保持安靜！」姜簡被吵得頭大，用手輕拍桌案。眾可汗、吐屯和特勤們，立刻閉上了嘴巴。看向姜簡的目光裡，卻充滿躍躍欲試。

黠戛斯乃蠻部總計只有三萬多人口，去掉老人和兒童，能上馬廝殺的男女加起來肯定不會超過一萬。而這一萬男女裡頭，真正算得上戰士的，恐怕連三千都湊不到。

哪怕賀魯準備得再充分，一場內亂之後，乃蠻部也會元氣大傷且人心惶惶。大夥趁著這個機會聯手打上門去，蕩平它易如反掌。

「圖南達呢？他本人去了哪兒？」姜簡卻仍舊不敢相信，一向精明的史笸籮會犯下如此愚蠢的錯誤，將目光轉向夷男，皺著眉頭繼續詢問。

「可汗，可汗自知沒臉見都護，帶著他的妻子和兒女們，在五十里外的樹林裡紮了個帳篷，等候可汗的發落。」夷男想了想，用事先準備好的說辭回應。「他說，如果都護不肯原諒他，只要派人過去通知一聲，他會立刻自盡，以謝自己當初昏聵糊塗，收留突厥白眼狼之罪。」

話音落下，蕭朮里立刻大聲奚落：「說得好聽，還不是怕都護收拾他，想逃跑方便一些！他如果真的誠心悔過，就該親自來見都護，光著膀子，再背上兩根荊條。」

「可不是嗎？真的有自盡的勇氣，何不到都護面前，聽候發落？」阿茹的兄長，來自契丹大賀部的特勤里果，也撇著嘴搖頭。

「都護，不如讓我帶著麾下弟兄，把他給你捉來！」契丹伏弗鬱部可汗饒哥不甘落後，站起身主動請纓。

草原上，沒人會憐憫失敗者，更何況圖南達的下場，絕對是咎由自取。如果他先前不存心討好車鼻可汗，收留了阿史那沙鉢羅這頭白眼狼兒，怎麼可能稀裡糊塗地就成了喪家之犬。

「都護容稟！」被契丹伏弗鬱部可汗饒哥的積極主動態度嚇得寒毛倒豎，夷男趕緊大聲哀告，「我家可汗，真的不是想著逃走。眼下天寒地凍，他還拖家帶口，逃，能逃得了幾天啊！」這話，說得倒是實情。雖然今年冬天出奇的溫暖，但是人在野外宿營，沒有足夠的乾柴和食物，仍舊很容易被活活凍死。

乃蠻部可汗圖南達被趕下了台，肯定來不及帶上充足的補給。光憑著打獵和採集，他根本保證不了全家人熬過眼前這個冬天。當即，在場眾可汗、吐屯和特勤們，就又閉上了嘴巴。紛紛將目光轉向姜簡，等他做最後的決斷。

「圖南達身邊有幾個妻子，幾個兒女？除了妻子兒女之外，還有什麼人？」姜簡卻一點都不著急，想了想，繼續柔聲詢問，「他不是被賀魯篡了位嗎，怎麼還來得及接出家人？」

「都護容稟，圖南達的大可敦，正是沙鉢羅那白眼狼的妻姐。所以，在篡奪了可汗之位後，賀魯和沙鉢羅，才沒有對圖南達的家人趕盡殺絕。但是，但是我的父親，卻遭了他們的毒手——嗚嗚

——」夷男不敢隱瞞，將圖南達的家人沒有受到叛軍誅殺的原因，如實相告。說著，說著，就淚如雨下。

「給他拿一碗熱奶茶來，讓他緩緩體力。」姜簡心中頓時湧起了幾分同情，扭過頭，對身邊的親兵低聲吩咐。

親兵們答應著走出帳外，不多時，就將一大碗熱氣騰騰的奶茶，捧到了夷男身邊。已經兩天兩夜沒吃熱乎飯的夷男，立刻停止了哭泣，端著奶茶，大口大口地喝了個乾乾淨淨。

一股暖意，迅速在他肚子裡蔓延，很快，就傳到了四肢百骸。夷男的頭腦，也迅速恢復了幾分冷靜，放下茶碗，拱著手說道：「多謝都護賜茶。我父親是乃蠻部的大薩滿，早在阿史那沙缽羅剛登門那幾天，就從天象中推算出，此人會給部落帶來災難。所以，我們父子兩個，這幾天一直在勸圖南達可汗，即便不將沙缽羅拿下，也要儘早將他趕走。而圖南達可汗也早已經意識到，不能光顧著親情，忘記了大義。正準備找機會將沙缽羅驅逐，誰料想，沙缽羅卻搶先一步，利用了賀魯的野心……。」

終究是乃蠻部年輕人中的第一智者，他把握住機會，盡可能地如實講述了整個事情的來龍去脈。僅僅在關鍵幾個點上，為圖南達做了一些掩飾。而在場眾可汗、吐屯和特勤們，大多數都是人精。自動剝離了那些掩飾之詞，從他的講述當中，迅速瞭解到了乃蠻部剛剛發生的那場叛亂的原因和整個過程。

乃蠻部前任可汗林胡，只有兩個兒子。賀魯是圖南達的親弟弟，比他小了整整一輪。並且，自幼就受其母親季萍的溺愛。圖南達的父親林胡去世之前，將可汗之位傳給了長子，讓他母親十分不滿。

圖南達做了可汗之後，為了讓母親高興，對賀魯百般忍讓，令賀魯迅速滋生出了野心。原本光有野心，得不到部落裡長老們的支持也是白搭。但是，阿史那沙缽羅的到來，卻給賀魯提供了一個良機。

作為車鼻可汗的小兒子，沙缽羅能說會道，且身份高貴。讓部落裡原本就傾向突厥的長老們，愈發認為大唐已經無暇再顧及塞外。圖南達在夷男的父親卡吉和幾個領兵大將的支持下，選擇繼續觀望，原本就已經讓長老們心生不滿。偏偏這個時候，姜簡又派人送來了會盟請帖。

擔心圖南達接受請柬，對自己不利，阿史那沙缽羅決定搶先下手。而其本人，卻沒資格做乃蠻部的可汗，所以與賀魯母子一拍即合。

於是乎，趁著圖南達帶領親兵外出打獵的機會，賀魯在自己母親和大多數長老支持下，發動了叛亂。夷男的父親大薩滿卡吉和另一位名叫也吞的長老試圖阻止，被阿史那沙缽羅當場斬殺。幾個領兵大將猝不及防，又聯繫不上圖南達，也被賀魯帶著人馬挨個拿下。

奪取了可汗之位後，賀魯原本還想將圖南達的可敦和兒女們斬草除根。但是賀魯的母親卻捨不得孫子。阿史那沙缽羅也擔心殺了妻子的姐姐之後，引發室韋部的怒火。所以建議賀魯，將圖南達的妻子斯琴和另外五個可敦，連同他的兩個兒子、四個女兒，全都趕出了部落。

好在部落當中，還有人心中念著圖南達的好處，將他的大致去向，偷偷告知了斯琴，圖南達的一家人才得以團聚。然而，賀魯偷偷派出來追殺圖南達的死士，很快也找上門來。圖南達帶著親信們，保護著家人且戰且走，一路逃到了契丹人的地盤上。

「……當初一百親兵，戰死了三十二個。偷偷走掉了六十六個。如今可汗身邊，除了小人之外，只剩下了兩名下屬。三個成年男子打獵砍柴，累死也養活不了五個女人和六個孩子。所以，小的願意對天發誓，圖南達可汗絕對沒有逃走的想法。」抬手抹了一把眼淚，夷男高聲總結，兩隻眼睛像著了火一樣紅。

眾可汗、吐屯和特勤們，不再懷疑圖南達的悔過誠意。或者嘆氣，或者輕輕搖頭，卻沒有任何人，出面替他求情。

一個失去了部落的前任可汗，就像被逐出狼群的狼王一樣，已經失去了存在價值。姜簡無論殺死他，還是原諒他，都不會影響到接下來對乃蠻部的征討。並且，將他除掉的好處，可能遠遠大於壞處。

乃蠻部前任可汗林胡，只有兩個兒子。只要圖南達和賀魯兩個相繼死去，乃蠻部的土地、牲口和男女老幼，就可以被當做戰利品，由前來會盟的各部瓜分。如此，瀚海都護府背後，就少了一個隱患。而各部兵馬，也沒白忙活一回。

「都護，圖南達的確誠心悔過啊！」夷男的反應非常靈敏，立刻從眾可汗、吐屯們的目光中，察覺到了危險，搶在姜簡做出決定之前，再度連連叩頭，轉眼間，額角處就鮮血淋漓。「我讀過中原的書，早年間諸葛丞相七擒孟獲沒有殺掉，才讓西南諸部發誓效忠大漢。天可汗生擒了頡利可汗，也沒有砍他的腦袋，所以阿史那家族的許多人才會死心塌地為大唐而戰。圖南達可汗的確曾經收留了沙缽羅，可他也是念在親情的份上，並非存心與大唐為敵。如果您連個戴罪立功的機會都不給他，將來怎麼讓那些曾經腳踏兩隻船的可汗們安心？」

「呸，你還挺會說！」契丹伏弗鬱部可汗饒哥立刻站起來，朝著夷男臉上就是一口吐沫。其他幾個遠道而來的可汗和吐屯，也黑了臉，手指著夷男，滿嘴污言穢語。如果不是顧忌姜簡在場，極有可能一擁而上，將夷男活活打死。若論腳踏兩隻船，在場的各部落可汗和吐屯，恐怕人人都有嫌疑。夷男這幾句話，等同於把眾的臉上那塊無形的遮羞布，全都給扯了下來。

「行了，具體怎麼處置圖南達，姜都護自有決斷！」蕭朮里受不了眾人亂哄哄的模樣，主動站出來幫忙維持秩序。「各位叔伯既然來了，就要遵守規矩，別總是搶在都護前頭。」

「你少賣乖，就像你父親蕭素，最開始沒有選擇兩頭下注一樣！」眾可汗、吐屯們在肚子裡悄悄嘀咕，卻紛紛退回座位，不再發出任何聲音。

「蕭朮里，你帶著你麾下的弟兄，把圖南達和他的家眷、部屬，先接過來妥善安置。」見眾人不再咋咋呼呼，姜簡想了想，先交給了好兄弟蕭朮里一個任務，「夷男，你再辛苦一趟，給他帶路。」

「遵命！」蕭朮里果斷上前，雙手接過了令箭。

「多謝姜都護！」夷男一直懸著的心臟，終於落回了肚子之內。朝著姜簡，重重叩頭。

「你們兩個趕緊去吧，其他事情，等圖南達到了之後再說。」姜簡笑了笑，輕輕擺手。「各位也先下去休息，咱們即便出兵討伐賀魯，也得先整頓好了兵馬，統一了旗號，不能亂哄哄地一擁而上。」

「多謝姜都護！」夷男再度行禮，隨即，從地上爬起來，跟在蕭朮里身後，快速走出中軍帳。

「我等告退！」眾可汗、吐屯、特勤們，亂哄哄地拱手，隨即，也大步流星走出門外。誰也搞不懂，姜簡為什麼還要等見了圖南達的面兒，才肯決定到底出不出兵？

羽陵鐵奴和瑞根兩個，互相看了看，故意放慢了腳步，走在了眾人的身後。待大夥都出了門，又迅速掉頭而回。先向姜簡拱了下手，然後低聲詢問：「姜大哥，這麼好的機會，你還等什麼？」

「是啊！圖南達見不見，都一樣。拿下乃蠻部，何必在乎他怎麼想？」

「我不是在乎他的想法。」姜簡對曾經同生共死多次的兄弟，不做任何隱瞞，嘆了口氣，低聲回應，「我總覺得，史笸籮不應該這麼蠢。我這邊剛缺個靶子，他就主動幫我豎一個起來！」

「他不是蠢，而是聰明過了頭！」瑞根撇了撇嘴，立刻就給出了答案，「如果任由圖南達把他趕走，乃蠻部的一部分力量，就會被你所用。而現在，你即便殺掉了賀魯，乃蠻部也會被打個稀爛，他父親車鼻可汗和你，誰都用不上。」

「他用不上，就親手毀掉。史笸籮那廝，可不是第一次這麼幹了！」羽陵鐵奴咬著牙，低聲補充，「那廝，心比墨汁都黑，虧得蘇支，至今還對他念念不忘。」

這倒是說得頗為在理。史笸籮的秉性，的確是那種得不到就毀掉的乖張。然而，姜簡卻仍舊覺得好像哪裡不太對勁兒，偏偏又說不出來。只覺得心裡頭墜墜的，彷彿被掛上一塊鉛錠。

「郎君何必管史笸籮想幹什麼？」一直坐在姜簡身側默不作聲的阿茹，忽然扭過頭，紅著臉提醒，「反正無論如何，你都必須將乃蠻部拿下。與其琢磨史笸籮的打算，不如想想，怎樣做才能對突厥人打擊更大。」

「嗯——」姜簡低聲沉吟，隨即，眼神開始閃閃發亮，「妳仔細說說。我剛才真沒往這方面想。」

「各部可汗、吐屯和長老裡頭，之所以有人心向車鼻可汗。一方面是因為畏懼車鼻可汗那邊兵強馬壯，另外一方面，則是私下裡得到了車鼻可汗的好處。」阿茹的臉色，頓時變得更紅，低下頭，用極小的聲音補充。

契丹人從來不排斥女子參政，各部可汗的大可敦，在丈夫外出之時，通常都能替丈夫發號施令。前一段時間跟著姜簡，阿茹遵從中原習俗，輕易不開口替他出謀劃策。而現在又跟自己的父親和哥哥見了面，她天性中的某一部分，就有些按捺不住。

而姜簡也是個隨興的，心中沒有男主外女主內的規矩。想了想，輕輕點頭，「妳說的有道理，特別從圖南達的遭遇上來看，的確是這樣。」

「主要是前一段時間，大唐朝廷遲遲不表態。讓各部心裡頭都懷疑，天可汗準備放棄了塞外！」瑞根卻被說的心裡頭發虛，低聲為自家父輩解釋。

「也不是所有部落都像乃蠻。我父親當初，就默許我給姜簡通風報信。」羽陵鐵奴感覺臉孔隱約發熱，在旁邊快速補充。

「我不是說你們！」阿茹抬起頭，快速看了二人一眼，低聲解釋，「我只是說大多數部落裡的情況。如今突厥人接連在郎君手裡吃敗仗，各部可汗、吐屯和長老們，已經不再相信車鼻可汗有橫掃塞外的實力。然而，車鼻可汗私下裡派人塞給他們的好處，特別是塞給長老們的好處，卻不容易拒絕。」稍稍換了口氣兒，順帶偷偷看了一眼姜簡，她繼續補充：「接下來，郎君最好將圖南達可汗的遭遇，傳遍草原各部落。讓所有人都看看，車鼻可汗的兒子究竟怎麼對待自己的恩人。貪圖車鼻可汗給的那點兒好處，又會給部落帶來什麼後果。」

「妙，妙！」姜簡聞聽，立刻興奮的以掌拍案。正所謂，旁觀者清。自己在史笸籮手裡吃了好幾次虧，所以跟此人打交道，本能地就先推測對方到底想幹什麼？是不是又在給自己下套兒？而阿茹，卻沒這種顧忌。反倒容易換個角度，來考慮問題。那就是，與其被動地跟史笸籮見招拆招，不如以自己這邊為主，堂堂正正謀之。

反正猜也未必猜得準。乾脆想辦法盡可能利用圖南達被篡位這件事，打擊敵軍。此外，剛才自己不忍心將圖南達殺掉，卻找不到說服眾人將這廝留下來的理由。而現在，理由已經足夠充分，圖南達活著一天，就能讓更多的塞外豪傑看到，交好車鼻可汗父子，會落到什麼下場。

「的確非常妙，阿茹，妳這是從哪學來的。我怎麼以前沒見到妳如此厲害過？」瑞根也感覺猶如醍醐灌頂，忍不住高聲誇讚。

「也不看看，她是誰家女兒。契丹大賀氏，連女可汗都出過好幾個！」羽陵鐵奴作為阿茹的同族，立刻笑著替她回應，滿臉與有榮焉。

「我，我只是一直在琢磨此事。才琢磨出一點頭緒來，未必，未必說得對！」阿茹被二人誇得羞不自勝，站起身，拔腿就往外走，「我去找我三哥和父親，問問他們倆，什麼時候送我回去見我阿娘。」

「對，怎麼不對，誰敢說不對，我們收拾他！」

「妳說啥，姜簡都得點頭。」瑞根和羽陵鐵奴兩個，笑著起鬨，年輕的臉上寫滿了調皮。阿茹與姜簡並肩而戰的模樣，他們兩個都親眼見到過。所以，看到兩位好朋友最終喜結連理，二人都發自內心地感到高興。而朋友之間，將祝福終日掛在嘴邊上，就過於見外了。趁著姜簡和阿茹二人成親之前多開幾句玩笑，才顯得關係親近。

實在受不了這兩個傢伙，阿茹落荒而逃。羽陵鐵奴和瑞根追著送到門口，看看四下無人，又第二次雙雙快步折返，向姜簡低聲請纓：「姜大哥，這次去攻打乃蠻部，務必讓我們兩個打前鋒。上次被史笸籮出賣的賬，我們兩個得好好跟他算上一算。」

「沒問題！」姜簡笑了笑，輕輕點頭。「我求之不得。」集中了將近二十個大小部落的力量，去攻打人心惶惶的乃蠻。只要天氣不突然變冷，即使每個部落只肯派出兩百兵馬，也沒有吃敗仗的道理。而讓羽陵鐵奴和瑞根兩個做前鋒，剛好可以給各部健兒帶個好頭。以免交戰之時，有人還想著保存實力，不肯奮勇爭先。

「多謝都護信任！」瑞根和羽陵鐵奴兩個得償所願，興奮地拱手行禮。「除非史笸籮不露臉，否則，我們倆即便無法當場將他幹掉，也一定罵他一個狗血噴頭。」

「估計你們兩個，根本沒機會見到他！」姜簡想了想，又輕輕搖頭，「按照他的習慣，把賀魯推上可汗之位後，肯定要找藉口離開。絕對不會明知道實力相差懸殊，還留下來給咱們抓住他的機會！」說著話，他眼前迅速又閃過史笸籮那張比妙齡少女還嬌美三分的面孔。心中仍舊升不起多少恨意，有的只是忌憚和遺憾。

第一百五十一章　消失的他

「別，別殺我！別殺我！」乃蠻部新任可汗賀魯尖叫著從床上坐起，渾身上下冷汗淋漓。

「可汗醒醒，可汗醒醒！」大可敦薩仁和小可敦薩日娜雙雙被他吵醒，一左一右拉住了他的胳膊，連聲呼喚，「沒事兒，沒事兒，您做夢了，做夢了！」「別，別殺我。別……」賀魯喘息著睜開眼睛，茫然四顧。因為酒色過度而呈現灰白色的臉上，寫滿了絕望。

大可敦薩仁皺了皺眉，扭頭朝著帳篷的外隔間高聲吩咐：「來人，給可汗倒杯熱奶茶來。都睡死了嗎？聽見可汗醒了都不進來伺候！」

「可汗，沒事兒。夢是反的，反的！」小可敦薩日娜鬆開賀魯的胳膊，用手輕拍他的後背，宛若在哄一個剛剛斷奶的幼兒。

在她的努力安撫下，乃蠻部新任可汗賀魯終於恢復了清醒。喘息著搖了搖頭，訕訕地解釋：「我剛才夢見了一群老虎，要吃我。我怎麼打都打不完。」

「可汗，別怕！草原上沒有老虎。老虎要到大鮮卑山那邊才有！」大可敦薩仁笑了笑，柔聲解釋。

「是啊，草原上沒有老虎！」賀魯喘息著點頭，臉色卻沒比先前緩和多少。

草原上的確沒有老虎，他剛才夢到的也不是老虎，而是他的兄長圖南達。

他夢見圖南達帶著成千上萬的兵馬殺了回來，殺散了他的侍衛，殺光了他的支持者。他策馬逃命，然而無論逃向何處，圖南達卻總是出現在他的正前方，手裡還拎著一把血淋淋的刀。

他已經不是第一次做這樣的惡夢了，每一次，都能將他嚇得冷汗淋漓。然而，他卻沒辦法對任何人實話實說。

他現在是乃蠻部的可汗，狼群的狼王。全部落三萬的男女老幼，都唯他馬首是瞻。如果他將心中的軟弱和恐懼，公之於眾，接下來根本不需要圖南達率兵打上門，身邊就會有將領造反，揮刀割下他的腦袋。

「可汗，可敦，奶茶燒好了，請用茶。」兩名侍女小跑著入內，一人手裡拎著沉重的銅壺，另外一人用托盤托著三只銅碗和四小碟吃食。

乃蠻部實力平平，能控制區域有限。所以即便貴為可汗，賀魯的日子也過得不怎麼寬裕。大部分餐具都是木頭雕製，宵夜的吃食，也只是肉乾、乳酪、麵點和曬乾了的酸棗。

「嗯，放下吧！」賀魯厭惡地皺了皺眉毛，沉聲吩咐，肚子裡生不出半點兒食欲。比起加了鹽巴和黃油的奶茶，他更喜歡酸甜可口的烏梅汁。比起乾巴巴的酸棗，他更喜香氣四溢的蜜桔。

然而，無論是烏梅汁，還是蜜桔，都是中原特產，冬天時不可能在草原上出現。所以，他只能強忍住心中的厭惡，端起奶茶一口一口地往肚子裡倒。

「如果能將中原打下來，就有吃不完的美食，飲不完的烏梅汁，甚至在十二月，也能去江南避寒，欣賞四季常綠的風景……」這是阿史那沙缽羅前一陣子，向他描述的美好生活，也是他最終下定決心，奪取可汗位置的緣由。

乃蠻部落，不應該被困在漠北這片苦寒之地。他們可以追隨突厥南下中原，過上更好的生活。而他這個可汗，也可以在中原南部四季如春的地方，分得一大片疆土。屆時，美人、美酒、美食，還有花不完的金銀綢布，全都會自動送上門來。

黠戛斯人與突厥人一樣，以狼為圖騰。而狼群向來不需要考慮建設和生產，無論看上什麼，衝上去搶便是最直接的獲取辦法。

以乃蠻部的實力，肯定打不過大唐任何一支府兵。想搶中原的地盤、美食、美酒和錢財，就必須追隨在突厥人身後。既然圖南達在此事上猶豫不決，搶了他可汗之位便是！換自己來做可汗，一切問題就迎刃而解。不得不承認，賀魯敢想，也敢幹。只是，當順利坐上了乃蠻部的可汗之位後，他卻發現一切不像自己想的那麼簡單。

阿史那沙缽羅的確答應不惜一切代價支持他，然而，乃蠻部跟車鼻可汗的勢力範圍，相距足足有兩千多里遠。突厥人的騎兵想抵達他這裡，得先突破大唐瀚海都護府的攔截。

部落的長老們，的確大部分都心向突厥。即便心裡頭還有別的想法，看了大薩滿卡吉和長老也吞兩個血流滿地的模樣，此刻也得把想法趕緊藏起來。問題是長老們卻不支持他擴充兵馬，甚至連多交一些稅來改善武備這樣的政令，都要聯手表示反對。

他母親的確更願意他來做可汗，可是卻要求他將幾個舅舅和外甥都委以重任。而他的舅舅和外甥們，要本事沒本事，要威望沒威望，除了喝酒賭博和打女人之外，別無所長。

他的確隨時可以帶領隊伍南下去中原搶劫，不過，就憑乃蠻部目前這點兵馬，恐怕沒等看到長城，就已經被沿途中那些有心討好大唐的部落殺得一個不剩。他曾經攢了一肚子，可以讓乃蠻部落迅速發展壯大的好主意。只是能讓長老們同意並支持施行的，到目前為止還沒有任何一條。

認真算來，他這個可汗，除了搶到了前任可汗圖南達的幾個小可敦之外，幾乎沒撈到任何實際性的好處。並且還得終日小心防範，圖南達及其支持者們哪天會裡應外合，殺他一個措手不及。

人在想事情的時候，便會心不在焉。只過了短短五六個彈指功夫，一碗奶茶，就被賀魯給吞下了肚子。侍女怕耽擱太久，惹他生氣。趕緊又拎起銅壺，給他續上了第二碗。賀魯心事重重地端起銅碗，又灌了自己兩大口奶茶，忽然間又緩過了神，將頭迅速扭向正在給他扭捏肩膀的小可敦薩日娜，皺著眉詢問：「薩日娜，我讓妳寫信給妳父親，邀請他過來做客，妳寫了嗎？」

「已經送出去三天了。」小可敦薩日娜鬆開手，小心翼翼地回應，「我父親的回信，應該已經在路上了。可汗您再耐心等等，我在信裡已經按您的吩咐，向父親陳明了利害。」

她出身於霫族一個叫蘇啜的小部落，娘家的實力，遠不如乃蠻，母親也不怎麼受寵。所以，在賀魯面前，說話當然沒有什麼底氣，只能想盡一切辦法討好對方，以免受到冷遇，被趕去後面的帳篷裡自生自滅。

然而，她的努力，卻沒換來任何正面回報。賀魯狠狠瞪了她一眼，沒好氣地數落：「總共不到五百里的路，還要再等他幾天？要是突厥人給他送信，他早就插上翅膀飛過來了。奶奶的，做事畏手畏腳，也怪不得被燕呼部壓制得喘不過氣來！」

「我再派人去催，如果大後天還沒回應，我，我自己回一趟娘家！」小可敦薩日娜被數落得眼淚在眼眶裡直打轉，卻不敢讓眼淚落出來。趴在床榻上行了個禮，啞著嗓子承諾。

「大冷天回娘家，我得派多少人送妳？」見到薩日娜委曲求全模樣，賀魯愈發看她不順眼，撇了撇嘴，沉聲呵斥，「妳還是老實在家蹲著吧！妳父親不來就不來，我不稀罕！」

說罷，又迅速將目光看向自己的大可敦薩仁，「妳那邊呢，妳大哥布魯托可汗怎麼說？」

「我大哥已經回信了，說暫時脫不開身。但是，會派我弟弟納不古代替他過來，順便接我回去過年。」大可敦薩仁的回應，比小可敦薩日娜乾脆得多，目光裡也沒有一絲躲閃。

「嗯——」賀魯皺了皺眉，低聲沉吟。

納不古只是布魯托可汗的弟弟，來到自己這裡做客，作用遠遠不如布魯托可汗本人。然而，布魯托可汗的實力，卻絲毫不比他小，所以，心中雖然不滿，他也不方便朝薩仁發火。

「信使是昨天晚上到了，接到信時，可汗已經睡下了，所以我沒有吵醒您。」大可敦薩仁底氣足，想了想，繼續補充，「可汗需要看信嗎？我這就命人取來？」

「不必了，妳的家信，妳自己看仔細了就行。」賀魯想都不想，帶著幾分失望搖頭。隨即，低聲詢問：「天快亮了吧，我出去走走。」

「應該快了。」薩仁朝著被氈子擋得嚴嚴實實的窗口看了看，皺著眉推測，「誰在外邊，可汗問，天亮了沒有？」後半句，是對著窗外喊的。立刻，就有侍衛隔著窗子回應：「稟可汗，可敦，天已經亮了。現在是卯時四刻，太陽馬上就出來了。」

「這麼晚了？」賀魯又皺了皺眉，起身下床，緩緩活動胳膊和大腿。兩個侍女見狀，趕緊上前替他更換外出的衣服。大可敦薩仁則緊跟著站起身，在他耳畔詢問：「可汗這是準備去哪？需要我和薩日娜陪著嗎？」

「不必了，我去找沙缽羅特勤，問問他答應我的軍械什麼時候能送到。」賀魯笑著轉過頭，低聲回應：「他總不能讓我替他做事，卻一文錢都不出。」

「可汗……」小可敦薩日娜抬起頭，欲言又止。

「怎麼，妳有辦法幫我催他？」賀魯的目光，迅速被薩日娜的表情和動作吸引，低下頭，沒好氣地問道。

「沒，沒有！」小可敦薩日娜被嚇得打了個哆嗦，連連搖頭。然而，很快，卻又鼓起了勇氣，用極低的聲音補充：「可汗，我，我感覺那個沙缽羅特勤，未必靠得住。他只是一個特勤，不是設，竟然，竟然能替他父親車鼻可汗做主。」

「妳懂什麼？」賀魯的眉頭再度皺緊，沒好氣地呵斥，「他是車鼻可汗的小兒子，小兒子在父母面前，說話才最管用！」理由雖然充分，他卻覺得心裡頭有點兒發虛。披好披風，邁開腳步就準備去找阿史那沙缽羅尋一個確切說法，還沒等走到帳篷門口，身旁的蠟燭，卻忽然跳了一下。

很輕微，但極其不尋常。賀魯以為自己眼花了，用力揉了揉眼皮，再度細看。卻發現，插在木製燭臺架上的六根蠟燭，同時在跳躍，「突突，突突，突突」，帶著一股妖異的節奏。

「騎兵！來人，趕緊吹角聚將！」即便缺乏戰爭經驗，賀魯也知道這意味著什麼，大叫一聲，撒腿衝出了帳篷。正如他所推測，一支騎兵，在五百步之外出現，踩著雪後的泥漿，高速向他的營地靠近。兵器和頭盔，倒映出朝霞的顏色，如同一團團跳躍的火焰。

「嗚嗚嗚，嗚嗚嗚，嗚嗚嗚——」號角聲在營地內響起，催促所有人儘快做出反應。一隊當值的乃蠻勇士奮不顧身地衝向來襲的騎兵，為族人爭取準備時間。他們的舉動不可謂不勇敢，然而，卻如同飛蛾撲火。

「火焰」跳了跳，旋即變得愈發明亮。所有衝上去攔截「火焰」的乃蠻勇士，盡數被吞沒，卻未能令「火焰」的前進速度遲滯分毫。

「敵襲，敵襲，所有人，上馬，向我靠攏！」才做了十天可汗的賀魯看得頭髮根根豎起，扯開嗓子，大喊大叫。敵軍數量不多，也就兩千出頭。只要乃蠻部的青壯男女齊心迎戰，肯定能殺敵軍一個屍橫遍野。

「敵襲，敵襲，所有人，上馬，向可汗靠攏！」賀魯身後和身側，親信們一個個也扯開嗓子，努力召集兵馬，以便迎擊敵軍。他們喊得非常賣力，策略也切實可行。然而，響應者卻非常寥寥。驟然出現在營地外的騎兵，讓部落裡所有人都慌了神。如果圖南達在位還好，憑藉積累多年的威望，還能成為大夥兒的核心。而現在，圖南達可汗卻不知所終，篡位的賀魯根本沒有足夠的威望讓大多數人捨命追隨。

「沙缽羅特勤呢？快，快去喊沙缽羅特勤幫忙。他身邊還有上百突厥狼騎！讓他帶狼騎頂上去，爭取時間！」發現自己倉促之間聚集不起足夠的兵力，賀魯習慣性地尋找依仗。如今，能幫上忙的，也只有阿史那沙缽羅特勤了。突厥狼騎人數雖然少，卻裝備精良且訓練有素。沙缽羅特勤帶著他們衝出營地去頂住來襲的敵軍，只要堅持一刻鐘，賀魯就可以保證自己能夠組織起一支大軍。

沒有人回應賀魯的話，周圍的親信們踮著腳尖東張西望，卻誰都找不到突厥人那面畫著銀色狼頭的黑旗。阿史那沙缽羅連同他的認旗一道，從部落裡消失了。就像草尖上的露珠那樣，無聲無息地消失了，沒有留下任何痕跡。

第一百五十二章 不屑

「沙鉢羅特勤不見了！」

「突厥人全都不見了！」

「突厥人逃了！」驚呼聲，在營地內接連響起，轉眼間，就將絕望像瘟疫般，傳遍了全軍。阿史那沙鉢羅特勤肯定早就知道有一支大軍會打過來，所以他在黎明之前，帶著他麾下的突厥狼騎，偷偷地離開了營地！阿史那沙鉢羅將賀魯可汗連同乃蠻部一道，親手送上了絕路，然後自己帶著親信逃之夭夭。

部落裡的幾個長老最先失去鬥志，在親信的簇擁下，逃向營地深處。一部分正在當值的武士，也沒勇氣再度去阻擋敵軍，邁開大步跟在了幾個長老身後。缺乏訓練的年輕男女牧民們，拎著短刀和弓箭，茫然不知所措。身體單薄的老人和沒有人管的孩子，則一頭栽進帳篷裡，抱著腦袋瑟瑟發抖。

「沙鉢羅特勤是去搬救兵了！大夥不要慌，快向可汗靠攏！」關鍵時候，還是葉護寶利格反應機敏，三步並作兩步衝到賀魯的身邊，一把舉起後者的手臂，用力揮舞。「頂住敵軍，援兵馬上就到！」

「沙鉢羅特勤是去搬救兵了！沙鉢羅特勤去搬救兵了。大夥不要慌，快向可汗靠攏！」跟在葉護寶利格身後，幾個大箭也扯開嗓子，努力穩定軍心。無論阿史那沙鉢羅是逃走了，還是臨時有事離開了營地。他們都必須趕在敵軍衝進來之前，組織起兵馬奮起抵抗。乃蠻部是他們的家，他們的老婆孩子和財產都在這裡。阿史那沙鉢羅逃到別處，仍舊是突厥特勤，仍舊可以吃香喝辣。而他們如果戰敗，就將一無所有。

「別逃，向我靠攏。快向我靠攏！」手臂被葉護寶利格扯得又痠又疼，賀魯卻似乎找到依靠，「向我靠攏，然後跟著寶利格葉護迎擊敵軍。快——」

「不要逃，天寒地凍，你們能逃到哪裡去？你們的家人能逃到哪裡去？向我靠攏，迎擊敵軍！」葉護寶利格看了賀魯一眼，顧不上失望，扯開嗓子繼續高聲呼籲。

「天寒地凍，逃出也是死。跟著葉護，迎擊敵軍！站住，再逃，就砍了你！」幾個大箭揮舞起兵器，開始阻攔逃走的武士和牧民，逼迫他們加入戰鬥。在他們的齊心協力之下，賀魯身邊的人以肉眼可見速度增多。很快，就超過了五百，隨即，又向一千大關邁進。

「別慌，別慌。沙缽羅特勤是去搬救兵了！沙缽羅特勤去搬救兵了。」賀魯的心臟突突亂跳，臉色蒼白如雪，卻咬著牙，繼續高聲扯謊。留下來戰鬥的人越多，他越安全。這一點，他還是能想清楚的。即便最終還是未能擊退敵軍，至少，人越多，越有希望保護他脫離險地。

只可惜，願望與現實之間，相差總是會非常懸殊。

還沒等葉護寶利格幫賀魯整理好隊伍，不遠處，突然有牧民大聲尖叫：「圖南達可汗，圖南達可汗打回來了。狼頭大纛，就在那面黑色的狼頭大纛之下。」

「圖南達可汗，圖南達和夷男梅祿一起打回來了！」

「圖南達可汗回來找賀魯算帳了！」

「圖南達……」

「胡說，胡說！」賀魯聽得心臟又涼又沉，卻咆哮著反駁，同時舉目觀察敵軍。

只見一面青色的認旗，已經隨著敵軍的隊伍，衝入了營地。認旗表面，標識著乃蠻可汗的黑色狼頭，栩栩如生。認旗之下，兩個熟悉的身影，手持鋼刀，並肩前推。不小心擋在他們去路上的乃蠻武士和青壯男女們，根本沒有勇氣抵抗，一個個全作鳥獸散。跟在圖南達與夷男二人身後，不知道來自何方的將士們，一邊挽弓而射，一邊扯開嗓子叫喊，聲音一浪高過一浪。

「讓路，可汗找賀魯算帳，與旁人無關！」

「讓路，別給賀魯賣命，可汗不會殃及無辜……」竟然操的全是黠戛斯人的語言，雖然稍顯生硬，意思卻表達得清清楚楚。

「是圖南達教他們這麼喊的！」剎那間，賀魯的心臟，就徹底墜入了冰窟。如果是純粹的外敵殺上門，為了保護父母妻兒，肯定會有一部分武士和牧民願意拿起兵器來與敵軍拚命。眼下衝進營地裡的是他的兄長圖南達，乃鑾部前任可汗圖南達，部落裡的大多數武士和青壯牧民們，又有什麼理由蹚這窪渾水？「別聽他們的。那人不是圖南達可汗，那人是庫莫奚賊子假冒的！」葉護寶利格不想與賀魯一道等死，再度果斷扯開嗓子，高聲斷喝。

「別聽他們的，那人不是圖南達，是假冒的，是假冒的！」幾個大箭也如夢初醒，啞著嗓子將謊言一遍遍重複。當初賀魯趁著圖南達外出狩獵發動兵變奪位，葉護寶利格和他們乃是主力。如今圖南達在外援的支持下打了回來，別人可以「迷途知返」，他們卻根本沒有「迷途知返」的資格。只有混淆黑白，留下足夠的人手阻擋敵軍，他們才有希望趁著混亂悄悄脫身。然而，無論他們喊得多努力，謊言也變不成事實。

親眼看到圖南達可汗距離自己越來越近，又看到圖南達身後跟著那兩千多名武裝到牙齒的援軍，再看看四下裡倉皇逃命的部族武士和長老及其親信，賀魯身邊剛剛聚集起來的八百多名武士和牧民們，紛紛邁開雙腿加入逃命隊伍，無論賀魯怎麼努力招呼，都堅決不再回頭。

「站住，別逃。那人不是圖南達，是假冒的！我才是你們的可汗！」賀魯又急又怕，揮舞著兵器，親自去阻攔逃命者。一名牧民躲避不及，被他用刀砍倒在地。另一名牧民嚇得大聲尖叫，繞著圈子逃走。賀魯追了兩步沒追上，轉頭又去威脅一名武士。

「鐺！」對方毫不猶豫地舉刀格擋，隨即一刀劈向他的肩膀。賀魯嚇得趕緊側身避讓，對方的身體趁機加速，從他身邊急衝而過，看向他的目光裡充滿了不屑。

第一百五十三章 敗寇

想做狼王就必須要有狼王的樣子。既然敗局已定，又何必拉著別人陪你一起去死？狼群的公狼，只會向奪位之戰勝利者匍匐，不會考慮平時關係的親疏遠近。部落裡的大多數武士，也只會為奪位勝利的可汗宣誓效忠，不會明知道某個人已經失敗，還陪著他一條路走到黑。

「寶利格葉護，寶利格葉護——」沒時間再去攔第四名逃命者，也沒能力將對方攔下，賀魯迅速將身體轉向自己的鐵桿心腹，高聲求助，「整隊，整隊迎戰，有多少人算多少人。」敵軍殺入營地之後，推進速度很慢，甚至有可能是在故意控制速度，以免乃蠻武士和牧民們因為來不及逃走，選擇負隅頑抗。所以，寶利格這邊還有時間整理起隊伍，做最後一搏，為他創造逃走的機會。

「可汗，算了！」令賀魯萬萬沒想到的是，先前還努力收攏隊伍的葉護寶利格，聽了他的話之後，非但沒有立刻招呼麾下的大箭、小箭們上前阻擋敵軍，反而丟下了手裡的兵器，苦笑著搖頭。

「輸了，可汗，咱們已經輸了。」一邊笑，葉護寶利格一邊抬手擦淚，臉上的表情要多凄涼有多淒涼，「何必牽連部落裡的同族？」猛然扭頭，他朝著身邊最後的百十名弟兄高聲斷喝：「圖南達可汗歸來，你等放下武器，聽候發落。當日謀反，是賀魯和我兩人所為，你等只是奉命行事，罪不至死！」

「你說什麼，寶利格，你瘋了！」賀魯大急，拎著刀就要逼寶利格將最後這幾句話收回。寶利格輕輕一側身就避開了他的刀鋒，緊跟著抬手從他手裡奪下了鋼刀。「可汗，輸了就輸了，咱們乃蠻部總計也沒多少人，別讓他們白白送死！」說罷，倒轉刀刃，一刀抹斷了自己的脖頸。血光沖天而起，鋼刀掉落於地。寶利格的屍體晃了晃，轟然栽倒。

賀魯被嚇了一大跳，本能地向後躲閃。隨即，擺著手瘋狂大叫：「別聽了他的，別聽他的。他瘋了！他瘋了！圖南達的心眼兒很小，一定不會放過你們，一定不會……。」眾大箭、小箭們紛紛轉身，或者解下兵器扔到腳下，等待被俘虜。或者邁開雙腿，逃向營地深處，誰也不願意再聽他胡言亂語。前後不到五個彈指功夫，賀魯身邊，已經不剩一名武士和牧民。而圖南達的認旗，還遠在二百步之外。

馬背上的圖南達，彷彿根本沒注意到賀魯的存在。或者已經注意到了，卻沒把他當回事。只管一邊揮舞著鋼刀，一邊朝沿途的帳篷高聲呼喝：「別怕，我回來了。我是你們的可汗圖南達。躲在帳篷裡邊別出來，我只找賀魯一個人算帳。

「讓路，可汗找賀魯算帳，與旁人無關！」

「帳篷裡的人不要出來，可汗只找賀魯一個，不會殃及無辜！」吶喊聲此起彼伏。跟在圖南達身後的各部將士們，一邊放箭射殺有可能威脅到圖南達的目標，一邊用生硬的黠戛斯語反覆重申。

「他沒看到我！」賀魯心中立刻湧起一股僥倖，轉過頭，撒腿直奔自己的可汗寢帳。他要趕快收拾些細軟，帶著自己的大可敦薩仁一起逃命。薩仁的兄長布魯托是北面七百里之外，同羅部的可汗。實力不在乃蠻之下，足以保護他的安全。

寢帳的外隔間，十幾名侍女正蹲在角落裡瑟瑟發抖。發覺有人闖入，侍女們嚇得大聲尖叫。待發現闖入的人是賀魯，尖叫聲戛然而止，每個侍女的臉上，都露出了難以置信的表情。前後伺候過兩任可汗，伺候過來自不同部落的二十多位大小可敦，她們在這個時代，絕對算得上是消息靈通。然而，她們聽說放下兵器的勇士，聽說過陣前投敵的將軍，卻從沒聽說過，還有不等仗打完，就收拾細軟逃走的可汗！

「看什麼看，都過來幫忙收拾。圖南達回來之後，不會有妳們的好果子吃。」賀魯被看得臉皮滾燙，瞪圓了眼睛向侍女們呵斥，「圖雅，打開箱子！艾娃、思琦、其其格妳們三個用鹿皮口袋裝金銀，其他人，全都去外邊牽馬。」說罷，也不待侍女們回應，一頭紮進了內隔間。

眾侍女們面面相覷，誰也知道該不該奉命行事。正猶豫之際，卻聽見內隔間裡，傳出來一聲淒厲的尖叫，「啊——」，緊跟著，鮮紅的血跡就濺濕了分割內外隔間的帷幔。

幾個侍女立刻掀開帳篷門，逃之夭夭。幾個侍女再度癱軟在地，無法挪動半步。大可敦從娘家帶來的兩名侍女擔心自家主人的安危，硬著頭皮衝進了內隔間，只見小可敦薩日娜屍橫於地，前胸處有鮮血仍在一股股往外噴。而賀魯可汗則蹲在屍體旁，脖子上架著一把刀，呆若木雞。

「妳們來得正好，把可汗扶起來，送他去迎戰叛匪。」大可敦薩仁臉色蒼白，眼睛裡也沒有任何生命的色彩，將頭轉向侍女，命令聲裡透著令人恐懼的瘋狂。

「薩仁可敦，外邊已經沒有忠於可汗的軍隊！」

「薩仁公主，圖南達一定不敢殺你。否則，布魯托可汗絕對不會放過他！」兩名侍女先後開口，所表達的意思，卻差不多。當前這種情況，賀魯即便重新壯起膽子重新出去迎戰，也不會再有將士肯追隨他。而投降的話，賀魯一定會死，還沒為賀魯生下兒女的薩仁，卻可以依靠她兄長的力量，活著被送回娘家。

「是啊，可敦，咱們現在走，還來得及！蒼鷹留下翅膀，才能飛過高山！」賀魯得到喘息機會，一邊小聲勸告，一邊試圖往外站起。眼前這個女人瘋了，澈底瘋了。非但不肯陪著他逃走，還殺了他的小可敦薩日娜，用刀子逼著他一個人去阻擋上千敵軍。他如果有那本事，早在幾年前就推翻圖南達，執掌汗位了，又何必等到阿史那沙缽羅過來撐腰！然而，薩仁卻根本不為他的話語所動。手中刀刃用力下壓，瞬間就在他脖子上切出了一條血線。

「架他起來，讓他去戰鬥，我不能讓他羞辱我。也不能讓他羞辱我沒出世的孩子。」根本不看賀魯的臉，她繼續向自己從娘家帶來的侍女吩咐，眼淚順著慘白色的面頰，緩緩而落。「我的丈夫，是個頂天立地的男人，我孩子的父親，不能是一個孬種！」

「薩仁——」賀魯脖頸吃痛，再度蹲了下去。雙目之中，寫滿了難以置信，「妳，妳有孩子了？什麼時候的事情，幾個月了！」薩仁沒有回答他的話，也沒有看他。騰出一隻手，抓了桌案上的頭盔，朝自己腦袋上套。兩名侍女如夢初醒，快速上前，幫她整理鎧甲，準備弓箭。隨即，從地上架起四肢發軟的賀魯，將薩仁的刀硬塞進了此人手裡，推著此人走出了寢帳。

「讓開，可汗找賀魯算帳，與旁人無關！」

「賀魯，出來受死！」吶喊聲從四十步之外傳來，生硬且清晰。圖南達帶著騎兵終於殺到了附近，可汗銀帳周圍，再也找不到一個肯為賀魯而戰的勇士。

「圖南達，賀魯在此，你可有膽子跟我一戰——」扭頭看了一眼寢帳，賀魯舉起還在滴血的鋼刀衝向洶湧而來的騎兵。渾身顫抖，腳步卻越來越堅定。

他是乃蠻部可汗，也是別人的丈夫和父親。

他不能羞辱自己，也不能讓自己的女人和孩子蒙羞！

「賀魯——」沒想到自家弟弟，在最後時刻，竟然終於做了一回男人。圖南達大叫著策馬前衝，手起刀落，砍斷了賀魯的脖頸！

第一百五十四章 暖冬

戰鬥結束的速度，快得出人意料。

在圖南達將賀魯砍倒在地的那一瞬間，所有抵抗都戛然而止。哪怕有人逃得太慢，被圖南達身後的各部聯軍追上，也認命地跪倒於地，閉上眼睛任由追兵宰割，不再做任何掙扎。一些已經逃出了營地之外的乃蠻部武士和牧民，也都沒有逃得太遠。而是在距離營地七八百步的位置，東一簇、西一簇地聚集成團兒。

沒有乾糧、馬料和帳篷，手上也沒有足夠的弓箭，這個季節裡，他們在野外很難生存。只能等待部落裡一切都塵埃落定，然後再請求新「狼王」的原諒和接納。

圖南達沒空理睬逃到營外的武士和牧民，高高舉起染血的鋼刀，在可汗大帳周圍一邊策馬兜圈子，一邊扯開嗓子大叫，「我是你們的可汗圖南達，賀魯已死，願意向我發誓效忠的勇士，速速前來集合。我知道你們都是受了挾裹和哄騙，我對長生天發誓，絕不牽連無辜！」

「賀魯已經伏誅，乃蠻部的勇士，速速來寢帳這邊向可汗宣誓效忠——」梅祿夷男也扯開嗓子，聲嘶力竭地呼籲。倉促組成的各部聯軍，在姜簡和瀚海勇士們的約束下，迅速停止了殺戮。整理隊伍，在距離圖南達一百步遠的位置嚴陣以待。

戰鬥已經結束，大夥不需要做得更多，只需要保持威懾力就足夠。按照草原規矩，圖南達已經大獲全勝。接下來無論此人做什麼，都屬於黠戛斯乃蠻的內部事務，外人不便插手。

接下來所發生的事實，也正如聯軍主要將領們的判斷。夷男才呼籲了第三遍，就有一名絡腮鬍子壯漢，帶著四五十名驚魂未定的武士，跌跌撞撞地向他和圖南達兩個衝了過來，隔著老遠，就舉起雙手高喊：「可汗，可汗您可回來了。本圖一直未死，就是盼著這一天。」

既然有人來投，接下來一切就水到渠成。不待圖南達那邊表態，又有幾小支隊伍，跌跌撞撞地衝向了可汗寢帳，一邊衝，一邊高聲表態

「大箭紮木，帶領麾下四十七名弟兄，前來為大汗效力。我等願意向長生天立誓，追隨大汗，直到蒙受長生天的召喚！

「小箭索突，帶領麾下五名弟兄，恭迎大汗。我等願意向長生天發誓……」

「大箭呼和，帶領麾下三十二名弟兄……」

「大箭拔也古……」不多時，圖南達身邊，就聚集起了五六百名追隨者，每一名追隨者，臉上

都寫滿了忠勇。這當口，圖南達也沒時間分辨主動前來效力者當中，有誰是真心，誰是迫於形勢。立刻將刀指向後營，高聲吩咐：「夷男，你帶著紮木和拔也古兩個，還有他們麾下的弟兄，去把另外八名長老給我抓過來。敢抵抗者，殺無赦！」

「遵命！」夷男的眼睛立刻變得像火一樣紅，扯開嗓子答應一聲，隨即，點起兩支兵馬直奔後營。朝著夷男的背影點點頭，圖南達又繼續高聲給追隨者們佈置任務：

「呼和，你去把被賀魯關押的官員和將領們，全都給我放了，然後帶著他們到這裡見我！」

「索突，你去安撫牧民，招降其他武士，告訴大夥，我知道罪魁禍首是誰，不會牽連無關的人！」

「本圖，帶上你的人，去接我母親。押她來這裡見我！」

「伊里奇……」部落內亂，在塞外從來就不是什麼新鮮事。而粉碎了叛亂之後，該如何處置主謀和參與者，也有足夠先例可循。參考記憶裡的先例，乃蠻部可汗圖南達將一連串命令發了下去，很快，就讓整個部落按照自己的意願「動」了起來。最先返回可汗寢帳前向圖南達繳令的，是大箭呼和。其身後的弟兄們，還攙扶十七八名臉色慘白，走路一瘸一拐的壯年男子。

看到圖南達，臉色慘白的男子們立刻掙脫了攙扶者，踉蹌著向前跑了幾步，然後趴在地上，放聲大哭，「可汗，我們幾個無能，沒幫您看好家，還要您前來相救。我們幾個愧對您的信任，嗚嗚，嗚嗚……」

「起來，都起來，事發突然，怪不得你們！」圖南達的眼眶，也迅速發紅，跳下坐騎，親手將跪在地上的官員和將領們，一個挨一個攙起，「我也沒想到，賀魯如此膽大包天。更沒想到，阿史那沙缽羅竟然是一頭白眼狼！」

臉色慘白的壯年男子們掙扎著站起身，手臂和雙腿，不停地打哆嗦。一個個虛弱得如同寒風中的稗草。很顯然，自從被賀魯關起來之後，他們連一頓飽飯都沒吃上過。

「我背後的寢帳裡，應該有乳酪和點心，你們自己去拿。」圖南達看得心酸，強笑著向眾人擺手，「如果沒有，就讓寢帳裡的女人們給你們去弄。哪個敢違抗，直接砍了！」

「多謝可汗！」臉色慘白的男子們躬身行禮，然而，卻沒有挪動腳步。賀魯被趕下了汗位，按照規矩，賀魯的一切，包括沒生過孩子的女人，就全部應該歸屬於圖南達。他們即便再受圖南達的信任，也不能染指後者的私產。

「大汗，我這裡有馬奶酒。」「大汗，我這裡有肉乾。」「大汗，我這就命人取點心來！」叫嚷聲，迅速在周圍響起。卻是幾個底層小管事，看準機會，相繼跳出來表忠心。這也是意料中的事情，圖南達笑著點頭。隨即，將目光又看向了正在趕回來的一支人流。

人流由兩部分組成，一部分，是八名貴族打扮的長老和他們的嫡系家人，都被繩索捆了個結結實實。另外一部分，則是梅祿夷男、大箭紮木和大箭拔也古以及二人麾下的武士，不過，總人數比先前又高出了一倍，毫無疑問，是在去捉拿八大長老的途中，又有新的武士「迷途知返」。

看到圖南達將目光掃向自己，勇士們一個個全都挺胸拔背。而八位長老，則全都耷拉下腦袋，不敢與他目光相接。

「當日，殺死大薩滿卡吉和也吞長老的，是誰的主謀，自己站出來！」手按腰間刀柄向前走了兩步，圖南達高聲喝令。眾長老齊齊打了個哆嗦，隨即，回答得異口同聲，「不是我們，不是我們，大汗，你聽我們解釋。我們沒想過殺自己人。是阿史那沙鉢羅……」

「騙鬼！」圖南達沒興趣聽他們撒謊，厲聲打斷，「別敢做不敢當。夷男，從每家抽出一個男丁，押到一旁準備處死。他們撒一句謊，你就殺一批！直到把所有高過車輪的男丁殺完為止！」

「是！」早就被仇恨燒紅了眼睛的夷男，立刻帶著武士去拉人，轉眼間，就將八位長老的嫡親長子，全都拉到一旁，當做待宰羔羊。八位長老當中，立刻有人支撐不住，扯開嗓子高聲舉報，「是福萊，是福萊長老。他事先跟阿史那沙鉢羅密謀，說必須殺了大薩滿，才能讓賀魯坐穩可汗之位！」

「召格，你胡說。」被舉報者大急，轉過身，對舉報者破口大罵。然而，在他身體另一側，卻又響起了第二位長老的聲音，「大汗，的確是福萊，阿史那沙鉢羅答應給他的小兒子，說一名阿史那家族女人做妻子，還答應送他十四大宛良馬，三公七母。」

「大汗，是福萊，福萊長老私下找我們，說大汗您兩頭不站，看似聰明，到最後肯定兩頭都得罪！」

「福萊，你就承認了吧！死到臨頭，何必拉上別人……」其他幾名長老，為了給自己爭取一線生機，也紛紛開口，努力坐實福萊為殺死大薩滿卡吉的罪魁禍首。

「你們撒謊，你們無恥！」長老福萊又急又怕，抬起腳，朝著舉報者們亂踢。梅祿夷男哪裡有耐心看他垂死掙扎，上前拎起他的脖子，像拎小雞一樣拎到帳篷西側，一刀抹斷了他的喉嚨。

「長老福萊，勾結阿史那沙缽羅謀反，害死大薩滿卡吉，天理難容。其家高過車輪男子一概斬首，女子和小孩貶為奴隸，歸大薩滿卡吉的長子隨意處置！」絲毫不介意夷男沒有接到自己的命令就殺人，圖南達拔出帶血的佩刀，咬著牙宣佈。

長老福萊的家人，立刻哭喊求饒。梅祿夷男卻沒有給予這些人絲毫憐憫。帶著武士們衝過去，將福萊的家人一個挨一個拉到帳篷西側，用刀砍成兩段。寢帳前，那些剛剛被解救的官員和將領們，心中感覺不忍，然而，卻沒有人出言替福萊長老的家人求情。原因很簡單，就在前幾天，大薩滿卡吉一家的成年男子，除了跟圖南達一道逃走的夷男之外，也被賀魯和長老們下令殺了個精光。如今圖南達成功奪回了可汗之位，作為圖南達唯一的鐵桿心腹，夷男對長老們怎麼報復，都不過分。

「殺死也吞長老的，是誰的主謀？自己站出來，還是等著其他人舉報？」不待夷男那邊的殺戮結束，圖南達再次舉起刀，向剩下的七位長老逼問。剛剛奪回可汗之位，他必須展示自己殘暴的一面，才能震懾其他窺探汗位者。所以，眼下血還沒有流夠，遠遠沒有流夠。

「是夯格！」「是夯格！」「是夯格嫌也吞長老礙事，所以才殺了他！」有前一輪出賣隊友的先例在，眾長老們連五個彈指時間都沒堅持住，就紛紛高聲舉報。

「你們胡說，胡說！」被喊出名字的長老夯格高聲自辯，甚至反咬一口，「分明是阿木達先提的，他原本就跟也吞有仇。他……」

「也吞長老的家人呢，還剩下誰？」圖南達根本沒興趣聽這群背叛者狗咬狗，將頭轉向前來效力的支持者，高聲詢問。回答他的先是一片沉默，直到他又問了第二遍，才有人小心翼翼地回應：「也吞長老的三個兒子和兩個孫子都被殺了，兒媳被其他長老瓜分了。還有一個小孫女，做了別人家的牧奴。」

「把他的兒媳帶出來，把他的孫女也找來。」圖南達皺了皺眉，果斷吩咐。支持者們立刻上前，從幾位等待處置的長老身後，拉出了也吞長老的兒媳，當場釋放。緊跟著，也有牧民主動將也吞長老的孫女，送到了圖南達面前。

「把夯格全家的男丁都砍了，女人全部判給也吞家長老的女人為奴，家產和牧奴，也全部轉給也吞家！」圖南達想了想，當眾宣佈了處置決定。幾個被釋放的女子帶著一個懵懵懂懂的小女孩哭泣著躬身拜謝，圖南達的支持者們則撲向夯格長老及其家人，將所有男子不問老幼盡數屠戮。

沒有人覺得這樣做有什麼不妥當，也沒有人對夯格長老一家表示任何憐憫。黠戛斯人的規矩歷來如此，夯格一家在得勢之時，也沒有想過放也吞長老及其兒孫們任何活路。給兩個因為支持自己而遇難的長老及其家人報完了仇，接下來對叛亂者的處置，對圖南達可汗來說，就簡單了許多。黠戛斯乃蠻部沒有自己的文字，當然也沒有成文的律法，一切判決，只能參考古老相傳的規矩和以往的先例，外加勝利者的心情。

圖南達的心情今天不錯，所以，其餘六位參與叛亂的長老及其家人，都得到了寬恕。只是剝奪了他們的長老職位，並且勒令他們交出牛羊和其他財產的七成，包括奴隸。剩餘的三成財產雖然讓他們的日子，無法再像原來那樣富足，比起尋常牧人之家，仍舊要寬裕許多。

賀魯葉護麾下的將士，除了鐵桿死黨和親兵之外，其餘的人都沒有被追究，又自動回到了圖南達麾下，官職也基本沒任何變化。為保護賀魯而戰死的那幾個大箭，家人非但沒有受到任何牽連，反而被圖南達下令厚待。原因很簡單，圖南達的弟弟不止賀魯一個，除非他現在就將活著的弟弟們全部處死，否則，誰也不敢保證，在他有生之年，奪位之戰不會發生第二次。而他，屆時也需要有將領像今天保護賀魯那樣，為自己戰鬥到最後一息。

至於賀魯還活著的死黨和親兵，則被圖南達下令盡數斬殺，不做株連。這樣做，完全符合古老相傳的規矩。死黨和親兵與可汗乃是一體，倘若死黨不死，親兵不親，則天下大亂。圖南達身為可汗，必須維護規矩的延續。

「善後」工作進行得迅速且有條不紊，唯一讓圖南達感覺到一些麻煩的，就是他和賀魯兩人共同的母親。整個部落的人都知道，這場叛亂，他母親是最積極的支持者。而賀魯之所以野心不斷膨脹，跟他母親不喜歡圖南達息息相關。

再麻煩的事情，也得面對，與哭紅了眼睛的母親默默地對視了片刻之後，圖南達沉聲說道：「我記得阿嫫說過，你來自望建河北的劫牙部，是可汗的女兒。我給你三百頭羊，五十對公馬和母馬，二十名男奴隸和二十名壯年女奴隸，你帶著他們回去投奔妳兄長吧。今年是個暖冬，妳快點走，半個月就能看到望建河。」

「我的兒子，你要放逐我嗎？」圖南達的母親抹了把眼淚，啞著嗓子質問。

「我不能殺死帶給自己生命的人，但是，卻不能不懲罰叛亂者。劫牙部雖然跟乃蠻在很多年前就沒了聯繫，但是劫牙部肯定還在。」圖南達心裡難受得如同萬針攢刺，卻仰著頭，高聲回應。努力讓自己的話，被周圍所有人聽見。意識到一切已經無法挽回，他的母親放聲大哭。隨即，在夷男和幾名兵卒的「規勸」下，踉蹌著離去。

「大唐瀚海姜都護聽聞我遭到背叛，立刻聯合各部為我主持公道。」硬起心腸不看自己的母親，圖南達深吸一口氣，扯開嗓子向所有人宣佈，「黠戛斯人不會辜負自己的恩公，所以，從今天起，乃蠻部上下，誓死追隨大唐，追隨姜都護。姜都護一聲令下，我，乃蠻部可汗圖南達，必將帶領全部落男子誓死相從。」

「乃蠻部上下，誓死追隨大唐，追隨姜都護！」夷男帶頭，高舉兵器打呼。

「乃蠻部上下，誓死追隨大唐，追隨……」眾將士先是愣了愣，隨即，也舉起手臂或者兵器，高聲重複，儘管，其中絕大多數人，根本不知道大唐到底在哪兒。

朝著眾將士點了點頭，圖南達轉過身，大步走向援軍，隔著老遠，就把兵器托在手中，朝著姜簡躬身行禮，「長生天為證，乃蠻部從今日起，就是姜都護手裡的刀。誓死追隨姜都護腳步。如果違背，天打雷劈。」

「言重了，圖南達可汗言重了。姜某願意與你約為兄弟。」姜簡聞聽，趕緊跳下坐騎，快步上前攙扶。

「圖南達不敢做姜都護的兄弟，只願意做姜都護的獵犬和戰馬！」圖南達再度躬身，聲音彷彿發自肺腑。

「從今往後，咱們所有人都並肩而戰！」姜簡再度用雙手攙扶，也回答得情真意切。對他來說，圖南達為不為大唐而戰，並不重要。重要的是，通過幫助圖南達奪回可汗之位，可以加快整合會盟各部的力量。並且，讓參與會盟的各部，無法再繼續兩頭下注。雖然，整合之後的隊伍，戰鬥力仍舊遠遠比不上突厥狼騎。但是，如果下次瀚海都護府與突厥狼騎交手的關鍵時候，突然殺出來一支援軍，直撲突厥狼騎的背後，就足以影響戰局的走向。

當日，聯軍就駐紮在乃蠻部，殺牛宰羊，慶賀勝利。來自各部的將士們，發現大夥幾乎沒有遭受任何損失，就平息了乃蠻部的叛亂，軍心振奮異常。很多人都覺得，按照這種勢頭發展下去，哪怕遇到突厥狼騎，大夥也未必沒有力量跟其正面一分高下。

「只可惜沒抓到史笸籮那廝！那廝竟然真的像你說的那樣，居然提前跑路了！」高興之餘，瑞根心裡也有一絲遺憾，舉著酒盞，在姜簡身邊小聲嘀咕，「否則，抓到了他，老子非把他吊在樹上，抽個皮開肉綻！」

「乃蠻部的人說了，史笸籮昨天半夜就不見了。這廝，簡直就是一隻兩頭烏注八，鼻子能聞得見吉凶。」沒抓到史笸籮，羽陵鐵奴也覺得有些不甘心，大著舌頭附和。

「大冬天的，也不知道那廝還能跑到哪去？就不怕給凍死在路上！」蕭朮里跟史笸籮算是情敵，咬著牙詛咒。

「凍死個屁，上一場雪第二天就化盡了。現在靠近山南坡，還能找到綠色的草芽。」羽陵鐵奴

注八、兩頭烏，即艾鼬，漠北常見生物，膽小敏捷，遇到危險就逃走。

已經喝多了，斜著醉眼搖頭。「我長這麼大，第一次看到這麼暖和的冬天！」

「也是，我也從沒遇到過這麼暖和的冬天！」蕭朮里想了想，用力點頭，「如果一直這麼暖和，史笸籮可以放心大膽地跑，哪怕一路跑回他的老窩，都沒問題！」

「從這跑回金微山，怕是有三四千里吧？即便天氣再暖和，也能活活累死他！」瑞根皺了皺眉頭，對蕭朮里的推測不以為然。

「那他跑回室韋部，肯定沒問題。室韋距離這邊才一千五六百里。差不多剛好是到金微山的一半兒。」蕭朮里又想了想，堅持自己的意見。

他們兄弟幾個都喝得有點兒高了，光顧著抬槓。卻誰都沒注意到，姜簡的臉色忽然變得鐵青，握著酒杯的手，也突然開始微微顫抖，彷彿酒杯剎那間變得重逾千斤！

今年冬天，異常的暖和。室韋部距離乃蠻部，一千五六百里，史笸籮跑回室韋部毫無問題。瀚海都護府，距離金微山兩千多里，如果車鼻可汗趁著天氣暖和，冒險派兵來襲……。

忽然間，姜簡心裡無比盼望，老天爺趕緊降下一場暴風雪。

第一百五十五章 魔鬼晝行

羽箭如風暴般射向低矮的寨牆，令天空都為之變暗。木製的營牆後，很快就濺起了血光，身穿皮甲的薛延陀武士將身體縮在寨牆和木製的盾牌之後，盡全力避免暴露於箭雨之下，仍舊不停地有人被羽箭射中，血流滿地。

攻擊來得太突然，羽箭也太多，太密。只有一人多高的木製寨牆和單薄的木盾，根本無法為薛延陀武士提供足夠的防護。甚至許多面盾牌因為短時間內承受了太多的羽箭，四分五裂。

「嗚嗚嗚，嗚嗚嗚，嗚嗚嗚——」寨牆外響起低沉的號角聲，宛若魔鬼睡醒後發出的咆哮。在馬背上對寨牆發起羽箭覆蓋的突厥狼騎們，迅速轉向左右兩翼，為後續攻擊隊伍讓出足夠的空間。

數十輛的馬車「隆隆」向前，取代了騎兵們的位置。馬車上的突厥步卒們用繩索套住剛剛點燃的火油罐子奮力前甩。剎那間，數以百計的火球騰空而起，疊加馬車的速度和投擲的速度，砸向木製的寨牆，將寨牆靠近正門附近寬達十丈，深約五尺的區域，砸成了一片火海。

罐子為黏土燒製，裡面裝的是牛油，還摻了鋸末和硫磺。這是大食講經人傳授給車鼻可汗的戰術，用來對付草原上各部落的營寨最兇殘不過！罐子落地，就會摔得四分五裂。飛濺出去的牛油、鋸末和硫磺混合物，無論黏在任何東西的表面，都無法輕易擦除，並且沾火就著。

每一個火罐子，至少能在其落地處方圓四尺的範圍之內，點起五六個火頭。幾百個火罐子落到寬十丈，深度不到半丈的區域之內，足以給區域內的守軍和防禦設施，造成一場滅頂之災！

「啊——」三十幾個薛延陀武士，在火海之中衝出，慘叫著向附近的同伴求救。他的頭盔在燃燒，鎧甲在燃燒，護腿和靴子也在燃燒，張開的雙臂就像兩支火炬。

周圍沒被火焰波及，卻被嚇呆了的同伴，沒勇氣，也不知道怎樣才能為救他們，慌慌張張地轉身閃避。渾身上下都在燃燒的武士們，踉蹌著又衝出了十五六步，一個接一個栽倒於地，翻滾、掙扎，在絕望中慘死。

「嗚嗚嗚，嗚嗚嗚，嗚嗚嗚——」低沉的號角聲又響了起來，比從小海（貝加爾湖）吹過來的北風還要陰冷。伴著魔鬼的咆哮，寨牆外的馬車迅速轉向，繞過正在熊熊燃燒的區域，撲向營地的西側大門。駐守在營地西側的薛延陀武士們知道大難臨頭，拚命放箭阻攔。兩千餘名突厥狼騎旋風般殺至，超過馬車，將羽箭一波接一波射向寨牆之內，密密麻麻，遮天蔽日。

寨牆內的薛延陀武士很快就又壓得抬不起頭，寨牆外，突厥人的馬車繼續隆隆而行。坐在車上的投擲手們甩動皮索，重複上一輪動作。數以百計被點燃的火罐子拖著長長的尾煙砸向營地西門。火光沖天而起，營地的西門連同兩側木牆，被烈焰迅速包裹，濃煙夾著紅色的火星扶搖而上。

「投降，我們投降，請大可汗念在我等一向恭順的份上，給我等留一條活路——」沒等第三輪號角聲響起，營地內的薛延陀人已經確信自己一方沒有任何守住營地的可能。一名頭戴鐵冠的年輕人，在二十幾名老者的簇擁下，高舉著白旗走向僥倖還沒被點燃的一段寨牆，向已經張弓搭箭的狼騎們高聲求饒。「投降，我們投降，請大可汗念在我等一向恭順……」寨牆附近的薛延陀武士們雖然不甘心，也只能紅著眼睛重複，以免繼續戰鬥下去，整個部落遭受滅頂之災。

突厥狼騎迅速收起角弓，潮水般後退。隆隆駛來的馬車也立刻減速，馬車上，突厥投擲手還沒燒過癮，一個個單手舉著火把，面朝薛延陀人的營寨，虎視眈眈。

「嗚嗚嗚嗚嗚——」號角聲再度吹響，卻不是進攻的曲調。一隊身披猩紅色披風，騎著金紅色大宛良駒的突厥近衛，邁著整齊的步伐上前，用身體組成一道紅色的長廊。車鼻可汗阿史那斛勃的身影緊跟著出現，騎著高頭大馬走過長廊，與頭戴鐵冠的薛延陀別部吐屯隔著寨牆相望。

「大可汗，今年夏天，聽聞您有志重振突厥，屬下還給您送去了三百頭羊，五十匹駿馬相助。」頭戴鐵冠的年輕薛延陀別部吐屯咄咄躬身下拜，大聲喊冤，「屬下從沒有違拗過大可汗的任何命令，還請大可汗念在屬下以往恭順的份上，放我部上下一條活路！」

「咄咄是吧！」車鼻可汗用眼皮夾了年輕的吐屯一眼，冷笑著回應，「羊和馬，本可汗的確收到了。可本可汗的兩個兒子帶兵攻打回紇之時，你為什麼不帶領麾下武士追隨？羯曼陀兵敗受傷，你為什麼不派人護送他返回金微山？本汗年初給你的信中曾經明確指出，要麼站突厥，要麼站大唐，想兩頭都不得罪，等待著你的，肯定是死路一條！」

「大可汗息怒，息怒啊！」薛延陀別部吐屯咄咄被嚇得打了個哆嗦，立刻將身體躬得更低，「不是屬下不肯出兵，是我部距離回紇太近，而屬下這邊，所有能上馬廝殺的男女，加起來都湊不夠三千。一旦婆閏帶著人馬前來報復，我部就得粉身碎骨。」這就是小部落的無奈。他的部落，只是薛延陀諸多別部當中的一個，總人口還不到兩萬，能上馬作戰的青壯男女全部加起來也只有兩千四百出頭。跟著羯曼陀去討伐回紇固然容易，可一旦回紇人在羯曼陀離去之後展開報復，他的部落根本沒有自保之力。理由很充分，也完全屬於事實。然而，車鼻可汗聽了，卻再度搖頭冷笑，「回紇人會讓你部粉身碎骨，難道本可汗就做不到不成？來人，給我砸爛了寨牆，血洗了這夥薛延陀蠢貨！」

「饒命，饒命啊，大汗。我，我願意獻出一萬頭羊，五百頭牛，外加一千匹馬，給大汗助威！」咄咄嚇得魂飛魄散，雙膝跪地，連聲哀求。

「大汗饒命，我等願意出牛羊犒軍！」長老們也紛紛跪倒，哀聲求告。

「大汗饒命，我等願意出兵助戰，出兵助戰！」一萬頭羊，五百頭牛，外加一千匹馬，已經是整個部落能拿出來的極限。車鼻可汗率部離去之後，部落裡肯定很多人要被活活餓死。然而，無法取得車鼻可汗的「原諒」，死去的人肯定更多。

「一萬頭羊，五百頭牛，外加一千匹馬？」車鼻可汗怦然心動，輕輕皺眉。然而，還沒等咄咄和長老們做出肯定回應，他卻又狂笑著舉起了刀，「這點兒東西，也想減輕罪責，大白天的何必做夢？來人，給本汗平了這個寨子，所有牲畜糧食，咱們自取！」

「大汗饒命——」咄咄和長老們，狂叫著叩頭，試圖讓車鼻可汗改變主意。然而，後者卻沒有再做任何回應。

四下裡，突厥狼騎掩護著投擲手再度發起攻勢，將木製的寨牆一段接一段焚毀。不待火勢完全熄滅，狼騎們就策馬衝過寨牆上的缺口長驅而入，手中鋼刀揮舞，將所有能看得到的薛延陀人，無論是跪倒求饒的，還是拚死抵抗的，全都砍翻在血泊之中。

「車鼻可汗，我跟你拚了！」薛延陀別部吐屯咄咄追悔莫及，帶著三百多名親信衝上前，試圖阻擋狼騎的腳步，給麾下牧民們爭取逃走的時間。數百支羽箭從天而降，將他身邊的親信們射得人仰馬翻。倉促組建的陣型迅速崩潰，迎面殺過來的突厥狼騎高舉著橫刀，結成小隊突入軍陣，轉眼間，就將軍陣分割成了數塊兒。隨即左劈右砍，將薛延陀武士們斬於馬下。反抗就像山洪前的一堆沙土般，轉眼間就被突厥狼騎衝垮。年輕的薛延陀別部吐屯咄咄接連砍死了三名狼騎，前胸也多處中箭，血染征衣。他咬緊牙關，繼續策馬前衝，很快就又被一支投矛射中了小腹。緊跟著，他胯下的戰馬也中了箭，悲鳴著跪倒於地。兩個狼騎趁機加速從他身邊衝過，橫刀斜掃，將他手臂和脖頸先後砍成了兩段。

無法逃走的薛延陀牧民們，從帳篷裡衝出來，用草叉和木棍，保護背後的妻兒。突厥狼騎嫺熟地射出羽箭，將他殺死。隨即，將火把丟向帳篷。躲在帳篷裡的女人和孩子被迫逃出，雙腳卻跑不贏戰馬。突厥狼騎們獰笑著從身後追上來，像玩耍一般，將他們一個接一個砍倒。屠殺在整個營地裡發生，每一名衝進營地的突厥狼騎，都自動變成了劊子手。他們的眼睛裡沒有溫度、沒有憐憫，甚至沒有多少情緒波動，平靜得宛若在割草。

沒有一個狼騎，會為將屠刀砍向老人和孩子而感到愧疚。也沒有一個狼騎，會在將橫刀砍向手無寸鐵的女人之時，感到一絲猶豫。他們是狼神的子孫，而殺戮是狼與生俱來的本能。他們眼裡，任何異族都不是同類。他們點燃帳篷，焚毀書籍，將整個部落變成廢墟，將文明毀滅，將野蠻視作榮耀，卻樂此不疲。

第一百五十六章　車鼻可汗教子

殺戮在一個時辰之後結束，車鼻可汗和他麾下的狼騎們，嫌棄血腥味兒太重，一把火燒掉了薛延陀人的營地，然後向東北方走了十餘里路，另外尋找避風處休息。

第二天，大隊人馬攜帶著搶來的糧草輜重，又撲向兩百多里外的一處鐵勒人部落。薛延陀原本就是鐵勒人的一個分支，雙方語言、習俗毫無差異。那處鐵勒部落的吐屯拔系迷，從僥倖逃出來的薛延陀牧民口中，聽聞鄰居被屠戮殆盡的消息，果斷下令整個部落棄了營地向受降城逃難。

雖然是個暖冬，在毫無準備的情況下跋涉千里，沿途中肯定會有不少老弱死於寒冷、飢餓，以及由於勞累引發各種疾病。然而，比起整個部落都被屠殺一空，這樣的結局已經算幸運。

至於來不及帶走的氈子、生活器具和牛羊，拔系迷反覆斟酌之後，下令全都留給了車鼻可汗。只希望車鼻可汗能看在這些物資的份上，別派遣將領帶著狼騎對自己和自己的部落尾隨追殺。

「倒是個省心的！」車鼻可汗得知目標提前逃走，並且留下了許多牛羊和輜重，笑著點頭。

有將領主動請纓去追殺，被他笑著制止。有將領詢問下一個目標在哪，他在羊皮輿圖上隨便掃了兩眼，就將刀尖戳在了距離自己所在位置最近的一處同羅人的營地，「這裡，告訴兒郎們加把勁兒，連夜撲過去。拿下同羅人的營地，糧食和牛羊歸公，馬匹和其他細軟，給他們均分！」

「謝大汗！」前來請示的將領喜出望外，扯開嗓子高聲謝恩，隨即，將車鼻可汗的最新命令迅速傳遍了全軍。

因為背叛了大唐，朝廷已經不再給突厥別部撥付任何物資和軍餉。而膽小的商人們，做生意時也儘量繞開金微山。失去了大唐朝廷的支持和絲綢之路帶來的豐厚收益，突厥別部大多數人今年的日子明顯過得不如以前。所以，此番出征，能趁機洗劫沿途大小部落，就成了很多狼騎的動力。而熟悉下屬心思的車鼻可汗，則「貼心」地滿足了狼騎們的訴求。

「謝大汗！」「謝大汗！」「大汗威武……」剎那間，謝恩聲和稱頌聲，此起彼伏。得知又有新目標可搶的狼騎們，一個個擦拳摩掌，士氣全都高漲到了極點。

「勇士們，你們手中的刀，就是長鞭。漠南漠北各部，就是牛羊。已經養了整整一年了，牛羊正肥。繼續前進，去檢驗你們的收穫！」車鼻可汗的胸口，也迅速被豪氣充滿，用橫刀向遠方指了指，高聲動員。

「大汗諭示，你們手中的刀，就是長鞭，漠南漠北各部，就是牛羊……」幾個大嗓門親兵，使出吃奶的力氣，將車鼻可汗的話一遍遍重複，絲毫不覺得，這話有什麼地方不合理。

大軍攜帶著一股濃烈的血腥氣加速奔行，兩日之後，將一個足足兩萬人的部落，屠成了白地。隨即，又嚎叫著去尋找新的獵物。冬天向來都不是戰鬥的季節，無論漠南還是漠北，各部落到了冬天，連外出放牧的時候都很少，更甭說四處遷移。結果，一個接一個部落在毫無防備的情況下，陷入了滅頂之災。數十萬各部男女老幼，在短短不到一個月的時間內，相繼倒在了突厥狼騎的屠刀之下。

能像鐵勒別部吐屯拔系迷那樣，趕在車鼻可汗殺過來之前，果斷帶領族人拋棄了營地和大量笨重物資逃走的部落首領，只是極個別情況。大多數部落的吐屯、可汗們，都以為自己既然已經主動向車鼻可汗送上了大量「孝敬」，就應該不會被狼騎視作獵殺目標。直到突厥狼騎殺進他們的營地，砍翻了他們的親人，並且將刀砍向了他們的脖頸，他們才追悔莫及。還有很多部落長老，春天時才私下裡拿到車鼻可汗派人送來的賄賂，冬天時又連本帶利被車鼻可汗收了回去，並且搭上了自己和家人的性命。

「父汗，咱們這次收穫的糧草、物資和牛羊，已經足夠供應勇士們吃上兩年了。」眼看著車鼻可汗帶領狼騎走一路殺一路，越殺越順手，甚至將兩個已經明確站在了突厥這邊的小部落也給屠成了白地，突厥泥步設阿史那羯曼陀忍不住低聲提醒。

「比起咱們剛剛出發之時，眼下將士們的士氣是高了，還是低了？」車鼻可汗橫了自家兒子一眼，撇著嘴回應。

「當然是高了好幾倍。」羯曼陀臉色微紅，如實回答。因為陟苾和他接連吃敗仗，突厥狼騎的士氣一降再降。甚至在本次出征之時，很多狼騎都耷拉著腦袋。而現在，所有狼騎，全都精神煥發，兩眼裡充滿了嗜血的渴望。

「咱們這一路，每天行軍多少里，你算過嗎？」車鼻可汗又看了自家兒子一眼，繼續循循善誘。

「每天？」羯曼陀掰著手指頭想了想，很快就給出了答案，「每天差不多七十里吧，連同拿下各部營地的時間也算上。如果扣除掉拿下各部營地的時間，差不多，差不多一百二十里！」

「每天一百二十里，已經走了大半個月，你去聽聽，有人喊累嗎？」車鼻可汗點了下頭，繼續拋出新的問題。

「沒有！」羯曼陀迅速朝周圍正在搶劫殺人的狼騎們看了一眼，回答得乾脆俐落。

「有人故意自傷避戰，或者半途逃走沒有？」新的問題再度被車鼻可汗拋出，讓羯曼陀有些應接不暇，只能憑著直覺回答，「沒有！」

「隨軍的各位長老，還有人提議，再度向大唐輸誠嗎？」答案當然還是「沒有」。屠戮了這麼多部落，殺了這麼多無辜的人，突厥別部哪裡還有路可供回頭？

但是，羯曼陀卻仍舊未被說服，趁著車鼻可汗停止詢問，小心翼翼地補充：「可，可斛薩部，斛薩部一直就站在咱們這邊。還按照您的要求，改回了突厥制。」

「如果高侃明年春天帶著唐軍殺出受降城，斛薩部還會跟著咱們並肩而戰嗎？」車鼻可汗瞪了自家兒子一眼，認真地反問。答案比禿頭上的蝨子還要明顯。羯曼陀以很小的聲音回應了一句「不會」，低下頭，心悅誠服。

「斛薩部距離回紇，不過三天的路程。我不敢保證，他們跟婆閏那邊有沒有勾結，也不敢保證他們明年在唐軍主力出塞之後，會不會反咬咱們一口。所以，乾脆現在就屠了它了事。」很滿意自家兒子認真求知的態度，車鼻可汗拍了下羯曼陀的肩膀，高聲指點，「咱們突厥，沒有大唐那麼富庶，也拿不出好處來分給漠南漠北各部。所以，就只能跟大唐比誰更兇殘。讓各部落知道，背叛了大唐啥後果都沒有，得罪了咱們突厥，則一定會被滅族。各部可汗和吐屯，自然就不敢再腳踏兩隻船！」

「另外，你別忘了，咱們突厥才是草原的主人。」深吸了一口氣，他的臉色變得更加鄭重，「這裡，是狼神幾千年前就賜給咱們的。漠南漠北其他各部，全是咱們的奴僕。咱們不需要跟任何部落講道理，也不需要給任何人公平，只需要他們的畏懼！」

「明白，多謝父汗指點。」羯曼陀再度躬身，感謝自家父親的言傳身教。他穿得很厚，頭頂上的陽光也很明亮，天空中晴朗無雲，地面上也沒有一絲風，然而，此時此刻，他卻覺得有股寒氣，從自家父親拍打的肩膀處傳進了身體，一路傳遍了自己的血管，肌肉和骨髓，讓自己全身上下彷彿都結滿了看不見的冰，連心臟，都要被凍僵。

「咱們的下一個目標，就是回紇汗庭。」就在羯曼陀感覺心臟停止跳動之前，車鼻可汗的聲音，又傳進了他的耳朵裡，分明近在咫尺，卻讓他感覺非常遙遠，「今晚休整之後，你先帶八千狼騎撲過去，趁著回紇那邊來不及防備，殺他們一個措手不及。」

「我？父汗，您，您還讓我領兵？」羯曼陀打了個哆嗦，仰起頭，詢問的話脫口而出。突厥人不會同情弱者，上次慘敗而歸，就意味著，他已經跟陟苾一樣，退出了下一任可汗之位的競爭。而沙缽羅，則理所當然的取代他，成為可汗之位的第一繼承人。

羯曼陀本以為，自己很快就得將泥步設這個封號，也交出去。卻沒想到，父親竟然打破了慣例，再一次讓自己帶領大軍，擔任起討伐回紇的先鋒！

「你上次準備不足，輸給婆閏和姓姜的，情有可原。這次，贏回來就是！」車鼻可汗笑著看了一眼羯曼陀，輕輕點頭，「據沙缽羅派人送回來的加急密信，姓姜的去了契丹。趁著他不在，你擊敗婆閏，拿下回紇汗庭，自己洗刷自己的恥辱。我帶領大軍，慢慢趕過去，等著在半路上收你的捷報！」

「父汗！」羯曼陀的心臟，一下子就熱了起來，兩眼之中，隱約也有了淚光。毫無疑問，父親從沒想過，讓沙缽羅取代自己。哪怕沙缽羅再聰明，再努力，打再多的勝仗也不行。

自己的繼承人位置，穩如草原上的岩石。只要自己這次能夠將失去的威名打回來。

「沙缽羅很出色，和你一樣出色，但是，他卻學了太多唐人的東西。」知道羯曼陀心中除了感動之外，一定還藏著許多疑問，車鼻可汗笑了笑，主動解釋，「我不在乎他有一半兒漢人的血脈，我卻不能讓他把漢人的那些東西，照搬到突厥來。」

第一百五十七章 懸殊

「車鼻可汗簡直瘋了？走一路殺一路，也不怕報應！」帶領斥候打探消息歸來的駱履元將頭盔丟在地上，喘息著向婆閏、胡子曰等人彙報，「算上這次屠掉的斛薩部，他已經殺了二三十萬人。把草原上的百姓全殺光了，他佔了再大的地盤能有啥用？」

「說具體位置，車鼻可汗到哪了？」胡子曰看了他一眼，沉聲吩咐。

有關車鼻可汗大肆屠戮草原各族百姓的消息，十多天前就已經傳到瀚海都護府。儘管心裡頭對被屠戮的各族百姓充滿了同情，胡子曰卻不想大夥當中任何人，把時間和精力花費在對劊子手的譴責上。光罵，傷不到車鼻可汗的一根寒毛。光同情，也拯救不了一個被屠戮的各族百姓。想要讓屠殺不再發生，唯一的辦法就是澈底擊敗突厥狼騎，送車鼻可汗去下地獄。而根據大夥目前所掌握的消息，已經完全可以確定，車鼻可汗這次盡起麾下四萬大軍，最終目標正是瀚海都護府。接下來，大夥只要稍有應對不慎，所有人，包括回紇各別部，都有可能落到那些擋在突厥大軍前進道路上的各族百姓同樣的下場！

「鐵勒斛薩部！突厥狼騎到了鐵勒斛薩部！據逃出來的牧民哭訴，前天清晨，車鼻可汗帶領突厥狼騎抵達了距離咱們三百七十里鐵勒斛薩部。斛薩部的吐屯沒敢抵抗，獻上了全部落的牛羊、戰馬和未婚女子。然而，仍舊被車鼻可汗下令用戰馬拖死。隨即，狼騎就對斛薩部進行了屠殺。」駱履元整理了一下思路，聲音裡帶著明顯的顫抖，「斛薩部三萬六千多男女，最後活著逃出來的不到四百。按照突厥狼騎以往的速度，最遲後天，突厥狼騎就會殺到咱們家門口。」

無論按照中原還是塞外的標準，他都不是一個合格的斥候。心腸太軟，同情心太旺盛，身體也太單薄。然而，胡子曰卻仍舊給了他一個鼓勵的微笑，柔聲點撥：「這樣就對了，先說敵軍到了哪裡，規模多大，有什麼最新動向，然後再說其他事情。你先坐一旁歇歇，我讓人把突厥狼騎的位置標出來。」

「是！」駱履元答應一聲，在陳元敬和李思邈二人的攙扶下，到鋪著羊皮的胡凳上休息。胡子曰在親手撿了代表突厥大軍的黑色三角旗，快速插在了輿圖上斛薩部所在位置。並且在斛薩部附近，用炭條畫了一個小小的刀子符號。

從輿圖上看去，從金微山一直到鐵勒斛薩部，沿途已經畫了十四個把刀子。所有刀子穿成一條曲線，直奔瀚海都護府的位置襲來。而瀚海都護府，卻既沒有高山可憑，也沒有大河幫忙阻擋。

「都護，已經再次通知各別部可汗準備南遷了嗎？」胡子曰快速掃了一眼輿圖，將目光轉向了主帥位置的上婆閏，低聲詢問。

「已經是第三次了。但是，仍舊有六家別部認為他們距離都護府這邊足夠遠，暫時沒有行動。」婆閏想了想，迅速給出了答案，「其他九個別部，已經收拾好了行李，答應只要接到咱們這邊的消息，就會立刻啟程南下，一路直奔受降城。」

胡子曰聞聽，眉頭立刻皺了起來，啞著嗓子商量，「都護能不能再派長老去跟他們催一催，讓那六家千萬不要掉以輕心。記得把斛薩部被屠的消息，也告訴他們。」

「好！我這就派人去催。」婆閏知道自己無論作戰經驗，還是指揮能力，都遠不如胡子曰。抬起頭，果斷答應。

胡子曰朝他點了點頭，隨即，迅速將目光轉向了一名府兵別將打扮的中年男子，再度低聲詢問：「劉都尉，高大都護那邊，有回應嗎？能不能派兵馬過來支援？」

「高大都護那邊，暫時還沒有回應。我估算行程，咱們的求援信應該在三天前就送到了他手裡，而他的回覆，最近一兩天就能送達瀚海都護府。」中年將領拱了拱手，非常認真地回應。絲毫沒有因為胡子曰的職位還沒自己高，就對他心生輕慢。

他姓劉，名興，原本是燕然大都護府的一名郎將，最近才奉命帶領兩千邊軍支援瀚海都護府，歸副都護姜簡調遣。然而，因為道路遙遠，外加押運了一大批朝廷撥付給瀚海都護府的糧草武器，直到七天前，他才終於趕到了目的地，也恰好聽到了車鼻可汗即將大舉來襲的消息。

兩千邊軍的到來，無疑讓瀚海都護府上下都歡欣鼓舞。然而，跟胡子曰、婆閏、朱韻和姜蓉等人碰頭之後，劉興卻立刻得出了一個結論：光憑著目前瀚海都護府的實力，恐怕擋不住車鼻可汗的傾力一擊。所以，他又立刻派人將婆閏的親筆寫的求救信，快馬送回了燕然大都護府，請求新任大都護高侃，務必為瀚海都護府提供最大可能的支援。

高侃的回應遲遲未到，胡子曰心裡頭就有點著了急。緊皺起雙眉，向劉興尋求確認，「後天才能回信？如果高帥派援軍趕過來，是不是需要的時間更久？劉將軍，你對大都護府那邊情況熟悉，能不能給大夥交個實底兒，如果高帥肯派兵來支援的話，最早什麼時候能到？」

「這……」劉興也皺起了眉，反覆斟酌之後，才用極低的聲音給出了答案：「胡都尉，你是老行伍，我不瞞你。高帥初到受降城，光熟悉和整頓手頭兵馬，就得花費一兩個月。而李素立先前，又執意對草原各部安撫為主，邊軍這幾年來訓練懈怠，戰鬥力大不如前。無論換了任何人在高帥同樣位置，都很頭疼。即便決定出兵來支援咱們，恐怕也加倍小心。以免一招不慎，上了車鼻可汗的當。導致突厥狼騎趁機殺進受降城內！」

他的話說得非常委婉，但是，在場所有人卻都聽明白了什麼意思。高侃派兵前來支援瀚海都護府的機率，不會超過五成。即便能來，也會穩紮穩打，不可能為了援救瀚海都護府，被車鼻可汗抓到破綻，損兵折將。

如此，兩天之後，能夠面對四萬突厥狼騎的，就只剩下瀚海都護府原班萬餘人馬，和剛剛趕過來的這兩千大唐邊軍了。

一萬二對四萬。

這一仗，大夥兒幾乎看不到任何勝利的希望！

第一百五十八章　重壓

大冬天，卻萬里無雲，曠野中風弱得幾乎感覺不到。明晃晃的太陽懸在人的頭頂上，雖然遠遠不及夏天時那樣炙熱，卻也讓人的皮襖和鎧甲之下，很快就生出了汗珠，與皮膚表面的泥土混在一起，散發出濃烈的膻臭味道。

倘若只是一兩人身上散發出膻臭味道也就罷了，野地空曠，任何氣味都能很快散去。可整整八千名狼騎，每個人身上都如此，那味道的衝擊力，可想而知。

偏偏這種天氣裡，還不能解開皮襖和鎧甲「落汗」。否則，看不見的寒氣會直接穿透皮膚和肌肉，滲進人的骨髓。讓貪圖一時涼快者，轉眼間就病得爬不上馬背，甚至直接被送進鬼門關。

「啊——阿嚏，奶奶的，這是什麼鬼天氣啊。老子長這麼大，第一次看到如此熱的冬天！」有人被自己和同伴們身上散發出來的味道，熏得頭暈腦脹，一邊打著噴嚏，一邊高聲抱怨。

「熱死了，真是熱死了。這哪裡是冬天啊，上次來時天氣都比這涼快。」「也不知道今晚宿營時，能不能找見河水。用熱水擦上一擦，否則就癢死了！」

「我的天啊，靴子裡全是汗，都聽見水聲了！」四周圍，小箭、大箭們，七嘴八舌地附和。每個人都對今年這個反常的暖冬，不滿至極。卻誰都不肯用腦子去想一想，如果不是今年冬天氣候反常，他們怎麼可能在大冬天走一路搶一路，一個個搶得盆滿缽圓？

被隊伍中不斷響起的抱怨聲吵得心煩，阿史那羯曼陀豎起眼睛，高聲怒叱：「你們他媽的全都給老子閉嘴。誰再叫，老子直接將他扒光了，讓他在馬背上好好涼快涼快！」

近處的抱怨聲戛然而止，但是稍遠處的將士們，卻根本聽不到他的呵斥，仍舊繼續怨天怨地。彷彿自己抱怨的聲音大一些，就能讓天氣迅速變冷一般。「去，傳老子的將令，告訴領兵的伯克和大箭各自管好麾下的弟兄。有誰再胡亂叫嚷，亂我軍心，殺無赦！」羯曼陀心中愈發煩躁，猛然扭頭，朝著自己的親兵們吩咐。

「是！」親兵們齊聲答應，隨即衝出隊伍，在周邊撥轉坐騎，一邊逆行向西，一邊扯開嗓子，將羯曼陀的命令傳遞給隊伍中的各級將領。領兵的伯克和大箭們聽得心中一凜，趕緊抽出馬鞭來朝著各自身邊抱怨聲最大的弟兄們身上亂抽。幾百鞭子抽下去，所有狼騎終於全都閉上了嘴巴。然而，灰黑色的汗水，卻不會受軍令控制，沿著眾人頭盔的邊緣，繼續一股接一股往下流。

「伊里斯，繼續組織斥候，頭前探路二十里。只要遇到陌生人，無論其是否帶著兵器，全都當場格殺，然後帶著首級向我彙報。」羯曼陀絲毫不願體諒狼騎們的處境，皺著眉頭繼續發號施令。

「是！」一名伯克打扮的將領立刻俯身接令，隨即匆匆忙忙去調度斥候。言談舉止對羯曼陀極為恭敬，然而，在給麾下斥候們具體佈置任務之時，卻將命令悄悄做了一些微調。四周圍的地形，幾乎是一馬平川。向前探索二十里遠，根本沒必要。即便真的在二十里外發現了埋伏，斥候們能不能及時將消息送回來也很難說。還不如探索稍微近一點，多安排幾隊斥候互相配合，以便在發現敵軍之後，能夠用接力的方式，將警訊成功送回。

「賀蠻，呼延奇，你們兩個，各自帶麾下弟兄，在隊伍左右兩側半里位置，拉開為屏障。」根本沒注意到伯克伊里斯的陽奉陰違，羯曼陀皺著眉頭思考了片刻，又拿起了第二和第三支令箭。

「是！」「知道了！」兩名被他點了將的伯克，甕聲甕氣地答應。隨即各自點起麾下一千兵馬，在大隊的兩翼拉成縱隊，以防備可能從側面來襲的敵軍。

「卡紮，把輿圖拿出來，看看距離回紇汗庭還有多遠！」阿史那羯曼陀卻仍舊感覺心神不寧，皺著眉頭繼續吩咐。

「啟稟泥步設！」名字喚作卡紮的文官立刻捧著輿圖湊上前，小心翼翼地彙報，「此處叫野狼澤，距離瀚海都護府還有不到五十里。」

「每十里提醒我一次！」羯曼陀皺著眉頭看了他一眼，沉聲吩咐。

「是！」卡紮躬身領命，心裡頭，卻對羯曼陀的舉動，好生鄙夷。從今天早晨算起，這已經是羯曼陀第七次向他詢問跟回紇汗庭的距離了。彷彿每多問一遍，路程就能減少幾十里一般。作為主帥，這種明顯露出緊張的行為，很容易影響到全軍。打了這麼多年仗，卡紮從沒見過如此缺乏定力的主帥。也想不明白，車鼻可汗明知道羯曼陀能力一般，仍舊讓他帶領隊伍充當先鋒。

「還有五十里，今天肯定無法發起進攻了。爭取順利在距離回紇汗庭十里處紮下營盤就好。」羯曼陀回頭看了看仍舊掛在半空中的太陽，努力讓自己的呼吸能夠保持平穩。

麾下帶著整整八千狼騎，對手卻是一群烏合之眾。按道理，他應該信心十足才對。然而，上一次的慘敗記憶猶新，他無論如何都不想再經歷第二次。是以，距離瀚海都護府營地越近，心態越是緊張。

雖然沙缽羅送來的密報中，已經明確告訴他，姜簡此刻不在瀚海都護府。但是，誰敢保證，沙缽羅刺探到的消息沒錯，或者沙缽羅沒有故意送回來假消息？

即便眼下姜簡果真不在瀚海都護府，那裡還有婆閏從中原請來的幫手。無論姓胡、姓朱的，還是姓曲的，都是身經百戰，絕不會老老實實蹲在營地裡，等著他和他父親帶著狼騎去殺。那些人一定會使花招。羯曼陀猜不到對手到底準備使什麼花招，但是，卻相信自己的判斷在大方向上不會出錯。他必須加倍的小心，才能夠不給那些人偷襲自己的機會。否則，萬一再吃了敗仗，哪怕是一場小挫折，他在族人中原本就所剩無幾的威望，就會澈底葬送乾淨。

他已經知道父親不會輕易放棄自己。也知道，沙缽羅再努力，也很難威脅到自己的地位。然而，他卻仍舊輸不起！

第一百五十九章　無題

「妹子，汗庭的這些老弱病殘，就交給你了。先帶著他們去野鹿谷安歇，以防萬一。婆閏和我，還有劉將軍都留下來，隨機應變。」回紇汗庭，胡子曰拉著姜蓉的戰馬韁繩，沉聲叮囑。

「放心，我不會讓任何人拖你的後腿！」姜蓉看了一眼滿臉不服氣的杜紅線，又看了一眼幾個耷拉著腦袋的回紇長老，笑著回應。時間緊迫，二人誰都不囉嗦。互相點了點頭之後，就各自去忙各自的事情。

胡子曰指揮著留下來的兩千大唐邊軍，三千回紇精銳和四千回紇青壯，重新檢查每一處鹿砦，每一處陷阱和各種機關。姜蓉則帶領另外三千回紇青壯，保護著汗庭裡的各位長老，大小文職官員，以及所有老人、女眷和孩子們，乘坐戰馬迤邐向東而去。

既然沒有多大勝算，就不該把老弱婦孺留在汗庭裡，等著突厥狼騎來屠殺。關於這點，無論胡子曰、姜蓉、劉興，還是作為回紇可汗的婆閏，想法都出奇的一致。

甚至在迫不得已之時，四人認為連回紇汗庭的營地，都可以丟給敵軍。搭建營地的木材、條石頭和氈子，再不易籌集，也貴不過人的性命。只要留下有用之身，這筆賬，大夥早晚都能跟車鼻可汗討回來。

「車鼻可汗這廝，之所以走一路，殺一路，明顯是不想過日子了！」唯恐婆閏和幾個回紇特勤捨不得家裡的罈罈罐罐，胡子曰一邊檢查營地內的各項佈置，一邊高聲補充：「他知道自己打不贏大唐，所以搶在大唐主力到來之前，燒殺搶掠，把能帶走的財貨和牲畜，都運回他的老巢。帶不走的，就全都毀掉，如此，他自己得不到的，就不會留給大唐。咱們瀚海都護府連續兩次將他派來的狼騎打得落花流水，是導致他落到這種尷尬境地的最大原因。所以，在澈底放棄跟大唐爭奪天下的野心之前，他一定要對咱們進行血腥報復。而咱們，不求以一萬二破四萬，只求保護……」

話說到一半兒，他忽然感覺到周圍的動靜不對。迅速扭頭四顧，才赫然發現，瀚海都護府都護兼回紇可汗婆閏，不知道什麼時候已經沒了影子。

「都護呢？你們誰看到都護去哪了？」胡子曰的眉頭迅速驟緊，帶著幾分遲疑向瓦斯等人詢問。以他對婆閏的瞭解，後者絕對不是個膽小鬼。更不會左搖右擺，在臨戰之前，推翻先前的謀劃。此人忽然間沒了影子，要麼是有緊急情況需要處理，要麼……。

「都護，都護發現姜姑娘沒穿貂皮裘，特地，特地追過去給她送皮裘了。」瓦斯特勤被問得心裡頭發虛，低下頭，不敢跟胡子曰目光相接。

「可汗，可汗擔心副都護的姐姐在路上受寒，特地，追，追上去……」庫紮、塔屯等人，也紅著臉，一邊回應一邊東張西望。

「你們，你們怎麼不攔一下！」胡子曰瞬間明白了眾人的意思，急得連連跺腳。瓦斯、庫紮和塔屯等人，誰也不說話。只管繼續左顧右盼。胡子曰對他們有授藝之恩，在他們心裡，胡子曰是大夥的老師。老師有問，做弟子必須實話實說。然而，在另一方面，他們卻打心眼裡，希望婆閏能夠得償所願。

回紇人不像中原人，喜歡哪個女子還需要通過媒人去提親。更不講究女人要守著死去丈夫的靈牌過一輩子。在他們眼裡，副都護的姐姐姜蓉才二十出頭，長得好看，為人大氣，還文武雙全，無論誰娶了她，都是三輩子修來的福氣。

而自家可汗婆閏，少年英雄，與姜蓉肯定是天造地設的一對兒。眼下大戰在即，誰都不敢保證自己一定能活到最後，如果婆閏把對姜蓉的愛慕，繼續藏在心裡沒勇氣表達，就非但膽小，並且愚蠢了。大夥非但不會同情他，反而會嘲笑他是個窩囊廢！

「七藝、元敬，你們兩個趕緊去把都護請回來。大敵當前，他必須留在中軍坐鎮。」胡子曰拿一干回紇小輩們沒辦法，扭過頭，朝著杜七藝和陳元敬兩個，高聲吩咐。

「是！」杜七藝和陳元敬二人，立刻邁步奔向各自的坐騎。才跑了幾步，耳畔卻又傳來了胡子曰的聲音，「算了，不用趕緊，你們兩個慢慢去，帶上一小隊弟兄，別讓婆閏在回來路上有什麼閃失就好。」

「哎，哎！」杜七藝和陳元敬兩個如釋重負，搖搖頭，笑著答應。將二人的表現看在眼裡，胡子曰扁著嘴嘆了口氣，低聲補充：「順便想想，等姜簡回來之後，讓婆閏怎麼跟姜簡說。雖然做弟弟的管不到姐姐的事情，可一旦姜簡和婆閏因此生分了，反而不好。」

他不是姜蓉的長輩，跟那個不待韓華死訊確認就忙著搶撫恤的韓氏家族也沒任何瓜葛，當然更管不到姜蓉以後嫁給誰。然而，他卻可以預料到，萬一姜簡得知婆閏趁著自己不在家，又打起了姜蓉的主意，會做如何反應。把婆閏約出去，給打個鼻青臉腫恐怕都算輕的。弄不好，兩人之間從此之後連兄弟都沒得做。甚至可能影響到瀚海都護府的內部團結。

不過，那都是將來的事情了，這會兒，他可沒時間去操那麼多心。更何況，年輕人的事情，總有年輕人的解決之道，也許婆閏挨上兩頓胖揍，就得償所願了呢？一個願打一個願挨，作為前輩，他只管在旁邊看熱鬧就好。

正想得有趣之際，營地外，忽然傳來清脆的哨子聲。「吱——」「吱——」「吱——」，短促有力，瞬間就傳進了所有人的耳朵。

「來得好快！」胡子曰心中感慨了一句，將頭轉向哨子來源方位，一邊觀察，一邊指揮身邊的將士們關閉營門，準備接敵。只見暖融融的陽光下，駱履元帶著三十多名斥候，邊戰邊撤。有一夥人數跟他們差不多的突厥哨探，則騎著駿馬緊追不捨。雙方在空曠的野地裡，箭來箭往，打得頗為熱鬧，然而，戰果卻都接近於零。

人在冬天穿的厚，皮甲之外還套著皮襖。騎弓的殺傷力有限，羽箭射到皮襖身上，根本破不開防禦。而敵我雙方，戰意也都不是很強烈。一方急著返回瀚海都護府營地內彙報最近探查到的軍情，另外一方，則擔心營地裡有大批回紇勇士殺出來，對他們予以迎頭痛擊。結果，又互相射了兩三輪羽箭之後，就拉開了彼此之間的距離，各回收兵各家。

「嗚嗚嗚——」胡子曰命人吹響了號角，提醒所有人，敵軍的先頭部隊即將到達。

營地內，初來乍到還沒來得及熟悉環境的大唐邊軍和瀚海健兒們迅速整理鎧甲兵器，向預先指定的位置彙聚。然後在旅率、校尉們的指揮下，排列好隊伍，準備迎接戰鬥。

營地東側五里遠的位置，年輕的瀚海都護府都護，回紇可汗婆閏迅速扭頭張望，然後朝著姜蓉輕輕拱手，「我得回去了，敵軍馬上就來了，我如果遲遲不歸，會影響軍心和士氣。」

「快點兒回吧，你的親兵早就等著急了！」姜蓉也回頭向東看了看已經走遠的隊伍，溫婉而笑。婆閏大老遠追上來，先送了她一件白貂皮做的披風，然後就開始東拉西扯，足足小半個時辰，都沒有說一句正經話。然而，此人眼睛裡，卻彷彿燃燒著兩團火焰，讓她根本不需要猜測，就明白對方想要表達的是什麼意思。若說心裡一點都不感動，絕對是自欺欺人。然而，想到兩人懸殊的年齡差，想到婆閏眼下的地位，還有自家弟弟姜簡與婆閏之間的友情，姜蓉的頭腦立刻就恢復了冷靜。

婆閏已經從他父親和烏紇那裡，繼承了不止一位可敦。並且，還需要一位原本家族背景足夠雄厚，能給他提供強力支撐的正妃。姜蓉知道，自己不習慣與別人分享丈夫。更知道，自己身背後只有一個弟弟，沒有家族！

即便她可以不在乎婆閏的年齡，不在乎跟一大堆女人分享丈夫，即便婆閏有本事糾集起一群朋友，說服了她的弟弟。缺乏家族支撐這一條，也足以成為橫在二人面前的天塹。

眼下十五位別部吐屯在娶正妃這件事上，可以耐心等待婆閏自己做出選擇，前提是婆閏必須選擇十五位吐屯當中某一個人的女兒。如果婆閏表明態度非她不娶，原本就是被強行捏合在一起的回紇，必然分崩離析。這是二人之間最大的障礙，婆閏頭腦發熱，可以看不見。她卻不能假裝不知道。

「你上次說，上次說，你將來想嫁的人，要麼是學富五車才子，要麼勇冠三軍的良將。」被號角聲催得心裡發慌，婆閏咬咬牙，鼓足了勇氣詢問，「這話，還算數嗎？」

「我……」沒想到，婆閏竟然把自己在數月之前說過的話，一字不落地複述了出來，姜蓉頓時心中又暖又亂。然而，稍稍吸了一口冷空氣，她就笑著給出了答案，認真，而又平靜，「算。我說過的話，絕不反悔。」

「那，那我，算得上勇冠三軍嗎？」婆閏不敢看姜蓉的眼睛，雙拳緊握在身側，跨在馬鞍兩側的腿，不受控制地顫抖。

「你自己說呢？」姜蓉突然想笑，卻又強行忍住，結果，一口氣走岔，直接把眼淚給憋了出來。

「我，我……」頭都低到了馬脖子上的婆閏，根本看不到姜蓉的反應，嘴唇囁嚅，好半晌做不出任何回應。自從父親被謀殺之後，他先是在朋友的支持下擊敗仇敵，奪回可汗之位。又坐鎮汗庭，與弟兄們一起抵抗突厥狼騎。這份功業和勇氣，在同齡人中絕對罕見，放在草原上任何一個部落，也罕逢對手。然而，如果跟好朋友姜簡比，偏偏又差了一大截。身為回紇可汗，他不能隨隨便便就策馬直衝敵陣。以他的身手，那樣做也絕非理智。

「不急，等打完仗，你再回答我！」遲遲沒等到婆閏的答案，姜蓉笑了笑，輕輕撥轉了坐騎。

「唏吁吁……」金紅色的汗血寶馬發出一聲咆哮，張開四蹄，去追趕早已遠去的隊伍，速度快如風馳電掣。

「我……」婆閏想去拉汗血寶馬的韁繩，卻拉了一個空。趕緊抬起頭，揮手相送。白色的貂皮大氅，隨著戰馬的起伏，宛若流雲。牽引著他的視線，越來越遠，越來越遠，直到融入陽光下金色的曠野。

第一百六十章　驚夢

金色的曠野，金色的夕陽，金色的天空，甚至連戰馬和牛羊都呈金黃色，倒映著陽光，閃得人兩睛發花。阿史那羯曼陀看到自己踩著一條金色的繩梯，向一座金色的山頂攀登。在山頂之上，還有一棵金色的大樹。樹葉也全是金色的，宛若黃金打造，被風吹動，發出悅耳的聲響。

在一層層金色的樹葉之間，藏著一頂鑌鐵打造的王冠，通體呈漆黑色，比墨汁還要黑十倍，又冷又重。那是突厥可汗的鐵冠，表面鏨刻著天上的星辰和地上的山川河流。從三百多年前開始，擁有此冠者，就是整個草原的主人。

二十年前，頡利可汗戰敗，這頂鐵冠不知所終。如今，卻又端端正正出現在他的面前。只要他順著金色的繩梯爬上金色的山頂，再將雙手探進金色樹葉裡，就能輕而易舉地將鐵冠摘取。沒有人跟他爭，陟苾瘸了一條腿，根本爬不上繩梯。而沙缽羅被他父親用繩子捆在了不遠處的一塊大石頭上，連靠近繩梯的資格都沒有。

「泥步設，泥步設！」羯曼陀聽見有人在喊自己的封號，催促自己加快速度。他低頭向下看，卻看不見喊話者的面孔。但是，這並不耽誤他繼續努力向上。深吸一口氣，他手腳並用，以最快速度爬上山頂，隨即，邁動雙腿直奔金色的巨樹。

一股熱浪，忽然迎面吹了過來。緊跟著，金色的巨樹化作了一個巨大的火球。樹葉繽紛而落，在半空中變成一團團火苗。成千上萬的火苗包圍之下，鐵王冠迅速被燒紅，融化，火星和鐵汁四下飛濺。

「不——」眼睜睜地看著近在咫尺的鐵王冠被燒毀，羯曼陀又急又疼，扯開嗓子尖叫。金色的世界被尖叫聲撕碎，大樹、火焰、鐵王冠全都消失不見，同時消失不見的還有曠野、太陽和天空。下一個瞬間，幾張焦急的面孔，取代了先前的一切。面孔的主人的呼喚聲，也終於傳進了羯曼陀的耳朵。

「泥步設，泥步設，醒醒，趕快醒醒。敵軍劫營，敵軍劫營！」

「泥步設，敵軍殺進營地裡來了。趕緊出去安撫軍心！」

「泥步設……」

「什麼？」羯曼陀伸手推開面前的人，一個骨碌從床榻上爬了起來。眼前瞬間金星亂冒，他又痛苦地坐倒，嘴裡發出一連串低沉咆哮，「伊里斯，伊里斯在哪？讓他快速組織兵馬反擊！我在睡覺之前安排了足夠的人手當值，敵軍不可能這麼快就衝到中軍！」

「泥步設，泥步設，末將在，末將在！」伯克伊里斯被推了一個四腳朝天，卻不敢抱怨，掙扎著站起身，啞著嗓子回應。「末將手頭的兩千兵馬已經全都派了出去，如果想調更多的兵，需要您的令箭！」

「自己去拿，就在床邊上，情況緊急，沒人會怪你！」羯曼陀用一隻手猛拍自己的腦袋，另外一隻手指向床邊的桌案，氣急敗壞地回應。

他知道自己剛才做夢了，代表著突厥大可汗身份的那頂傳承鐵冠，早已消失多年，不可能憑空從樹上長出來。而現實世界裡，也不可能像夢裡那樣，處處都金碧輝煌。就在他做夢的時候，瀚海唐軍已經殺進了他的大營。此刻，他必須讓自己儘快清醒過來，小心應對，否則，極有可能又要輸得一敗塗地。

「多謝泥步設！」伯克伊里斯早就對羯曼陀不抱過高的希望，見他肯放權，立刻答應著走到床頭的桌案前，將令箭連同裝令箭的皮筒一股腦地拿走。「留兩支給賀鑾和呼延奇，讓他們兩個各自帶領本部兵馬，護住中軍！」羯曼陀本能地伸出手，抓住了皮筒上的瓔珞。「其餘兵馬，你隨便調動，他們兩個，必須帶領本部兵馬來保護中軍。」

「是，泥步設！」伯克伊里斯愣了愣，遲疑著留下了兩支令箭，然後轉過身，大步離去。

他不明白羯曼陀為何怕成了這般模樣？白天趕路時全神戒備，夜裡遭到了敵軍襲擊，第一反應不是如何披掛上陣，帶領將士們狠狠給敵軍一個教訓，而是調動大量兵馬來保護其自身的安全。也就是車鼻可汗人老糊塗，至今還對這個兒子寄予厚望。如果換了自己與車鼻可汗易位而處，伊里斯相信，早就將泥步設封號交給別人了，才不會繼續留在羯曼陀身上，讓這廝繼續給自己丟人現眼。

「去，給賀蠻和呼延奇兩人傳令，讓他們速度帶領本部弟兄拱衛中軍！然後再來幾個人，幫我披甲！」感覺到伊里斯離去之前目光裡的不敬，羯曼陀臉色發紫，咬著牙吩咐。

念在伊里斯是自家父親的心腹愛將份上，羯曼陀不想跟此人一般見識。此人沒在生死邊緣打過滾兒，不知道生死之際的恐怖。而自己，卻在不久之前，剛剛被姜簡帶著幾十名虎狼一樣的回紇人追殺，差一點兒就命喪長槊之下。

那種隨時都可能被長槊刺穿身體，卻又遲遲沒有被刺穿的滋味，到現在還讓羯曼陀記憶猶新。哪怕今夜來的不是姜簡，他也堅決不准許自己再品嘗第二次。所以，無論怎麼嚴防死守，都不過分。

「是！泥步設！」兩名親兵答應著接過令箭，去調遣兵馬。緊跟著，又有四名身材強壯的女奴小跑著入內，捧起鎧甲和鐵盔，服侍羯曼陀穿戴。四下裡號角聲宛若狼嚎，吹得人頭皮陣陣發乍。夜幕下，還不停地有喊殺聲傳來，刺激得人寒毛倒豎，身體僵直，呼吸幾乎要停滯。

「沙缽羅給的消息不對，姜簡肯定還在回紇汗庭。否則，婆閏和他們麾下的回紇將士，絕對不會如此氣焰囂張。沙缽羅想要我吃敗仗，想要借刀殺人。我死了，他就能接替我做泥步設！」羯曼陀緊張得手腳都不聽使喚，大腦裡的奇怪想法，卻一波接著一波。

曾經有一個瞬間，他真的想推開女奴們，光著腳逃走。然而，心中卻有一股不甘，讓他咬緊了牙關苦苦支撐。他已經讓父親失過一次望了，不應該再有第二次。

第一次吃敗仗，父親可以憑藉個人權威，替他兜底。第二次再吃敗仗，並且還是不戰而逃，父親再力撐，他也保不住泥步設之位。而一個被趕下繼承人之位的可汗之子，和死了還有什麼分別？所以，他寧願現在就死，也不願活著承受一輩子的屈辱。

「泥步設無須擔心，我們來了！」

「泥步設，我等奉命前來護駕！」也不知道過去了多久，寢帳之外，忽然傳來了兩串熟悉的聲音。是賀鑾和呼延奇，他們終於帶領各自麾下的兄弟，姍姍來遲。

全身的肌肉瞬間放鬆，羯曼陀打了個踉蹌，全靠女奴們手疾眼快合力攙扶，才沒有摔倒在地。強忍住嘔吐的欲望，他深深吸氣。一次又一次，直到自己終於能夠獨力站穩。

「賀鑾、呼延奇！你們兩個，來得正是時候。」將頭轉向帳篷門口，羯曼陀大聲吩咐，嗓子又沙又啞，「門外整隊，陪我去會一會來襲的敵軍！」他必須露面了，有兩千兵馬保護，露面應該也不會遇到太多危險。而不露臉的話，就會失去更多將領的尊重。

「遵命！」回應聲從帳篷外傳了進來，同時傳進來的，還有嘈雜的腳步聲和鎧甲撞擊發出的鏗鏘。羯曼陀又深深的吸了一口氣，掃視身上的鎧甲，腳上的戰靴，親手戴好自己的頭盔，大步走出帳篷。每走一步，都努力讓自己的腰桿挺得筆直，筆直。

第一百六十一章　夜襲與防禦

營地內亮如白晝，不知道有多少帳篷被衝進來的瀚海唐軍點燃，火頭連綿成片。而勞累了一整天的突厥狼騎們，卻顧得了這頭顧不了那頭。唐軍來自四面八方，足足有上百支。每一支隊伍規模都不超過五十人。他們騎著快馬，專門尋找突厥營地內戒備鬆懈的位置向內突進。無論剛剛從睡夢中被驚醒的突厥狼騎們怎麼努力封堵，都會有小股的唐軍成功衝進營地更深處，或者射出幾百支火箭，或者將手中的火把借著戰馬前衝的慣性丟向營地內任何看上去容易點燃的東西，將後者付之一炬。

「嗚嗚嗚，嗚嗚嗚，嗚嗚——」號角聲氣急敗壞，折磨著人的耳朵和神經。兩隊連馬鞍和馬鐙都沒顧得上搭配整齊的突厥精銳，大罵著撲向一支衝進營地放火的瀚海唐軍，然而卻徒勞無功。

瀚海唐軍的心思只在放火，堅決不跟突厥人做任何糾纏。無論後者是一群弱雞，還是精銳。發現有超過自己規模的突厥人靠近，唐軍就果斷撤退。哪怕不小心被追上，也是且戰且走，轉眼間，就退出了營地之外，隨即，被自家同伴以絕對優勢兵力輕鬆接走。

火勢在突厥人倉促搭建的軍營內繼續蔓延，恐慌也像瘟疫般在軍營內傳播。很多狼騎連鎧甲都沒顧得上穿，就被大火從帳篷裡逼了出來。還有一部分狼騎有心抵抗，卻找不到各自的上司，只能揮舞著兵器各自為戰。

戰場上，萬人敵基本百年不遇，百人敵都鳳毛麟角。大多數將士，獨自一人都很難贏得過三名以上對手。滲透到突厥軍營裡放火的瀚海唐軍，雖然都是小股。但小股內部弟兄們之間的配合，卻相當嫺熟。遇到各自為戰的突厥狼騎，他們先是用羽箭招呼，然後從不同方向撲過去，以多打少，很快就能將狼騎們挨個砍倒，變成一具具屍體。

「嗚嗚嗚嗚，嗚嗚嗚——」一支成功集結起來的突厥精銳，伴著刺耳的號角聲，向一支瀚海唐軍展開了反擊。後者發現彼此規模接近，果斷抽身而走。轉眼之間，就逃出了兩百多步遠，讓倉促集結起來的突厥精銳，只能跟在他們身後吃火星。

還沒等那支突厥精銳決定是否繼續追殺，另外一支瀚海唐軍，已經從他們背後一百多步遠的位置長驅而入，手中騎弓紛紛拉成半月形，又迅速彈開，將點燃了的火箭，流星般砸向羯曼陀的寢帳。

「結陣，結陣防止他們繼續靠近。賀蠻，堵住他們，派兵去堵住他們！」剛剛從寢帳內走出來，努力裝出一副英雄氣概的羯曼陀，立刻就被打回了原型，扯開嗓子高聲叫嚷。

「保護泥步設，保護泥步設！」伯克賀鑾和伯克呼延奇兩人也都被嚇了一大跳，趕緊調遣兵馬，先將羯曼陀牢牢地圍了個裡三層外三層。然後又組織人手去封堵那股發射火箭的唐軍。

後者發現捅了馬蜂窩，立刻拔馬而去。一小隊匆匆忙忙趕過來的狼騎精銳，正要尾隨追殺。斜刺裡，卻忽然又衝來了一名傳令兵，恰恰擋住了他們的去路。

「優先保護糧草輜重，泥步設有令，優先保護糧草輜重。」傳令兵高舉著令箭，奔向試圖追殺瀚海唐軍的突厥精銳，扯開嗓子大聲招呼。

「大膽，竟然假傳軍令！」阿史那羯曼陀聞聽，本能地扯開嗓子呵斥。然而，他的聲音卻被周圍的嘈雜聲干擾，根本沒被那隊突厥精銳聽見。他氣得立刻吩咐親兵去拿下假傳命令者。親兵們答應得非常響亮，卻沒有付諸任何行動。直到他拔出橫刀來準備維持自己的權威，才有親兵頭目小心翼翼地提醒，「泥步設，泥步設息怒。剛才，剛才是您准許伊里斯伯克隨意調動兵馬，並且還讓他拿走了您的令箭。」

「是伊里斯假傳軍令？你確定？」羯曼陀的眉頭迅速皺緊，雙目之中殺氣瀰漫。然而，沒等那名親兵頭目做出回應，他就悻然搖頭，「罷了，既然是伊里斯，就隨他去。相信沒有人敢打著本設的旗號胡亂指揮。」

令箭的確是他先前准許伊里斯伯克帶走的，指揮權也是他先前親手下放給伊里斯伯克的。雖然那會兒他剛剛從睡夢中被驚醒，頭暈腦脹。但是，做出的決定卻無法輕易反悔。況且，眼下他想反悔，也來不及。伊里斯伯克已經打著他的名義，將軍令一道接一道發了出去，他如果派人去追回，肯定會讓原本就亂做一團的將士們愈發無所適從。

「所有人，就近尋找小箭和大箭，聽從他們的指揮，無論你原本是否歸他們管轄！」又一個傳令兵高舉著令箭，策馬從羯曼陀面前不遠處衝過，嗓子因為過度使用，聲音變得又沙又啞。「泥步設有令，所有人就近向小箭和大箭靠攏，然後結陣防禦敵軍靠近。對於已經著了火的帳篷，不用去管他。東西燒光了，火自然就滅了。」

「所有人，就近尋找小箭和大箭……」第三名傳令兵很快出現，喊的卻是跟第二名傳令兵同樣的說辭。一些突厥大箭和小箭們，在聽到命令之後，立刻明白了自己該怎麼做。主動站到光亮處，喊出自己的名字和職位，要求各自為戰的狼騎們，向自己靠攏，並且聽從自己的指揮。這樣做效率並不高，並且短時間內，無法向唐軍展開反擊。然而，卻成功地阻擋了瀚海唐軍繼續向突厥人的營地深處突進。

隨著存放輜重、糧草和馬料等物的重要區域，被伯克伊里斯指揮著人馬保護的潑水不透以及羯曼陀這邊不再拖後腿，唐軍的進攻逐漸變得乏力。更多的突厥狼騎，被重新組織起來，積沙成塔。各位伯克和他們麾下的大箭，也慢慢重新建立了聯繫。

伊里斯伯克經驗豐富，立刻調整戰術，命令幾支表現最好的隊伍，選定一個方向，聯手從營地深處向外逐層反推。另外三個方向，則繼續嚴防死守，只求不要讓唐軍繼續擴大戰果，不求能夠快速反敗為勝。

衝進突厥軍營中的各支唐軍，隊伍規模上不如狼騎，整體戰鬥力也與羯曼陀麾下這批狼騎有一定差距。隨著突厥狼騎逐漸擺脫了混亂狀態，各支唐軍的損失急劇上升。帶隊的隊正和旅率們見狀，立刻想起了開戰之前胡子曰的命令，紛紛吹響了嘴裡的銅哨子，指揮著各地麾下的弟兄潮水般退走。

深更半夜，火光能照亮的範圍有限。不多時，瀚海唐軍的身影，就悉數消失在了夜幕之後。只留下了一座燒得半殘的突厥軍營，和一串串憤怒的嘶吼。「清點損失，然後，讓弟兄們好好休息。明日，咱們殺進回紇汗庭去，雞犬不留！」羯曼陀揮刀砍向一支拴馬的木樁，吼得最為大聲。寒光閃過，木樁被攔腰斬成了兩段。

第一百六十二章　以牙還牙

想要好好休息，談何容易？唐軍的確撤走了，可光是救火，便耗費了突厥狼騎們一個多時辰。好不容易收拾完了遍地狼藉，眾人擠在為數不多的完好帳篷裡睡下，還沒等睡著，示警的號角聲就又響了起來。

另外一波唐軍在夜幕的掩護下殺到已經百孔千瘡的突厥狼騎營地附近，衝破當值突厥士卒的阻攔，將火把和火箭不要錢般砸入營地之內。轉眼間，就又製造出數十個不大不小的火頭。待大部分狼騎爬出帳篷，重新組織在一起展開反擊，唐軍再度飄然而去，只留下一座座冒著濃煙的火堆，證明他們曾經來過。

冬夜再長，也禁不起這麼折騰。待羯曼陀指揮著狼騎第二次撲滅了營地裡的烈火，天色就隱隱開始發亮，拂曉的寒風吹過被汗水潤濕的身體，吹得一眾狼騎不約而同地打起了哆嗦，士氣緊跟著一落千丈。

如此差的狀態，怎麼可能有什麼戰鬥力。因此第二天上午，羯曼陀使出了渾身解數，都沒能讓狼騎打進瀚海都護府的鹿砦之內。反倒又白白折損了五六百人，令麾下將士們怨聲載道。

到了下午，羯曼陀仍舊想咬緊牙關再戰。伯克伊里斯、伯克火骨、伯克昭南和伯克沙律四人，卻連袂上前勸阻：「泥步設，弟兄們連續行軍多日，昨夜又沒有睡安穩，個個筋疲力竭。繼續打下去，非但砸不開唐軍的營寨，反而徒增傷亡，甚至會被對方抓到破綻反咬一大口。不如先撤下來休息半日，明天再另尋破敵之策。」

「泥步設，讓弟兄們休息半日，來日必能一鼓作氣攻破唐軍營寨！」

「泥步設，弟兄們人困馬乏……」

「泥步設，俗話說，疲憊的老虎打不過野豬……」四個人，四種說法，但是主要意思卻沒太大差別。打仗不能意氣用事，狼騎需要休整，繼續強攻唐軍營寨，結果必輸無疑。

「回紇人昨夜也沒睡！他們一樣是強弩之末！」羯曼陀哪裡肯聽？瞪圓了眼睛高聲怒吼，「再過一天，我父汗帶著主力就該趕到了。咱們把仗打成這般模樣，在他面前怎麼可能抬起頭來說話？」

「泥步設之言未必準確。瀚海唐軍昨夜可能只出動了一部分，並非全軍都沒有睡覺！」伯克伊里斯搖搖頭，耐著性子反駁，「而大汗命令泥步設做前鋒，是給回紇人一個教訓，並未要求泥步設拿下瀚海都護府。」

「是啊，泥步設。一旦沒拿下瀚海都護府，又吃了敗仗，才更沒臉去見大汗！」有人肯帶頭，伯克火骨也壯起膽子，低聲附和。

「是啊，泥步設，先鋒的任務，你已經順利完成了。」

「現在需要保住自身，而不是擴大戰果。」伯克昭南和伯克沙律兩個，也相繼開口。勸告羯曼陀不要繼續毫無把握的仗。

其他幾個領兵的伯克，雖然沒有出言附和伊里斯，卻也沒有站出來對羯曼陀表示無條件的支持。登時，就讓羯曼陀有些勢單力孤。將眉頭皺了又皺，沉聲辯解：「我父汗讓我帶著足足八千狼騎擔任先鋒，明顯是希望我能夠親手洗刷上次戰敗的恥辱。咱們如果一直被敵軍嚇唬一下就拉倒，不思進取，我父汗即便嘴上不說，心裡頭肯定也會對咱們失望。我倒是沒啥，哪怕將來不做泥步設，至少也能建立自己的別部。可諸位，如果落下一個當戰卻不敢戰的名頭，今後拿什麼在咱們突厥立足？」這話，說得可是有點兒重了。從始至終，沒有一個字帶著威脅的意思，但是，卻讓在場所有伯克的身體登時就是一僵，緊跟著，臉色也全都變得青黑。

車鼻可汗分配給羯曼陀的任務，雖然只是為大軍充當先鋒。然而，當日他對羯曼陀的原話，卻是：「你先帶八千狼騎撲過去，趁著回紇那邊來不及防備，殺他們一個措手不及！」大夥先前聯手阻止羯曼陀繼續讓弟兄們做無謂的犧牲，肯定是出於公。問題是，當車鼻可汗瞭解到大夥今天的舉動之後，他會怎麼看待這件事？

他給羯曼陀八千多弟兄，目的絕不僅僅是打回紇人一個措手不及，而是通過這一仗，幫助羯曼陀重新在族人之中樹立威信。如果過後，羯曼陀在車鼻可汗面前，不承認弟兄們都已經筋疲力竭，卻說是因為受大夥的聯手掣肘，才沒達成洗雪前恥的目標，車鼻可汗又會怎麼想？

自古以來，無論在中原還是塞外，凡是參與汗位繼承人之間的衝突，通常都會落到以下兩種結果之一，身死族滅或者飛黃騰達。萬一被人誤解，大夥今日阻止羯曼陀繼續攻打瀚海都護府，是為了拖他後腿，給沙缽羅創造機會，大夥今後的下場，又將是哪一個？

「泥步設言重了，卑職不是阻攔您擊敗回紇汗庭，而是，而是擔心你過於心急，被敵軍所趁。所以，所以希望您多少緩一緩！」哪怕最為膽大，並且最不看好羯曼陀的伊里斯伯克，都沒有勇氣捲入繼承人之爭，躬下身體，紅著臉解釋。

「泥步設，卑職，卑職只是希望讓弟兄們稍作休息，以便下次發動進攻時，可以一鼓打破唐軍的營寨。」

「泥步設您聽我解釋……」

「泥步設，末將可以對天發誓……」先前聯手逼羯曼陀的另外三名伯克，見伊里斯都不敢再死強到底，也紛紛陪著笑臉改口。

「不打了，不打了，聽你們的。眼下兵無戰心，將無鬥志，還打什麼打！」見眾人態度來了個一百八十度大轉彎，泥步設羯曼陀反而端起了架子。擺擺手，冷笑著吩咐，「來人，吹角，撤軍，撤軍回營地休息。明日待父汗帶著主力趕過來，咱們再找回紇人算總帳！」

「是！」親兵答應一聲，舉起號角到嘴邊，就準備奮力吹響。伯克伊里斯手疾眼快，趕緊劈手搶過了號角，「停下，停下。撤軍不能這麼撤，得分批分次，陸續撤離，才能防止唐軍尾隨追殺。」

「泥步設，末將並非勸你罷戰。末將願意帶領麾下弟兄，再衝敵營一衝。」伯克火骨追悔莫及，連忙主動請纓。

「泥步設，末將……」另外兩名先前參與逼迫羯曼陀罷戰的伯克，也迅速服軟。以免還有更多的大帽子扣在自己頭上，讓自己死得稀裡糊塗。

「泥步設，咱們白天拿不下營寨，何不夜襲？以唐軍之道，還唐軍之身！」伯克呼延奇先前一直沒說話，此刻卻果斷站出來替雙方找臺階下，「現在把主力隊伍撤下去休息，只留千把人，繼續佯攻，消耗敵軍的體力。待後半夜，弟兄們吃飽睡足，咱們收拾停當，也讓唐軍嘗嘗半夜被人堵在帳篷裡挨燒的滋味兒！」如同雨夜的天空中滾過了一道閃電，登時，非但羯曼陀的眼睛亮了起來，伊里斯等先前執意收兵的伯克們，眼睛裡也放出了咄咄的光芒。能打勝仗，有誰不願意？他們先前只是有點兒看不起羯曼陀的指揮能力而已，又不是跟此人有什麼過節，非拖此人後腿不可！更何況，按照車鼻可汗定下的規矩，拿下回紇汗庭之後，所有戰利品，可是歸功勞最大那支隊伍的先挑。回紇汗庭同時也是大唐瀚海都護府，裡邊的財貨肯定是沿途那些被摧毀的小部落十倍，眼瞅著發大財的機會卻不去把握，各位伯克豈不是腦袋遭了驢踢？

「末將附議，咱們先撤回去養足了精神，夜裡再來偷襲！」

「末將附議，咱們先撤，然後以其人之道，還治其人之身！」

剎那間，羯曼陀的帥旗附近就「開了鍋」。所有領兵伯克都先後開口，爭相附和伯克呼延奇的意見。羯曼陀只愁拿不下瀚海都護府，卻不在乎採取誰的計策。笑了笑，果斷擺手，「既然諸位都覺得此計可行，咱們就這麼定了。賀鑾，你帶領本部弟兄，在這裡繼續攻打回紇人的營寨，其他將士，跟本可汗回去好好休息。」

「是！」除了被點了將的賀鑾伯克之外，其餘所有將領都心滿意足，扯開嗓子齊聲答應，隨即，簇擁著羯曼陀，派傳令兵招呼起各自的屬下，緩緩退出戰場。

伯克賀鑾麾下的狼騎只有八百多人，對瀚海都護府的進攻立刻難以為繼。只能一邊吹響畫角，一邊將隊伍分成批次，輪番上前施放羽箭，虛張聲勢。

這種粗淺的伎倆，根本瞞不過胡子曰的眼睛。但是，礙於麾下的弟兄們也人困馬乏，胡子曰既未帶領兵馬衝出營地之外追殺羯曼陀，也未安排將士趁機將伯克賀鑾及麾下的狼騎消滅，只安排了少量弟兄躲在鹿砦之後，與留下來的狼騎對射，其他人趕緊撤到營地深處養精蓄銳。

冬日晝短夜長，很快天色黑了下來。交戰了一整天的敵我雙方，也都沒了繼續廝殺的力氣，雙雙罷戰收兵。汲取昨夜遭到唐軍偷襲的教訓，羯曼陀今夜安排了更多的狼騎巡邏，並且在距離營地五里之外，就佈置下了斥候和暗哨，嚴防死守。同時，耐著性子，等著進攻時間的到來。

前半夜，有兩小股唐軍試圖故技重施，都被斥候和暗哨提前發現。接到示警的當值大箭帶領麾下狼騎及時趕過去，趁著唐軍未給自己這邊造成損失之前，將其英勇驅逐。

轉眼過了子時，羯曼陀與麾下最為善戰的五位伯克，點起六千養足了體力和精神狼騎，從西側悄悄離開了軍營。先向北繞了一個大圈子，然後掉轉頭，以迅雷不及掩耳之勢，撲向了瀚海都護府。

伯克火骨親自帶領三百名斥候開路，沿途遇到活物，不管是人還是野獸，盡數在第一時間射成刺蝟。其他狼騎則嘴裡叼著木棍兒，策動戰馬默默前進，既不打燈籠，也不做任何交談。

除了馬蹄聲和偶爾響起的悲鳴聲之外，整個隊伍都不發出任何雜音。就像一群外出打獵的野獸，熟練且秩序井然。因為天氣影響或者其他緣故，唐軍竟然沒有安排大量斥候在營地周圍往來巡視。安置在野地裡的少量暗哨，也沒等來得及發出警訊，就被伯克火骨及其爪牙順利拔除。

夜襲進展得非常順利，直到羯曼陀本人能夠清楚地看見瀚海都護府挑在箭樓上的燈籠，才有當值瀚海唐軍兵卒，被馬蹄聲驚動。將銅哨子塞進嘴裡，慌亂地吹響，「吱——」

「吱——」「吱——」「吱——」尖利的銅哨子聲，陸續響起，將警訊以接力的方式，傳進瀚海都護府帥帳。整座營地，都被從睡夢中驚醒，無數燈籠火把迅速被點燃，將營地的北半部，照得比白晝還亮。幾隊在附近巡視的唐軍，匆匆忙忙衝到鹿砦之後，整隊備戰……

從整體上而言，唐軍的反應速度堪稱一流。然而，卻仍舊為時已晚。距離瀚海都護府北側鹿砦已經不足兩里的突厥狼騎，在羯曼陀的率領下驟然加速，如山洪般捲了過來。馬背上，眾狼騎手挽騎弓，輪番發射，眨眼功夫，冰雹般的羽箭就從半空中呼嘯而下，將倉促跑過來迎戰的瀚海將士，射得潰不成軍。「拋鐵爪！」走一路破壞一路，突厥將士早就破壞出了經驗。隨著距離自己最近的伯克和大箭們一聲令下，數以百計的鐵爪拖著繩索甩向了鹿砦。疾馳而來的戰馬驟然轉向，搶在身體與鹿砦發生碰撞之前，載著各自的主人奔東、西兩個方向而去，馬蹄濺起的煙塵，在半空中畫出兩道灰黃色的弧線。

鐵爪拉住鹿砦，繩索一根接一根繃直。有的鹿砦上被鉤住了兩三支鐵爪，有的還更多。突厥戰馬在狼騎的催促下，悲鳴著繼續加速，使出全身力氣，拉扯繩索。很快，就有第一支鹿砦承受不住拉力，被繩索硬生生從地上拔了出來，緊跟著，就是第二支，第三支，第四支……

胡子曰事先派人精心佈置下的雙重鹿砦，在短短二十幾個呼吸時間裡，被拔走了三四十支。瀚海都護府北側的鹿砦牆，被直接拔出了一道兩丈多寬的豁口。突厥伯克火骨帶著三百名斥候，呼嘯而入，將來不及逃走的瀚海兵卒，一個接一個被砍翻在血泊之中。

「殺進去，所有財貨、牛羊和女人，大夥均分。本設只要婆閏和姜簡！」羯曼陀喜出望外，帶領麾下親信，隨著洪流般的狼騎衝入瀚海都護府營地。在他身體周圍，一把把高高舉起的橫刀，倒映著火光，如同猛獸嘴裡滴血的獠牙。

第一百六十三章　烈火與磐石

「殺！」「殺進去，人伢不留！」

「抓婆閏，抓姜簡，讓他們兩個給泥步設跳旋舞！」

「殺，誰先殺到中軍帳，裡邊所有值錢的東西歸誰。」

鬼哭狼嚎聲，在羯曼陀的前後左右響成了一片。遠道而來的突厥狼騎們忘記了連日來的疲憊，高舉著大唐配發的橫刀，如醉如癡。草原上沒有中原那樣的堅城，也沒有人工開鑿的護城河。鹿砦被拆毀之後，任何部落的營地，都會像一個被剝光了衣服的女人，在他們面前根本沒有任何還手之力。這是他們一路燒殺搶掠，所總結出來的經驗。透過火光和濃煙，他們已經看到了黃燦燦的銅錢，白花花的銀子，滿臉痛苦卻無處躲藏的女人，還有血，讓他們倍感興奮而又刺激的血。

車鼻可汗一路執行下來的殺戮政策，成效斐然。如今，狼騎當中的每一個人，都變得像野獸一樣嗜血。他們不認為洗劫別人有什麼錯，哪怕後者曾經是他們的盟友。他們也不會再給予弱者絲毫憐憫，哪怕後者手無寸鐵。他們將屠殺視為理所應當，將毀滅視為日常。他們越來越像一群狼，而不是人類。他們咆哮著衝向營地深處，順手點燃視線範圍之內的所有可燃之物。他們用橫刀挑開帳篷，以最快速度將裡邊洗劫一空，甚至不放過鋪在地面上的獸皮和掛在架子上的臉盆。他們甩出繩索拉住望樓，將後者一座接一座拉倒在地。他們策動坐騎橫衝直撞，殺死看到的一切活物，無論其是人類還是受驚的牲口。

夜襲進展得無比順利，被驚醒的瀚海唐軍努力阻擋狼騎的腳步，卻被殺得節節敗退。不多時，回紇可汗的銀帳，已經出現在羯曼陀的視野之內。而他身後，烈火已經燒紅了半邊天，同時也將整個瀚海都護府營地，照得亮如白晝。「衝過去，壓垮他們。別給他們列陣的機會！」伯克伊里斯一馬當先，帶領自己麾下的狼騎從左側超過了羯曼陀，殺向回紇可汗銀帳前的唐軍。

「跟我來，抓婆閏，讓他給泥步設跳旋舞！」伯克火骨也咆哮著策馬前衝，帶領自己的嫡系撲向銀帳。倉促組織起來的瀚海唐軍，根本來不及爬上戰馬，只能徒步與突厥狼騎交戰。依靠帳篷、馬車和臨時堆放在可汗銀帳附近的草料和雜物，他們成功打亂了狼騎的隊形。然而，他們自己也同樣混亂不堪，很快，他們被狼騎衝垮，不得不放棄抵抗，落荒而逃。

伯克伊里斯和伯克火骨哈哈大笑，帶領各自麾下的嫡系緊追不捨。眼看著勝利近在咫尺，伯克昭南和伯克沙律，也興奮得大聲咆哮，帶領各自麾下狼騎們一擁而上。只有伯克呼延奇好歹還記得主帥是誰，在衝鋒之前，扭過頭，主動向羯曼陀示好，「泥步設稍待，末將先去清理了婆閏的銀帳，再請您入內接受將士們的祝……」

「不對勁兒！」一句話沒等說完，羯曼陀已經皺著眉頭打斷，「情況不對勁兒，回紇人沒有這麼弱。咱們這一路上，根本沒遇到像樣的抵抗。」

「回紇人被打懵了，就像咱們昨天夜裡一樣！」伯克呼延奇搖搖頭，滿不在乎地解釋。

「即便被打懵了，咱們也應該能殺掉很多人，而不是光殺了幾百頭牛羊！」狠狠橫了呼延奇一眼，羯曼陀厲聲咆哮，「還有這火，燒得太快了一些。一路上到處都能看到柴堆。」

「冬天，燒柴取暖不是正常嗎？」呼延奇也皺起了眉頭，仍舊沒覺得情況有什麼異常。

回紇汗庭相當於一座沒有城牆的城市，裡邊居住的不止有軍隊，還有官員和普通牧民。而無論是官員之家，還是普通牧民之家，冬天都得生火取暖和做飯。取暖做飯，就離不開柴火。砍上足夠的乾柴，堆放在自己的帳篷旁，隨時用隨時取，理所當然。

「不對，乾柴是他們故意留下的。」羯曼陀忽然像蜜蜂螫屁股般，從馬鞍上直直地站了起來，揮舞著橫刀高聲命令：「吹角，傳令，所有人向我靠攏。傳令給伊里斯，火骨、昭南和沙律，讓他們帶著弟兄們，趕緊向我靠攏！」

「是！」親兵們瞪圓了眼睛答應，然而，動作卻拖泥帶水。勝利近在咫尺，回紇王庭中的財物、女人和牛羊，也近在咫尺。自家泥步設卻忽然又犯了疑心病，決定放棄。無論是誰，都接受不了。

「把畫角給我！」嫌棄親兵們的動作太慢，羯曼陀伸手便搶過一把牛角號，親自吹響，「嗚嗚嗚嗚——」

「嗚嗚——嗚嗚嗚嗚——嗚嗚！」親兵們無法再拖延時間，也只好將其餘十幾把號角，盡數吹響。

令人失望的角聲，迅速傳開，傳入狼騎們的耳朵。幾名傳令兵背著旗幟，策馬前衝，一邊追趕伯克伊里斯等將領，一邊將羯曼陀的決定高聲重複：「泥步設有令，所有人停止前進，速速向他靠攏。所有人……」

「嗚嗚——嗚嗚嗚嗚——嗚嗚！」有氣無力的號角聲中，狼騎們紛紛拉住了戰馬，皺著眉頭左顧右盼。他們無法理解羯曼陀的命令，更無法接受眼睜睜地看著回紇可汗的銀帳伸手可及，卻不能衝進去洗劫的現實。大夥兒分明已經將瀚海唐軍的抵抗粉碎；大夥兒分明將還瀚海都護府鑿穿了一大半兒；大夥兒只要再加一把勁兒，就能澈底鎖定勝局；大夥兒……

「撤，撤下去向泥步設靠攏！」伯克沙律忽然撥轉了坐騎，帶頭回應羯曼陀的命令。「全給我動起來，別發傻！火，火燒得太大了，再不撤，就來不及了！」

「火？」伯克沙律身邊的狼騎仍舊滿頭霧水，詫異地向自己一路行來的方向掃視。

只見一座座被蓄意點燃的火堆，已經連成了火牆。後續衝進來的狼騎，只能在火牆的縫隙之間穿梭。而戰馬對火焰的畏懼，是與生俱來的本能。牠們一邊受本能的驅使，努力遠離火堆和火牆，一邊接受背上狼騎的控制，繼續前進，很快就變得東一簇，西一團，再也無法保持任何隊形。

上當了！剛剛拉住戰馬的突厥狼騎們，一個個寒毛倒豎，全身上下的肌肉本能地繃緊。火堆並不都是他們點起來的。他們當中絕對大多數人在衝進回紇汗庭之後，都跟隨在自家伯克身後，直撲回紇婆閏的銀帳，根本沒時間點燃那麼多火堆。他們衝入回紇汗庭雖然很深，卻沒有向左右兩側擴大攻擊面兒。而現在，火堆覆蓋寬度，足足是他們隊伍寬度的十倍！

這麼寬一片火場，不可能是狼騎自己點起來的。也不可能出自被擊潰的回紇士兵和牧民之手。那就只剩下一種情況，回紇汗庭，也就是瀚海都護府，組織了大量勇士，先前一直在悄悄地替狼騎點火！

「撤，再不撤就來不及了！」不知道有誰扯開嗓子叫喊了一聲，剎那間，讓所有發現上當的狼騎，都明白了自己該怎麼做。登時，超過一半的狼騎，包括幾個領兵伯克之內，都迅速撥轉戰馬，按照號角聲的指引，拚命向羯曼陀靠攏。然而，卻仍有將近一小半的狼騎，到現在為止還沒弄明白到底出現了什麼情況，拉緊了戰馬韁繩停在半路上東張西望。

擁擠和踩踏，不可避免地發生。很多狼騎一路上沒有受到瀚海唐軍的任何傷害，卻被自己人擠下了戰馬，隨即被馬蹄踩成了肉泥。很多狼騎被忽然掉頭後撤的自己人，直接撞下了馬背，隨即不知去向。

「咚咚咚咚……」有戰鼓聲忽然貼著地面傳來，敲得人心驚肉跳。擠作一團的突厥狼騎們聞聲扭頭，只看到一面鮮紅色戰旗，忽然出現在回紇可汗的銀帳南側。戰旗下，一員老將帶領著數以千計的瀚海唐軍，邁開腳步，列陣而前，手中的長矛高高地豎起，宛若一片移動的鋼鐵叢林。

「有埋伏！」伯克昭南大叫，聲音瞬間就完全變了調！

「有埋伏！咱們上當了。敵軍提前佈置下了埋伏！」

「撤，趕緊撤，戰馬怕火，咱們衝不起速度來……」更多的驚呼聲，在他身邊響起。作戰經驗豐富的突厥大箭、小箭們，臉色慘白，汗珠沿著眉梢鬢角淋漓而下。

騎兵面對步兵有絕對優勢，然而，卻必須保證兩個前提。第一，騎兵能夠衝起速度。第二，步兵無法結陣，或者雙方都能保持完整的陣型。而眼下，狼騎們因為倉皇後撤擠成一團，要速度沒速度，要陣型沒有陣型，面對列陣而來的大唐步兵，哪裡還有任何優勢可言？再不趕緊撤離，就會成為弓箭和長槍的活靶子，任由唐軍從容宰割。

「不要慌，不要慌。沙律、昭南，你們兩個的弟兄位置靠外，先去泥步設那裡會合。其他人，跟我一起整隊，整隊迎戰！」危急關頭，仍舊是老伯克伊里斯最能沉住氣，果斷扯開嗓子高聲叫喊。

「沙律，昭南，你們兩個帶領各自麾下的弟兄先走。我跟伊里斯兩個斷後！」伯克火骨也舉起兵器，高聲附和。畢竟是百戰餘生的老將，此時此刻，他和伊里斯兩個雖然心中也很慌亂，卻仍舊能在第一時間，就找出最切實可行的應對之策。那就是，接受夜襲失敗的事實，互相掩護著撤出回紇汗庭。

如此，即便需要付出非常大的代價，今晚跟著羯曼陀一道襲擊瀚海都護府的狼騎，至少也能撤出去一多半兒，回到金微山下稍作休整，再用牧民補充上缺額，就能重新拉上戰場。

「咚咚咚咚咚咚……」彷彿在嘲笑他們兩人的一廂情願，狼騎的隊伍兩側，也忽然響起了低沉的鼓聲。緊跟著，第二、第三面猩紅色戰旗從數座帳篷之後挑起，上千名瀚海唐軍緊跟在戰旗之後，攻向亂做一團的狼騎。

三面埋伏，還有烈火相助！瀚海唐軍先機佔盡，氣勢如虹。回過頭再看突厥狼騎，連整理好隊伍且戰且退都做不到，除了伯克伊里斯和伯克火骨兩人及其各自身邊的少量親信之外，其餘狼騎仍舊在你推我搡，亂得像熱鍋上的螞蟻。

「跟我來，莫讓別人笑話我突厥無男兒！」沒有時間繼續等待狼騎們恢復秩序，伯克伊里斯扯開嗓子大喊一聲，策馬衝向了可汗銀帳南側壓過來的那路唐軍。那路唐軍人數最多，面前卻沒有太多火堆。突厥狼騎只要能夠順利加起速度衝上去，即便無法組織起完整陣型，也未必不能搏出一線生機。

「跟上伊里斯，殺回紇狗！」伯克火骨也高高舉起了橫刀，策馬緊跟在了伊里斯身後。

「殺退他們！」「殺回紇狗！」喊殺聲轟然而起，伯克伊里斯和火骨兩人麾下的鐵桿親信們，咆哮著策動坐騎，將生死置之度外。他們一路上搶到的錢財、物資和牲畜，大部分都已經由車鼻可汗派專人替他們送回了金微山下的老家。他們一路上殺人無數，無論什麼時候戰死，都已經夠本兒。

他們今天如果打輸了，落到唐軍手裡，肯定不會得到寬恕。即便唐軍不殺死他們，那些被死裡逃生的各族「餘孽」，也會千方百計地向他們討還血債。他們總人數不多，全部加起來也就四五百人。然而，他們在這一刻透出來的氣勢，卻超過了正在倉皇後撤的所有同夥。他們高舉著大唐配發的橫刀，穿著大唐配發的鎧甲，衝向結陣而來的唐軍，一個個宛若飛蛾撲火。有那麼多劫掠所得，他們即使死了，妻兒老小也不用再擔心受凍受餓。他們早已無牽無掛。

「咚咚咚咚，咚咚咚咚……」戰鼓聲忽然變得激越，壓住突厥狼騎的咆哮。隨著雷鳴般的鼓聲，數以千計的羽箭從天而降。策馬逆衝的突厥狼騎隊伍，忽然停頓了一下，緊跟著，就出現了七八處缺口。僥倖沒有落馬的狼騎，卻在伯克伊里斯和伯克火骨的帶領下，頂著羽箭繼續逆衝唐軍，宛若飛蛾撲火。

又一排羽箭落下，將更多的狼騎射倒在地。雙方之間的距離迅速拉近到了不足二十步，弓箭手已經來不及射出第三輪羽箭。唐軍隊伍第一排正中央，胡子曰手持長纓，奮力前指，「大唐男兒，舉矛！」

「舉矛！」「舉矛！」「舉矛！」……上千人扯開嗓子，高聲回應。同時將長槍前指，正對急衝而來的敵軍。第一排弟兄的長槍平端，指向戰馬的脖頸。第二排的弟兄將長槍從第一排弟兄的縫隙間探過，角度稍高，指向戰馬的眼睛。第三排弟兄的長槍，明顯比前兩排長出了一大截，架在第一排弟兄們肩膀上，直接刺向了馬背上的狼騎。

三排將士，堅若磐石。

第一百六十四章 不動如山

這不是草原上的常見戰術。草原各部都不缺乏駿馬，對騎戰的重視遠遠超過步戰。各部牧民性子散漫，也很難訓練出如此配合嚴密的軍陣。而如此特殊的戰術，如此嚴密的軍陣，卻偏偏出現在了回紇汗庭。那只意味著一種情況，大唐已經從中原調來了最精銳的府兵，車鼻可汗卻對此一無所知，或者知道後卻對麾下大多數將士封鎖了消息！

有一股寒意，瞬間直衝伯克伊里斯的腦門。扯開嗓子，他用全身的力氣吼出破敵之策：「衝陣，衝垮他，控制坐騎不要停！」

一小部分突厥狼騎悄悄放緩了馬速，「衝陣，衝陣——」大多數狼騎卻已經來不及減速，只能高聲叫嚷著給自己壯膽兒，同時雙腿狠狠磕打戰馬的小腹，手中橫刀則盡力砍向近在咫尺的長矛。

狹路相逢勇者勝！突厥雖然沒有特別高明的兵法典籍流傳，狼騎們的作戰經驗卻極為豐富。

當兩支軍隊正面硬撼之時，越是悍不畏死的一方，越有可能憑藉氣勢，逼迫對手改變戰術。而他們此刻雖然人數低於對手，每個人卻都有戰馬相助。如果雙方撞在一起，他們當中一部分人有可能擋住或者避開對手的長矛，而對手卻肯定會被戰馬撞得筋斷骨折。

馬蹄翻飛，帶起滾滾煙塵。狼騎們扯開嗓子咆哮，聲音宛若鬼哭。敵我雙方之間的距離越來越近，越來越近，彼此都已經能看見對手眼睛裡的緊張和恐懼。

雙方開始比拚意志力，看誰先堅持不住。狼騎們緊張得寒毛乍起，叫嚷聲徹底變了調。一千五六百名唐軍，分成三排，繼續持槍巍然挺立，每一個人的臉上都寫滿了驕傲。

「唏吁吁……」一匹戰馬嘴裡發出淒厲的悲鳴，在身體與長矛相撞的最後瞬間，努力改變方向。緊跟著，是第二匹，第三匹……，趨吉避凶，是草食動物的本能。任狼騎們如何刺激，大多數戰馬都堅決不肯自蹈死地！

前衝的狼騎隊伍，如同稗草撞到了巨石，向左向右迅速彎折。然而，卻仍有五、六匹戰馬在其主人的逼迫下，來不及閃避，與槍陣正面相撞。

槍斷，馬死，十幾名持槍的唐軍被撞飛出數尺遠，摔在地上大口大口地嘔血。原本嚴整的槍陣表面，被撞出了四個巨大的豁口；原本端坐在馬背上的六名突厥狼騎，連同各自的坐騎一道，被長矛戳穿，縮蜷在血泊中痛苦裡抽搐。「刺！」胡子曰僥倖沒被戰馬撞飛，果斷扯開嗓子怒吼。同時將手裡的長矛刺向距離自己最近的一名狼騎。那名狼騎在與槍陣相撞之前，就被戰馬帶著改變了方向，進而逃過了一場死劫。此刻驚魂未定，根本做不出及時反應。直到胡子曰手中的長矛已經刺中他的軟肋，才忽然尖叫著扭動身體，揮刀橫砸。「噹啷！」刀刃砸在矛護注九上，濺起數點火星。長矛方向沒有發生絲毫變化，銳利的矛鋒撕破皮襖和鎧甲，扯斷肋骨，直接刺穿了狼騎的內臟。下一個瞬間，此人的屍體被胡子曰用長矛提起，重重地砸向了另一名狼騎的頭頂。

另一名狼騎本能地舉起橫刀格擋，鋒利的刀刃將屍體砍出一道巨大的傷口，鮮血立刻濺了此人滿頭滿臉。還沒等他來得及擦拭，有一杆長矛已經從側前方戳至，將此人直接戳了對穿。

「刺！」「刺！」「刺！」幾個隊正和旅率，操著濃重的河東口音，將胡子曰的命令一遍遍重複。長矛的動作，伴著命令聲變得越來越齊整，一排接一排，宛若猛獸嘴裡正在合攏的牙齒。在槍陣之前停下來的狼騎，被一個接一個刺下馬背，死傷枕藉。

「劉郎將帶人變陣補位，其他人，刺！」胡子曰擺動長纓，迅速發出第二道命令。雙眼卻始終都緊緊盯著一名在自己五步之外的突厥小箭。

那突厥小箭被他盯得心裡發毛，退路卻被自家同夥所阻擋，只能硬著頭皮揮刀迎戰。胡子曰手臂發力，長矛加速刺向突厥小箭的腿肚子。突厥小箭躲得開長矛，卻不敢賭胯下戰馬也與自己一樣

注九、矛護：金屬矛頭尾部的套，通常上面有兩個釘子孔，套在矛桿上之後用釘子固定。

身手靈活，不得不俯身格擋。胡子曰手中的長矛卻迅速回拉，將他閃了一個空。緊跟著再度奮力前戳，將此人戳了個透心涼。

鮮血狂噴而出，胡子曰搶在屍體落馬之前，拔出長矛。一名狼騎看到便宜，從側面揮刀砍向胡子曰的脖頸，卻被胡子曰身側的李思邈一槍戳中了胸口。兩名狼騎咆哮著撲向李思邈，胡子曰揮矛將其中一人刺下馬背，緊跟著又是一記橫掃，將另一人砸得大口吐血。

敵我雙方擠在小範圍之內交手，突厥狼騎發揮不出速度優勢，只能借助戰馬的高度發起攻擊。而唐軍手中的長矛，卻比橫刀長出三倍。幾名唐軍互相配合，上刺人，下刺馬，轉眼之間就能將一名突厥狼騎送回老家。突厥狼騎想要砍中目標，卻不得不先拉近彼此之間的距離。

在戰場上，些許的劣勢，就能決定生死。隨著越來越多的狼騎落馬，突厥人不得不拉著坐騎後退。伯克伊里斯大急，揮刀砍斷一杆刺向自己的長矛，扯開嗓子高聲大叫：「不要慌，不要慌，闖戰馬撞出來的豁口，闖豁口撕碎槍陣！」

「不要慌，不要慌，闖豁口撕碎槍陣！」親兵扯開嗓子重複，將伊里斯發現的唐軍弱點，盡可能傳入更多同夥的耳朵。

「闖豁口，闖戰馬撞出來的豁口！」兩名突厥大箭精神大振，吶喊著調整方向，策馬衝入距離自己最近的豁口，同時揮刀向試圖封堵豁口的唐軍亂砍亂剁。

「闖豁口，闖戰馬撞出來的豁口！」更多的狼騎如夢初醒，揮舞著橫刀再次改變方向，全力朝距離各自最近的豁口處衝殺。哪怕看到有同夥在半途中被長槍刺穿了身體，也絕不退縮。六名突厥狼騎用自己和戰馬性命換來的豁口，立刻成為了敵我雙方角力的關鍵點。如果突厥狼騎能夠成功從豁口處闖過去，就可以從槍陣背後發起攻擊，將槍陣澈底碾碎。如果豁口被唐軍搶先封堵，失去速度，數量也處於絕對劣勢的突厥狼騎，在結陣而戰的唐軍面前，就毫無反抗之力！

「啊——」兩名衝進豁口的狼騎先後被長矛刺中，慘叫著栽下馬背。然而，卻有更多的狼騎撲向同一處豁口，對左右兩側的大唐健兒們視而不見。

豁口附近，一夥唐軍連袂上前補位，長槍上下翻飛，將三名狼騎刺於馬下。一名突厥大箭怒吼著向前衝，手中拿的不是橫刀，而是一把精鐵打造的狼牙棒。借助戰馬的高度，他居高臨下將狼牙棒奮力砸向帶隊補位的唐軍夥長。後者自知力氣不如他大，果斷撤步後退。突厥大箭毫不猶豫催促坐騎，步步緊逼，手中狼牙棒掃得呼呼生風。位於夥長身側的四名大唐輔兵默契地向斜前方跨步，隨即同時轉身斜刺。一杆長矛被狼牙棒砸飛，一個長矛被狼牙棒磕歪，卻仍有兩杆長矛繞過了狼牙棒的攔截，正中突厥大箭後腰和小腹。血如泉湧，突厥大箭全身的力氣瞬間被抽乾，丟下狼牙棒，軟軟地跌在馬下。

「射箭，用箭射死他們！」伯克火骨看得雙目盡赤，一邊策動坐騎貼著槍陣邊緣加速，一邊將羽箭搭上弓弦。硬闖不是辦法！作為車鼻可汗麾下的一名悍將，他可謂身經百戰。很快，就通過麾下弟兄們的傷亡情況，做出了正確判斷。敵軍比他以往遇到的任何對手都要強悍，絕對不能再相信以前的經驗。以前他也率領狼騎硬撞過敵軍的步卒，後者面對疾馳而來的戰馬，仍舊能站在原地不逃，已經堪稱奇蹟。而今天，敵軍非但沒有逃命，並且先用密密麻麻的長矛嚇住了他的戰馬，然後又熟練地對他麾下的弟兄，展開了收割。

對，像割牧草一樣地收割。儘管先前利用亡命衝撞，狼騎成功將唐軍的槍陣撞出了四個豁口。但是，至今為止，卻沒有一名狼騎成功從豁口處闖過，闖到槍陣的背後。

那四個明顯的豁口，就像魔鬼張開的嘴巴，凡是有活物闖進去，就立刻被撕個粉碎。哪怕下定了決心要死中求活，也不能繼續讓弟兄們去填這四張嘴巴。改變戰術是唯一的選擇，利用戰馬高度放箭攢射，剛好可以克制槍陣在靈活性方面的不足。羽箭脫弦而出，正中十步之外一名唐軍的胸口。後者的胸甲迅速被血染紅，卻沒有立刻倒下，而是咬緊牙關，以長槍為拐杖，踉蹌著退向後排。

「放箭，放箭！」伯克火骨大喜，吶喊著抽出第二支羽箭，還沒等他拉開騎弓，一支投矛呼嘯而至，將他直接射下了馬背。

第一百六十五章 長矛如林

「擲，把手中投矛全擲出去，朝馬背上招呼！」先前負責指揮弓箭手的杜七藝從背上抽出第二杆投矛，扯開嗓子給麾下的大唐瀚海勇士們做示範。

投矛脫手，射向另一名正在開弓放箭的突厥狼騎。後者毫不猶豫停止放箭，將身體墜向戰馬的身側。投矛擦著此人的肚皮呼嘯而過，砸到戰馬身體另外一側的空地上，濺起一股黃色的煙塵。還沒等那名狼騎來得及慶幸，十幾把投矛再度從半空中高速墜落，將此人連同戰馬一道射成了箭靶。

「繼續，不要停，優先招呼當官的！」杜七藝喜出望外，扯著嗓子高聲呼籲，同時將第三支投矛擲向了敵軍密集處。跟在他身後和身側的大唐瀚海勇士們，也紛紛將投矛擲向二十步外的突厥狼騎，將後者瞬間又連人帶馬放倒了一層。

這些瀚海勇士當中的絕大多數，都是回紇人。中間還夾雜著幾個不願意去中原謀生的匈奴少年。習慣騎在馬背上跟敵軍廝殺的他們，忽然改成徒步跟敵軍交手，動作難免生疏，射出去的投矛準頭，也略顯不足。

然而，投矛的數量和破甲能力，卻彌補了以上所有劣勢。可以阻擋羽箭的皮襖和鎧甲，在凌空而至的投矛面前，沒有表現出絲毫的防禦力。一件接一件，像紙一樣，被銳利的矛鋒撕開，阻擋不了後者分毫。而投矛卻去勢未盡，繼續穿透皮襖和鎧甲下人的身體，在身體另外一側露出被血染紅的一大截。

「唏吁吁——」一匹戰馬身上同時被三支投矛射中，悲鳴著栽倒，將其背上的主人摔成了滾地葫蘆。緊跟著，數十隻馬蹄交錯踩過，將摔下馬的狼騎踩得厲聲慘叫。急於躲閃投矛的狼騎們，根本顧不得自家落馬的同伴，也沒有哪裡顧及。任由坐騎繼續從落馬者身上踩過，直到後者徹底沒了聲息。

「啊，啊——」一名狼騎小箭的身體被投矛射穿，卻沒有立刻氣絕。雙手抱著戰馬的脖頸，叫得聲嘶力竭。這是騎兵中箭後的保命招數，只要不掉下馬背，就有八成以上希望逃過死劫。然而，拿來對抗投矛，顯然並不適用。才被戰馬馱著衝出了不到十步遠，狼騎小箭的鮮血就已經流乾。慘叫聲戛然而止，雙手鬆開戰馬的脖頸，屍體緩緩墜落塵埃。

又一波投矛帶著風聲下落，將四匹戰馬，十多名狼騎相繼推下馬背。剩餘的狼騎紛紛策馬遠離槍陣，再也沒膽子靠近豁口。大唐郎將孫興帶領預備隊加速前衝，趁機將槍陣上的四個豁口，封了個嚴絲合縫。

「停，後撤，恢復體力！」杜七藝高聲斷喝，背著沒來及投出的兩杆投矛，踉蹌後退，胸脯起伏，呼吸沉重得宛若風箱。他麾下的大唐瀚海勇士們，或者朝著突厥狼騎擲出最後一輪投矛，或者努力邁動雙腿向他靠攏，每一個人，都累得滿頭大汗，氣喘如牛。

從開始到現在，他們當中動作最快的人，也僅僅擲出了四杆投矛，其餘的人，基本上全是三杆。然而，大傢伙兒卻全都感覺比騎著馬直衝敵陣還要疲憊。好在狼騎的意志力，在大夥體力崩潰之前，先行崩潰，否則，一旦被狼騎闖過豁口衝至近前，大夥就只有任對方宰割的份，根本沒有自保之力。

「整隊，整隊，再衝一次，再衝一次肯定就能殺開一條血路——」三十步外，突厥伯克伊里斯氣急敗壞，揮舞著橫刀努力組織第二輪硬碰硬。雖然剛才付出了慘重的代價，但是，他也基本摸清楚了唐軍的大致情況。能加入槍陣並與周圍的同伴熟練配合者，只有前面這一兩千人。他麾下的狼騎只要再豁出性命去衝開幾個豁口，就能讓槍陣徹底崩塌。至於槍陣之後的投矛手，表面看上去氣勢洶洶，實際上根本起不到決定作用，離開槍陣保護之後，就是一群待宰羔羊。

不得不承認，他的判斷很準確，指揮能力也可圈可點。然而，已經遠離槍陣的突厥狼騎們，卻再也鼓不起勇氣去用血肉之軀硬撼如林長矛。除了他的鐵桿親信們之外，其餘的狼騎一個個非但沒有按照他的命令停下來整隊，反而加速向來時路上逃去，任他怎麼威逼利誘，都堅決不肯回頭。

「停下，停下，必須有人留下來斷後，必須有人留下來斷後！」伯克伊里斯揮刀砍死一名拒絕服從命令的狼騎，咆哮著擋住另外兩名狼騎的去路。

後者既沒有勇氣舉起刀來跟他拚命，又沒勇氣去面對槍陣和投矛，嘴裡發出一聲尖叫，各自撥偏坐騎，以迅雷不及掩耳之勢，繞過他的攻擊範圍，落荒而走。

「停下，停下，沒人斷後，誰都走不了！」伯克伊里斯連續兩次，都攔了一個空，氣得眼前陣陣發黑，聲音徹底變了調。這不是他熟悉的那支狼騎，近二十年來，狼騎不是沒吃過敗仗，卻從來沒敗得如此迅速，如此窩囊。前後只堅持了不到半刻鐘時間，就被對手徹底打崩。總計傷亡還不到三成，卻沒有勇氣回頭再看一眼對手的戰旗。

「伯克，來不及了，已經來不及了。唐軍壓過來了，壓過來了。」一名親兵忽然衝到伊里斯身邊，用顫抖的聲音提醒。

「什麼？」沒想到對手的攻防轉換速度竟然有這麼快，伯克伊里斯本能的質疑，隨即迅速抬起頭，向槍陣的位置張望。只見先前像一堵牆般的槍陣，此刻已經變成了一個巨大的燕尾形。燕尾的頂端，一名老將手持長纓，在六七名親兵簇擁下，大步前行。燕尾兩側，各有數百名大唐勇士列陣跟隨，隨著隊伍向兩側延伸，勇士的位置梯次落後，手中的長矛卻齊齊地指向正前方。他們推進的速度不快，遠遠低於戰馬緩跑。他們的腳步，卻整整齊齊，毫無停頓，伴著低沉連綿的戰鼓聲，向前，向前，無論前方是刀山，還是火海，都義無反顧。

沒用三年以上苦功，練不出這樣的槍陣。剎那間，伯克伊里斯就知道，自己先前的判斷沒錯。今夜跟自己交手的，不是回紇人。至少，正面持矛列陣前進的這一千五六百名唐軍，肯定不是！

十八年前某個冬夜裡的痛苦記憶，瞬間湧上了他的心頭。他忽然撥轉坐騎，一言不發，帶著自己的親兵們快速退走。

第一百六十六章 成長起來的少年

十八年前，同樣是一個冬夜，天氣比今晚冷得多。那時，伯克伊里斯還只是一個小箭，年紀剛滿二十，騎術和射術都出類拔萃，前程似錦，心中也沒有任何畏懼。然而，卻有一支跟眼前這夥唐軍規模差不多的隊伍，連夜奔襲百里，頂著暴雪殺進突厥可汗頡利的中軍。

那一戰，數萬突厥狼騎，被不到三千名唐軍殺得血流成河。頡利可汗丟下臣子和家人，光著膀子逃走。突厥成名的大將，死傷殆盡。因為官做得太小，又不是頡利可汗的嫡系，伊里斯得以趁著混亂逃離了戰場，與自己的其他族人一道，逃回了金微山下。

隨後十八年來，他矢志報仇雪恥，苦練兵馬和本領。他打了上百次勝仗，幫助車鼻可汗擊敗了一個又一個對手；他的威名一天比一天高，信心也越來越強烈。他本以為，自己和自己麾下的狼騎，早已經追上，或者超過了當年那支唐軍。卻沒想到，今日一戰，又被打了個落花流水。

誠然，他剛才是倉促組織兵馬斷後，麾下帶的狼騎並不全是嫡系。身為主帥的羯曼陀又中計在先，局部慘敗的責任，不能完全歸咎於他。然而，今日帶領唐軍的，卻也不是什麼李靖、李勣這等名將，而是一個他可能聽都沒聽說過的老卒！

十八年前，作為小箭的他，與頡利可汗一道，輸給了大唐第一名將李靖，慘敗的記憶宛若惡夢。今夜，身為伯克的他又輸了，輸給了一個大唐無名老卒，剛剛經歷的一切宛若惡夢重現。

不敢再去想如何扭轉戰局，也不敢再去想如何幫助羯曼陀帶領大多數狼騎脫離險境。伯克伊里斯知道，以上兩個願望都根本不可能實現。催動戰馬默默地追上潰退的狼騎，又憑藉戰馬的卓越素質，將潰兵們甩在了身後，他直奔羯曼陀的認旗。

後者缺乏實戰經驗，也沒受過太多挫折，肯定應付不了接下來的逆境。此時此刻，伯克伊里斯心中雖然充滿了絕望，卻清醒地知道，今夜自己唯一還有可能做到的就是，趁著唐軍的包圍圈合攏之前，勸說羯曼陀棄軍逃走，而不是繼續帶著所有人且戰且退。

且戰且退的後果，肯定是無路可退。而如果羯曼陀果斷丟下所有狼騎，把頭盔和錦袍等能明顯標識身份的東西，全交給一名死士穿戴起來吸引唐軍的注意力，他本人只管帶著少數親兵趁亂潛逃，則有七成以上機會成功逃出生天。「嗖——」一支羽箭忽然擦著伯克伊里斯的頭盔飛過，嚇得他頭皮發乍。「伯克小心！」「弓箭手，小心唐軍的弓箭手！」親兵們尖叫著提醒，同時努力上前，用戰馬和自己的身體，阻擋接連從半空中落下來的羽箭。

皮襖和鎧甲這次終於又發揮了作用，將羽箭盡數阻擋在親兵們的身體之外。伯克伊里斯不得不調整方向，同時快速觀察戰場上的形勢。那群持矛而戰的唐軍，並沒有急著追殺他，而是仍舊保持著跟先前同樣的節奏，穩步推進。來自左右兩側的兩路唐軍，卻已經推進到了一百步之外，卻沒有急著發起總攻，而是利用燃燒的帳篷和火堆做掩護，一波接一波地向狼騎頭上拋撒箭雨。羽箭的殺傷力，遠不如投矛，特別是在大多數狼騎身上都穿了皮襖的情況下。除非羽箭恰巧射中鼻梁、脖頸、小腿等缺乏保護的部位，否則連讓狼騎受傷都做不到。但是，羽箭卻可以射殺戰馬，讓狼騎從馬背上摔下來。摔下了馬背的狼騎，很容易被自家同伴的坐騎踩死，即便有人僥倖逃過了馬蹄踐踏，戰鬥力也只剩下了原來的三成！

憑著連綿不斷的羽箭，唐軍弓箭手將狼騎的控制寬度，不斷向中間壓縮。而只要有狼騎試圖發起反擊，就立刻有手持長矛的唐軍挺身而出，結陣擋在弓箭手的面前。甚至還有唐軍兵卒推著草料車，旁邊跟著手拿火把的同伴，在弓箭手周圍嚴陣以待。發現有狼騎戰馬靠近，他們立刻將草料車連成一排，隨即，將火把朝草料車上一丟。轉眼間，一道寬度足以擋住五匹戰馬連袂衝擊的火牆，就出現在了狼騎面前，令後者的反擊難以為繼！

「無恥！」伯克伊里斯氣得破口大罵，卻想不出任何應對之策。牲畜怕火，在草原上，哪怕是狼群也沒膽子衝擊牧民們在野外點起的火堆。戰馬膽小且敏感，更不會主動朝火牆上撞。

而反擊受阻，突厥狼騎的活動區域，就會繼續被唐軍弓箭手一步步壓縮。狼騎的活動區域越小，被羽箭射中的可能性就越大，直到最後所有狼騎被壓縮成一片活靶子！

「嗖嗖嗖——」又一波箭雨越過火牆，砸向被擋住去路的突厥狼騎。後者光挨羽箭卻無法還手，丟下三匹受傷了戰馬和兩名被馬蹄踩死的同夥，大罵著拉開了與大唐弓箭手的距離。

唯恐大唐弓箭手們將自己當成下一個重點打擊目標，伯克伊里斯也趕緊策動坐騎，加速向羯曼陀的認旗位置靠攏。

沿途中看到的情況非常扎心，很多狼騎已經找不到自家頂頭上司，只能跟著人流亂竄。還有一部分狼騎，士氣崩潰，悄悄脫離了大隊，逃向營盤內看上去沒有埋伏的空檔。然而，逃著逃著，他們的去路上就冒出大批的唐軍，憑藉絕對優勢兵力，將他們澈底吞沒。

唯一讓伯克伊里斯感覺欣慰的是，到目前為止，羯曼陀的認旗還沒有倒下。認旗周圍至少還有兩千多名狼騎，仍舊保持著基本秩序。從認旗附近傳來的號角聲雖然透著憤怒和不甘，卻仍舊在清晰地向所有狼騎傳達羯曼陀的命令，號召他們繼續向認旗靠攏，他們的泥步設會帶著所有人一起殺出一條血路，絕不會丟下弟兄們不管。

「讓開，讓開，讓我去見泥步設，我必須馬上去面見泥步設！」越靠近羯曼陀的認旗，人員越密集，伯克伊里斯的坐騎走得越慢。不敢再耽擱時間，他扯開嗓子高聲命令。

眾狼騎認出了他的身份，一邊繼續跟著人流往北逃，一邊努力給他讓路。然而，慌亂之中，怎麼可能每個人都保持著理性。很快，伯克伊里斯就走不動了，卻距離羯曼陀的認旗，仍舊隔著上百步遠。「泥步設，快走，趁著唐軍還沒合圍，你趕緊先走一步！把認旗留給末將，末將帶領弟兄們替你斷後……」一邊喊，他一邊策馬向前擠。四周圍人喊馬嘶，他的聲音根本無法傳進羯曼陀的耳朵。就在此時，左側的唐軍伏兵之中，忽然分出了一支千餘人的隊伍，帶隊的武將手持一杆前半段包鐵的四稜長棍，咆哮著徒步衝向幾名正在倉皇撤退的狼騎，手起棍落，將其中一名狼騎小箭從戰馬上砸了下來。

「突厥狗，你們也有今天！」瓦斯特勤右手下壓，左手上提，擰身跨步，緊跟著就是一記秋風掃落葉。四稜長棍包裹著熟鐵的前半段，正中一匹戰馬後腿。清晰的骨頭折斷聲立刻響起，戰馬悲鳴著摔倒，將其背上的主人摔出半丈遠。根本不給此人起身的機會，瓦斯特勤一個箭步衝上去，用長棍砸碎了對方的腦門。

庫紮和塔屯兩個帶領十幾名親兵咆哮著跟上，與瓦斯一道向突厥狼騎的隊伍發起強攻。在眾人身後，九百多名以前經歷過至少四場惡戰的瀚海精銳們，揮舞著長槍、長斧、長棍和鋼鞭等武器，排成鋒矢陣型，吶喊前衝，寸步不落。

他們的陣型不算整齊，只能保證一個大致的輪廓。他們彼此之間的配合也不算太熟練，只能做到不扯對方後腿。然而，比起已經明顯出現混亂的狼騎，他們的陣型卻整齊得多，他們彼此之間的配合，也有效得多。轉眼間，竟然在突厥狼騎隊伍的周邊，撕下了一大塊，自身的損失，卻微乎其微。

「跟緊我，別貪功！」瓦斯特勤佔到了一個大便宜，立刻不再繼續向羯曼陀的帥旗突進，而是帶領麾下的弟兄們，向狼騎隊伍的側後部，來一記笨拙的神龍擺尾。這一招，既避免了攻勢過猛，引起突厥狼騎的亡命反撲。又可以繼續從突厥狼騎的隊伍上，撕下另外一大塊「血肉」，怎麼算都不賠本。

「咚咚咚咚……」鼓聲貼著地面，震得人的心臟不規則地亂跳。阿史那羯曼陀的認旗右側，也出現了一支千把人的精銳步兵。回紇可汗婆閏在趙雄和韓弘基兩人的雙重保護下，帶領自己的嫡系親衛，衝向突厥狼騎，將五十餘名狼騎與其大隊人馬分隔開來，迅速消滅一空。

這是狼群的狩獵戰術，每一名突厥將領，都非常熟悉。以往，他們在戰場上取得了優勢，也曾經用這種戰術不斷消耗敵軍的有生力量，並且盡可能地減少自身的損失。而今天，同樣的戰術被別人施加到了他們身上，頓時讓他們痛徹心扉。

兩名大箭沒等羯曼陀那邊做出指示，就帶著各自身邊還肯聽招呼的部曲，撲向瓦斯特勤。鋒矢陣雖然攻擊力強悍，防禦力卻不太充足。特別是組成鋒矢陣的前端部分，一旦遭到對手的夾擊，很容易出現以少打多的情況，進而折戟沉沙。

瓦斯特勤對鋒矢陣的瞭解，只是剛剛摸到一點兒皮毛。然而，跟在姜簡身後這小半年來，他的戰場直覺，卻已被姜簡帶著提高了一大截。看到兩股狼騎向自己撲來，試圖形成局部夾擊之勢。他毫不猶豫喊了一聲「掩護我！」隨即，邁開雙腿，直奔其中一名大箭撲了過去。

庫紥和塔屯來不及思考，將隊伍迅速停在了原地。前者留下指揮弟兄們維持陣型，擋住另一側殺過來的突厥狼騎。後者則帶著十幾名親兵，死死護住了瓦斯特勤的左右兩翼。

敵我雙方來不及做更多準備，很快就戰在了一處。鋒矢陣的前端正如兩個突厥狼騎大箭的期盼，很快就被衝得變了形狀，然而，卻遲遲沒有斷折。瓦斯特勤在塔屯的掩護下，接連將四名狼騎掃下了坐騎，成功衝到了一名大箭的戰馬前，高舉四稜長棍，兜頭就是一記惡虎拍門。

這套棍法，乃是前一段時間，胡子曰根據他的身材和臂力，專門為他設計。脫胎於當年十八路綠林好漢當中江淮軍的壓箱絕技陌刀術，卻遠比陌刀術簡潔。總計只有八招，可以隨便拆分組合。瓦斯特勤得到之後欣喜若狂，每天苦練不斷，今日，恰好將其派上了用場。

只見那突厥大箭慌忙舉刀格擋，卻被長棍將橫刀直接砸成了鐵鉤子。而瓦斯特勤借著對手的格擋之力，迅速變招，跨步、擰腰、揮臂，全身力量集中於棍前，「呼」，長棍化作一條巨蟒，橫著捲向了那突厥大箭的左腿。

「駕！」那突厥大箭遮擋不及，果斷腳踢馬腹，催促坐騎加速。戰馬被他刺激得兩眼發紅，咆哮著向前猛躥，剛剛騰空而起的後腿，卻恰恰跳進了長棍的攻擊範圍。

「哢嚓！」馬腿斷折，戰馬向前只跳出了半丈遠，就轟然摔向地面。馬背上的突厥大箭措手不及，被橫著甩出四尺，摔得眼前金星亂冒。附近恰好有一名瀚海唐軍趕到，見狀果斷揮刀下劈，搶在那突厥大箭爬起來之前，將其脖頸砍成兩截。

「不想死的滾開！」瓦斯特勤扯開嗓子斷喝，長棍橫掃，將一名衝到自己面前的突厥狼騎掃落於馬下。緊跟著，有舞動長棍將另一名狼騎砸得大口吐血。其餘狼騎失去了大箭帶領，士氣瞬間歸零，紛紛拉著戰馬閃避。下一個瞬間，瓦斯特勤揮舞著長棍從他們身邊衝出，調轉方向，直撲另外一名突厥大箭。

那名大箭帶領其鐵桿親信，反覆衝擊了兩次，都沒能成功將鋒矢陣前部澈底衝破，正心中發慌。看到瓦斯拎著染血的長棍撲向自己，果斷選擇了放棄，拔馬就走。周圍到處都是突厥狼騎，他哪裡容易脫身？才策馬跑出了七八步遠，身背後，就響起兵器破空之聲，「嗚——」

「噹啷！」突厥大箭憑藉豐富的戰鬥經驗，及時轉身招架。橫刀被砸得脫手而飛，四稜長棍卻去勢未盡，貼著他的胳膊，正中他露出來的軟肋。

「噗！」那突厥大箭張開嘴，噴出一股老血和幾片內臟，身體緩緩地墜下了馬背。

「跟上我，切碎他們！」瓦斯特勤如願以償，高舉起四稜長棍招呼。鋒矢陣在塔屯和庫紮二人的帶領下，迅速跟上他的腳步，重新恢復成形，將數十名失去將領的突厥狼騎再度與其他狼騎分割，隨即快速吞噬殆盡。

第一百六十七章　此路不通

「跟上我，切碎他們！」戰場右側，大唐瀚海都護婆閏舉起染血的長槊，放聲高呼。趙雄和韓弘基兩人默默地護住他的兩側，為他解決掉從兩側殺過來的敵將。九百多名瀚海精銳吶喊著緊隨他們三人的腳步，衝向突厥狼騎，刀槍齊下。

六十多名突厥狼騎，被瀚海精銳們長矛挑下了戰馬。還有三倍於此的突厥狼騎，拉著馬頭避讓，不敢與婆閏等人爭鋒。完全佔據主動的婆閏，卻不急著擴大戰果，果斷調整方向，然後帶領麾下的瀚海精銳們快速後撤。

「見好就收！」，是戰鬥之前胡子曰跟他和瓦斯特勤兩人反覆強調過的戰術精髓。在敵軍整體上徹底陷入混亂之前，僅憑著他們二人各自身後的千把瀚海精銳，不可能一舉鎖定勝局。羯曼陀那廝雖然本事不怎麼樣，卻也並非一無是處，在遭到攻擊之後，一定會想盡一切辦法組織兵力反撲。

所以，小口快咬，咬了就跑，才是最佳選擇。只要不被狼騎纏住，戰場兩側的大隊人馬，就能為他們提供各種及時且有力的支援。而火堆和可以隨時點燃的柴草車，則可以對戰馬施加無法抵抗的重壓，讓突厥狼騎的戰鬥力發揮不出正常水準的一半兒！雖然身份貴為回紇可汗，雖然職位是瀚海唐軍的主帥，然而，婆閏卻絲毫不覺得接受胡子曰的指揮有什麼不妥當。如果沒有師兄姜簡和胡子曰等人，他早在半年之前，就已經死在了烏紇之手了，根本不可能奪回可汗之位，並且繼承自家父親留下來的瀚海都護官職。他目前所擁有的一切，都是師兄姜簡和胡子曰等人幫他搶回來的。他麾下的精銳，也是胡子曰帶人幫忙訓練出來的。而胡子曰的本領，在瀚海都護府這邊也是有目共睹。眼下師兄姜簡不在家，他想要擊敗敵軍，把最高指揮權交給胡子曰，是唯一也是最佳的選擇。

「嗚嗚嗚，嗚嗚嗚——」戰場上發生的事實，也正如胡子曰的預判。發現自家隊伍的兩翼遭到攻擊之後，羯曼陀在其自身安全隨時可能受到威脅的情況下，仍舊果斷命令沙律和昭南兩位伯克，各自抽調五百狼騎，去迎戰唐軍。比起跟在隊伍周邊倉皇撤退的狼騎，沙律和昭南兩人所帶的兵馬，戰鬥力明顯高出了一大截，組織性和士氣，也高出了數倍。然而，婆閏卻根本不肯與對方廝殺，搶在雙方發生接觸之前，就帶著麾下的瀚海精銳縮回了一排火堆之後。臨近的瀚海唐軍弓箭手，立刻將箭雨潑向緊追不捨的伯克沙律。戰場右側的另外三千多瀚海唐軍，雖然不是像追隨婆閏上前廝殺的弟兄們那般訓練有素，人數上卻在局部佔據絕對優勢，並且裝備和婆閏身邊那些弟兄一模一樣，士氣也不差分毫。突厥伯克沙律根本弄不清兩種瀚海唐軍之間的差別，只好放棄了對婆閏的追殺，繼續跟著其他突厥狼騎一道且戰且退。

他一去遠，婆閏立刻帶人向突厥狼騎隊伍的後半段展開了攻擊，仍舊是撕下一大口就撤，絕不貪功。戰場左側，特勤瓦斯所採取的戰術，與婆閏這邊一模一樣，殺得狼騎防不勝防。

「泥步設，快走，快走，後面追上來的是真正的唐軍。」突厥伯克伊里斯終於擠到了羯曼陀身邊，啞著嗓子高聲催促，「把頭盔和披風都交給我，還有你的令箭，我留下代替你指揮弟兄們且戰且退！」

「你說什麼？」羯曼陀被弄了個滿頭霧水，瞪圓了眼睛追問。搶指揮權的事情，昨天夜裡伊里斯就做過一次。那次他的確指揮有誤，對此人的囂張行徑，忍也就忍了。而這次，伊里斯主動請纓去斷後，卻被打得隻身逃回，居然還想要搶奪他的指揮權，也太不把他這個泥步設當回事了一些！

「伊里斯，不得無禮！」

「伊里斯，危急關頭，你別胡鬧！」其餘幾個將領和文職也紛紛開口，對隻身逃回的伊里斯大加斥責。

無論他們內心深處對羯曼陀服氣不服氣，畢竟後者是車鼻可汗親手指定的繼承人。伊里斯昨夜對此人失禮一次，大夥沒來得及阻攔也就算了。今天伊里斯居然不顧形勢危急，又踩著鼻子上臉，大夥兒豈能再由著他胡鬧？

「泥步設不要誤會，我沒有針對您的意思。後面追過來的，是大唐府兵，不是回紇人。我十八年前跟他們交過手，知道他們的本事。」好心被當了驢肝肺，伊里斯又氣又急，紅著眼睛快速補充：「你趕緊走，我扮作你吸引唐軍。再不走，咱們今夜全都得死在這裡！」

「大唐府兵？」羯曼陀心中一驚，本能地選擇了拒絕相信，「你確定？他們怎麼可能大冬天趕過來？多少人，帶兵的將領打的什麼旗號？」有關大唐朝廷已經準備派府兵精銳趕赴草原的消息，他父親車鼻可汗，早就從細作冒死送回來的書信中得知了大致情況。然而，車鼻可汗卻為了避免狼騎軍心動搖，故意隱瞞了這個消息。並且，堅信大唐府兵不會這麼快就趕到塞外，即便能趕到，數量也不會太多。所以聽到伯克伊里斯說大唐府兵在追殺自己，羯曼陀的第一反應是懷疑其可能性。第二反應則是，府兵的具體數量多寡，領軍將領是哪個？壓根沒想過一旦被這支府兵追上，會面臨什麼後果。

「三千，或者還不到。」伯克伊里斯真恨不得親手剝了羯曼陀的衣服，卻無法將這個想法付諸實施，只能強壓下心中的焦躁高聲解釋，「我沒看清楚他們的認旗。快把頭盔、披風和令箭給我，你帶著親兵先走一步。」

「三千府兵，等他們追上來再說。」羯曼陀眉頭緊鎖，沉著臉搖頭。不小心中了瀚海唐軍的埋伏，鎩羽而歸已經夠窩囊了。如果他還丟下弟兄們獨自逃命，他哪還有面目去見他的父親？更何況，三千大唐府兵，頂多是給婆閏這邊錦上添花，不可能讓瀚海唐軍脫胎換骨。

「十八年前，殺得頡利可汗的棄軍逃命的大唐府兵，也不到三千！」伊里斯終於忍無可忍，伸手拉住了羯曼陀的戰馬韁繩，「把頭盔給我……」一句話沒等喊完，前方忽然人聲鼎沸。緊跟著，混亂如潮水般，從狼騎隊伍的前部，一路傳到了羯曼陀的認旗之下。

「火，前面起火了！」

「路斷了！」

「回紇人放火阻路！回紇人放火阻路！想把咱們全都燒死在這……」羯曼陀和伊里斯二人，同時停止了動作，轉頭向正前方眺望。只見原本東一簇，西一簇的火堆，竟然蔓延成了火海，將自家隊伍的退路，給堵了個水洩不通！

第一百六十八章　崩潰

「退路斷了！」

「唐軍要把咱們全都燒死！」

「唏吁吁，唏吁吁……！」轉眼間，驚呼聲、尖叫聲和戰馬的悲鳴聲，就響成了一片。所有狼騎都澈底陷入了絕望狀態，一個個叫天天不應，叫地地不靈。羯曼陀身邊的將領和文職們，也被嚇得手足無措。齊齊將目光轉向此人，希望他能給大夥指示下一步行動。而羯曼陀的表現，卻讓他們大失所望。只見此人，兩眼直勾勾的看著前方的火海，嘴唇不停地蠕動，面頰不停地抽搐，卻遲遲說不出一句完整的話來！

「不要慌，先撿一側往外衝，唐軍不可能自己燒自己！衝垮了唐軍的阻攔，自然能找到出路！」關鍵時刻，仍舊是伯克伊里斯靠得住，用力扯了一下羯曼陀的胳膊，高聲獻策。

「向左衝，向左衝，呼延奇，帶著你的人頭前開路。賀蠻，去招呼沙律和昭南，讓他們別跟敵軍糾纏，一起向左衝。」正不知道該如何應對的羯曼陀如夢初醒，將伊里斯的建議全盤採納。

「吹角，通知所有人，活路在左邊，不想死的就趕緊一起向左衝！」伊里斯咬了咬牙，繼續發號施令。這次，羯曼陀終於沒怪他不把自己放在眼裡，而是將他的話，原封不動向身邊的親信重複。

傳令兵慌慌張張地將號角吹響，「嗚嗚嗚，嗚嗚嗚，嗚嗚嗚——」絕望的號角聲響起，將主將的決定，迅速傳入每一個突厥狼騎的耳朵。當所有人都不知所措的時候，哪怕是亂命，也強過沒有命令。當即，六神無主的突厥狼騎們，齊齊撥馬向左，頂著迎頭射來的羽箭努力加速。雖然彼此之間仍舊各不相顧，但逃命的方向，卻保持了基本的一致。

位於戰場左側大唐將士們，所面臨的壓力，瞬間增大了數倍。任弟兄們如何努力，都無法擋住所有突厥狼騎的去路。甚至自身陣型，也被衝塌了數處，隨時都可能澈底分崩離析。

「咚咚咚咚，咚咚咚，咚咚咚……」就在此時，驚雷般的戰鼓聲，忽然在狼騎的側後方響起，緊跟著，一面猩紅色的戰旗，刺破夜空，出現在了人們的視野之內。戰旗下，一名身材高大，鬍鬚斑白的老者手持長槊，闊步向前，槊鋒所指，狼騎紛紛撥馬閃避，竟然沒有一人敢阻擋他的去路。

「胡教頭，胡教頭來了，弟兄們，殺啊！」瓦斯特勤喜出望外，揮動四稜長棍，將朝著自己這邊衝過來的一名突厥大箭砸了個筋斷骨折。

「教頭來了，教頭來了，弟兄們加把勁兒，別放跑了一個突厥狗！」庫紮和塔屯兩個也精神大振，扯開嗓子將喜訊四下傳播。戰場左側，原本岌岌可危的三座唐軍槍陣，立刻重新變得堅若磐石。朱韻、王達和瓦斯特勤，各自指揮著一座槍陣，向逃竄過來的突厥狼騎發起了新一輪攻擊。三千多名瀚海勇士，無論身上是否帶著傷，全都士氣高漲，將手中長矛不斷地刺向距離各自最近的狼騎，將後者一批接一批挑於馬下。再看突厥狼騎，隨著胡子曰的出現，精神和士氣都澈底被壓垮。一個個相繼撥轉馬頭，四散奔逃，再也不肯聽從號角聲的指揮，也無法保持一致方向。

「傳令，各部發起總攻！拿下羯曼陀，明天早晨我請所有人喝羊湯！」胡子曰猛地將長槊朝地上一戳，扭過頭，高聲命令。

「教頭有令，各部發起總攻！拿下羯曼陀，教頭明天早晨請所有人喝羊湯！」跟在胡子曰身後的六組瀚海精銳和同樣數量的大唐府兵，立刻高舉著令旗，分頭跑開。一邊跑，一邊扯著嗓子，用漢語和回紇語，將命令高聲重複。「咚咚咚咚，咚咚咚，咚咚咚……」激昂的戰鼓聲，緊跟著響起，搶在傳令兵抵達之前，將全殲敵軍的命令，傳入每一名大唐將士的耳朵。

「跟上我，去殺羯曼陀！」位於戰場左側的婆閏聞聽，立刻高舉起長槊呼籲，年輕的臉上，寫滿了興奮。

「變鋒矢陣，進攻！」戰場右側，老兵朱韻手舉橫刀，高聲吩咐。光看模樣，沒有人相信他已經年過半百。

「變陣，進攻！」

「跟上我，殺光突厥狗！」吶喊聲，接連在戰場兩側響起。所有帶隊的將領，都按照胡子曰的命令，各自指揮隊伍，從不同方向，對狼騎發起了最後的獵殺。

單純論兵力，他們當中每一支隊伍，都不如狼騎多。單純論戰鬥力，大多數瀚海勇士，也遠不如突厥狼騎。然而，將士們卻憑著不算整齊的戰陣和不算嫻熟的配合，將四散逃命的狼騎殺得屍橫遍地！喪失鬥志的突厥狼騎，表現得並不比普通牧民好多少。大多數時候，都沒有勇氣抵抗，只管抱著戰馬的脖頸埋頭逃命。發現前路被唐軍或者烈火所阻，他們就立刻掉頭尋找新的生路，堅決不做沒意義的反撲。不斷有伯克、大箭、小箭跳出來，試圖組織自己周圍的狼騎，結伴殺出血路，卻得不到任何回應。

狼騎們崩潰的非常澈底，根本不相信那些軍官可以帶領自己脫離險境。也不相信，聚集起越多的同伴，逃命的機會就越大。相反，他們寧願相信自己的眼睛，能找到一條屬於自己的活路。寧願遠離同伴，以減少被唐軍當做優先追殺目標的可能。

「殺突厥狗！」朱韻帶領數百瀚海勇士，攔住一大團慌不擇路的突厥狼騎，大開殺戒。狼騎們連一個彈指功夫都沒堅持住，就再度分崩離析。瀚海唐軍勇士們，徒步從背後追上狼騎，將他們的身體接二連三地捅穿，每個人都所向披靡。

「弟兄們，跟我去抓羯曼陀！」瓦斯特勤用四稜長棍，先後將七八名狼騎掃落於馬下。隨即忽然靈機一動，高聲命令。敵軍已經澈底散了架，根本沒有任何反敗為勝的可能。他和身邊的弟兄們哪怕使出吃奶的力氣，也不可能保證，比另外幾支唐軍消滅的狼騎更多。既然如此，何不撿價值最高的目標去抓？而今夜所有突厥人當中，有誰的價值，能超過車鼻可汗的大兒子羯曼陀？

第一百六十九章　老夫胡子曰

「抓羯曼陀，抓羯曼陀！」眾瀚海精銳高聲回應，邁步緊跟在瓦斯特勤身後。然而，想截殺某一個或者某一群突厥狼騎簡單，想抓到羯曼陀，又談何容易？四周圍，雖然被火光照得比白晝還要明亮，大夥卻根本看不見羯曼陀的身影，甚至連羯曼陀的認旗都找不見。

「哪裡人多就去哪找，羯曼陀的親兵，肯定不會丟下他獨自逃命。」不知道是誰扯開嗓子提醒了一句，登時，就讓瓦斯特勤開了竅。後者再度高舉四稜長棍，指向遠處一大群突厥狼騎，口中高聲斷喝「隨我來！」緊跟著，邁開大步就向那群突厥狼騎衝了過去。

「抓羯曼陀，抓羯曼陀！」眾瀚海精銳殺得興起，早就忘記了什麼是畏懼。叫喊著跟上瓦斯特勤，如同一群見了血的老虎。那群突厥狼騎慌不擇路，策馬逃命。忽然間，卻倒下了七八個。戰馬的悲鳴聲不絕於耳，落馬的狼騎連聲慘叫。地面上幾十個五寸高，四條腿的小東西，終於引起了所有未落馬者的注意，「拒馬釘！」「拒馬釘！」狼騎們啞著嗓子尖叫，驚慌的撥轉坐騎，另尋出路。

對付拒馬釘很容易，只要派出僕從，頭前拿著掃帚清理乾淨便可。只是，眼下狼騎們，哪裡有僕從可用？想要不稀裡糊塗摔個半死，避開撒著拒馬釘的區域，就成了唯一選擇。就在他們另尋出路的功夫，瓦斯特勤已經帶領著麾下瀚海精銳殺到。沒時間重新整理隊形，瓦斯特勤咆哮著揮動四稜長棍，向距離自己最近一名狼騎的戰馬砸去。後者慌忙拉著韁繩閃避，動作卻慢了半拍。隨著「砰」地一聲悶響，戰馬的鼻梁骨被砸了個粉碎，鮮血從鼻孔和眼睛裡噴湧而出。

可憐的戰馬哼都沒來得及哼一聲，就軟軟地栽倒於地。馬背上的狼騎被壓住了大腿，疼得厲聲慘叫。瓦斯特勤又一棍砸去，將此人腦袋砸了個稀爛。緊跟著，掄起染血的長棍，縱身跳起，狠狠砸向另一名狼騎的脖頸。第二名狼騎舉刀招架，「噹啷！」一聲，橫刀砸得脫手飛出，不知去向。瓦斯特勤挺棍又迅速來了一記斜搗，包裹著熟鐵的棍首正中第二名狼騎的胸口。護心鐵板直接被搗得凹進去了一個坑，第二名狼騎口吐鮮血，落馬而死。瓦斯特勤雙腳落地，手中長棍順勢又來了一記橫掃，將一匹戰馬的前腿砸折，白花花的骨頭茬兒瞬間刺破皮肉，晃得人頭皮發乍。

「唏吁吁——」戰馬悲鳴著倒地，將其背上的主人摔到了瓦斯特勤身側。跟上來的兩名瀚海精銳同時揮矛下刺，眨眼功夫，就將落馬者的身體刺出了兩個透明的窟窿。

「老子只抓羯曼陀，不想死的別擋路！」瓦斯特勤高聲大喝，揮舞著長棍繼續大步前衝。沿途的突厥狼騎既佔不到速度的便宜，又失去了躲閃的靈活性，被他接二連三地打下坐騎。跟在羯曼陀身後的瀚海精銳們，揮舞著長矛快速跟上，將另外五十餘名來不及躲閃的突厥狼騎們一個接一個刺於馬下。其餘突厥狼騎們誰也沒勇氣抵擋，趕在被長矛刺中之前，撥轉坐騎，一哄而散。瓦斯特勤面前，很快就找不到任何敵軍。抬起頭，他迅速掃視周圍，然後又憑藉直覺將長棍指向了另外一團逃命的狼騎，「那邊，跟我來，抓羯曼陀。」

「抓羯曼陀，抓羯曼陀！」眾瀚海精銳齊聲回應，每個人都豪氣干雲。突厥狼騎又怎麼樣？百戰餘生的精銳又怎麼樣？還不是被大夥一次又一次殺得血流成河？以前，大夥只是缺乏一個好的老師，教大夥如何作戰。缺乏足夠的糧草輜重和鎧甲兵器，無法跟突厥人拚消耗。而現在，大夥從幾位教頭那裡學會了中原的作戰本事，又得到大唐朝廷的支援，怎麼可能會再害怕幾千遠道而來的狼騎？

殺，殺光他們，來一個殺一個，來兩個殺一雙。讓突厥狼騎今後，繞著瀚海都護府走。讓突厥貴族提起回紇兩個字，就全都嚇得雙臂和雙腿一起打哆嗦，再也沒用勇氣拔刀！

「殺羯曼陀，殺羯曼陀，不想死的就讓路！」婆閏帶著另外一支瀚海精銳，也衝了過來，與瓦斯特勤這邊默契地拉開一些距離，專挑看上去突厥狼騎比較密集的區域發起強攻。戰場上到處都是火堆，駿馬既要躲避烈火，又要小心腳下的拒馬釘，非但加不起速度，並且比人還精神緊張。馬背上的狼騎們非但無法從坐騎身上借力，並且受到了坐騎的拖累，被殺得七零八落，苦不堪言。一些機靈的狼騎，乾脆拋下了戰馬，徒步向營地外逃竄。而大多數狼騎，思路卻始終都脫離不了傳統的窠臼，一邊努力安撫受驚的戰馬，一邊在火堆和拒馬釘之間，苦苦尋找出路，卻壓根沒意識到，自己雖然騎著馬，卻走得比步兵還慢。

「投降免死，今日只找羯曼陀一個！」朱韻和王達也各自帶著一隊瀚海精銳，殺進戰場核心處，將一簇又一簇狼騎，碾成齏粉。他們兩個，對突厥人沒什麼成見，殺性也不像瓦斯特勤那麼強。能給敵軍一個做俘虜的機會，就不願意將敵軍變成屍體。然而，已經沒剩下多少抵抗力的突厥狼騎們，卻對投降的要求充耳不聞。在前來瀚海都護府的路上，車鼻可汗製造的殺孽太重了。幾乎每一名突厥狼騎手上，都沾滿了無辜者的血。推己及人，狼騎們認定自己投降之後，唐軍對待他們的方式，肯定會像他們自己對待沿途中那些投降的各族百姓一樣。所以，他們寧願現在就毫無抵抗力地死去，也不願活下來忍受更多的恐懼和羞辱。

「投降免死，今日只抓羯曼陀一個！」聽到臨近處傳來的吶喊聲，瓦斯特勤也果斷改口。本事是中原來的教頭們傳授的，榮耀也是中原來的教頭們給的，教頭們心軟不喜歡殺人，他就順著教頭的意思喊幾嗓子就是。反正喊了之後，狼騎當中的絕大多數人，也不肯放下兵器，老老實實地當俘虜。

「投降免死，今日只抓羯曼陀一個！」跟在瓦斯身後的瀚海精銳們，懷著跟他同樣的心思，將他的話一遍遍重複。雖然敵軍不肯聽勸，但是，大夥喊起來，心裡頭卻很爽，很有優越感。彷彿忽然間，大夥就比狼騎高出了不止一個檔次，而突厥狼騎，卻仍舊是茹毛飲血的野人！

的確，沒有任何狼騎肯聽他們的勸，放下兵器投降。相反，忽然有七八十名狼騎，不要命地衝了上來，試圖攔住他們的去路。這些人的身手不凡，鎧甲看上去比其餘狼騎也精良許多，並且是主動衝上來與他們交鋒，而不是湊巧與他們相遇。

瓦斯特勤先吃了一驚，隨即欣喜若狂。在大多數狼騎都失去了戰鬥意志的時候，仍舊有人主動上前跟他們拚命，這說明什麼？說明他想要找的羯曼陀，肯定就在附近！按照突厥的規矩，主帥被殺或則被抓，親兵卻活著逃了回去。非但親兵本人會被處死，還會牽連他的父母妻兒。所以，羯曼陀的親兵，一定會不顧性命保護他突圍。而現在，大夥已經遇到了羯曼陀的親兵，就不愁找不到羯曼陀本人。

「投降免死！」扯開嗓子又發出一聲斷喝，瓦斯揮舞長棍，將擋住自己去路的一名突厥小箭連人帶馬一起砸翻在地，隨即，又揮動長棍，將砍向自己的一把橫刀磕上了天空。撲上來拚命的狼騎之間，立刻被他撕開了一道缺口。不管其他敵軍，他邁步往缺口處衝過，扯開嗓子繼續高聲斷喝：

「羯曼陀出來領死，躲在親兵身後，算什麼男人！」

沒有人回應他的挑釁，附近又有二十多名狼騎像發了瘋一般衝過來，阻擋他的去路。瓦斯特勤揮舞長棍左砸右擋，再度殺開一條血路，他麾下的瀚海精銳長矛攢刺，將其餘狼騎陸續刺下戰馬。眾人一邊加快速度邁步前衝，一邊抬起頭仔細尋找，終於，在側前方二十步外，發現了一面破破爛爛的認旗。認旗之下，即便不是羯曼陀本人，至少也是一名突厥伯克。瓦斯特勤迅速調整方向，大吼著撲向認旗。眾瀚海精銳跟在他身後，半步不落。

十幾名狼騎跳下不肯服從命令的戰馬，徒步迎戰，轉眼間，就被瓦斯特勤帶著瀚海精銳們屠戮殆盡。他率領弟兄們繼續前撲，終於在目標逃走之前，將其包圍在了兩隻巨大的火堆之間。

「羯曼陀，舉刀，我給你一個公平對決的機會！」瓦斯特勤橫起長棍，堵住目標的去路，驕傲地向對方發出邀請。

「蠢貨，老子才不是羯曼陀！」馬背上的敵將猛地抬起頭，舉刀策馬，兜頭就剁。戰馬提不起速度，卻仍舊為此人提供了一定高度優勢。瓦斯特勤橫向跨步閃避，同時用長棍上撩，用包裹著鐵皮的長棍前部，去撞橫刀的刀刃。

「叮！」清脆的金鐵交鳴聲響起，長棍上卻沒傳來多大力道。敵將使的是虛招！借刀身回彈的機會，此人迅速翻轉手腕。雪亮的橫刀在半空中打了個旋子，直奔瓦斯特勤的脖頸。

「噹啷！」敵將迅速豎起長棍，擋住刀鋒。金鐵交鳴聲再度響起，火星飛濺。馬背上的敵將一擊不中，立刻撤刀，身體下探，手中橫刀化作做一條長鞭，狠狠地捲向了瓦斯特勤的後腰。

「啊——」瓦斯特勤躲避不及，大叫著邁步前衝，同時將長棍向後掃去，神龍擺尾。「長鞭」從背後追上他，砍破他的皮裘，在他後護心鏡上，砍出了數點火星。瓦斯特勤被嚇得魂飛魄散，身體本能地前撲。緊跟著，手中長棍似乎掃中了什麼東西，傳來一股巨大的反衝。隨即，戰馬悲鳴聲不絕於耳。

單手撐了一下地面，瓦斯特勤一個翻滾站起，將身體轉向面對記憶中的敵將位置，順勢將長棍在胸前掃出一股寒風。然而，這一次，他卻掃了一個空。敵將沒有追上來，敵將的兵器也沒有。一匹高頭大馬，趴在他身前五步外，痛苦地翻滾。先前跟他交手的敵將，被戰馬壓在身下，脖頸處插著一顆拒馬釘，圓睜著雙眼死去。

為了防止突厥狼騎衝起速度，唐軍的確在自家營地之內拋撒了拒馬釘。然而，為了避免誤傷自己人，非但拒馬釘的拋撒數量受到了嚴格控制，拋撒的範圍也非常有限。誰也想不到，這名突厥將領運氣居然差到如此地步，從馬背上掉下來之後，脖頸剛好被一枚拒馬釘給刺了個對穿。

「此人不是羯曼陀！來兩個人，把他的屍體帶回去，明天一早交給葛邏祿俘虜辨認身份。」無暇同情死去的突厥將領，瓦斯特勤擺了擺長棍，喘息著吩咐。

一個多月之前，他曾經跟羯曼陀在戰場上打過照面兒，大致還記得此人的模樣。而地上的死者，雖然頭上戴著標明泥步設身份的銀盔，身上披著昂貴的黑色貂裘，年齡卻足足有五十歲，比阿史那羯曼陀至少大出了一輪。

「是！」兩名瀚海精銳答應聲上前，把假羯曼陀的屍體拖走。其餘瀚海精銳則舉起頭，瞪圓了眼睛，再度向四周圍展開了搜索。然而，四周圍人影幢幢，到處都是狼狽逃命的突厥狼騎和奮勇殺敵的自家袍澤，想找一個已經易裝逃走的膽小鬼，無異於大海撈針。

「算了，不找了，繼續朝敵人多地方衝！」瓦斯特勤立刻意識到了繼續追捕羯曼陀的難度，咬了咬牙，果斷選擇放棄，「跟我來，殺一個算一個。別再給突厥人四處為禍的機會。」說罷，拖起長棍，直奔敵軍相對密集處而去。

眾瀚海精銳們非常不甘心，卻知道瓦斯的決定沒錯。咆哮著跟上他，向沿途遇到的突厥狼發起新一輪進攻。眾人不再刻意保持陣型，因為已經完全沒有必要。魂飛膽喪的突厥狼騎，已經沒有了任何翻盤的可能，也組織不起任何有效的抵抗。突厥狼騎之所以不肯投降，是因為作惡太多，擔心遭到清算。此時此刻，任何人想把他們組織起來對唐軍發起反擊，都難比登天。

「咚咚咚咚，咚咚咚咚，咚咚咚……」鼓聲如雷，敲得人熱血沸騰。踩著高亢的鼓點，其餘各支瀚海唐軍，也向突厥狼騎發起了最後的攻擊。弟兄們分成無數個規模在十人左右的小隊，拉網一樣在戰場上往來搜索，遇到逃命的狼騎，則互相配合著向後者迫近，手中長矛上刺人，下刺馬，轉眼之間，就將後者送回了老家。

「饒命！」一名走投無路的狼騎忽然丟下兵器，縱身跳下了戰馬，跪在地上高聲大叫。「饒命，我投降，投降！」

「饒命，我投降，投降！」另一名狼騎緊跟著跳下了坐騎，雙手高高地舉過了頭頂。

「投降，饒命！」

「饒命，我投降，投降！」

「別殺我，啊——」彷彿突然想開了，更多的狼騎也紛紛丟掉了兵器，跳下戰馬求饒。寧願被當做牲畜屠殺，也不想繼續承受走投無路的煎熬。

衝過來的瀚海精銳們被弄了個措手不及，用長矛將突然投降的狼騎給捅死了十幾個。但是，很快，將士們就在隊正、旅率和校尉們的提醒和命令下，停止了對俘虜的屠戮。屠殺放下兵器的俘虜，是只有突厥人才能幹出來的事情。大夥不是禽獸，羞於效仿禽獸的行為。

「羯曼陀在哪，你剛才可看到過羯曼陀？」瓦斯特勤氣喘吁吁地衝到一名跪地請降的突厥小箭面前，扯著對方胳膊追問。

「你們誰看到羯曼陀了，說，說出來就放他回家，老子再送他三匹馬和足夠的乾糧。」

「誰看到羯曼陀了，給你一個立功贖罪的機會！快，說出來我就立刻放他走。」

庫紮和塔屯兩個也衝過來，對其他被俘虜的突厥狼騎們高聲宣佈了賞格。俘虜們你看看我，我看看你，茫然地搖頭。誰也不知道，自家泥步設究竟朝著哪個方向逃了，更不知道自家泥步設，到底是什麼時候逃之夭夭。

「一群廢物！連自家主將都找不到的廢物！」瓦斯特勤氣得真想拿起棍子，把俘虜們的腦袋全部砸爛。然而，卻只罵了幾句，便悻然作罷。羯曼陀打仗的本事不怎麼樣，逃跑的本事卻是一流。上次，他就逃得比兔子都快，這次丟下所有狼騎悄悄開溜，當然更加輕車熟路。而眼前這群俘虜當中，職位最高者才小箭，找不到羯曼陀也很正常！

「剛才，剛才好像有幾個貴人，徒步向西邊跑了！」就在瓦斯特勤準備徹底放棄之際，忽然有一名俘虜小聲彙報。「我不知道，不知道裡頭有沒有泥步設！」

「貴人，向西？」瓦斯特勤又驚又喜，本能地重複。隨即，拎起長棍，掉頭就走，「來幾個人，跟我去追。管他是不是羯曼陀，老子最看不上丟下弟兄逃走的貴人！」

「我跟你一起去！」庫紥毫不猶豫地拎起橫刀，去追趕瓦斯的腳步，唯恐追得慢了，錯過了揚名立萬的機會。二人的親兵顧不得疲倦，也紛紛邁開了腳步。塔屯卻不敢也把弟兄們丟下，跺了跺腳，無可奈何留下來替瓦斯和庫紥兩人收拾爛攤子。

一邊招呼弟兄們將俘虜集中看押，他一邊朝著瓦斯和庫紥二人的背影處眺望，期盼那二人能夠儘快得償所願。然而，直到瓦斯和庫紥二人和二人的親兵們消失在火光之後，他也沒有盼到任何喜訊。

「奶奶的，泥步設就這德行，突厥拿什麼跟大唐去爭！」狠狠朝地上吐了口唾沫，塔屯撇著嘴嘀咕，對突厥人的不屑溢於言表。同樣是年輕一代的領軍人物，姜簡可以帶領幾百瀚海精銳，向十倍於己的敵軍展開逆衝。婆閏可以帶領少量回紇將士，與敵軍以命換命，不死不休。而車鼻可汗的長子，突厥下一代可汗的唯一人選羯曼陀，卻一次又一次，選擇了棄軍而逃！兩相比較，差距天上地下。那突厥車鼻可汗，還有什麼臉要求草原各部，追隨他去與大唐爭雄？這一仗，到現在，輸贏已分。雖然車鼻可汗的主力，至今還沒真正的大唐官軍交上手。可光看雙方下一代的表現，就知道，突厥人沒有半點兒獲勝的希望。

「泥步設，快走，快走，蒼鷹留著翅膀，才能飛過高山。咱們得把唐軍的真正實力情況彙報給大汗，才能讓大汗早些做好準備。」三百多步之外，幾處已經熄滅的火堆旁，突厥伯克呼延奇與賀鸞，與其他幾個突厥將領一道，架著羯曼陀，一邊跌跌撞撞地逃命，一邊七嘴八舌地勸說。

「我知道，我知道。我只是不甘心，不甘心！」羯曼陀頂著滿臉的淚水和泥漿，語無倫次的回應，「我明明已經看出這是個陷阱了。明明已經及時下令全軍後撤了！我把能用的辦法都用上了，我……」他不知道自己這次為什麼會戰敗。這次，姜簡根本不在回紇汗庭；這次，他的糧草也沒有被對手一把火給燒個精光！

他只是耐不過伊里斯等人的求戰心切，才帶領大夥兒半夜來偷襲回紇人的營地。誰料想，竟然將麾下六千人馬，全都葬送了進去。他已經小心，小心，再小心了。他搶在敵軍的陷阱發動之前，就察覺到了情況不對，果斷選擇了放棄。他為了盡可能地將更多的弟兄們帶出來，故意走在了整個隊伍的後半段。他的指揮中規中矩，無懈可擊，卻擋不住敵軍四下縱火，還撒了滿地的拒馬釘。

「泥步設，沒事，沒事，不是你的錯。唐國狡猾，從中原悄悄派來了精銳府兵。」

「對，泥步設。你盡力了，咱們都盡了全力，但是，唐人太奸詐！偷偷把府兵藏在了回紇汗庭。」

「府兵恐怕有五六千人，不比咱們這邊少。還有上萬的回紇人在幫他們。」敏銳地察覺出羯曼陀的情況不對，突厥伯克呼延奇與賀鞻，還有其他幾個突厥將領，趕緊開口安慰。甚至不惜將大唐府兵的規模，直接誇大到與自家兵馬數量相同的地步。

人在遭受重大打擊之後，很容易瘋掉。羯曼陀現在的模樣，就是發瘋的前兆。眾將領為了活命，連戰馬都主動丟掉了。好不容易才看到了活命的希望，無論如何，都不能只帶著一個瘋子回去。否則，哪怕是為了滅口，車鼻可汗也不會放過大夥當中的任何一個！

「真的有六千大唐府兵？」彷彿溺水之人忽然發現了一根稻草，羯曼陀瞪圓了眼睛，喘息著向身邊所有人發問。伯克呼延奇等人被問得微微一愣，旋即，又七嘴八舌地回應，「真的有！」「泥步設，肯定有，否則伊里斯他們，也不會敗得那麼快！……」誰也不忍心，去看羯曼陀臉上的表情。

泥步設也許不會瘋，但是，卻徹底廢了！大夥也許能夠成功帶回車鼻可汗的長子，然而，突厥別部，卻徹底失去了崛起的希望。除非，除非車鼻可汗肯放棄這個兒子，另外冊立繼承人。

李世民老了，車鼻可汗其實也不再年輕。這一代豪傑，都將老去，而大唐和突厥的下一代人之間的較量，勝負已經分明。

「咚咚咚咚，咚咚咚咚……」就在呼延奇等人滿嘴胡言亂語之際，驚雷般的鼓聲，又在眾人耳畔響起。周圍的天地忽然被火光重新照亮，一隊大唐將士高舉著火把，從斜刺追了過來，截斷了他們的去路！帶隊的老將手持長槊，高聲斷喝：「站住！投降，或者死，爾等二選其一！」

第一百七十章 黃雀在後

「啊——」羯曼陀嘴裡發出一聲尖叫，推開攙扶自己同夥，拎著刀就向攔路的大唐老將軍衝了過去。他已經一敗塗地，他回去之後，也勢必失去封號和追隨者，淪為整個草原的笑柄。既然如此，他又何必活著忍受這些屈辱？

「一起上，跟唐人拚了！」伯克呼延奇的眼睛立刻變得通紅一片，啞著嗓子高喊了一句，邁步追上羯曼陀。羯曼陀再愚蠢，再無能，終究是他的主公。羯曼陀一天到晚算計這個，算計那個，卻始終對他們這些嫡系將領親若兄長。他不能眼睜睜地看著自家主公戰死，卻借機一個人逃命。

「一起上，跟唐人拚了，咱們早就賺夠了！」伯克賀鑾高舉兵器前衝，叫嚷得聲嘶力竭。如果羯曼陀死在唐軍之手，他們逃回去，也很難保證不會被車鼻可汗下令亂刀砍成肉泥。除非他們不回突厥別部。而一路上殺了那麼多無辜的人，除了突厥別部之外，偌大的草原上，哪裡還有他們這些人的立足之地？「一起上，跟唐人拚了！」「老子早就殺夠了本兒！」「突厥男兒，死也不能低頭……」其餘伯克、大箭們，也紛紛叫嚷著衝上前，發誓與攔路的唐軍以命換命。

「你們當中，到底哪個是羯曼陀？」見到被攔住的突厥人忽然發了瘋一般衝過來跟自己拚命，大唐老兵胡子曰不怒反笑，長槊抖動，游龍一般紮向了羯曼陀的胸口。

後者頭上的兜鍪跟伯克伊里斯做過交換，型制與身後其他幾位伯克的頭盔一模一樣。後者身上的黑貂裘也送給了伊里斯，如今只披了一件土黃色的狐狸皮大氅。後者從頭到腳，沒有任何標識身份的物件。連戰馬都拋棄了，徒步逃命，讓人根本無法判斷他到底是誰。胡子曰以前沒跟羯曼陀近距離接觸過，此刻光憑穿著打扮，無法將此人與其他幾個突厥將領分別出來，只能先用長槊挑翻了再說。

「噹啷！」一把橫刀從斜刺裡追上前，超過羯曼陀，將長槊推偏數寸。橫刀的主人呼延奇捨命將羯曼陀擋在自己的身後，扯開嗓子自報家門：「老子就是羯曼陀，過來殺老子。老子……」

「滾！」胡子曰高聲斷喝，雙臂發力，將長槊狠狠掃向呼延奇的腰桿。此人肯定不是羯曼陀。車鼻可汗的兒子，不會捨命保護別人。倒是先前兩眼發直，差點兒就被自己用長槊送回老家的那個，更有可能！

「當！」又是一聲脆響，火星四濺。卻是新衝過來的突厥伯克賀鱉，用兵器替呼延奇擋下了這致命一擊。

「跟他們拚了！」「呼延奇，帶泥步設走！」「突厥男兒……」更多的突厥將領徒步衝上來，用身體將羯曼陀與唐軍隔開，同時揮舞著兵器向前亂劈。前路被阻，身後還隨時會出現追兵，此時此刻，他們已經徹底陷入了絕境。突厥狼騎一路搶掠所得，他們都沒少分。他們的家人全都在金微山那邊，他們如果投降，家人肯定要車鼻可汗斬盡殺絕。事到如今，他們除了戰死，已經沒有了其他選擇。

困獸之鬥，威力遠超過平常。胡子曰手持長槊左挑右刺，卻無法擺脫呼延奇和賀鑾兩人的糾纏。一名突厥大箭被他用長槊刺穿了大腿，卻強忍失血帶來的眩暈，努力滾向他的腳下，試圖用橫刀砍斷他的腳腕。另一名突厥梅祿看起來又矮又胖，卻用自己的身體擋住了上前幫忙的三名大唐健兒，阻止他們給胡子曰提供任何支援。

「賊子找死！」胡子曰被逼得手忙腳亂，心情卻更加愉悅。六千連夜前來襲營的突厥狼騎，已經被殺得潰不成軍。這種時候，捨命跟自己相拚的突厥人越多，越說明這夥突厥人當中藏著大魚。而能讓三名伯克和四名大箭捨命保護的，在今夜前來襲營的突厥人當中，除了羯曼陀之外，恐怕不會有第二個。只要活捉了羯曼陀，就可以用此人的性命，逼迫車鼻可汗撤軍，給瀚海都護府爭取更多的發展壯大時間。

雙腿交替向後挪動，胡子曰躲開了迎面劈向自己的橫刀。緊跟著快速蹲身，手中長槊帶著風聲砸向地面，將滾過來試圖砍自己腳腕的突厥大箭砸得吐血而死。腰桿和雙腿同時發力，他身體轉動，雙手將長槊舞出一道狂風，「呼」地一聲，正中伯克賀鑾的膝蓋骨。清脆的骨頭碎裂聲，聽得所有人的頭皮都是一緊。下一個瞬間，慘叫聲沖天而起。伯克賀鑾跪在地上，疼得將身體縮成了一團。

跟在胡子曰身側的李思邈趁機刺出一槊，將伯克賀鑾刺了個透心涼。緊跟著，他就被兩名突厥將領盯上，被砍得只有招架之功毫無還手之力。五名大唐健兒結陣前推，替李思邈擋下了一名對手。另一名對手見寡不敵眾，果斷抽身後退，李思邈快速追上去，手中長槊狠狠刺出，將此人的後背捅出了一個窟窿。

「左旋！」他大叫，帶著五名大唐健兒組成的簡易攻擊槍陣，轉向胡子曰身側，與另外三名大唐健兒，一道對付矮胖的突厥梅祿。後者以一敵九，終究支撐不住，很快，肩膀、小腹和大腿都被長矛刺中，全身上下血流如注。

「交叉挑刺！」李思邈繼續高喊，將以前胡子曰傳授給自己的本事，盡數施展。今天跟他配合的人，不是他熟悉的陳元敬，但是，卻同樣默契。兩杆長槊一左一右，快速刺進矮胖梅祿的胸口，將此人從地上挑起來，重重砸向另外三名突厥將領的頭頂。

擔心被屍體砸中，那三名突厥將領不得不後退閃避。胡子曰所承受的壓力，瞬間變輕。嘴裡又發出一聲斷喝，他用長槊刺穿了一名突厥大箭的脖頸。緊跟著用長槊推著屍體快速轉身跨步，在電光石火間躲開了伯克呼延奇的攻擊。

「我是羯曼陀，我是泥步設！」伯克呼延奇擔心羯曼陀被胡子曰盯上，一邊揮刀追趕，一邊高聲表明自己的身份。彷彿這樣做，就能以假亂真。胡子曰可憐此人的忠勇，雙手持槊左右下擺，去絆此人的小腿。伯克呼延奇奮力跳起，躲開了長槊的糾纏。還沒等的雙腿重新落回地面，胡子曰手中的長槊忽然從地上彈了起來，毒蛇般，直奔他的小腹。

「啊！」伯克呼延奇本能地發出一聲尖叫，在半空中揮刀去擋槊鋒。不料，卻擋了個空。胡子曰大笑著再度轉身，長槊化作一根皮鞭，狠狠抽中了此人的小腿。

「啊——」叫聲尖銳淒厲，伯克呼延奇失去平衡，狠狠地摔在地上，手中橫刀摔出了半丈遠。一名大唐健兒立刻向前用長矛在此人脖子後方來了重重一擊。「綁了帶走！」胡子曰丟下一句吩咐，邁步再度向前殺向最先跟自己拚命的那個身披狐狸皮大氅的突厥將領。「羯曼陀，你已死到臨頭，何必拉著別人一起送死？」這回，他的判斷沒有錯。正帶著一名伯克和兩名大箭，做困獸鬥的羯曼陀聞聽，果斷擺脫了正與自己交手的大唐健兒，再度撲向他的槊鋒，嘴裡發出的尖叫宛若鬼哭，「啊，啊啊——」

胡子曰皺了皺眉，反腕推槊，讓開羯曼陀的胸口。緊跟著，長槊迅速兜回，狠狠掃向羯曼陀持刀的手腕。他其實可以輕鬆將此人身體捅穿，然而，活著的羯曼陀，遠遠比死掉的羯曼陀更有價值。他不能讓此人死，只能想方設法將此人解除武裝之後俘虜。

羯曼陀反應遲鈍，手腕立刻被長槊掃中，橫刀瞬間掉落於地。「投降免死！」胡子曰斜著跨出半步，長槊壓住羯曼陀的肩膀，剛要發力，一股危險的預感，忽然讓他全身上下寒毛倒豎。

下一個瞬間，胡子曰果斷撤槊，蹲身，所有動作快若閃電。「嗖──」一支冷箭貼著他的頭盔掠過，射入他身後的地面，深入盈寸。

「結陣，結陣，準備迎敵！」根本不用看冷箭從何而來，胡子曰果斷挺槊刺向羯曼陀的後心，同時高聲向身邊所有弟兄吩咐。

最後一名突厥伯克捨命撲上，用身體擋住了槊鋒。兩名突厥大箭架起正在閉目等死的羯曼陀，撒腿就跑。更多的冷箭從半空中落下，逼得胡子曰一邊格擋一邊後退，無法再對羯曼陀展開追殺。李思邈不甘心地向羯曼陀投出了手中的長槊，卻砸了一個空。

側面不遠處，三百餘名突厥死士徒步衝至，一邊施放冷箭，一邊向羯曼陀靠近。營地外更遠的夜幕下，有號角聲忽然響起，宛若冬夜裡的狼嚎，「嗚嗚嗚，嗚嗚嗚──」腳下的地面，突然開始戰慄，彷彿受到了驚嚇的牛犢。

「結陣，阻敵！」不用再看，胡子曰就知道自己今夜已經不可能把羯曼陀留下了。「李校尉，速速去通知所有人，停止追殺突厥潰兵，去婆閏的銀帳前集結。其他人，跟我一道，原地結陣阻敵。」

衝到近前的突厥死士，人數已經遠遠超過跟在自己身邊的大唐健兒，並且個個體力充沛。而自己和自己身邊的大唐健兒們，卻已經廝殺了將近一個時辰，早就成了強弩之末。如今，自己最需要做的，是儘快調整戰術，應對更遠處殺來的騎兵。能隔著那麼遠，就將地面踩得戰慄不止，那支騎兵，規模肯定在一萬以上。

「前方三步，擲！」杜七藝的聲音在背後響起，讓胡子曰緊張的心情，瞬間輕鬆了許多。跟著杜七藝一道趕過來的百餘名大唐健兒，紛紛射出投矛，將前來營救羯曼陀的突厥死士，給放倒了一整片。

沒有倒下的死士們，捲起羯曼陀，迅速離去。架著羯曼陀的兩名大箭當中，有一人被投矛射穿了後心，才走了幾步，就圓睜著雙眼倒下。羯曼陀的狐狸皮大氅下襬，被投矛射中，卻沒有徹底穿透。矛杆被大氅拖著，在地面叮噹作響。

羯曼陀卻既不管倒下去的大箭，也不管大氅上的投矛。兩眼僵直，任由大箭架著自己，在死士們的團團護衛下，踉蹌而行。此時此刻，他的頭腦其實比所有人都清醒。他知道帶領騎兵殺來的人，肯定是自己的父親車鼻可汗。他更知道，為什麼車鼻可汗會來得這麼巧。自己和今夜出戰的所有人，都是父親故意拋給唐軍的誘餌。六千狼騎被自己帶著消耗一空，同時也消耗掉了瀚海唐軍精心佈置的陷阱。接下來的戰鬥，自己的父親車鼻可汗，已經穩操勝券。

大唐遊俠兒・卷四・封狼居胥　完

大唐遊俠兒　卷四　封狼居胥

PL00125

大唐遊俠兒・卷四・封狼居胥

作者—酒徒
編輯—黃煜智
行銷企劃—林昱豪
校對—魏秋綢
內頁排版—綠貝殼資訊有限公司

副總編輯—羅珊珊
總 編 輯—胡金倫
董 事 長—趙政岷
出 版 者—時報文化出版企業股份有限公司
108019 台北市和平西路三段二四〇號七樓
發行專線—（〇二）二三〇六六八四二
讀者服務專線—〇八〇〇二三一七〇五
（〇二）二三〇四七一〇三
讀者服務傳真—（〇二）二三〇四六八五八
郵撥—一九三四四七二四時報文化出版公司
信箱—一〇八九九台北華江橋郵局第九九信箱
時報悅讀網—http://www.readingtimes.com.tw
思潮線臉書—https://www.facebook.com/trendage
法律顧問—理律法律事務所陳長文律師、李念祖律師
印刷—紘億印刷有限公司
初版一刷—二〇二五年八月八日
定價—新台幣四六〇元
（缺頁或破損的書，請寄回更換）

時報文化出版公司成立於一九七五年，
並於一九九九年股票上櫃公開發行，於二〇〇八年脫離中時集團非屬旺中，
以「尊重智慧與創意的文化事業」為信念。

大唐遊俠兒 ・ 卷四，封狼居胥／酒徒著 . --
初版 . -- 臺北市：時報文化出版企業股份有
限公司，2025.07
400 面；14.8×21 公分
ISBN 978-626-419-572-0（平裝）
857.7 114007050

ISBN 978-626-419-572-0
Printed in Taiwan